ULRICH HOLBEIN

EIN CHINESE IN ROM

JEAN PAUL UND GOETHE: EIN UNTENDENZIÖSES DOPPELPORTRÄT

ULRICH HOLBEIN

EIN CHINESE IN ROM

Jean Paul und Goethe:
Ein untendenziöses Doppelporträt

Mit zahlreichen Abbildungen

HAFFMANS & TOLKEMITT

Deutsche Erstausgabe

1. Auflage, Februar 2013.

Buchbinde mit Fotocollage von Ulrich Holbein.
Herstellung von Urs Jakob, Werkstatt im Grünen Winkel,
CH-8400 Winterthur.
Satz: Fotosatz Amann, Aichstetten.
Druck & Bindung: Ebner & Spiegel, Ulm.
Printed in Germany.

ISBN 978-3-942989-27-5

Inhalt

Goethe und Jean Paul zwischen Musenhain und Altstadtentlastungs-tangente, falls sie je in natura so im Freien beieinanderstanden.

SZENEN EINER BEINAHE-FREUNDSCHAFT – IM ZEITRAFFER

Goethe und Schiller – zueinandergebogene Kontrahenten!

Goethe und Jean Paul – verhinderte Dioskuren?

Jean Paul wurde vierzehn Jahre später als Goethe geboren. ☆ Goethe lebte sieben Jahre länger als Jean Paul.

Jean Paul, der mit fünfzehn Jahren am Wertherfieber erkrankte und später alle Werke seines Jugendidols Goethe las, schrieb dann den dicken Roman ›Hesperus‹, der so erfolgreich einschlug wie einundzwanzig Jahre vorher Goethes dünner Briefroman ›Die Leiden des jungen Werther‹. ☆ Goethe las in den ›Hesperus‹ hinein und kam nicht weit – und las überhaupt von Jean Paul möglichst wenig.

Goethe versuchte anfangs, trotz Unbehagen und Mißgunst, den lästigen Newcomer als Freund zu betrachten. ☆ Jean Paul kam zutraulich und aufgeregt an den Musenhof von Weimar, wo plusminus fünf bis sieben persönliche, stundenlange, champagnergestützte Begegnungen mit Herder, Wieland, Goethe und Schiller erfolgten, in geschlossenen Räumen geselliger Insider-Zirkel.

Goethe übte sich in Schulterklopfen mit Kloß im

Hals, fand dann den ›Hesperus‹-Verfasser zunehmend fremdartig, exotisch, ausgeartet, nannte ihn »halbgebildet«, »Chinesen in Rom«, »Sternschnuppe«, »das personifizierte Alpdrücken der Zeit«. ☆ Jean Paul diagnostizierte bei den »ästhetischen Gauklern von Weimar« »eingeäscherte Herzen«, fand Goethe-Schiller im Umgang trocken, gefühllos, verkrustet, schalt Schiller »Gletscher« und Goethe »Eispalast« sowie »Genie ohne Tugend«. Die einen »kalt« – der andere »krank«.

Goethe hatte Werthers und Urfausts enthusiastisch-pantheistischen Gefühlsüberschwang derzeit längst runtergefahren, überließ ihn allerlei Romantikern, die er viel zu bunt fand, und widmete sich stattdessen jetzt ganz der stillen Größe und edlen Einfalt alter Griechen. ☆ Jean Paul durchschaute sowohl die Antikesehnsucht der Weimarer Klassizisten wie die Mittelaltersehnsucht der Romantiker als Chimäre.

Goethe und Jean Paul tauschten null Briefe – neunundzwanzig Jahre lang, und kamen als Zeitschriftenbeiträger einander immer wieder quer.

Jean Paul, mit Gattin, las Goethes ›Wahlverwandtschaften‹ gierig an einem Tag durch. ☆ Goethe rühmte sich, Grenzwachen aufgestellt zu haben, um von späteren Werken seines allzu fleißigen Rivalen verschont zu bleiben.

Jean Paul sah Goethes Gedichte und Romane kritisch; aber dem ›Faust‹ und dem ›Märchen‹ billigte er eine gewisse Unsterblichkeit zu. ☆ Goethe ließ sich in späteren Jahren zweimal herab, »unseren Freund« schriftlich als »Talent von Wert« zu loben, aber privat zog er weiter über Jean Paul her.

Goethe verfaßte und diktierte in 83 Lebensjahren bzw. 67 Schaffensjahren rund 7000 Druckseiten Hauptwerke, so viel wie Thomas Mann in genauso vielen Schaffens-

Insider in Weimar beisammen, 1796, von links: Johann Gottlieb Fichte, Jean Paul, Muse, Homer, Johann Wolfgang von Goethe, Christoph Martin Wieland u. a.
Ausschnitt aus einem Gemälde von Otto Knille, 1884

jahren. ☆ Jean Paul verfaßte in 62 Lebensjahren bzw. 46 Schaffensjahren weit über 12 000 Seiten Hauptwerke, also so viel wie Goethe und Thomas Mann zusammengerechnet, obwohl diese zweimal zwanzig Jahre mehr Jahre zur Verfügung hatten. In summa: Goethe stieg zum Dichterfürst auf; Jean Paul wurde der produktivste Prosaist deutscher Sprache.

Goethe ließ Goethezweifler, Goethespötter, Wadenpisser und Goethehasser von sich abprallen, erhob sich – postum im Verdrängungswettbewerb – als geschleiftes Bronzedenkmal, als Stehaufmann, Mammut-Phoenix und Zitatspender, immer neu aus Gipsstaub und Asche zu allen seinen Prachten, immer abgehärteter, noch unsterblicher, latent omnipotent, nachzuckende Lebensfunken in blinden Augenhöhlen, kurz: er ward gepusht, abgesägt, rehabilitiert, nachgerüstet, demontiert, aktualisiert, aufgepowert. ✫ Jean Paul – vergessen, ausgegraben, verdrängt, neu entdeckt, übertönt, reanimiert, hervorgezerrt, entsorgt, recycelt, suspendiert – wurde von einsamen Enthusiasten »der Einzige« genannt, in x Himmel gehoben, als Fundgrube und unauslotbare Flaschenpost, als Alternative und Gegenfigur zu Goethe, als einziger Goetheüberbieter – Lebensfülle contra Gipsfigur, andererseits: Kein ebenso umfassender Geist kann, seit zweihundert Jahren, Goethe gefährlich werden, vor allem nicht so ein Spielratz wie Jean Paul, so ein untergebutterter Übermensch, so ein Verhängnis im Schlafrock, mit Nabelschnur um Denkerstirn und Doppelkinn.

Goethe ward ausgerufen als Faustdichter, Universalgenie, Titan, Geistesmonarch, menschenförmiger Nervenpunkt und Zentralgestirn des ganzen Säkulums. Deutschland hatte seit 1870 seinen Superstar gefunden und bekam ihn nicht über, beim Umtrunk mit Burschenschaft am Bismarckturm. Erst Nationalheros, dann Menschheitsrepräsentant. ✫ Jean Paul, ein Oberfranke im Krähwinkel des Fichtelgebirges, ward (zum Ausgleich?) eingedampft zum Idylliker, Heimatdichter, Trunkenbold und Biedermeiermann, zum Kauz vom Lande, der in einer Gartenlaube zentnerweise bildungstriefende Heiterkeit raushängen ließ, breitärschig und trinkfreudig, nippifiziert zu einer Vignette der Goethezeit. In summa: Goethe wurde zum größten Deutschen vergrößert – Jean Paul zum größten Bayern verkleinert.

So hat sich's eingependelt. Eine einzelne Stimme wird da kaum dran rütteln können, es sei denn, man könnte doch noch dran zupfen und eine Umbeleuchtung hinkriegen. Ruft keiner nach neuen Forschungsergebnissen?

Johann Wolfgang von Goethe liegt in deutschsprachigen Endausscheidungen nicht nur Wange an Wange mit

Das Google-Trio Jean Paul, Jean-Paul Sartre und Jean-Paul Belmondo

Doktor Luther, Johann Sebastian Bach, Karl Marx und Konrad Adenauer: In Internationalen Charts thront er unverrückbar, Haupt an Haupt, neben Homer, Dante und Shakespeare. ☆ Jean Paul hat unrühmlich hinter Rabelais, Voltaire, Jonathan Swift, Laurence Sterne, Henry Fielding, Lord Byron, Victor Hugo in der Warteschleife zu stehn und durfte nicht mal zu einem Autor europäischen Rangs aufrücken wie Milan Kundera, Cees Nooteboom oder auch die ins Chinesische übersetzte Hera Lind.

Goethe wurde – dank Goethe-Lobby und Goethe-Mafia – fast so weltberühmt wie Jesus, The Beatles, Osama, Obama oder Lady Gaga. ☆ Jean Paul muß im Google aus Jean-Paul-Belmondo-Gewimmel hervorgefizzelt werden und hat zu erdulden, daß Hochkulturträgerinnen, denen man dringend was über Jean Paul erzählen möchte, irritiert zurückfragen: »Sartre?«

Als Trostpflaster für den Betroffenen kann ergänzt werden, daß der größte deutsche Humorist – wohlmeinender Germanistik zufolge – immerhin Jean Paul heiße, obwohl eigentlich – wohlmeinenden Massenmedien zufolge – Loriot diesen Platz einnimmt, knapp und

Zwischen Welthumor und Lachkultur: die drei größten deutschen Humoristen

keuchend gefolgt von Heinz Erhardt – ja, wer isses denn nu?

So oder so: Goethe war vor 250 Jahren vierzehn Jahre alt. ☆ Jean Paul wurde vor 250 Jahren geboren.

PEGASUS UND MUSENKUSS

Goethes Geburt

Um Christi Geburt wohnten auf Erden 200 Mill. Menschen – weniger als die Hälfte heutiger Harry-Potter-Käufer (450 Mill.). Von dazumal schriftstellerisch tätigen Köpfen haben sich bloß abzählbare Namen erhalten: Ovidius, Livius, Plinius, Wang Tschung, Horaz, Phädrus, Seneca, Strabo, Dioskurides, Nikolaus von Damaskus, Celsus.

1500 Jahre später boomte so einiges gewaltig vor sich hin: Hans Sachs verfaßte 208 Schauspiele, 1558 Schwänke und Fabeln sowie 4275 Meistergesänge für rund 11 Mill. potenzielle Leser – mehr Deutsche gab's nicht, und 1648 n. Chr. hatten sie sich dann auf 4 Mill. reduziert. 1766 schrieben und wirkten in deutschen Landen, in denen inzwischen 20 Mill. Deutsche wohnten, 2900 aufzählbare Autoren. 1776 hatte die schriftstellernde Zunft sich auf 4300 registrierte Seelen und Köpfe erhöht, 1788 auf 6200, 1795 auf 8000. Goethe hierzu: »Die Menge der Dichter ist es, die die Dichtung herunterbringt in Ansehen und Wirkung.«

1806 schrieben und wirkten für 21 Millionen potenzielle Leser 11 000 Schriftsteller in Deutschland, unter sehr vielen anderen A. F. E. Langbein, Garlieb Merkel, Karl Spazier (Jean Pauls Schwager), Amandus Gottfried Adolf Müllner, Schiller, Goethe und Jean Paul.

Der Tod Goethes

Gebrochen ist das Aug', das lang uns hell gestrahlt,
Drin Erd' und Himmel sich im Zauberlicht gemalt,
Geschlossen ist ein Mund, den Musengunst geweiht,
Der Mund, der herrlich sang wie keiner seiner Zeit,
Erstarret ist ein Herz, das allem Großen schlug,
Das in sich eine Welt von Hochgefühlen trug.

(Egon Ebert, 1832)

und werde!

Die Geburt Goethes

(Aquarell von Moritz von Schwind, 1844)

Zweiundachtzig Jahre bevor Goethe, jeder Zoll ein Dichterfürst, sitzend zur Rechten und Linken Vergils und Ariostos, in herrlicher Reihe Cervantes und Hafiz (dem größten Dichter aus Persien) und Rumi (dem gleichfalls größten persischen Dichterfürst) und Rembrandt und Mozart und Kant, dann doch noch hienieden von hinnen und von uns ging, uns allein und nur mäßig getröstet zurückließ im ungenügenden Dasein und Diesseits, bevor die Stunde sogar ihm schlug und sein hoher Geist entfloh, des Höchsten Ruf und Posaune folgte, ausgerechnet scheinbar der christlichen, bevor kalt, starr und strahlenleer sein Auge in die irdische Fürstengruft einwanderte, nachdem er schnell noch »Mehr Licht!« gefordert hatte, ward ein Kind uns geboren, ein kleiner Wolfgang, unter unsagbar günstigem Planetenstand: Sonne, Jupiter und Venus bildeten eine freundliche Einheit, bei neutralem Merkur, Saturn und Mars – und Luna als Hemmschuh der bedeutsamen Geburt, meilenfern von Ochs und Esel. Doch es waren Engel in derselben Gegend, Schutzgeister, gnädige Götter und alle neun lorbeerbekränzte Musen, die dieses erlauchte Milchkind schon vor der Geburt gar so sehr liebten – anstelle von Mutterbusen und Nuckelflasche nahte dem Gottesgeschenk alsogleich Schreibertafel, Füllhorn, Erntedankäpfel und Federkiel, die Gabe des Liedsangs, vom Himmel geträufelt, Melpomene, die Muse des Trauerspiels, und Thalia, die Muse des Schauspiels und Lustspiels, noch lang nicht zu verwechseln mit heutiger Bücherhauskette, hielten die lachende Maske, die weinende Larve; Euterpe, Terpsikore mit siebensaitiger, Erato, die Muse zärtlicher Gesangskunst zu neunsaitiger Lyra, in summa: Mummenschanz, hochgünstig, hufscharrender Pegasus mit Prachtfittich, allerlei Amorettengeflügel mit Stummelschwingen, die zu artigem Flugversuch kaum wohl taugen, Sylphen, Heroinen, quasi bereits Brünhilden, Isis multimammia mit Hirschbock und Einhorn, dezent beiseite Minerva, Pallas Athene, die Staatenbeschirmerin, umsichtig gewaffnet, edles Damwild im Background, talentvoll lasiert. Phöbus, der pythische Siegertypus, löste die Augen ihm, dem Glückskind, Hermes die Rosenlippen, und Zeus höchstselber preßte das Siegel der Vollmacht ihm auf die gewölbteste Stirn, auf des Knaben lockige Unschuld, falls das Grünzeug neidischen Vorschußlorbeers Raum für den göttlichen Stempel ließ. Keine gemeine Stirn tat des Ruhmes heil'ge Siegerkränze entweihen, lang bevor noch das Kampfspiel überhaupt anhub. Nirgendwo glitzerten kritische Fäden der Parzen – nirgends ein Binsenkörblein unsich'rer Zukunft – keinerlei rivalisierender Pollux kroch aus gelblichem Nachbar-Dotter befruchteter Leda. Nirgendwo im hermetischen Sphäroid ikonographischen Auflaufs ein chinesischer Grinsbart.

Sesam öffne dich – flieg auf, schön gewebter Vorhang, über spätsommerlicher Weihnachtskrippe, als wär's eine Kasperlebühne, zentral im theatralischen Balustraden-Aufbau, drüber eine Taube des Friedens, ein junger raubender Vogel, ein Adler eher des Ganymed, mit deutlichem Drall gen Bundesadler, noch lang nicht Pleitegeier. Und es weheten die Banner à la Kreuzzug und Wartburg, die Luft bedeutsam geschwängert vom Großen und Ganzen, manch Schmuckelement im schnuckelig Kleinen und liebliches Blumengesteck-Deco, überwölbend die heiterste von allen Szenen, mit Bilderbuchsternen aus Fixsterntaler und Mondglanz. Glücklicher Säugling! Dir ist ein unendlicher Raum noch die Wiege – werde Mann, und eng wird die unendliche Welt dir!

Jean Pauls Fötusideale

Wie anders, ganz anders, kam vierzehn Jahre später Jean Paul auf die Erde, vergleichsweise tatsächlich im Kuhstall, im Schuldturm kärglichen Schulheims, bei Bier und Brot und beknabbertem Hungertuch. Kein Glockenklang, kein Dromettenschall, keinerlei huldigende Genien und überschmückte Musen mit Lyra, nur ein kleineres Kinderbett in verwinkelter Stube, umlauert von kleinen scharfen Gespenstern aus Fiebernächten, die mit klebrigen kalten Krötenfüßen an der warmen Seele heraufkrochen: »Wir quälen dich allemal!« Aber der neue Erdenbürger, der nur unlackiertes, unaufgemöbeltes Arsenal, Requisitenmagazin, Kulissenbau aus Vorzeichen, null Göttin des Schlachtfelds und wenig wehende Banner vorfand im Umkreis (auch nachträglich hat's keiner ihm pinselnd geliefert), war von ganz anderswo herab- und heruntergestiegen, aus Untiefen, Weiträumigkeiten und Unendlichkeiten – zumindest kam's hinterher ihm dann so vor. Als es ihm gutging und Existieren noch nicht so fatal wurd, und den Königsschuß er abgedrückt hat in Richtung Dasein und Hiersein, in aller fötalen Einkapselung, falls Bewußtsein dabeigewesen wär, er sich eher ein Riesendasein vorgestellt hätt als kosmosfüllender voltairischer Mikromegas, dann aber nichts weiter wurde als ein Mensch, kam er halt – zum Teufel! – leider bloß auf diese Welt und mußte schulterzuckend hinzufügen: »und zwar auf die jetzige hiesige«, so als hätten noch eine Unmenge anderer, besserer und weiträumigerer Universen und Zeitabschnitte vorher zur Verfügung gestanden. Die Pfütze irdischen Lebens nahm er auf leichteste Schultern, ohne begrenzt und untief vorbeizuträllern an der Schwere lästigen Daseins hienieden. Neben Augustinus' eingedunkelter Civitas Dei, dem Stadtstaat Gottes, roch jeder anständige Erdenglobus nur wie eine kleine eingelagerte Schweinerei, ein Hundsfottgäßchen, nie ganz frei von entschiedenen Nichtswürdigkeiten. Dies verrückte Grund- und Lebensgefühl durft' er lange noch nicht, mangels damaligem irdischen Forschungsstand und Informationsbasis, beim späteren Namen »Gnosis« nennen. Aber unverkennbar beschrieb er hinterher als Inkognito-Gnostiker, wie er nach dem Bankrott der Geisterwelt ätherisch auf einem Kometen gelebt, Urideen und Opuscula quasi omnia ausgespendet habe: himmlischen Output, den er später als Mensch, der sein Zurweltkommen Huckepack trug, sich hat ausschnittsweise und kleckerweise abmelken können – uneingegrenzte Quisquilien, noch von keiner irdischen Einseitigkeit zusammengeschoben und kanalisiert, hineingebogen ausgerechnet er in die Pönitenzpfarre eines schrecklich beengenden Universums, vorher aber ganz unbeschränkt, in keine bestimmte Stilrichtung eingezwängt und herzlich geneigt, seine Seele auf riesigstem Breitwandfresko durch alle Zeiten und Völker wandern zu lassen, alle Nationen, Charaktere und Physiognomien simultan durchzukosten und auszufüllen. Aber statt dann eine solche menschheitstranszendierende Weltchronik abzufassen und einzupassen ins eingequetschte Leben, ward er bloß hineingeboren, oder ums existenzieller zu sagen: geworfen, in einfachste Verhältnisse, ins ungemachte Bett, arg kurzgehalten. Und dann durfte er halt, statt als Erdgeist oder Weltgeist die ganze Welt zu umschweifen, einige Idyllen, Satiren, Romane verfassen, an Fingern abzählbar, hierbei bloß ein großer Dichter sein, einer von vielen, umstanden, umzingelt von großen Denkern, Entdeckern, Helden, Heiligen, die man aber alle in seinem Refugium nicht ebenfalls sein konnte, stets nur ein Einziger davon, ein kleiner Gott auf Erdenbesuch, geviertelt zum Halbgott, Übermenschen, Buchverfasser, Legationsrat. Welch Hohn, als eigentlich orientalischer, asiatischer, lunatischer oder astraler und gnostischer Exot und Mondmann, über der Mütze eigentlich nur die Sterne, ausgerechnet Oberfränkisch sprechen zu müssen, hausbacken im Zeitkostüm herumstiefeln zu sollen, als Kind einer bestimmbaren Kulturepoche! Aber immerhin, ein Gott gab auch ihm, all diese Chose ungefähr so oder ähnlich auszudrücken und der ungenügenden Welt zu sagen, nie ohne Pfiff und Pepp und Drive und Hüftschwung, was er leide und hoffe und denke.

Morgenlandsehnsucht in Kinderschuhen

Wer wollte nicht gelegentlich versinken – im überflorten Spiegel nachgetönter und auferstehender Kindheit? Hierzu bediente Jean Paul sich eines Kunstkniffs: »Will ich in die tiefste Kindheit mit all ihrer Fülle und Weite – will ich sie wiederhaben in einer recht wehmüthigen Seeligkeit: so tauch' ich mich in das Süßdunkel einer Orangenblüte.«

Auch Aniskörner bescherten ihm eine solche mémoire involontaire. Ein späterer Schriftsteller wurde weltberühmt mit einem Biß in ein spezielles Gebäckstück, kombiniert mit einer Teesorte, und alle Nachtigallen pfeifen für immer das Proust'sche Madeleine-Lindenblüten-Erlebnis von sämtlichen kulturellen Dächern – unterdessen verkrümelten Jean Pauls Orangenblüte und Aniskörner sich in einer unbekannten Nachlaßnotiz, nach der kein Hahn kräht.

Sogar bei Goethe, obwohl zu bodenständig für ein Hypersensibelchen à la Marcel Proust, Rainer Maria Rilke, Hugo von Hofmannsthal, finden sich Verse, die doch stark nach Madeleine schmecken: »Wenn aus dem schrecklichen Gewühle / Ein süßbekannter Ton mich zog, / Den Rest von kindlichem Gefühle / Mit Anklang froher Zeit betrog –« Andererseits lagen auch schon zur Luther- bzw. spätestens Goethezeit, also vermutlich jederzeit, der Riechnerv des Menschen und die synaptische Aktivität des Erinnerungszentrums nah beieinander, wunderbar nah.

Im Urbeginn, als jedem Anfang noch ein festhaltbarer Zauber innewohnte, wußte noch keiner, was für herrliche Kuckuckseier da im Doppelnest lagen – erstens ein Adler, zweitens eine Kreuzung aus Paradiesvogel und Kakadu. Ein warmer Held, der neue Amadis, als er noch ein Knabe war, durchzog wie Prinz Pipi die ganze Welt, zerstörte manch selbsterbautes Schloß, warf blinkende Geschosse Drachen durch den Bauch, und dies als Mann, befreite dann ritterlich Prinzessin Fisch – gar zu obligeant – emailliert – galant –, und ihr Kuß war Götterbrot – dann aber ebbte die goldene Phantasie unverhofft ab. Kein Zauberband konnte Prinzessin Fisch zurückholen. Sie löste sich auf, und da sah ein kleiner Wolfgang sich wieder umstellt von den chinesischen Tapeten im Frankfurter Vaterhaus, wo bezopfte Kachelofen-Figürchen reglos durch lackierte und lasierte Landschaften wandelten, aufgemalt auf Klavichorddeckel, in vollendeter Rokoko-Chinoiserie von 1755.

Unterdessen, leicht zeitversetzt, in Zeiten, in denen der Zopf fast schon abgelegt ward, steckte der kleine Fritz in seinem Kuhdorf fest, und wenn er nicht just tiefsten Anteil nahm an allem, was dort wie ein Mensch aussah, saß er nachmittags unter brütender Sonne im

Grünen. Dann umfaßte ihn ein Eden aus stärker duftenden Wiesen, worüber schwül das Blütengewölk auflag, und wenn mit gesenkten Blättern Wälder sanfter brausend und ruhend dastanden und die Vögel darin als stumme Figuranten saßen (goetheanisch gesagt: die Vögelein im Walde schwiegen), da beschlich eine sehnsüchtige Beklommenheit sein Herz. Dann ward er von derselben goldenen Phantasie unter den ewig blauen Himmel des Morgenlandes und unter die Weinpalmen Hindostans verweht – dann ruhte er in jenen stillen Ländern aus, wo er ohne stechende Bedürfnisse und sengende Leidenschaften auseinanderfloß in die träumende Ruhe des Braminen. Das blanke Wort »Morgenland«, genau wie »Weltweisheit«, war ihm eine offene Himmelspforte, durch welche er hineinsah in lange, lange Freudengärten.

Nun könnt man glauben, der Knabe Wolfgang würde nun alsbald von seiner chinesischen Frühprägung eingeholt und in unauslöschlicher Asiensehnsucht sich hinfort verzehren, doch statt achttausend Meilen ging seine Sehnsucht nur tausend Meilen weit, zu den gipsernen Idealgestalten aus Athen und Rom. Die fand er schöner, idealer und bewundernswerter als Chinesen, blaßbunt auf Vasen aufgemalt, ein altersnärrisch näselndes, abscheulich kluges Wimmelvolk, tausendfältig bezopft, unter Türmen mit Dächern und Glöckchen in Trichterhüten und kolorierten Jacken, von einem Bein pudelnärrisch aufs andere hüpfend, oder pekinesennärrisch. Abwechselnd hoben sie dürre Zeigefinger mit langen Nägeln empor und gaben in piepsiger Sprache äußerste und tödlich empörende Wahrheiten von sich, sehr diesseits der lateinisch tradierten und tingierten Chinophilie eines Leibniz oder Voltaire. Aber klassisches Alterthum machte Goethe wirklich sehr an. Da fuhr er total drauf ab, und das fand er auch gut so. Das fand er ganz klasse, jene uralte Klassik unten am Mittelmeer; da kaprizierte er sich, da verbiß er sich wie ein Daoist ins Dao, und ein Buddhist ins Wu Wei.

Gleichwie frühere Kreuzfahrer oft schon in Worms und Jugoslawien und spätere Morgenlandfahrer in Schweiz und Italien steckenblieben, so sehnte der größer gewordene J. P. F. Richter alias Hans Paul sich in seinem heimatlichen Krähwinkel namens Joditz, Schwarzenbach und Wunsiedel durchaus weiterhin nach Morgenland. Um im pausenlosen Textverfassen nicht übel unterbrochen zu werden, nahm er sich, als Erwachsener, dann nicht mal die Zeit, gen Schweiz oder Meer zu reisen – das erledigte die Phantasie doch viel eindrücklicher! Und während erst der ganz späte, siebenundsechzigjährige Goethe mit Islam, Koran und Mahomet sich genauer zu befassen anhub, tat Provinzler J. P. F. Richter dies bereits achtzehnjährig, und es entging dem Jüngling nicht, daß das morgenländische Flügelroß, auf dem Mahomet (der sich in späteren Zeitaltern eher Mohammed und Muhamad schrieb) nach Mekka flog, »Buzephalus« hieß.

Natur – mit allen treibt sie ein freundliches Spiel

Im hohen Gras am fallenden Bache, da dampfte das liebe Tal um ihn, und die hohe Sonne ruhte in der undurchdringlichen Finsternis seines Waldes, und nur einzelne Strahlen stahlen sich ins innere Heiligtum, da lag der sehr junge Göthe, der erst später aus dem »ö« ein »oe« machte, und sah näher an der Erde tausend mannigfaltige Gräslein, die ihm merkwürdig wurden, und die kleine Wim-

Unzählige Würmchen am Herzen fühlen – pantheistische Daseinswonne

melwelt zwischen Halmen, unzählige, unergründliche Gestalten der Würmchen, der Mückchen fühlte er auf einmal näher an seinem Herzen und fühlte in ihnen – als Kind seiner empfindsamen Zeit – die Gegenwart des Allmächtigen, der uns nach seinem Bilde schuf – jedenfalls behauptete der gefühlige Waldbruder dies hinterher, in einer Nachbereitungsphase, als er nämlich niederschrieb, daß er im Wehen des Alliebenden, der uns in ewiger Wonne schwebend trägt und erhält, über der Herrlichkeit solcher Erscheinungen zugrunde gehe.

Nein, da ging keiner zugrunde, sondern schrieb alles auf und ließ diese schönen Naturgefühle 1:1 in ein Alter Ego einströmen, einen jungen Mann namens Werther, und machte Briefmonologe draus, an einen gesichtslosen Freund, eine Publikation, für fast ebenso empfindsame Leserinnen, die er im Vorspann seines Romanerstlings also anredete: »Und du, gute Seele, die du eben den Drang fühlst wie er, schöpfe Trost aus seinen Leiden und laß das Büchlein deinen Freund sein, wenn du aus Geschick oder eigner Schuld keinen nähern finden konntest.«

Da schlug das bebende Herz im sittsamen Busen manch einer jungen leidenden Buchfreundin schneller und höher, und sie ließ das Büchlein ihren Freund sein.

Auch im Herzen des enthusiasmierbaren J. P. F. Richter, weit hinten im schönen bayerischen Vogtlande, schlug das Kultbuch sehr ein. Erst fünfzehn Lenze jung, 1778 halb so alt wie der uneinholbar vorausgepreschte Göthe, fühlte der Schüler die Gefühlswellen in sich einströmen, ließ sich recht inniglich aufquirlen, schlürfte jede Faser, jedes Atom, suchte im Gras nach Würmchen, peitschte und kochte das wachgeküßte Gefühl weiter hoch, ohne Gegenwehr und Sättigungsschwelle, empfand auch so und hörte damit nicht auf, rief dieselbe Muse an, rollte den sofortigen herrlichen Musenkuß aus zum Musenzungenkuß, und – dann? Während zeitgleich der älter- und kältergewordene Goethe sich Erregung und Werther-Sound längst abgeschminkt hatte, und abgeschrubbt, schrieb der blutjunge Richter in eigener Person als Werther weiter, imitierte, nein: potenzierte ihn weidlich in seinem eigenen Briefroman ›Abelard und Heloise‹, im Jenner 1781 – zweihundert Jahre später würde so was »Frühprägung« heißen, »Initialzündung«, »Exaltation« und »Identifikationsfindung«. Das Resultat klang dann so: »Wenn die Sonne langsam am roten Horizont heraufsteigt und ihre Erde zur Freude befeuert – wenn die Nachtigall mit traurigen Tönen die Seele in Wonne schmilzt, wenn tausend Blümchen duften, tausend Vögel dem Gütigen singen, tausend und tausend Würmchen zur Freude geschaffen, unbemerkt hinschleichen – wenn jeder Tautropfen eine blinkende Sonne, und jede Sonne ein Spiegel der göttlichen Lieb' ist – wenn ich Gottes Gegenwart, der sich im Gräschen und Zeder, in der Milb' und dem Elephanten naht, so nahe, so lebhaft fühle – dann sink' ich, ich beuge die Knie und falte die Hände, und seh' hoch hinauf zu ihm, zu diesem Guten, diesem Vater.«

Immerhin hatte der Dichter so viel kühlen Kopf genug, um ein halbes Jahr nach dieser Jugendtorheit in seinem Folgetext ›Mein eigen Urteil über den Abelard‹ zu erkennen: »Es ist sehr fade, die eine Person der Gefahr der Entehrung auszusetzen, und sie aus Furcht sterben zu lassen – und noch fader ist's, die andre Person zum Selbstmörder zu machen. Die Sprache ist nicht götesianisch; aber sie ist schlechte Nachahmung der götesianischen.«

Jugend ist Trunkenheit ohne Wein

Beide Autoren fingen an – zeitversetzt Wange an Wange – mit nicht ganz unbegabten Bucolica im Zeitgeschmack: ›Die Laune des Verliebten‹ oder ›Erwin und Elmire‹. Beide schwammen in bezopfter Schäferspiel-Tradition – einer Welle, die postarkadisch, hergeweht aus Spätantike, übers kaum industrialisierte Europa zog, und alle spielten und sangen mit: Mozart: ›Bastien und

Goethe 16 Jahre alt *Jean Paul 33 Jahre alt*

Goethe 30 Jahre alt *Jean Paul 34 Jahre alt*

Bastienne‹, Sophie Mereau: ›Alma und Eduard‹, Christoph Martin Wieland: ›Timander und Melissa‹ oder auch dessen ›Nadir und Nadine‹.

Der fünfundzwanzigjährige Goethe hatte für die Abfassung seines dünnen Briefromans (130 Seiten) vier Wochen gebraucht. Der achtundzwanzigjährige J. P. F. Richter brauchte für seinen ersten Roman ›Die unsichtbare Loge‹, alias ›Mumien‹ (470 Seiten), elf Monate.

Selbst als Jean Paul mit über dreißig am zweiten Roman saß, ›Hesperus‹, trotz allen eigenen Tones, stand er weiterhin im Banne Werthers, im langen Vorspann: »Komm, liebe müde Seele, die du etwas zu vergessen hast, entweder einen trüben Tag oder ein überwölktes Jahr, oder einen Menschen, der dich kränkt, oder einen, der dich liebt, oder eine entlaubte Jugend, oder ein ganzes schweres Leben; und du, gedrückter Geist, für den die Gegenwart eine Wunde und die Vergangenheit eine Narbe ist, komm in meinem Abendstern und erquicke dich mit seinem kleinen Schimmer, aber schließe, wenn dir die poetische Täuschung flüchtige süße Schmerzen gibt, daraus: Vielleicht ist das auch eine, was mir die längeren tiefern macht.«

Der alte Kniff, sich nicht etwa siezend an fremde Leute zu wenden, sondern ganz eng und nah an eine einzige Leserin, griff und funktionierte auch hier ganz wunderbar. Der goethezeitlichen Vorstufe der höheren Tochter – der schönen Seele – schlug ihr liebes müdes Herz sofort lauter und höher im hochgeschnürt bebenden Busen. Denn jedes gute Mädel hatte erleben müssen, daß als Anwärter in Reichweite bloß arg begrenzte Mannsbilder auftraten, unerfreulichste Gestalten, und daß auch im empfindsamen Zeitalter die Majorität – wie jederzeit – vornehmlich aus Krämerseelen, Nußknackervisagen, Seelenkrüppeln, wenn nicht gar wortkargen Arschlöchern, sich ungut zusammensetzte, und dann – welch Erlösung! Ein solcher Gefühlsüberfluß, kombiniert mit solch strahlender Formulierungsgabe und Intelligenz; dafür hätte man, falls man solch einen Dichter je träfe, jeglichstes Aussehn samt aller Marotten doch gerne in Kauf genommen!

Als Jean Paul diesen hinreißenden Passus schrieb, mit Wunde und Narbe, entging ihm vielleicht das ganze Ausmaß dieser seiner sympathetisch ins Kraut schießenden Werther-Reminiszenz, -Hommage, -Paraphrase. Und als Goethe das Buch anlas, entging ihm möglicherweise gleichfalls, daß diese – böse Zungen würden sagen – suggestiv-emotionale Anschleimerei, diese Aufstockung oder Aufpfropfung, diese unübersehbare Imitatio von ihm selber herwehte, vielleicht weil fast alle anderen damaligen Zeitromane und Sentimental Journeys, vorher und nebenan, ohnedies so oder ähnlich anhuben.

Jedenfalls – beide Jungdichter wurden immer öfter mit Musenküssen eingedeckt. Sie brauchten ihre Großhirne bloß in geisterreichen Drang zu versetzen, in ein Meer des Wahns zu versenken, halb eingesungen von luft'gen, zarten Genien und Amoretten, moderner ausgedrückt: Bloß anzuschließen brauchten sie sich an himmlische Starkstromkabel der Inspiration, schon hagelte es, mit unsäglicher Sicherheit und Feinheit, a priori druckreife Zeilen, an denen sie dann doch noch ganz gern und lustvoll weiterbosselten. Sobald der Himmelsliebe Kuß auf sie herniederstürzte, ergriff ein unbegreiflich holdes Sehnen oft unsere beiden Protagonisten und trieb sie, ein jeglicher an seinem Ort, durch Wald und Wiesen hinzugehn, und unter jeweils tausend heißen Tränen fühlten sie je eine Welt entstehn – bei Goethe waren es oft nur hundert lauwarme Tränen. Nur Realisten, denen keiner etwas zuraunte, hätten sich alles selber aus den Fingern saugen müssen, wozu sie nicht neigten. Diese Dichter brauchten bloß mitzuschreiben, was ihnen in die Binse diktiert ward.

Bei morgendlicher Bergbesteigung, wenn der junge Tag sich mit Entzücken erhob, schälte im Tautropfengeglitzer aus manch einem Nebelstreif sich eine geflügelte Figurine, die bei entgegenkommender optischer Täuschung bisweilen sogar einen Finger heben mochte, so rötlich wie eine Rose, und die sogar das Wort ergriff, sich aber nicht beim Namen nennen wollte. Doch konnte man ahnen, daß es sich bei der anmutigen Frauengestalt, gemalt von Philipp Otto Runge, um nichts weniger handeln konnte als um eine allegorische Wesenheit, eine Fee, wenn nicht gar um die Königin der Dichtkunst oder um Frau Wahrheit, die ja bereits an des Knaben Wiege gestanden. Dem Neophyten Goethe gegenüber, der zur Zeit der Niederschrift allerdings bereits als ein verspäteter Jüngling von fünfunddreißig Jahren spazieren ging, kam's zu gereimten Wechselgesängen, zu Krönung und Zepterüberreichung zwischen Wald und Höhle. Die göttliche Frauenstimme, deren Worte er mitschrieb, sagte ihm: »Ich kenne dich, ich kenne deine Schwächen, / Ich weiß, was Gutes in dir lebt und glimmt! / Empfange hier, was ich dir lang bestimmt! / Dem Glücklichen kann es an nichts gebrechen, / Der dies Geschenk mit stiller Seele nimmt: / Aus Morgenduft gewebt und Sonnenklarheit, / der Dichtung Schleier aus der Hand der Wahrheit.« Er war ihr lieber Sohn, an dem sie ihr Wohlgefallen hatte, und er selber schrieb sich diese Auserwähltheit zu, und ganz ohne Schamröte, worauf in einem Goethelexikon Inge Wild aufmerksam gemacht hat: »Die göttliche Frau, in der biographischen Deutungstradition immer mit Charlotte von Stein und ihrer veredelnden Wirkung auf den jungen G. identifiziert, hat

Da schwebte, mit den Wolken hergetragen, / Ein göttlich Weib vor meinen Augen hin, / Kein schöner Bild sah ich in meinem Leben, / Sie sah mich an und blieb verweilend schweben.

eine nicht genau festgelegte Rolle zwischen Muse und Göttin der Wahrheit. (...) Trotz dieser neuen sozialen Bestimmung von Kunst bleibt die herausgehobene Stellung des Dichters bestehen, sie steigert sich noch zu einer Art ›Dichterweihe‹.«

Einer ähnlich allegorischen Figur durfte J. P. F. Richter sich nähern, diesmal aber nicht in Nachfolge vierzehn Jahre später, sondern drei Jahre vorher (bin schon da). Denn dank seiner unglaublichen, nur mit Friedrich Wilhelm Schelling und Hugo von Hofmannsthal, vielleicht gar Carl Friedrich Gauß und Amadeus Mozart vergleichbaren Frühreife kam's zum Zwiegesang mit solch einer göttlichen Erscheinung bereits im Alter von achtzehn, niedergelegt in: ›Die Wahrheit – ein Traum‹. Ort der Unterredung: natürlich die Natur, alles für alle Fälle innerhalb einer zum Traum erklärten Realität. Der wie immer gewaltig aufgewühlte junge Mann, glühend wie von jungem Wein, geht an den mondbeglänzten Kieseln eines murmelnden Bachs am Maiabend spazieren, bei sanft lispelndem Zephyr – die halbe Erdenwelt schlafend – Gottes Schöpfung feierlich still – und quält sich gedanklich mit Hypothesen und Sinnfragen zum Thema Irrtum und auch Wahrheit, fragt sich mit melancholischen Stirnfalten, ob eher Zeno, Epikur, Moses, Spinoza, Paulus, La Mettrie, Leibniz, Pierre Bayle, Luther, Voltaire oder hundert andere recht haben – als der Mond plötzlich sich taghell aufdreht und eine näherkommende Gestalt ihn demütigt, indem er neben ihr zum törichten Erdenwurm verzwergt – durchaus eine Entität, halb Frau Wahrheit, halb Erdgeist, der ohngefähr also zu ihm redete und sprach: »Bedenke deine Klage, Sterblicher! Wer giebt dir Recht, mehr zu fordern, als dir gegeben ist? Es verdrießt dich, daß du nur ein Mensch und nicht Engel bist. Du forderst, gar nicht zu irren? So forderst du auch, daß dich dein Schöpfer nicht hätte schaffen sollen. Entweder ein fühlloses Atom – oder ein Gott hättest du werden müssen, um nicht zu irren. Du beklagst dich, daß du nur Mensch bist; so hat's Tier auch recht sich zu beklagen, daß es nur Tier ist, und ich, daß ich nur Seraph bin.«

Leider ward kein Zepter überreicht, keine Insignien wie Schleier oder Morgenduft. Der belehrende Dialog blieb auf rhetorisch-kognitiver Ebene. Kein Zephyr zupfte dran herum. Kein Störenfried rasselte an der Türe. Der erwachende Wahrheitssucher notierte beglückt: »Die zu lebhaften Ideen erregten in meinem Körper harmonische Bewegungen der Wollust.« Da haben sichtlich also phantasmagorische Afferenzen im Tegmentum via epikritischer Sensibilität reflektorisch-vasomotorisch-geometrische Reizmuster im kavernösen Körperchen entbunden und vielleicht zu unerwünschten Zuständen geführt?

So oder so: Inspiration überfiel beide Adepten ja ohnedies im Fortgang ihres dichterischen Berufs dann immer pausenloser – säkularer gesagt: Formulierwut, die auch ohne seraphische Beihülfe weiterkam, stieg nicht oft, aber immer öfter zu Engeln und Göttern auf.

WELT UND WURM VOR SONNENAUFGANG

Was taten W. Goethe, 31, und J. P. F. Richter, 17, im Jahr 1780? Stichprobe

Tabellarisch sah's etwas nüchterner aus: Goethe, der sich in diesem Jahr in Darmstadt, Homburg, Gotha, Erfurt, Frankfurt, Weimar, Groß-Brembach, Kaltennordheim, Ostheim und anderswo aufhielt, traf sich mit Johann Anton Leisewitz, Friedrich Ludwig Schröder, Gräfin Branconi u. a., las Euripides, ordnete Johann Caspar Lavaters Dürersammlung, begann selber Natur- und Kunstobjekte zu sammeln, basiert auf mineralogischen-naturwissenschaftlichen Studien, begann mit ›Torquato Tasso‹, diktierte Aristophanes' ›Vögel‹, schuf das Kurzgedicht ›Über allen Gipfeln ist Ruh‹ sowie ›Meine Göttin‹ und ließ nicht zuletzt bereits damals mehrfach Büsten von sich modellieren. J. P. F. Richter hatte derweilen bei seiner Schulentlassung eine Rede zu halten: ›Über den Nutzen und Schaden der Erfindung neuer Wahrheiten‹, las im Haushalt seiner verarmten Mutter Theodor von Hippels ›Lebensläufe in aufsteigender Linie‹, Yoricks Reisen und Ephraim Lessings ›Erziehung des Menschengeschlechts‹, eröffnete und füllte zwei Notizhefte, die er betitelte: ›Übungen im Denken‹, worin er einen seiner zeitgenössischen Lieblingsschriftsteller, Göthe, zweimal erwähnte: »Wenige Menschen verstehen einander recht – sagt Göthe. Warum? Weil wenige von etwas anderm als von sich Begriff haben.« »Aber je besser der Umriß ist, den du jetzt von deiner affektvollen Seele machst, desto leichter wird's dem Leser, das Gemälde zu vollenden. Göthe ist ein solcher Zeichner. Er trifft jede Saite des empfindenden Herzens – hat nicht ganz Deutschland ihm geweint?«

Weltseele und Erdgeist im Flugsimulator

In geschlossenen Räumen, in durchwachter Nacht und wenn der Mond als trübsel'ger Freund über Büchern und Papier aufging, ließ die Inspiration dieser beiden Zeitgenossen nicht nach. Nur konnten die gegönnten Inhalte jeden Moment sich wieder im Weltall verkrümeln. Dann tasteten sie – überrieselt bis in die Fußzehen – nach ihrer Gänsefeder, rannten zum Pult, nahmen sich nicht mal Zeit, quer liegende Bögen zurechtzurücken, und schrieben die prasselnden Eingebungen in der Diagonale runter. Kamen Gäste, zogen sie die Manuskripte aus allen Winkeln des Zimmers hervor, und wenn Freunde an der Tür rasselten und trockne Schwärmer und Schleicher den Nachfluß an Gedankenflora störten, kam der Blick – abwesend weggedreht – nicht schnell genug zurück in die Augen. Als aus seinem nachtwandlerischen Dichten der junge Goethe einmal von der eigenen schnarrenden, spritzenden Feder aufgeweckt und dadurch ein kleines Produkt in der Geburt erstickt wurde, griff er ab da beim Verse-Einfangen weit lieber zum weichen willigen Bleistift.

Doktor Fausts Erdgeist blitzte kurz auf und ver-

Du gleichst dem Geist, den du begreifst – nicht mir!

schwand sofort wieder auf ein baldig Wiedersehn, nein auf Nimmerwiedersehn. Wär das Ganze ein Roman gewesen, hätt das Gespräch mit dem Erdgeist ein paar

Takte länger gedauert. Wie oft hatte der Famulus überhaupt angeklopft? Vermutlich dreimal: Durch's erste Mal verschwand der Erdgeist; Faust hörte erst das dritte als erstes Klopfen.

Sobald aber Fritz Richter den Erdgeist beschwor, glich er dem Geist durchaus, den er begriff. Statt sich als Wurm furchtsam wegzukrümmen, brauchte er nur sein Auge oberflächlich zu schließen, schon zwitscherte sein berauschtes Gehirn ab und hinan, flog straight on drauf zu, hatte die Macht, ihn auf Augenhöhe zu halten, als Geisterfürst Prospero oder Oberon, und hätte ihn gefragt und fragte ihn: »Könnten wir nicht noch eine größere Anzahl Wahrheiten fassen, ohne daran von den Schranken unserer Endlichkeit gehindert zu werden? Könntest du nicht dem Menschen alle Wahrheit bis auf einen kleinen Schimmer nehmen, und ihn immer mit der Berufung auf seine Endlichkeit zufriedenstellen wollen?« Fritz Richter bekam eher das umgekehrte Problem: Wie krieg ich die Herrschaft wieder aus dem Zimmer raus? Wie dreh ich dabei nicht durch? Könnt ich nicht allmählich mal wieder aufwachen? Als seine Speisewirtin Christiane Stumpf ihn im Zimmer bleich und verstört vorfand, mußte sie ihn dreimal anreden, ehe er wie aus hypnotischem Schlaf erwachte und sich bei ihr bedankte, daß sie ihn, indem sie dazwischentrat, vor ausbrechendem Wahnsinn gerettet habe. Sein Geist schuf selber am sausenden Webstuhl der Zeit, den er die »Riesenmühle des Weltalls« nannte, und wirkte am lebendig lichtpunktbesetzten Kleid und Sternenmantel der von Meister Eckhart sogenannten »Gottheit«, die noch weit über Gott stand und deren »Geburt und Grab, ein ewiges Meer« Fritz Richter in immer unglaubhafteren, immer wahrheitsstrotzenderen Träumen wacker und fühlbar äußerst zuständig und fähig in menschliche Worte zu fassen verstand. Seine Musenküsse dehnte er auf Knopfdruck immer länger aus, zu einem lebenslangen Flugtraum ohne sonderlichen Ikaruseffekt, unterbrechbar gelegentlich durch Aufwachen. Doch eine gewisse grundierende Dauereuphorie, falls nicht Dauerhalluzinose, ließ kaum nach, so als bekäm er den Finger nicht mehr runter vom Knopf. Göthens Musen mußten immer wieder neu beschworen werden und kamen auf natürlichem Weg immer seltener. Jean Paul streute seine visionärsten Visionen nur wohldosiert über sein gewaltig bevorstehendes Gesamtwerk aus, seine ekstatischen Kamerafahrten durch Breitwandpanoramen – weit, hoch, herrlich! den Blick rings ins Leben hinein! Vom Gebirg zum Gebirg schwebet der ewige Geist, ewigen Lebens ahndevoll! Erfahren, was das Leben sei, entzündet alle Höhn, beruhigt jedes Tal, jeder Silberbach in goldne Ströme zerflossen – schönste Psychedelik! Göttergleicher Lauf! Mit oder ohne Gondolfiere – bzw. natürlich ohne, denn zum damaligen Zeitpunkt stand noch keinerlei Fesselballon zur Verfügung! Mit oder ohne Bayreuther Bier, aus dem er sich unabsichtlich LSD-Trips destillierte, hundertsiebzig Jahre vor Flowerpower! Und unten tat das Meer sich mit erwärmten Buchten vor seinen, meinen, deinen erstaunten Augen auf, wohl auch Lagunen und Archipel, ehe das ew'ge Licht der Göttin endlich hinwegsank, vor mir der Tag und hinter mir die Nacht, der Himmel über mir und unter mir die Wellen – ein schöner Traum im Sonnenuntergang, und unten zwei bipolar angelegte Menschlein, von denen der eine des Vogels Fittich nie beneidet und der andere gern seinen Geistesflügeln einen körperlichen Flügel hinzugesellt, um in der Hinwärts- und Aufwärtsbewegung, losgerissen vom Dunst, dann doch recht bang zu fragen: »Wohin denn ich?« Gleichwie Ganymed hinanstrebend unsicher blieb:

»Ich komm, ich komme! Wohin, ach wohin?« Denn: »Hinauf strebt's«, so oder so. Hinaufzugelangen zu luftig kletternden Lerchen, bei abwärtsschwebenden Wolken und sehnender Liebe, umfangend umfangen, hinauf zum Adlerflug, wenn über Flächen, über Seen der Kranich nach der Heimat strebt, noch lange nicht in Richtung Aeroplan und Lufthansa – welch faustischer Impetus! Wahrlich alles andere als ein klassizistisch gebändigter Wunsch!

Und wenn er sich nicht just mit Augenglas minimalistisch runterkniete ins mitschwingende Zittergras, so sah er von sehr weit oben und außen herunter auf die Erdkugel, mit Basedow- oder Teleskopaugen, und gelangte dann zu irren Dimensionen und Definitionen:

»Die Erde ist ein Sackgäßchen in der großen Stadt Gottes – die dunkle Kammer voll umgekehrter und zusammengezogner Bilder aus einer schönern Welt – die Küste zur Schöpfung Gottes – ein dunstvoller Hof um eine bessere Sonne – der Zähler zu einem noch unsichtbaren Nenner – wahrhaftig, sie ist fast gar nichts.«

Wonniger Pantheismus mit Wurm und Würmchen

1791, baute J. F. P. Richter, der sich ab diesem Jahr »Jean Paul« nannte, nach Abfassung zweier dicker erfolgloser Satirenwerke, in seinen Romanerstling ›Die unsichtbare Loge‹, einen Satz ein, der weiterhin eindeutig aus der Würmchenpassage des Werther herweht, als Reminiszenz, als Echo, als Treueprämie: »Der Alliebende schaute an seine volle Schöpfung und sagte: ›Ich lieb euch alle von Ewigkeit – ich liebe den Wurm im Meer und das Kind auf der Erde und den Engel auf der Sonne.‹«

Bald darauf, im Zweitroman ›Hesperus‹, spielte Jean Paul immer noch mit Werthers Würmchen herum und rückte es nun nahe heran – statt an einen Elephanten –, an den Engel: »Ich und du und alle Menschen und alle Engel und alle Würmchen ruhen an seiner Brust, und das brausende schlagende Welten- und Sonnenmeer ist ein einziges Kind in seinem Arm. Er siehet durch das Meer hindurch, worin Korallenbäume voll Erden schwanken, und sieht an der kleinsten Koralle das Würmchen kleben, das ich bin, und er gibt dem Würmchen den nächsten Tropfen und ein seliges Herz und eine Zukunft und ein Auge bis zu ihm hinauf – ja, o Gott, bis zu dir hinauf, bis an dein Herz.«

Goethe und Jean Paul waren die Ersten und Letzten nicht. Wie der ›Hesperus‹ auf dem ›Werther‹ fußte und zum Trampolin nahm, so wurzelten beide auf Friedrich Gottlieb Klopstock, diesem Steifling mit dem grobkantigen, schwer idealisierbaren Angesicht, hochkundig in tiefverzwackt handhabbaren Spondäen, Daktylen, mit Würde gesegnet, der beim Versfußzählen und Silbenstechen fallweise Wendungen von aufblitzender Anmut zustandebrachte und hierbei, bei metrischer Strenge, momentweise so beweglich wie Hölderlin zu klingen vermochte, wenngleich das hinausgesungene Halleluja seiner ›Frühlingsfeyer‹ bedenklich absticht gegen das irdische Vergnügen, ein holdes Frühlingswürmchen zu besingen, 1759 n. Chr., recht inniglich, als Panyriker mit Syrinx – grünlichgolden spielte es neben ihm im Sonnenlichte, allerliebst, und das strenge Herz, es fühlte sich mild und weich, und gefühlig dichtete er dem Goldwurm entgegen: »Du lebst; und bist vielleicht – ach!!! nicht unsterblich!« Keine schlechte Vermutung, dieser altfromme Wunsch, Tiere mit ins Himmelreich zu nehmen – Klopstocks Wurm biologisch übrigens nicht einwandfrei identifizierbar: Sicherlich meinte der Dichter, statt eine Schmetterlingsraupe, einen Frühlingskäfer, dessen Chitinpanzer vorübersumsend im Lichtspiel aufblitzt.

Kein Dichterling kann Monopol aufs Wurmmotiv erheben, aber die spezifische Kombination zwischen Wurm und Religion zog sich aus Urzeiten durch alles durch – siehe Christian Dietrich Grabbe: »Die Welt ist der Inbegriff alles Existierenden, vom kleinsten Würmchen bis zu dem ungeheuersten Sonnensystem.«

Schillers »Wollust ward dem Wurm gegeben« klang dagegen noch ganz barock nach Leichenwurm. (»Mein Leib bleibt hier der Würmer Spott; die Seele lebt bei ihrem Gott.«) Die Spätgotik hatte mit Wurm – statt einen Regenwurm – einen Drachen gemeint, wahlweise besiegbar von Jung-Siegfried oder Sankt Georg, und mit Wurmbiß eher den Schlangenbiß.

Immer krasser hub Jean Paul den Kunstkniff zu variieren an, Allergrößtes an Allerkleinstes anzukoppeln: »Es frappiert mich selber, (sagt' ich, als ich mein System während eines Fußbades flüchtig überblickte, und sah bedeutend auf die Fußzehen, deren Nägel man mir beschnitt), daß ich das All und Universum bin; mehr kann man nicht werden in der Welt als die Welt selber (§ 8) und Gott (§ 3) und die Geisterwelt (§ 8) dazu.«

Ardinghello und Hyperion, Franz Grillparzer wie Eduard Mörike: alle Sensibelchen lagen naturselig in den grüngoldenen Wonnen von Wiesen und Hängen, mit aufhorchsam gespitzten Ohren, Blumen im Mund, und wollten ihr Lieb und Leid zerrinnen lassen in Luft und Licht – mal mit Blick auf Smyrna, mal am Neckarstrom. Jean Paul und Hölderlin, ansonsten bestens unterscheidbar – im pantheistischen Ausflippen wurden sie eins – eins sein mit allem, was lebt!

Auch der angehende Dichterfürst Goethe, ungerührt weiterschreitend, sobald er seiner Selbstdisziplin entlief, ließ zwischendurch nochmal kurz die Zügel ins Kraut schießen und warf sich punktuell voll in die Natur hinein, am Hermannstein der Goethestadt Ilmenau, oder delegierte die eigene abgewürgte Naturwonne an seine Spielfigur Faust, der Werther-Richters jugendlich überseligen Elogen in Wald und Höhle dann nochmal variiert, 1787 f., auch wenn mit den Brüdern im stillen Busch, in Luft und Wasser, weniger rundum verzückende Würmchen gemeint sein sollten als Reh und Kröte und Schuhu und Meister Isegrim.

Die liebreich putzige Würmchenpflege trieb Jean Paul dergestalt weit, bis die peripheren Würmchenerwähnungen im ›Werther‹ und bei Klopstock im Nachhinein schier jeanpaulinisch klangen.

War Jean Paul Oberfranke oder Inder?

Oft kam Jean Paul – und emphatisch – auf die weichen Indier (so hießen Inder damals) zu sprechen, rühmte die Tierliebe der Hindus auf Kosten von Descartes, träumte auch liebend gern vom Krankenhaus und Altersheim für Kakerlaken, Ratten usw. in Surat (heute: 4,5 Mill. Einwohner) – und als Zugabe von den seligen Inseln Otaheiti (dem späteren Tahiti). Gern nahm er Zauberworte wie Seelenwanderung und outete sich schier als Buddhist: »Endlich sind wir im Vorhof der Ewigkeit, und sterben nur noch einmal.«

Mangels Indologie konnten die Autoren, die dann Klassiker wurden, damals noch nicht wissen, daß auf indischem Boden seit Jahrtausenden eine Religion wucherte, genannt Dschainismus (Jainismus), deren Hauptdogma befiehlt, nein vorsichtig nahelegt: »Verletze keinen und nichts! Schone Würmchen! Schone auch unschöne Würmchen! Kehre sie liebevoll und behutsam vom Weg…«

Das hätte die rabiate Raubbau-Welt sehr nötig gehabt. Doch Dschainismus wuchs dank eigener Behutsamkeit, sprich: Nichtexpansion, nie über seinen Subkontinent hinaus und wurde also keine Weltreligion. (Nur das Nichtverletzungsgebot ›Ahimsha‹ erlangte durch Gandhi welthistorisches popular interest.) Aber die Dichter des empfindsamen Zeitalters kamen ja ohnedies auf eigenen Wegen, dank Gefühlspflege, zu einem zärtlichen Dschainismus à la Werther: »Da ist kein Augenblick, der nicht dich verzehrte und die Deinigen um dich her, kein Augenblick, da du nicht ein Zerstörer bist, sein mußt; der harmloseste Spaziergang kostet tausend armen Würmchen das Leben, es zerrüttet ein Fußtritt die mühseligen Gebäude der Ameisen und stampft eine kleine Welt in ein schmähliches Grab.« Dann starb Werther und Goethe lebte weiter. Jean Paul griff den Keim auf und zog ihn groß: »Und ich ging den Sandweg und schonte das Leben des armen Gräschens und der liebäugelnden Blume, die ja hauchen und erwachen wie wir – ich vertrieb die weißen durstigen Schmetterlinge und Tauben nicht, die sich nebeneinander von der nassen Erdscholle zum Tranke bückten – o ich hätte die Wellen streicheln mögen – diese Schöpfung ist ja so kostbar und aus Gottes Hand und das noch so klein gestaltete Herz hat ja doch sein Blut und eine Sehnsucht und in das Augenpünktchen unter dem Blatte kehrt ja doch die ganze Sonne und ein kleiner Frühling ein.«

Die Konkurrenz schlief selten. Achim von Arnim schrieb in seinen ›Gesprächen mit Dämonen‹: »Schon

Goethe und Jean Paul sind vielleicht Hindus.

sieben Jahre sind's – ja, sieben Jahr, seit ich der Kindheit Lustrevier verließ, wo ich auf schmalem Weg vorsichtig trippelte, weil ich kein Würmchen und kein Pflänzchen wollt zertreten.« Schönerer Pantheismus als bei Spinoza! Ein verfeinerter Rousseau!

Später in seiner Erziehlehre ›Levana‹ erhob Jean Paul

das Dschaina-Gefühl sogar zur pädagogischen Maxime – hier zwei, drei herausgepickte Passagen aus ›Bildung zur Sittlichkeit des Knaben‹: »Sondern die alte untergesunkene Welt – wovon noch einige Spitzen in Ostindien vorragen –, finden mehr Leben und Gottheit in der mit Wurzeln angeketteten Blume als wir jetzo in freifliegendem Tiere, betete eben in den tierischen Arabesken, in den lebendig umhergehenden Zerrbildern oder Zerrleibern der Menschengestalt den unendlichen Raffael an, der den Menschen vollendete.« »Das kleine Tier werde vom Vergrößerglase an das Auge und Herz gerückt. Dadurch wird man ein Hausfreund des Blatt-Insassen; das Vorurteil, das nach dem Rekrutenmaße das Leben schätzt – warum wird alsdann aber nicht der Elefant und Walfisch höher gestellt als wir? –, verschwindet durch die Unendlichkeit –« »Leibniz setzte ein Tierchen, das er lange angesehen, ungetötet auf sein Blatt zurück; dies sei Gebot für das Kind. Die stoische Schule sprach aus: wer einen Hahn ohne allen Anlaß tötet, bringe ebensogut seinen Vater um: und der ägyptische Priester hielt es für unheilig, ein Tier zu töten, ausgenommen zum Opfern.«

Nicht daß Dschainismus sich doch noch grenzüberschreitend eingeschlichen hätt in die weltweite Affenliebe zu Schoßhündchen und Haustieren! Er wuchs überall von selbst aus menschlich gewordenen (oder gebliebenen) Herzen hervor und bezog sich oft sogar auf Menschen.

WORTSCHWALL UND TIEFSINN

Dichter lieben nicht zu schweigen – ingeniöse Wortjongleure

Wenn der Geist zu ihnen sprach, guckten sie kaum nach, ob der Rest der alphabetisierten Menschheit ihren inspirierten Output überhaupt verständlich fand. Wenn Violinvirtuosen sich bei Beethoven beschwerten, er schreibe unspielbare Musik und diese kühnen Läufe könne kein Musiker greifen, rief Beethoven: »Was geht mich deine elende Fidel an, wenn der Geist zu mir spricht?« (Erdgeist oder Weltgeist?) Wenn Hegel in seinen naturphilosophischen Tiraden und Katarakten seltsam verzwirbelte Gedankenfiguren tanzen ließ und gutwillige Zuhörer ihn bang fragten, ob seine Theorien denn auch wirklich mit der Wirklichkeit übereinstimmen würden, rief der Philosoph: »Wenn sie's nicht tun – umso schlimmer für die Wirklichkeit.« Was ging, wenn der Weltgeist sie anhauchte, der enge Horizont ihrer Leserinnen die angehauchten Geister an? Sie liefen der Menschheit nicht voraus, sondern die wollt einfach nicht mitkommen. Daß ihre Namen bei solchen Verhältnissen überhaupt anwachsen konnten, sieht nach Naturwunder aus.

Anfangs, als sie noch Rokoko-Puderzöpfe trugen, schrieben sie noch als Barockautoren »itzt«, und spätgotisch Got statt Gott, und rangen sich erst später zu neuer Rechtschreibung durch, zum modernen »jetzt«, und geizten nicht mit Provinzialismen: trätschen oder Quakelchen, oder Dialektismen, die Goethe später aus seinem ›Urfaust‹ wieder rauswarf. Bald drehten beide ungeheuer auf und überforderten gern alle. Sie verwendeten hemmungslos Unmengen von Fremdwörtern, die zu keiner Zeit allgemein bekannt waren und die kein Nachschlagewerk jemals so ohne weiteres hergab, Termini wie Menächmen, Goethe sehr gern inkommensurabel, teleologisch, obligeant, präsumtiv, Präokkupation, Brontotheologe, Niphotheologie, Enkomiasten – Jean Paul z.B. Ostazismus, Hypathier, Inamorata, Expektanz, Lykanthropie, Quadrupelallianz, Dokimastikum, Mutschierung, Epopt, Theopaschisten, präliminarisch, invigilieren, anastomosieren, Eudiometer. Worte wie Lumpax und Zizisbeen hatten Google oder Lateinlehrer im Jahre 2012 noch lange nicht intus. (Dagegen sieht Peter Sloterdijk mit Begriffen wie autogratulatorisch oder atmotopisch ziemlich leichtverständlich aus.)

Fast war's Jean Paul einerlei, ob bei seiner verrückten Wortwahl (und seinen kosmischen Traumvisionen) all die kalten Herzen, Normalformate und landesüblichen Altmeister und Dichterfürsten wie Wieland oder Johann Wilhelm Gleim überhaupt Schritt halten konnten.

Worte von Jean Paul wie Teupneustie, Simultan-Hysteronproteron, azotische Luft, malpighischer Schleim, kameralistische Indemnisation hätte Goethe nie verwendet. Das Wort »Fremdwort« wurde von Jean Paul überhaupt erst geprägt.

Beide Dichter prägten viele neue Worte, um nicht zu sagen: schmissen zentnerweise mit Neologismen um sich. Jean Paul notierte: »Jeder neue otaheitische König muß 40 neue Worte schaffen.« Schafe und Böcke zur

Linken und Rechten: Wortprägungen des Wortschöpfers Goethe – Altertum, Weltliteratur, Urpflanze, urgemütlich, Frohnatur, Erdenrest, Überhang, Mondhof, Urbeginn Vollgenuß, Naturverbundenheit, verallgemeinern, Vollgewicht, Wohlgestalt und nicht zuletzt Luthertum – setzten sich allgemein durch. Kreationen wie »veloziferisch« lagen ganz gut im Mund. Andere Neologismen wie Flatterhaar, durchweht, Urepoche, urdumm, Urfrage, Urgefühl, urverworfen – all diese Nullserien ernteten nur ein »Tritt sich fest!« oder auch »Ist gerichtet!«. Nichtinsel, beipressen, horchsam, verpudeln, verunnaturen, Säuselschweben, raubschiffen, umarten, umbaumt, wellenatmend, stummlebendig, übertrümmern, behemden, bekappen und verblinden half's nicht im mindesten, von Goethe zu sein. Oxymorische Prägnanzfügungen wie Morgenflügel, Wechseldauer, Unform, Halbtum, nahfern, krummeng, stummlebendig und sterngegönnt oder auch Perfektivfügungen wie erwarmen, entleben, entselbstigen – alles Flops! Werdelust und Labequell zündeten wenigstens anthroposophisch. Auch Goethes »Dauerbarkeit« zeigte keine Dauerbarkeit.

Stegreif-Neologismen des Wortschöpfers Jean Paul – Weltschmerz, Ehehälfte, Nachtseite, Doppelgänger, Fallschirm, Fremdwort, Gänsefüßchen, neureich, Irrenanstalt, Krähwinkel, Leihbibliothek, Gefallsucht, bleihaltig, Geburtshelfer, Kopiermaschine – landeten und überlebten unbewußt in vieler Munde. Statt Panhistor bürgerte sich Polyhistor ein. »Koboldblüte« klingt gut, ging aber baden. Für Egoist versuchte er »Selbstling« einzuführen – ein Flop. Als Analogon zum Aufgußtierchen kreierte Jean Paul »Aufgußpflänzchen«! Aus »Eierweiß« machte er das weiterhin gebräuchliche »Eiweiß«. Den von Martin Opitz geprägten »Kindergarten« variierte er als »eingeschrumpftes Kindergärtchen«.

Goethe hatte nach einiger Anlaufzeit einen Wortschatz drauf von 90 000, und Jean Paul speicherte alsbald noch mehr ab.

In den folgenden zweihundert Jahren kamen zum Deutschen Hunderttausende neuer Worte hinzu, vor allem Unmengen von Fachchinesisch, aber ein heutiger Akademiker oder auch Longlistautor hat trotzdem bloß 15 000 drauf – und wagt weiterhin, den Mund aufzutun. Sechs schlaue Leute müssen zusammenkommen, um bloß einen einzigen Klassiker zahlenmäßig zu erreichen!!! Zum Vergleich: Das Alte Testament verfügt über 8000, das Neue Testament über 5000 Worte, also dreimal weniger als ein heutiger Professor, dem wiederum 5000 Worte fehlen, um mit jeglichem römischen Klassiker, von Cicero bis Ovid, halbwegs mithalten zu können, deren jeder wiederum halb so viel wie Shakespeare drauf hat, der über 40 000 Worte verfügt. Den größten menschenmöglichen Wortschatz würde man vielleicht James Joyce zutrauen, doch jetzt der Gag: Im ›Ulysses‹ tummeln sich bloß 65 000 Worte, also weniger als bei Goethe und Jean Paul.

Blauer Himmel – oder angeblicher Himmel?

Goethe als ruhender sonnenhafter Pol und Weltauge brauchte im Gedicht bloß ganz schlicht das unscheinbarste Adjektiv zu wählen, freier Himmel, sanfter Wind, klare Nacht, wolkiger Himmel – und schon war's große Formkunst, strahlend in edler Einfalt und stiller Größe.

Daneben konnte Jean Paul Richter nur protzen, jonglieren, irrlichterieren, klotzen und grabschen nach übertragenen Himmeln wie dem vergangenen, neuen oder nächsten Himmel, nach Exklusivadjektiven, durch die Bank weg wahnwitzig gewollten, überwürzten und schrägen, die aber dank Routine ganz von selbst kamen und ungesucht herbeiströmten.

Wenn Goethe »schwarze Wolke« sagt, sagt Jean Paul »kernschwarze Wolke«. Wenn Goethe »glücklicherer Himmel« sagt, sagt Jean Paul »angeblicher Himmel«.

Andererseits: Wenn einer, statt wie Goethe »herrliche Nacht« zu sagen, stattdessen »eingeatmete Nacht« sagt, dann läßt dies aufhorchen. Vorbeifliegende Cumuli hüllen Jean Pauls Erde in eine »kleine Nacht« – das hat was – so soll's sein. Wenn Goethe »dunkle Nacht« sagt, sagt Jean Paul »sinnlose Nacht« oder »chemische Nächte«.

Goethes Eigenschaftswörter liegen so nahe, als wären's Allerweltsadjektive. Sie plätschern schlicht dahin. Sie wehen vorüber wie weiße Wölkchen, sehr normal, um nicht zu sagen: stinknormal, verdächtig austauschbar, unindividuell, insofern tatsächlich merkwürdig zeitlos und auch wieder angenehm verständlich, grenzenlos allgemeinverständlich, faßlich, dadurch auch merkbar, memorierbar und kantabel. Einerseits könnten sie von jedem sein, und wenn's Ludwig Uhland wär. Kein Dichterfürst müßte hierzu anwachsen, unter »vaterländischem Himmel« (Goethe), sich aufpumpen und aufstehn, um die verblüffend untalentierte, bewunderungswillige, dichtkunstliebende Menschheit mit Adjektiven à la »herrliches Wetter« zu erbauen, heiteres Wetter, endloser Himmel, angenehmes Rheingau, prächtiges Flußtal, fruchtbarste Gauen, weiß angestrichene Haupt- und Giebelseiten, unzählige Gebäude, früher Morgen, aufgehende Sonne, einzelne Lichtpunkte, hoher Lorbeer, gesellige Freunde, junger reicher Kaufmann, heilsame Kur, holdes Lächeln, schöne Gebieterin, schöne Gestalt, wonnevolles Bleiben, gabeseliger Mund, strenge

Lust, feierlich angezündete Lichter, schwankende Gestalten, silberne Gestalten – gebt mir Goethes Wörter, und ich setz euch Goethes Werke zusammen. All diese einfallslosen Adjektive transportieren aber doch eine gewisse Sprachmagie – man kann sich sofort was vorstellen, wie da Lichtpunkte in der Landschaft glänzen – endlich aufatmen – ganz herrlich! Wie gesucht und aufgesetzt wirkt hingegen ein »angstvoll hingeduckter Himmel«, den im Gegensatz zu Goethes »schönem Himmel« der Fantasy-Autor Wolfgang Hohlbein wählt, oder all die hochsynthetischen, ausgehörten, brillanten, überkandidelt und hyperventiliert fluktuierenden Sprachwolken Jean Pauls – phlogistische Luft, unschädlicher Tiefsinn, elektrische Pistolen, organische Maschinenmeister, metaphysische Schlägerei, poetischer Terrorismus, kahle nackte Wahrheit, malerische Technologie, heraldische Verkröpfungen, unterirdisches Amerika, pädagogische Bandwürmer, neckendes Gevögel, entfremdete Grafen, fischdumme Katechismusschülerinnen, teuflische Augenärztinnen, transzendente Witwen, warmes Gehirn, angeborene Wunden, belogene Lügenpropheten, magnetische Eßkongresse, überirdischer Wauwau oder Jumobo Mumbo, und zehntausend andere – wie seltsam! schön! süperb! apart! verrückt! reizvoll!

Trotzdem muß Jean Paul nicht unfähig gewesen sein, auch mal weiße Wolke und blauer Himmel zu sagen. Punktuell konnte er sich zusammennehmen und ein schlichtes Adjektiv wählen: Bei »lange Geiferschlangen« klingt das »lang« nicht rasend originell. Bei »kleines Gehirn« klingt das »klein« nicht übel. Hingegen tönen »herzloser Rumpf« und »getötete Nasen« total gaga.

Und vice versa: Auch Goethe kann ungewöhnliche Eigenschaftsworte wählen. Immerhin erfreut er ausnahmsweise mit »dem garstigen Wirrwarr netzumstrickter Qualen« – Jean Paul unterdessen mit dem »künstlichen Wirrwarr enharmonischer Irrlichter«. Mephisto sucht und findet sogar Adjektive, die jedes herrliche Wetter weit hinter sich lassen: trockner Ton, saubere Neuigkeiten, gestillte Meere, streichende Delphine, längliches Quadrat.

Wenn Wolkenfreund Goethe Wolken beschrieb, standen kleine Wolken oder lange Wolken am blauen Himmel, oder trübe Wolken oder wahlweise goldene Wolken am klaren Himmel, oder auch mal breite, lange oder schwere Wolken am hellen Himmel. Ganz anders Wolkenfreund Jean Paul! Bei ihm wimmeln, qualmen und hetzen fremde Wolken vorbei, wütende Wolken, dämmernde, heilige, gespaltene, glimmende, blinde Wolken, stumme, ungeheure, warme Wolken, erwärmte Wolken, ja, noch viel hochkarätigere, nämlich elektrische, optische und nicht zuletzt anonyme Wolken, zudem emporgehobene Rosen-Wolken, und dies alles dergestalt sprachmächtig, allgewaltig, bis die Ohren überfütterter Leser vibrieren, die Köpfe dröhnen, ihre Hirndrähte unter rauchenden, tropfenschweren, giftigen, aufdringenden, zurückregnenden sowie auch irländischen Wolken durchbrennen und der vollmundige Dichter, unter fliegendem Himmel – statt Goethes offenem Himmel – umwölkt, umwabert und umflossen von ungestalten Riesen-Wolken, schwüler Lebens-Wolke, Ossians-Wolke und Flug-Wolke, sich den Mund immer noch nicht fusselig geredet hat, so maßlos lange – bis man sich wieder zu Goethes kleiner Wolke am blauen Himmel zurücksehnt.

Also brauchten sie einander. Wenn absolut überall ausschließlich Goethes freundlicher Himmel vorwalten würde, statt Jean Pauls unbefleckter Himmel, und bei jedem Dichterkollegen und Mitbürger auch wieder nur blauer oder bedeckter Himmel, dann wär's weniger als die halbe Miete.

Sturm und Drang und Druck und Klang und Schall und Qualm und Quark und Dreck und Licht

Aus all ihren Worten setzten die beiden Avantgardisten kühne Inhalte und Passagen zusammen. »Ab denn, rascher hinab! / Sieh, die Sonne sinkt! / Eh sie sinkt, eh mich Greisen / Ergreift im Moore Nebelduft, / Entzahnte Kiefer schnattern / Und das schlotternde Gebein – // Trunken vom letzten Strahl / Reiß mich, ein Feuermeer / Mir im schäumenden Aug, / Mich geblendeten Taumelnden / In der Hölle nächtliches Tor.« So klang Goethe als zorniger junger Mann, ein wilder Jüngling, wenn er bei Schwager Kronos auf dem Kutschbock saß, ungekämmt, ehe er diesen Ton dann bald sehr, zugunsten von Ausgeglichenheit und Wohltemperiertheit, runterschmirgelte, als Polierer.

Wo Goethe »abscheuliches Untier« sagte, sagte Jean Paul »unmenschliches Untier« und handelte jederzeit nach dem herrlichen Prinzip: Erst übertreiben, dann langsam steigern. Einerlei, was er in seinem Sturzbachtempo niederschrieb, hier wieder als Achtzehnjähriger, klang ungefähr wie diese erstbeste bizarre Passage: »Ha! Nun komme ich zu dir, langohrichte Muse des heutigen Affengeschlechts, buntfärnige Nachahmung! Die du jeden leeren Kopf in das Echo des Genies und Deutschland in den Resonanzboden Europens verwandelst; die du die quakenden Sänger des Schlamms zu Nebenbuhlern größerer Kehlen erhebst, und, wie die

Ägypter, in Pferdemist Hühnereier, tagtäglich in den warmen Geschenken vergötterter Mägen dichterische Brut zum hungrigen Leben ausbrütest, um mit jugendlichen Zungen die Trommelfelle der deutschen Ohren zu rühren.«

»Und laß dir raten, habe / Die Sonne nicht zu lieb und nicht die Sterne: / Komm, folge mir ins dunkle Reich hinab!« Diesen Rat von Goethes Orest befolgte Goethe nicht. Er deutete zwar allweise reimend an, daß die schönsten Regenbögen auf dunklen Grund gezogen seien, mochte aber solche dunklen Gründe selten genauer schildern. Werther hatte noch geklagt: »Es hat sich vor meiner Seele wie ein Vorhang weggezogen, und der Schauplatz des unendlichen Lebens verwandelt sich vor mir in den Abgrund des ewig offenen Grabes.« Aber das Barockmotiv, von Andreas Gryphius längst sattsam ausgeweidet, ward fallengelassen. Man wollte ja auch schwarzer Romantik und Expressionismus was übriglassen, bis hinauf zu entsprechendem Nachhall im zwanzigsten Jahrhundert: »Sie gebären rittlings über dem Grabe; der Tag erglänzt für einen Augenblick, und dann von neuem die Nacht.« (Samuel Beckett)

Jean Paul hingegen ließ sich's nicht nehmen, seinem Biedermeier ins brave Gesicht zu schlagen und das ewige Menschheitsdilemma rücksichtslos auszupinseln. Unverkraftbarste Szenarien, Horrortrips und andere pure Wahrheiten gab er als Traum argloser Romanfiguren aus. In einer Vernichtungsvision sah er Millionen schlagender Fötusherzen fortgemäht werden. Holocaust und Omnizid stellte er nicht als punktuelles, abstellbares Ausnahmsintermezzo dar, sondern als normales Stirb und Werde der vorhandenen Natur und Welt, als unlösbar schauderhafte, quasi-indische Non-stop-Einstampfungsorgie in erschröcklich pausenloser maschineller

Routine. Leichenberge, krepierende Mütter und »eingesargte Säuglinge« – sobald Goethe das sonnenhafte Auge programmatisch zudeckelte, befand er sich nie innerhalb eines Albtraums, aus dem man als irgendein überforderter Ottomar erwachen könnte. Allenfalls meuterte mal der Urfaust summarisch: »Mir wühlt es Mark und Leben durch, das Elend dieser einzigen, und du grinsest gelassen über das Schicksal von Tausenden hin!« Inzwischen sind's Milliarden.

Alle Zeitthemen und Themenfelder, um die Klassik-Romantik instinktiv sich drückte, griff zum Ausgleich Jean Paul auf: Rentnerberge, Verstädterung, Alzheimer, kleinschreibung, Völkerrecht, Staatsverschuldung – und ließ nur ganz wenig absichtlich beiseite (siehe den Abschnitt vom ›Chorus geiler Brüder‹).

Die abgründigste Stelle bei Goethe: »Ich bin ein Teil des Teils, der anfangs alles war, / Ein Teil der Finsternis, die sich das Licht gebar, / Das stolze Licht, das nun der Mutter Nacht / Den alten Rang, den Raum ihr streitig macht – «

Die gnostischste Stelle bei Jean Paul: »Mein Jammer ist nämlich der, daß wir alle – welches jeder aus seinem Plato sich erinnern muß, wenn nicht aus seinen dunkelsten Erinnerungen – vor diesem Leben und Nationalbankerutt der Geisterwelt auf einem trefflichen Kometen (wenn's nicht gar Whistons seiner war) ganz vergnügt zusammenlebten, bis wir sämtlich einiger Spitzbübereien oder Todsünden wegen auf diese Pönitenzpfarre des Universums durch die Geburt heruntergetrieben wurden, so daß dieses Leben nur die Narbe eines vorigen ist.«

Eine untypische, weil bodenlos tiefsinnige Stelle bei Goethe wird vom alten Harfner ausgesprochen (im ›Wilhelm Meister‹): »Nichts ist mir grausamer als Freundschaft und Liebe; denn sie allein locken mir den Wunsch ab, daß die Erscheinungen, die mich umgeben, wirklich sein möchten.« Diese unlösbar überspannte Aussage klang eher schopenhauerisch, zwanzig Jahre vor Schopenhauer.

Jean Paul konnte mit Überdosis nerven, peinigen, penetrieren, mäandrieren, aber was er überhaupt nicht konnte – unter sein Niveau gehen. Obwohl viele beim Lesen und Weiterlesen rauskippen – nirgendwo laufen ihm schwächelnde Passagen unter –, auf jeglicher Seite tummeln sich wahnwitzige Niegehörtheiten und allerschönste Lieblingsstellen wie diese: »Ja, o Gott, du wirst und kannst einmal eine Wirklichkeit geben, die unsere hiesigen Ideale verkörpert und verdoppelt und befriedigt – wie du es uns ja schon in der hiesigen Liebe bewiesen hast, die uns mit Minuten berauscht, wo das Innere das Äußere wird und das Ideal die Wirklichkeit –; aber wenn hienieden das Dichten Leben würde und unsere Schäferwelt eine Schäferei und jeder Traum ein Tag: o so würde das unsere Wünsche nur erhöhen, nicht erfüllen, die höhere Wirklichkeit würde nur eine höhere Dichtkunst gebären und höhere Erinnerungen und Hoffnungen – in Arkadien würden wir nach Utopien schmachten, und auf jeder Sonne würden wir einen tiefen Sternenhimmel sich entfernen sehen, und wir würden – seufzen wie hier.«

Selbst in Briefen, die er mit links schrieb, überstürzen sich so schöne Stellen wie in Zentralpassagen und Nebenwerken – hier brieflich an Renate Wirth: »Denn der herrliche Engel in der 1ten Herzenskammer räth mir, Ihnen nie schlimmer zu scheinen als ich bin und in dem Bißchen Zwergleben, mit dem man sobald niedersinket, den armen zerrinnenden Schatten, die man Menschen nennt, nichts zu machen als Freude, wie Sie mir sie geben, Sie mögen in der Vorderstube Verse oder in der Hinterstube Prose mit mir reden.«

›Wald und Höhle‹ entragte baumhoch dem überall infantil herumknittelnden Versgeklingel, ohne das der Faust sicher nur halb so populär geworden wäre, mangelnder Volksnähe wegen, und erhob sich aufs Plateau-Niveau Shakespeares, klang aber immer noch eine Spur zu lyrisch nach Verskunst, weshalb die Prosaszene ›Trüber Tag. Feld‹, allwo Sturm und Drang rasant nachbebte und Expressionismus à la Georg Büchner struppig hervorzubrodeln versuchte, noch weiter hervorbrandete aus dem ›Urfaust‹ und die der Faustdichter zum Glück – auf dem Weg zum ›Faust‹ – nicht kappte, domestizierte, versifizierte, pasteurisierte, entschärfte, entmannte.

Jean Paul, selber schon sattsam extrem gebaut, erfand, um noch einen Dreh extremer sich aussprechen zu können, drei noch extremere Sprachrohre in Menschengestalt, Leibgeber, Schoppe und Roquairol, um durch diese auch das noch alles, worin er von sich selber eigentlich abwich, derart in eigener Sache aussprechen zu können, als wären's Stücke von ihm. Leibgeber sagt unförmliche Dinge wie: »Sonst darf ich dir überhaupt melden, wenn mich einmal der Teufel des Zorns reitet, oder eigentlich wenn ich ihn reite: so jag' ich gern die Mähre halbtot, bis sie umfällt, damit ich sie in einem Vierteljahre nicht wieder beschreiten kann. Aber dir hab' ich eine hübsche schwarze Suppe eingebrockt und lasse dich mit dem Löffel sitzen.«

Schoppe weiß zu melden: »Es ist keine schädliche Folge dieses festen Reichsnexus, daß das corpus seine eignen Glieder wie der Bachkrebs seinen Magen verzehren und verdauen ohne wahren Schaden, so daß einer das corpus wie einen homerischen Gott nur verwunden, aber nicht ertöten kann: reibe, sag' ich oft, diesen Federbuschpolypenstamm mit Rösel zu Brei – stülp ihn um wie einen Handschuh – schneide den Polypen wie Lichtenberg geschickt mit einem Haare entzwei – stecke wie Trembley mehrere abgeschnittene Glieder ineinander und verleibe, wie andere Naturforscher, Reichsstädte, Abteien, kleine Länder größern ein oder umgekehrt – und schaue nach einigen Tagen darnach: wahrhaftig herrlich und ganz und genesen sitzt dein Polype wieder dort, oder ich will nicht Schoppe heißen.«

Karl Roquairol sagt in dritter Person von sich selber: »Anfangs hatt' es der Elende noch gut, er hatte noch derbe Schmerzen und Freuden, rechte Sünden und Tugenden; aber als das Untier immer schneller lächelte und zerriß und er immer schneller Lust und Pein, Gutes und Böses wechselte; und als Gotteslästerungen und Kotbilder in seine Gebete krochen und er sich weder bekehren noch verstocken konnte: da lag er in öder Verblutung in der lauen, grauen, trocknen Nebel-Masse des Lebens da und starb so durch das Leben fort.«

Glücklicher Goethe, der nur sehr selten schwarze Suppe löffelte und dem nie Kotbilder in die Gebete krochen! Dieser Text ist in den folgenden zweihundert Jahren noch extremer geworden, nämlich seit in Kotbildern Kackbilder sich vordrängeln.

Nirgendwo kamen für Goethe und Jean Paul Formkrisen in Sicht, schwache Momente oder Stunden. Helle Momente schossen zu Lichtermeeren zusammen, in denen nichts verglomm und nachdunkelte. So hätte es immer weitergehen können, und so ging es weiter.

VORAHNUNGEN IN STARTLOCH UND WARTEZIMMER

Was taten Goethe, 41, und Jean Paul, 27, im Jahr 1790? Stichprobe

Goethe reiste zum zweiten Mal nach Italien, über Bamund Nürnberg, Augsburg, Füssen, Reutte, Fernpaß, Innsbruck, Brenner, Bozen, Verona etc. – und nach Schlesien, nach Tartowitz, Krakau, Czenstochau, Wieliczka, ins Riesengebirge, verzettelte sich umtriebig mit vergleichender Anatomie, Wasserbaukommissionsangelegenheiten, Versuchen zur Farbenlehre, besichtigte Bergwerke, notierte am Wegesrand geologische und botanische Gedanken, venezianische Epigramme, manches zur Französischen Revolution, den Aufsatz ›Ältere Gemälde. Neuere Restaurationen in Venedig‹ und ›Versuch über die Gestalt der Tiere‹.

J. P. F. Richter hingegen saß an seiner ›Unsichtbaren Loge‹, schleuderte zudem in rascher Abfolge Satiren hervor: ›Ehrenbezeugungen‹, ›Extrazeilen über die Besuchsbräute‹, ›Hypothese der vorherbestimmten Harmonie‹, ›Festtagsmenschen‹, ›Menschen höherer Gattung‹, ›Fratze‹, ›Meine lebendige Begrabung‹, ›Das Leben nach dem Tode‹, ›Des todten Shakespear's Klage unter todten Zuhörern in der Kirche, daß kein Gott sei‹,

›Schilderung eines Zerstreuten‹, ›Bader Kunz‹, nebenbei tätig als Hofmeister bzw. Privatlehrer sieben- bis elfjähriger Knaben, deren Aussprüche er eifrig mitschrieb.

Sie sind berühmt – es hat sich nur noch nicht herumgesprochen

General a. D. aus Österreich, 80 Jahre alt: Nicht wahr, Sie nennen sich Herr Goethe?

Goethe: Schon recht.

General: Aus Weimar?

Goethe: Schon recht.

General: Nicht wahr, Sie haben Bücher geschrieben?

Goethe: O ja.

General: Und Verse gemacht?

Goethe: Auch.

General: Es soll schön sein.

Goethe: Hm!

General: Haben Sie denn viel geschrieben?

Goethe: Hm! Es mag so angehen.

General: Ist das Versemachen schwer?

Goethe: So, so!

General: Es kommt halter auf die Laune an: ob man gut gegessen und getrunken hat, nicht wahr?

Goethe: Es ist mir fast so vorgekommen.

General: Aber sagen S' mir doch, was haben S' denn geschrieben?

Goethe: Mancherlei, von Adam bis Napoleon, vom Ararat bis zum Blocksberg, von der Zeder bis zum Brombeerstrauch.

General: Es soll halter berühmt sein.

Goethe: Hm! Leidlich.

General: Schade, daß ich nichts von Ihnen gelesen und auch früher nichts von Ihnen gehört habe. Sind schon neue verbesserte Auflagen von Ihren Schriften erschienen?
Goethe: Oja, wohl auch.
General: Und es werden wohl noch mehr erscheinen?
Goethe: Das wollen wir hoffen.

Torwache einer Kleinstadt: Ihren Namen, mein Herr!
Jean Paul: Ich heiße Richter.
Torwache bzw. Korporal: Ihr Stand?
Jean Paul: Ich bin Autor.
Korporal: Autor – Autor? Was heißt das?
Jean Paul: Nun, das heißt – ich mache Bücher.
Korporal: Ja, das ist mir verständlich. Heutzutage gibt man sich allerlei fremde unbekannte Titel. Hierzulande nennt man einen Mann, der Bücher macht, einen Buchbinder.

Drei Newcomer in Vorzimmer und Warteschleife

Es waren einmal drei grünschnäbelige Hauslehrer, die den Dichter in sich entdeckten, je einen, und die nun ihre Debütromane und unaufgeforderten Manuskripte herumsandten, beispielsweise Lyrik.

Erstlich: Siegfried Schmid aus Gießen, Burschenschaftler, duellierfreudig, 23 Jahre jung, später Soldat, dann entmündigt, der der Zeitschrift ›Die Horen‹, also dem dortigen Redakteur in Weimar, dem bekannten Bühnendichter Friedrich Schiller, vier Jugendsünden einreichte, vier keinesfalls gänzlich untalentierte Gedichte.

Zweitens: der Student und Hauslehrer Fritz Hölderlin – eigentlich Friedrich – aus dem Schwobenländle, 24 Jahre alt, der eine hoch hinauswollende hexametrische Elegie anbot, worin Wüste und Eispol zu Haarausfall führten, ein frommes Kamel vorkam und deutsche oder schwäbische Eichen rauschten.

Drittens: der Hauslehrer Fritz Richter aus Hof im Vogtland – eigentlich Friedrich –, 31, sandte 1794 sein sprachmächtiges Romandebüt ›Die unsichtbare Loge‹, an den unnahbar berühmten J. W. v. Goethe und schrieb im Begleitschreiben, daß er mit einer namenlosen Empfindung dieses Blatt schreibe – und plötzlich den Satz: »Wie Nachtgeister arbeiten und poltern die Menschen in ihrer Nacht, und am Morgen ist nichts gethan«; dann übliche Bauchpinseleien: »Gewisse Menschen erinnern an die ganze Menschheit, wie große Begebenheiten ans ganze Leben; Sie werden daher dieser für mich großen Minute jene Betrachtung so wie meiner unaussprechlichen Liebe für den Mann, der über mein Herz wie ein guter Genius waltet –« usw. Dann drehte er als Poet auf: »Und über diesem von so vielen Tausenden geliebten Genius schwebe die Wolke des Lebens noch lange mit sanft spielenden Lichtern und Schatten –« – alles in den Wind. Der »Ewig Ihrige« erhielt keine Antwort, sowenig wie Franz Schubert und alle anderen.

Debütanten behelligten Dioskuren; Dioskuren bemäkelten Debütanten. Sie krittelten zögerlich, sie bejahten halbherzig. Notorische Ungeneigtheit stieß auf angebliche Unausgereiftheit. Hätte die Jury den insgesamten Nachwuchs und Nachschub nicht wohlweislich abgewimmelt, wär ihr von ihrer eigenen Existenz kein Augenblick für eigene Arbeiten übriggeblieben. Handelseinig lehnten sie die meisten Talentproben ab – und druckten wenig davon. Über drei erfolgssüchtigen Jungdichtern hing das Damoklesschwert der Zuchtwahl, erschröcklich geschwungen von Januskopf-Dioskuren, die sich als Instanz ganz auf Klassizismus vereidigt hatten, Daumen hoch, Daumen runter auf gut Römisch.

Drei begabte Taminos standen singend vor dem Tempel der Weisheit und wurden von den zwei Hohepriestern nicht reingelassen. Man scherte das leidlich asymmetrische Talent-Trio über einen Kamm und nannte »dieses Volk« von oben herab im Plural: »diese Hölderline, diese Schmid, diese Richter«, lästige Möchtegerndichter, ein jeglicher der Dreierbande das dritte Rad am unfreiwilligen Tripeltandem. Ingredienzien zu je einem Dichter machten nämlich – Goethe zufolge – noch lang keinen Dichter.

Von sehr weit oben herab fand man's aufrichtig schade für den angeblich unausgebildeten, isolierten, neudeutsch gesagt: randständigen Schreiberling aus ärmsten Verhältnissen – warum auch konnte er, dessen Individualität man »manche gute Partien« konzedierte, leider nicht zu einer Reinigung seines Geschmackes vordringen? Dabei hatte ja zumindest Hölderlin bestmöglich antiker Distichenmetrik sich genähert, also seinen Geschmack im Sinne Johann Joachim Winckelmanns durchaus horentauglich gereinigt, und einer der aktuellen Romane hieß immerhin quasi-antikisch ›Hesperus‹.

Darf man einem Mangrovenurwald vorwerfen, daß er kein frischgeputztes, römisch gekacheltes Badezimmer sei?

Entgegen jeder Wahrscheinlichkeit blieben sogar zwei der drei Negerlein insgesamt äußerst übrig, auf Jahrhunderte. Bloß einer fiel sofort raus. Die Spur seiner Erdentage konnte in Äonen sich nicht mal ansatzweise verankern: der nach hinten auf immer fortgekippte, dubiose, lächerliche Siegfried Schmid, ums mit Hölderlin zu sagen: ein Stümper auf Erden, der aber als

Nobody in die mehrköpfige Ewigkeit mal ganz kurz, für anderthalb Sekunden, blindlings ambitioniert hineingeschnuppert hatte.

Kußgenie schickt Zweitbuch und will Goethe küssen

Im Sommer 1795 sandte Jean Paul Richter seinen ›Hesperus‹ unverdrossen wiederum an Goethe und schrieb im Begleitschreiben: »Ich bin noch so glücklich, daß ich zweifelhaft bin, wohin Sie den ›Hesperus‹, den ich Ihnen hier mit einem warmen aber scheuen Herzen bringe, ordnen werden. Ich weiß wohl, daß ich, so wie Unwissende in der Astronomie oft den Abendstern mit einem Kometen verwechseln, in eine entgegengesetzte Verwechslung falle – und daß es ästhetische Gesetze gibt, die bisher nur von Einem, vom Gesetzgeber selber gehalten wurden gleichsam zur stellvertretenden Genugthuung für die übrigen Autoren.« Eine Anspielung, daß aufs Erstbuch keine Antwort erfolgte, fehlte nicht. Diesmal erfolgte aufs neue keine Antwort.

Zweieinhalb Wochen später ward Jean Paul der neuesten handelsüblichen Bildnisse von Goethe und Schiller ansichtig, der sehr günstigen Frontaldarstellung von Johann Heinrich Lips. Ein Meilenstein der Goethedarstellung: der Meister auf dem Übergang vom jungen hageren, großnasigen Göthe zum mittleren Goethe, ein Bild von 1791, dezent idealisiert, aber nicht äußerst, photographisch, lebenswahr und lebendig, bestmöglicher schöner Goethe, blickintensiv, mit geschwungener und gezackter Oberlippe, eigentlich unwahrscheinlich, daß ein so schöner Mensch und Mann zugleich würde derart göttlich dichten können, und da quoll nun im hingege-

1791 sah Goethe sehr genial aus, so daß Jean Paul das Bildnis abküssen wollte.
1795 sah Goethe deutlich bodenständiger aus.
1796 fand dann die erste Begegnung zwischen Jean Paul und Goethe statt.

benen Bildbetrachter eine Regung auf à la Tamino: »Dies Bildnis ist bezaubernd schön, / Wie noch kein Auge je gesehn. / Ich fühl es, wie dies Götterbild / Mein Herz mit neuer Regung füllt« (komponiert 1791!). Das bei der Damenwelt berüchtigte Kußgenie mochte, wie er seinem Jugend-, Haupt- und Busenfreund Christian Otto brieflich mitteilte, schier seine lebendigen Lippen auf die kupfergestochenen Lippen dieses Antlitzes drücken – ganz ohne Sicherheitsabstand, ohne Achtungsabstand und ohne zu überlegen, ob dem Genius dergleichen gelegen kommen könnte und wie dankbar dieses Antlitz solch eine Kußattacke verbuchen würde. Heut, im coolen Bussibussi-Zeitalter, würd man's unpassend finden, wenn ein Newcomer wie Daniel Kehlmann Fotos eines Maestros wie Peter Handke küssen wollen würde, oder diesen selber, aber im Überschwang allgemeiner und spezieller, geschlechterübergreifender Menschenliebe lag das damals viel näher, zumal man sich noch unumzingelt von abregenden Spezialausdrücken wie »schwul« und »Freundschaftskult« bewegen durfte. Damals stand man zu seinen Gefühlen, ließ bei erwünschten Begegnungen Zähren und Thränen laufen oder verdrückte sie wenigstens – alles Nachwehen mittelalterlich üblicher Gefühlsausbrüche in jede Richtung.

Wie ganz anders wirkte das Schillerbildnis (Seite 150) auf Jean Paul ein, wie ein Blitz, insonderheit der scharf hervorspringenden Nase wegen. Auch hier versank er ganz in Kontemplation und physiognomisch gewagter Ausdeutung, sah in Schiller einen Cherub kurz vor dessen Sturz, der sich hybrid und verächtlich über alles erhebt, über Menschen, Unglück und über Moral: »Ich konnte das erhabene Angesicht, dem es einerlei zu sein schien, welches Blut fließe, fremdes oder eignes, gar nicht satt bekommen.«

So markant und interessant sah Jean Paul selber nun leider gar nicht aus, eher ganz normal, nicht unbedingt hochgenial – welch Riesenspagat zwischen Geistesfeuer und bescheidener Gesichtsanatomie, die er mit jenem Feuer von innen her zu durchglühen hatte. Würde er je jenen wandelnden Halbgöttern in natura gegenüberstehen und dies überstehen können?

Nur – Goethe sah inzwischen etwas anders aus. In bloß vier Jahren hatte er den letzten Hauch von Jünglingshaftigkeit, Rokokostimmung und auch Geniusförmigkeit auf Nimmerwiedersehen abgestreift, die Haare passend gekürzt. Mann und Realist geworden, blickte er auch im Abbild pragmatisch in die Welt, auf bestem Weg zum dicken Mann – kaum noch Mundküsse fordernd.

Noch konnte Jean Paul nicht ahnen, daß er als Mekkapilger auf dem Weg an den Musenhof zu Weimar dann auch nur auf Menschen stoßen würde, als wären's andere

Leute, erfüllt von der Gräcomania, Chino- und Indophobia derer, die immer nur das Land der Griechen mit der Seele suchten, und wo er als argwöhnisch bedauerter Bittsteller antreten würde und höchstenfalls erwarten durfte, den offiziellen Götterlieblingen bestenfalls ein wenig nachzuwachsen.

1793, lange vor der nun bald bevorstehenden Erstbegegnung zwischen Goethe und Jean Paul, notierte dieser: »Goethe, so dramatisch und in fremden Namen redend, daß er sich nicht finden kann, wenn er etwas im eignen sagen soll.« Er fand also an seinem Idol durchaus Kritikpunkte, was seine Verehrung nicht im allermindesten verkleinern konnte.

Schwere Stunde – Nahkampf mit Bockshirsch

Der Abendstern (sprich: Hesperus) schlug als Komet oder Meteor ein, auf neudeutsch: als Kultbuch. Die hineinlasen, lasen sich sofort fest. Viele gerieten weidlich in Verzückung, jubelten auf, nicht wegen einer mitreißenden Handlung, sondern kraft niegehörter Sprachmacht und einer suggestiven Suada ohnegleichen. In Weimar brach Kollektiv-Ekstase aus, des Namens Lesesucht. Wieland und Herder glühten auf und fanden hier einen Ton und Klang, der selbst aus dem ›Tristram Shandy‹ nicht hervorflammte, geschweige aus ihren eigenen Werken. Jeder und jede fragte sich, was an einer solchen geistblitzenden Schreibart für ein verborgener Verfasser dranhängen könne, hätt ihn gern besucht und angestaunt, ihn umjubelt und eingeladen. Spätestens jetzt sah nun auch Goethe sich veranlaßt, die unerbetene Zusendung mal aufzuschlagen.

Kein Lächeln huschte bei der konsultorischen Pflichtlektüre übers strenge Antlitz. Lesewut ergriff ihn nicht im mindesten, eher eine andere Wut. Da riß es ihn in eine bunte Welt. Tiraden quollen ihm entgegen, aberwitzig durchgeknallt, voll nie gehörter, kaum nachschlagbarer Wörter und komischer Bildlichkeiten, nichts Ungezwungenes – nicht endenwollendes Presto furioso, elend viel Geistreichelei, Originalitätssucht in diesem Romangebräu und Machwerk, hypergenialisch, quasigenialisch, pseudogenialisch, eine Zumutung, ungenießbar wie Sauerkraut, unzuträglich wie Kotzebuelektüre. Sein eigener ›Werther‹ war ihm schon zuviel gewesen, hatte ihn förmlich überfordert – und jetzt dies! Und dergleichen Schamott versetzte die Weimarer Damenwelt in Verzückung.

Da konnte einer partout nicht zur Reinigung seines Geschmacks vordringen! Da trieb es einer, wie vom bösen Geist getrieben, und nannte es Roman.

Falls der solchermaßen verstimmte ›Hesperus‹-Prüfer auf typisch jeanpaulinische Seufzer stieß à la »Genius der Träume! der du durch den neblichten Schlaf der Sterblichen trittst und vor der einsamen, in einen Leichnam gesperrten Seele die glücklichen Inseln der Kindheit heraufziehest, o der du darin unsern verwesten Freunden wieder Wangenblüte gibst und unserm armen wahnsinnigen Herzen vergangne Himmel zeigst und Eden-Widerschein und rinnende Auen auf Wolken!«, so vermochte er sich nicht glücklich erhoben fühlen. Mindestens die verwesten Freunde hätt er einer gründlichen Geschmacksreinigung unterzogen. Das Ding nannte er gattungsmäßig für sich »Tragelaph«, zusammengeschustert, ein barockes Mischwesen, Mixtum compositum, ein Bockshirsch. Nichts davon sprang aus einem Guß aus dem Haupte der Minerva.

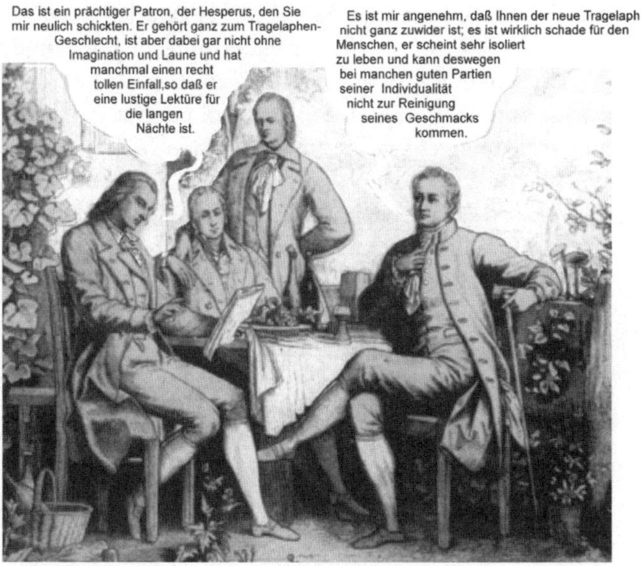

Geheimkonferenz der Dioskuren, wie Jean Paul zu betrachten sei.

Sofortiges Dioskuren-Geklüngel

Goethe, unschlüssig, seinem ersten Eindruck zu mißtrauen, reichte den ›Hesperus‹ bändchenweise an Schiller weiter, der auch umgehend hineinlas, in langen Nächten. Recht angetan, tat er sich an den tollen Einfällen gütlich, fand ihn besser als des vergleichbaren Hippels ›Lebensläufe‹ und nannte ihn dann unaufgefordert »einen prächtigen Patron«.

Goethe schrieb daraufhin an Schiller: »Es ist mir angenehm, daß Ihnen der neue Tragelaph nicht ganz zuwider ist; es ist wirklich schade für den Menschen, er scheint sehr isoliert zu leben und kann deswegen bei manchen guten Partien seiner Individualität nicht zur Reinigung alles mögliche kommen. Es scheint leider, daß er selbst die beste Gesellschaft ist, mit der er umgeht.« Wenn jeder, der von der strotzenden Überfülle der Welt ein wenig in sein Werk hineinbringen wollte, erst mal alles mögliche reinigen wollte, müßte er alle Welthaltigkeit aussieben und nur noch ausgedünnte Dinge verfassen. War jemand, der es fertigbrachte, Weltfülle aufschäumen zu lassen und ungeahnt zuzuspitzen, zu bedauern, weil er aus einfachen Verhältnissen in Oberfranken kam?

Die Weimarer Lesewelt aber zog weiterhin die Hüte vor dem Wortmagier. Sie ging in die Knie und fiel trunken und wonnevoll auf die Bäuche! Was die beglückbare Majorität liebewonniglich überfließen ließ, mochte der verstimmte Goethe nicht begreifen wollen. Eine Pandemie griff um sich – Goethe stieg als Einziger verdächtig immun aus der Infektionswelle hervor. Waren die andern alle nur unkritisch und leicht verführbar, oder fehlten ihm selber die richtige Antenne, bessere Rezeptoren, ein Zacken in der Krone – das entscheidende Gottes-Modul?

Schillers Anfangsbegeisterung scheint dann schnell abgeflammt zu sein – zwecks strategischer Freundschaftspflege? Schwenkte er auf Goethes Skepsis und unwirsche Allergie ein? Außerdem hatte man ja auch noch anderes zu tun. Am 15.12.1795 schrieb Goethe an Schiller: »Übrigens sind gegenwärtig die Hundesposttage das Werk, worauf unser feineres Publikum seinen Überfluß von Beyfall ergießt; ich wünschte, daß der arme Teufel in Hof bei diesen traurigen Wintertagen etwas Angenehmes davon empfände.« Wenn's nicht Goethe wäre, hätte man dieses begönnernde Mitleid mit dem uneinholbar überreich begabten Verfasser der ›Teufelspapiere‹ eher als philiströse Verkennung der Sachlage eingestuft.

Barockroman versus edelbleiche Kunstwelt

Als andere im Wertherfieber aufgeregt vergingen, damals, hatte der Autor einen kühlen Kopf behalten – Distanz als Geheimrezept, überhaupt irgendwas auszuhalten. Als nun alle im Hesperusfieber verzückt vergingen, verschwand der Widerwille nicht. Die Zumutung des plötzlich allzu bekannten Autors, allenfalls nur in Kleinportionen verkonsumierbar, wollte man nicht unbedingt prolongieren.

Von oben und außen gesehen, handelte es sich hier um die ausgeflippte Wiederkehr oder Fortführung von François Rabelais, Christoffel von Grimmelshausen oder Johann Fischarts ›Affentheuerlicher Geschichtsklitterung‹. Übersprudelnder Barock fand sich in den Produkten von Goethes sämtlichen Bestrebungen nirgendwo hegelianisch aufgehoben, außer ein wenig in der Walpurgisnacht, sowenig wie er und andere Goethezeitautoren auf die Idee kamen, und Romantiker dann auch nicht, das breughelianische Menschengetümmel von Stadtbildern und Marktszenen, die auch in der Goethezeit nach wie vor mittelalterlich strudelten, in ihren Werken irgend abzuschildern: buntes Treiben, das für alle als Grunderfahrung derart nah lag, daß sie nicht auf die Idee kamen, es als Romansujet interessant zu finden. Wenn Jean Paul mit einem Gesprächspartner durch Bayreuth ging, übertönte der Stadtverkehr oft ihr Gespräch.

›Hesperus‹, an die kunstreich unterkühlten Weimarer Gips- und Marmordeiche anklatschend, gemahnte jeden, daß antikizistisch-französelnde Zurückstutzgärten ursprünglich mal aus quicklebendigem Zauberdschungel hervorgewachsen sein müssen – Natur versus Kultur!

Goethe hätte genauso die Bibel, den Talmud, das Mahabharata, die Hagia Sophia, namentlich auch sein bevorstehendes Spätwerk ›Wilhelm Meisters Wanderjahre‹ mit Worten wie Bockshirsch, Okapi, Schnabeltier, Sammelsurium, Mosaik, Patchwork, also Tragelaph traktieren können. Je nach Lupengröße würde sogar jedes betont homogene Gebilde Uneinheitlichkeiten gebären und in Monaden, Pinselstriche, Minuskel und Atome zerflocken.

Klassizistische Werke hielten sich brav an den Zeitabschnitt ›Klassizismus‹. Das spätbarocke Dschungelbuch ›Hesperus‹ klang dann auch gern mal nach vorauseilendem Expressionismus, nun zeitgemäß versetzt, imprägniert, aufgeheizt und aufgepeppt mit unbeirrbar festgehaltenem Sturm und Drang, in Tateinheit mit reaktivierbarer, sahnig triefender Empfindsamkeit à la Werther, für deren Blüten der Terminus »Kitsch« noch lange nicht bereitgehalten wurde.

Wer von alldem, wovon Goethe Kopfbrummen bekommen wollte, sich ohne Not verschloß und, wie Charlotte von Kalb, gierig eintauchte, dem entging, wie dem Ehepaar Herder, der qualitative Quantensprung nicht. Proteus und Nereus – Altmeister Christoph Martin Wieland und Johann Wilhelm Gleim sagten über den ›Hesperus‹-Autor: »Der Mensch ist mehr als Herder und Schiller. Er hat eine Allübersicht wie Shakespeare.« Und: »Dieser Richter schreibt alle Romanenschreiber nieder.« Karl Philipp Moritz konnte sich nicht fassen: »Das begreif ich nicht, der ist noch über Goethe, das ist was ganz Neues.« Sogar der unbestechliche Goetheskeptiker Georg Christoph Lichtenberg ließ bei Jean Paul jede Skepsis fahren: »Um den ersten Teil der neuen Auflage des Hesperus bitte ich recht sehr, bloß des Porträts wegen, das ich über alles gern zu sehen wünschte. Ein

Schriftsteller wie Jean Paul ist mir noch nicht vorgekommen, unter allem was ich seit jeher gelesen habe. Eine solche Verbindung von Witz, Phantasie und Empfindung möchte auch wohl ungefähr das in der Schriftsteller-Welt sein, was die große Konjugation dort oben am Planeten-Himmel ist. Einen allmächtigeren Gleichnis-Schöpfer kenne ich gar nicht.«

Der Trias seiner Hausgötter Herder, Wieland, Goethe fühlte J. P. F. Richter sich aber auch dann noch unterlegen, als er bereits viel beredter in viel vollere Segel blies. Der Schillervers »Denn wer den Besten seiner Zeit genug getan, / Der hat gelebt für alle Zeiten« traf hierzulande nun so richtig ins Schwarze: Jean Paul hat die Besten seiner Zeit, statt ihnen zu genügen, Goethe abgerechnet, sofort getoppt und hatte also gelebt für alle Zeiten – auch wenn diese Blütezeit deutscher Dichter und Denker bald abflaute und verkleckerte.

Der ›Hesperus‹ blühte just so überwürzt, so bunt, wie Goethe ihn fand; und der ›Wilhelm Meister‹ sah so ungewürzt, so farblos, unpoetisch aus, wie er auf Jean Paul und Novalis wirken mußte. Namentlich die Figur des Lothario nannte Jean Paul für sich im Stillen einen »matten Helden«. Auch dieses nicht ganz unkritische Notat mußte natürlich an der insgesamten Liebe und Bewunderung nicht rütteln oder zupfen.

Antipoden mit Gemeinsamkeiten sind eigentlich Dioskuren

Goethe und Jean Paul als Dioskuren hätten es viel leichter gehabt, aufgrund viel größerer Gemeinsamkeiten. Sie bräuchten nicht, wie Goethe und Schiller – eigentlich

Dioskuren oder Antipoden? Rötelzeichnungen von Karl Bauer, 1908

unvereinbar angelegte Kontrahenten – stilvoll Dioskuren spielen, sondern wären tatsächlich welche geworden und gewesen.

Goetheschiller – der eine personifizierte Sangeskunst, der andere Bühnenkunst, zueinandergebogen im Doppelpack, sich selber einander zubiegend, auf Biegen und Brechen, plusminus kolossal ebenbürtig, streitfrei austariert, zusammengeschmiedet von verdoppelter Abneigung gegen andersdenkende Dritte. Also konnte man's »Freundschaft« nennen, wie zwischen Pottwal und Schwertfisch, Bundesbrüder, Hand in Hand, Schulter an Schulter und Wange an Wange, eigentlich zehnmal asymmetrischer als Kastor und Pollux oder die Gebrüder Grimm oder im zwanzigsten Jahrhundert als Dick und Doof.

Weil Schiller sich Goethes edelbleichem Klassizismus anbequemte und anähnelte, ward er als einer der Unsrigen akzeptiert, obwohl er vom Typus her anders tickte und sich tatsächliche Gemeinsamkeiten in Grenzen hiel-

Dioskuren zuhauf – oft etwas asymmetrisch, oft plusminus homogen

ten. Man bekam eine Überlappungs-Allianz hin, genährt von all jenen Beobachtern drumherum und hinterher, die es so sehen wollten, fleißig zurechtstutzten und optimal ausbauten, zielsicher in Richtung immer stabileren, nie mehr auseinanderlötbaren Schulterschlusses in Bronze und Granit.

Der scharfnasige Schiller zeigte – trotz Sommersprossen, Akne und Schwäbisch – hartkantig maskulinen Willen, typmäßig eher wesensverwandt mit Nietzsche oder Gustav Mahler, sehr im Gegensatz zur konzilianten

Wesensart von Goethe und Jean Paul, die in Gemeinsamkeiten schier ertranken.

Sehr glichen sie einander darin, Schillerwerke zunächst sehr gewöhnungsbedürftig zu finden: Goethe fühlte sich von den ›Räubern‹ angewidert; Jean Paul rannte raus aus der Aufführung des ›Wallenstein‹, weil er das »barbarische Zeug« nicht aushielt.

Beide profitierten von Johann Gottfried Herder als geneigtem Mentor.

Beide siezten Schiller und teilten denselben Duzfreund – Friedrich Heinrich Jacobi.

Beide hatten in Leipzig studiert, Richter sechzehn Jahre nach Goethe.

Beide bosselten an ihrem Geburtsnamen; Johann Wolfgang Göthe und Johann Paul Friedrich Richter wollten lieber Johann Wolfgang von Goethe und Jean Paul heißen.

Beide erlangten den Titel eines Legationsrats bzw. Geheimen Legationsrats, kurz: Geheimrats.

Beide konnten den Verkaufserfolg ihrer Jugend-Schnellschüsse ›Werther‹ & ›Hesperus‹ mit ausgefeilten Hauptwerken wie ›Wilhelm Meister‹ & ›Titan‹ nicht toppen oder erneut erreichen – und ohnedies vom Erlös ihrer literarischen Werke nicht leben.

Beide verliebten und verlobten sich oft. Beide scharwenzelten mit beredten adligen Heroinen, Titaniden, Kulturdamen namens Charlotte, von Stein und von Kalb, ohne richtig zuzugreifen, und nahmen im Endeffekt unkapriziöse schlichtere Bürgermädchen, genau wie Faust und Siebenkäs Frauen wie Gretchen und Lenette nahmen oder wählten.

Beide stellten den anorektischen Frauentypus der Femme fragile dar: Mignon oder Makarie. Beide schoben schönen Seelen Bekenntnisse, Weisheiten, Maximen und

Goethe 30 Jahre alt

Jean Paul 33 Jahre alt

Goethe 36 Jahre alt

Jean Paul 47 Jahre alt

Reflexionen in den Mund, die sich verdächtig männlich, hier goethisch, dort jeanpaulinisch anhörten, in Lianens Brief bzw. Ottiliens Tagebuch.

Beide machten aus bissigen Jugendfreunden dämonische, humoristische Kunstfiguren: Goethe Mephisto, nach dem Modell Johann Heinrich Merck und Herder; Jean Paul, der Autor der ›Teufelspapiere‹, ließ in der ›Unsichtbaren Loge‹ Falk auftreten, im ›Hesperus‹

Goethes Gartenhaus in Weimar

Goethes Arbeitszimmer

Jean Pauls Rollwenzelei bei Bayreuth

Jean Pauls Arbeitszimmer

Matthieu, im ›Siebenkäs‹ Leibgeber, im ›Titan‹ Schoppe und Roquairol, im ›Kometen‹ den Ledermenschen, teilweise geformt nach dem empirischen Modell Johann Bernhard Hermann. Neben Irrlichtern wie Mephisto, Roquairol und Schoppe wirken Faust, Wilhelm Meister und Albano wie Pappkameraden.

Beide schrieben Idyllen: ›Hermann und Dorothea‹ und ›Schulmeisterlein Wutz‹.

Goethes Autobiographie, entstanden 1811–1814, brach unvollendet ab bereits beim Mittzwanziger; Jean Pauls Autobiographie, entstanden 1818–1819, brach, kaum angefangen, im Vorschulalter ab. Die 57 bzw. 56 folgenden Lebensjahre blieben – trotz guter Quellenlage – weitgehend unbeschrieben; wer zählt die Verluste?

Goethe hielt, statt ›Faust‹, die ›Farbenlehre‹ für sein wichtigstes Werk, Jean Paul, statt den ›Titan‹, seine ›Levana‹ für sein »ernsthaftestes Buch«, und auch nachweltmäßig am zukunftsträchtigsten und effektivsten.

Beide fanden Zuflucht in Genius-loci-Eremitagen namens Gartenhaus und Rollwenzelei.

Beide vermochten, genau wie Fritz Schiller und Fritz Hölderle, ihre jeweilige Heimatmundart als Ereichnis nie ganz verleuchnen.

Jean Paul willfahrte der Briefkultur des achtzehnten Jahrhunderts dergestalt, daß er seiner Gattin zu deren Geburtstag schriftlich zu gratulieren pflegte, obwohl sie zwei Türen weiter Kohl rieb, und obwohl Goethe und Schiller gleichzeitig in Weimar wohnten, bei Saumsal sechs, bei Eile drei Fußminuten auseinander, summierten sich ihre Briefe auf achthundert Seiten. Goethe beantwortete Briefe von Jean Paul nie, der einen Brief von J. P. Hebel nie beantwortete.

Beide hörten die Botschaft wohl – allein, sie profilierten sich nicht als Kirchgänger. In Sachen Basilica di San Marco in Venedig polemisierte Goethe, der Religionsanhänger »Kinder, Bettler, hoffnungsvolle Toren« nannte, gegen den »Unsinn, der darinnen getrieben worden« sei; Jean Paul, der das Christentum eine »Bettler-Religion« nannte, fühlte sinngleich beim Fronleichnamsfest in München »Grimm über den Pfaffenunsinn«. Als Erwachsener saß er nur einmal im Leben im Gottesdienst und tuschelte bei der Predigt dergestalt störend, daß der Kirchendiener ihn rauswerfen wollte, wenn er in dem vollbesetzten Gotteshaus an den Quassler herangekommen wäre. So wenig sie sich von Pfaffen, Laffen, Kreuz, Gruft und Blutmystik was vormachen ließen, sympathisierten beide mit metaphysisch klingenden Termini wie Entelechie oder Palinginesien.

Beide distanzierten sich desgleichen von Romantik: Der eine nannte sie »krank«, der andere definierte sie als

Monumentalgemälde ohne Köter versus Schattenriß mit Pudeltier

»Poesie des Aberglaubens«. Beide fühlten sich Ludwig Tieck überlegen; beide sahen E. T. A. Hoffmann kritisch – Jean Paul nannte ihn seinen Imitator; Goethe schob beide in dieselbe unerträgliche Ecke.

Beide lasen Fichte, Schelling, Hamann, die Schlegels, Hegel, Schopenhauer. Wenn Goethe Kant las, trete er wie in ein helles Zimmer. Jean Paul nannte Kant, dem er einige Jugendjahre anhing, »ein ganzes strahlendes Sonnensystem«. Beide lasen und lobten Laurence Sterne und wurden später von Heinrich Heine glossiert.

Beide hatten persönlichen Umgang mit Friedrich Schiller, Johann Friedrich Rochlitz, Johann Friedrich Reichardt, Friedrich Bury, Friedrich Schlegel, Friedrich Heinrich Jacobi, Zelter, Wieland, den Herders, Herzogin Amalia von Weimar, Karl Ludwig von Knebel, Karl August Böttiger (der Knebel »Göthens Affen und Pajazzo« nannte), Charlotte von Kalb, Charlotte von Schiller, Rahel Levin bzw. von Varnhagen, Johann Daniel Falk, Heinrich Meyer, Ludwig Tieck u. v. a.

Jena, Halberstadt, Frankfurt, Dresden, Berlin, Bamberg, Regensburg, München wurden sowohl von Goethe wie von Jean Paul besucht und besichtigt. Im ›Goldenen Hecht‹ zu Heidelberg kehrte Goethe im September 1815, Jean Paul im Sommer 1817 ein.

Beide genossen täglich geistige Getränke, Portwein, Malaga, Madeira, Franzwein, Bayreuther Bier, um nicht zu sagen: Beide bewegten sich auf dem fließenden Übergang zum Alkoholiker – mengenmäßig vergleichbar viele Quanten (1829 verauslagte Goethe 20 Prozent des Haushaltsetats für Spirituosen). Aber dem einen von beiden nahm man's viel weniger übel als dem andern.

Beide litten in Kriegszeiten unter Zwangseinquartierungen.

All diese erstbesten biographischen Gemeinsamkeiten prädestinierten sie dazu, geschaffen zu sein für konstitutionelles Dioskurentum. Sie hätten ein weniger asymmetrisches Pärchen bilden können als »Goethe und Beethoven« oder »Goethe und Schopenhauer«. Doch steigerbare Unterschiede warfen sich zwischen sie und hielten sie grausam auseinander.

Fünf Silhouetten.

Eine edle Gesellschaft; zwar nicht lauter Dichter. Aber — die Gesellschaft gefällt mir so wohl zusammen, daß ich sie nicht trennen möchte, und nicht anderswo, wie ich anfangs dachte, sondern gerade hier einrücken will — Nicht Eine gemeine Seele. Darf ich's nicht sagen .. ohne gestäupet zu werden? Nun! werd' ichs! .. Meilen weit gieng ich durch Wind und Wetter, um eine Stunde des Menschengenusses in dieser Dichter- und Menschengesellschaft.

Aus Johann Caspar Lavater: ›Physiognomische Fragmente‹ 1777

Jugendidol versus Sympathicus – einige Unterschiede

Goethe im Umgang galt als der gutaussehendere Charakter, aber selbstsüchtiger, karrieregeiler, uncharmanter, distanzierter, Jean Paul als der optisch weniger vorteilhafte, aber sympathischere Typus, menschlicher, beredter, gefühlvoll überfließender, mit zauberhaft gewinnendem Lächeln, in summa: Goethe der größere Versedrechsler, Jean Paul der kleinere Egoist; Goethe der schönere Mann, Jean Paul der bessere Mensch.

Viele fühlten sich im Gespräch mit Jean Paul erbaut, erheitert, beglückt; Goethes Gegenwart schnürte vielen das Innere zu. Dessen vielbeklagte Steifheit, Kälte und Undankbarkeit für erwiesene Wohltaten, mit der er selbst vertraute Jugendfreunde später übergoß, plötzlich sie wieder siezend, zeigte sich nicht erst in der bejahrteren Lebenshälfte. Frau von Stein ließ er, als er nach Italien floh, uneingeweiht und ungetröstet mit krebskrankem Sohn zurück. Wenn Gäste Fragen zu Vita und Werk stellten, schickte er seine promovierten Redemaschinen Riemer und den Kunscht-Meyer vor, die dann einschüchternde Vorträge hielten, derweil Goethe sich zurückzog und vielleicht von nebenan lauschte. Geliehene Objekte, z. B. den Elefantenschädel aus Kassel, gab er nie oder ungern zurück. Geldschulden beglich er nicht. Zugesagte Summen rückte er nie heraus. Vereinbarte Erlöse aus der Veröffentlichung des Goethe-Schiller-Briefwechsels bekamen die notleidenden Schillererben nie zu Gesicht. Goethe als Extrem-Egoist hatte viele Leichen im Keller: eine Kindsmörderin, eine Schwester, Lenz, Merck, Kleist, Schubert, August von Goethe, Eckermann.

Hingegen: Alle rühmten Jean Pauls Freundlichkeit zu absolut jedermann. Schlecht hinterm Rücken zu reden lehnte er ab – und dies als Satiriker! Alle Menschen schien er zu lieben, programmatisch oder gar demonstrativ, obwohl sicher auch er vom üblichen Verkehrsaufkommen langweiliger Gestalten und Pfarrer genugsam sich umgeben sah. Bei der späteren Heidelberger Bootspartie zu seinen Ehren gab er jeglichem der achtzig Gäste reihum lachend die Hand und nannte die entgegengestreckten Hände entgegenfliegende Herzen. Kaum einen Herandrängenden wies er ab. Wenn mehr oder minder nicht ganz untalentierte Musen und Damen oder der angehende Dichter Johann Ernst Wagner ihm Talentproben vorsetzten oder ihm Dichtprojekte langwierig entwickelten, ging er drauf ein, als wär das irgendein Ernstzunehmendes. Jean Paul als Tugendmann stieß fast keinen vor den Kopf, außer ein ganz klein wenig Amandus Gottfried Adolf Müllner, der penetrant vorstellig wurde und wiederholt keine Audienz gewährt bekam.

Goethe benutzte Napoleon, um sich Ecce homo bzw. »C'est un homme« sagen zu lassen, Jean Paul nannte Napoleon einen »Mistbock«.

Goethe votierte für Zensur, Jean Paul für Pressefreiheit.

Goethe verfaßte ›Bekenntnisse einer schönen Seele‹; Jean Paul notierte: »Schöne Geister sind selten schöne Seelen.«

Goethe kam viel herum. Er reiste in den Taunus, nach Mainz, Wiesbaden, Offenbach, Darmstadt, Leipzig, Elsaß, Lothringen, Köln, Düsseldorf, Straßburg, Weimar, Gotha, Erfurt, Lauchstädt, Dessau, Wörlitz, Braunschweig, Potsdam, Schlesien, Münster, Mannheim, Heidelberg, dreimal in die Schweiz, Mittenwald, Innsbruck, Bozen, Verona, Padua, Venedig, Ferrara, Cento, Bologna, Florenz, Perugia, Assisi, Spoleto, Rom, Fondi, Neapel, Pozzuoli, Pompeji, Herculaneum, Paestum, Palermo, Agrigent, Caltanissetta, Taormina, Messina, Vaduz, Feldkirch, Halle, Helmstedt, Karlsbad, Teplitz, Franzensbad, Marienbad, Bad Pyrmont, erwog sogar eine Griechenland- und Indienreise. Der eine fand dank Schaulust und Welt-Neugier und zwecks Welterfassung das Reisen belebend, belehrend, bildend, der andere fuhr vergleichsweise fast überhaupt nicht in der Gegend herum, kam bloß nach Aalen, Asach, Aschaffenburg, Bad Steben, Neustadt an der Aisch, Erlangen, Halle, Weißenfels, Gotha, Hildburghausen, Kassel, Heidelberg, Stuttgart, Löbichau, Worms – kein Wunder, daß die Deutschen Jean Paul in den Krähwinkel schoben und Goethe zum Weltbürger kürten. Der sich trotz-

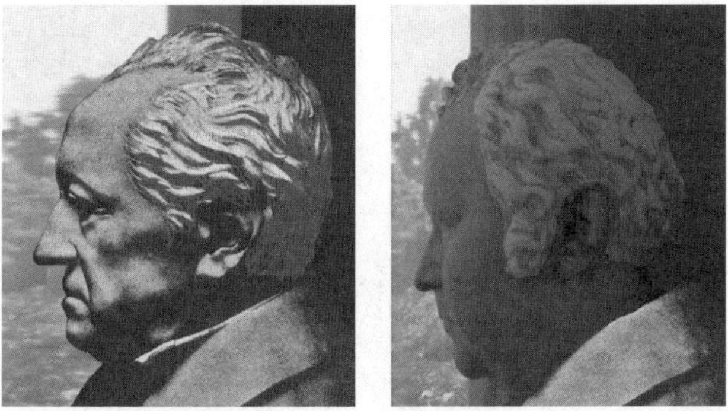

Töne Schwager ins Horn – Goethe und Jean Paul in der Postkutsche unterwegs

dem »die ewige Wanderratte« nannte, schrieb an Christian Otto: »Meine Reisen zerstören mich.« Und: »Die nötigste Predigt, die man unserem Jahrhundert halten kann, ist die, zu Hause zu bleiben.« 2012 erschien ein Buch, worin Jean Paul als oft und gern Reisender dargestellt wird.

Fast alle damals, einschließlich Goethe und Mozart, konnten reiten; Jean Paul gehörte zu den Ausnahmen, die nicht reiten konnten – obwohl: einmal versuchte er's.

Goethe, der ungern Briefe schrieb, bekannte sich brieflich zu seiner »Schreibefaulheit, Tinten- und Papierscheue«; Jean Paul schrieb nicht ungern Briefe; hier wie da summierten sich ungeheure Quanten. Goethe, bei aller Sammelleidenschaft, vernichtete 1765 und 1797 zahlreiche Briefschaften, z. B. die Briefe seiner Mutter bis zu seinem vierzigsten Lebensjahr, und hielt auch den Urfaust nicht für bewahrenswert. Jean Paul schrieb: »Briefe verbrennen. Nie thät ichs. Alles untergehende Leben kommt wieder; diese Geschöpfe dieses Herzens und Kopfes nie. Durchstreicht die Namen, verwechselt die

Goethe und Jean Paul in aussagefähiger Ganzfigur

Goethe standfest

Jean Paul hingegossen

Handschrift; aber lasset die Seele leben, die gerade in Briefen am innigsten lebt.«

Goethe zeigte keinerlei Berührungsängste in puncto holder Kunst. Reime gebar er, die könnten von Gretchen und Friederike Kempner sein. Jean Paul scherzte, er hätte mehr Bücher als Verse geschrieben. Gegenüber der zeitbedingten lyrischen Pandemie erzeigte er sich als weit und breit Einziger unfaßbar resistent. Viele Dichter merkten nie, daß sie sich beim Versedrechseln ihrer Intelligenz berauben ließen.

Ein weiterer Unterschied: Jean Paul entdeckte null Zwischenkieferknochen. Wer sowas nicht entdeckte, kam nicht als Universalgenie in Frage. Der Gag hierbei: Goethe, genaugenommen, entdeckte besagten Knochen gleichfalls nicht, heimste aber die Meriten des Zoologen Justus Christian Loder ein.

EIN CHINESE IN ROM – JEAN PAUL IN WEIMAR

Sommer 1796 – Abendstern landet im Musenhof

Halb unvereinbarliche Quasi-Dioskuren, halb Weltgegensätze mit übergroßer Schnittmenge – Goethe und Jean Paul liefen einander auf Tangenten oder Laufschienen, die sich im Kosmos kurz überschnitten, einigermaßen entgegen – nein: Der eine lief dem andern zielvoll über den Weg. Der Prophet mußte zum Berg pilgern, von Bayreuth zum gesegneten Musensitz Weimar – 165 km. Angespitzt atmend und pulsierend, wanderte er mitschwingender Damenwelt entgegen, fast die ganze Strecke zu Fuß, um am Schluß in damalige schneckenlangsame Transportmittel einzusteigen, kurz vor Weimar, und zweispännig vorzufahren, anlangend in einem Kleinstädtchen, allwo Geflügel auf verschlammten Straßen beiseiteflatterte, umbeleuchtbar aber für Wissende in einen Ort geographischen Magnetismus', ja geomantischer Magie, ein fernhintreffender, alsbald europaweit ausstrahlender Attraktionspunkt hochkulturgesättigten Interesses, Jean Paul im weiträumigen Vorfeld mit dem Hofstaat rund um Goethe zugange, überhaupt nicht mundfaul, bestens plauderselig. Wedelnd ward er bewillkommnet, umschwärmt, pausenlos eingeladen, umtrillert, abgefüttert, herumgereicht, auf Händen getragen, auffliegende Türen durchschwebend – der Audienz am Frauenplan entgegen. Vorher lagen die andern Turmspitzen der Literatur, Johann Gottfried Herder, Christoph Martin Wieland, Vorzeige-Lichtsäulen, nicht ohne beigefügten Goethefreund Karl Ludwig von Knebel, sich am Munde; man produzierte Gefühle, Tränenfluß, Gelächter – fassungsloses Entzücken aneinander, tiefe Einblicke in hiesige Ränge, Zirkel und Gerangel, all diese hiesigen Einzelköpfe und Geister anschauungsmäßig nicht äußerst homogen, nicht ganz kongruent aneinander angekabelt, eigentlich eher kontrovers geeicht, aber in summa halbwegs schulterschlußfähig strukturiert, in Maßen durchaus zueinanderbiegbar – Differenzen galt's zu übertünchen, Bundesladen abzuriegeln, Fremdelemente abzuwehren.

Am 17. Juni – mittags – Einladung an Geheimrat Goethes dekorierte Mittagstische. Der Gast blieb im Vorfeld nicht unvorgewarnt. Charlotte von Kalb, vormals Freiin Marschalk von Ostheim, die ihn alldort einführte, glühend ihm zugetan, bereitete ihn schonungsvoll vor auf die sprichwörtliche menschliche Kälte des prominenten Gastgebers: »Er bewundert nichts mehr, nicht einmal sich«, und jedes Wort sei Eis, zumal gegen Fremde, die er selten vorlasse – er habe etwas Steifes, reichsstädtisch Stolzes. Sie riet ihm, ebenfalls Kälte und Selbstbewußtsein dagegenzusetzen. Einzig, wenn's um Kunstwerke ginge, würde er noch etwas auftauen können, was Jean Paul aus dem Stegreif einfallsreich aufgriff, indem er nämlich Herrn Knebel augenzwinkernd bat, ihn vorher durch einen Mineralbrunnen zu petrifizieren und zu inkrustieren, damit er sich im vorteilhaften Licht einer Statue zeigen könne. Kälte zu zeigen, bekam er naturgemäß nicht hin.

Mit solchen Treppen, ein Pantheon voll Bilder und Statuen, eine Kühle der Angst presset die Brust – endlich tritt der Gott her, kalt, einsylbig, ohne Akzent. (Jean Paul an Christian Otto, 18.6.1796)

So ging er wenigstens »ohne Wärme« – vorbei am blau emaillierten SALVE – die imposante Repräsentationstreppe mit marmornem Handlauf hinauf, durchaus Staatstreppe im Frauenplan, der bereits im ursprünglichen Zustand vor Ort, auch durch den übergroßen Juno-Kopf, etwas beklemmend Ausstellungshaftes und Andachtheischendes ausströmte und folgerichtig von Anfang an auf ein betont museales Goethe-Museum zulief, ein privates Mausoleum à la Walhalla bei knapp noch lebendigem Leib, mit italiänischem Touch, vollgestellt mit abgestaubten, edel-prächtig petrifizierten Statuen und Apolloköpfen, alles überaus geschmackvoll, kunstreich, gezielt einschüchternd und höchlich frappant. Eine Kühle der Angst preßte die Brust, flankiert von herrschaftlich-adretten, würdig ausschauenden Kammerdienern in blauer Livree mit Goldknöpfen und gelbgestreiften Westen, alles in allem so durchkomponiert und in marmorglatte Gültigkeitsatmosphäre eingelegt wie in ›Lotte in Weimar‹ aufgefaltet – die Anmerkungsexperten mögen festlegen, ob der Windhund der Diana und die Bronzeabgüsse von Adoranten und Satyrn erst 1816 oder auch schon 1776 im Frauenplan herumstanden – bis dann die Exzellenz erschien und plusminus vage mit seinen Bildnissen zur Deckung gebracht werden konnte, nein: mußte, wenn auch nicht extrem deckungsgleich mit dem Lips'schen Kupferstich von 1791, so oder so wohl mit dem unumgehbaren Effekt: Dieser zufällige Sterbliche – im zweireihig geknöpften Frack in Seidenstrümpfen und mit weißbatistenem Halstuch, mit oder ohne angesteckten Stern – soll den unsterblichen ›Werther‹ verfaßt haben!?! Mitten im idealistischen Zeitalter drückte die realisierte Gesamterfüllung alle vorhergegangenen Vorstellungen und Vorwegnahmen in ihre natürlichen Grenzen, was alle Eingeladenen, die keiner mehr schlüssig durchzählen kann, doch zunächst recht paralysierte, bevor man via Champagner die anfängliche Verlegenheit – und das fehlende Mienenspiel beim Gastgeber – halbwegs aufzulockern vermochte und bei Tisch allerlei Gespräche über Kunst, Publikum und Themata, die keiner der Nachwelt festhielt, in Gang kamen und Jean Paul auch seine große Kenntnis von Goethes bisherigen Werken nach Möglichkeit in Smalltalk und Disput anspielungsweise einzubringen verstand. Grundproblem halt auch hier: daß Halbgötter jederzeit gezwungen sind, von den Bildern, die man von ihnen und die man sich von ihnen machte und die ihre Werke suggerierten, normalsterblich abzuweichen, als wären's andere Leute, und bei Tisch dementsprechend die exquisiten Kapaune und Wachteln abzunagen und reinzuschlingen. Jean Paul wartete vergeblich, um im Gespräch die herrlichen Kennzeichen von Werther und Faust vorzufinden. (Auch später im Umgang mit den Schlegels oder an Fichte und Schelling konnte er nicht viel Geniales entdecken.) So strömend und blühend wie Herder und namentlich auch Jean Paul sprach allerdings die Exzellenz nicht. Als Knebel die Neuigkeit verlauten ließ, die Franzosen zögen just in Rom ein, sagte Goethe, den Jean Paul im anschließenden Brief an Christian Otto, dann »den Gott« nannte, einfach nur: »Hm!«

Jean Paul, pochenden Busens, als Claqueur herrlicher Goethelyrik

Alsobald, nach aufgehobener Tafel, verlas der vielgelobt dichtende Gastgeber, obwohl er derzeit seine Laufbahn als Dichter eigentlich für beschlossen hielt, ein aktuell frisch verfaßtes, distichisches Langgedicht. Der Deklamateur bot dem freundlichen Gedränge kein lispelnd Lied, sondern eine aktuell frisch verfaßte idyllische Elegie oder elegische Balladen-Idylle, deren donnernder Vortrag ihn noch viel mehr lockermachte als vorher der Champagner – was man hundertfünfzig Jahre später unerträglich pathetisch gefunden hätte. Nach wenigen Sekunden züngelte aus dem Kunstgebilde das Distichon hervor: »Vorwärts dringt der Schiffenden Geist, wie Flaggen und Wimpel; / Nur ein Trauriger steht rückwärts gewendet am Mast.« Spottvögel ungeborener Nachwelt hätten hier, beim Mast und beim vorwärtsdringenden Geist der Schiffenden, vorauseilend kunstbanausisch loslegen wollen: »Dear Flying Dutchman, put your banana in your pocket!« Ungestört und vor Ort unbemäkelbar schossen herrliche Adjektive zu eindrücklichen Vorkommnissen zusammen, zu zierlichen Bildern homerisch angehauchter Seefahrt: schäumende Flut, ruhiger Bootsmann, alleuchtender Tag, himmlischer Reiz, gräßliche Flut, stumpfes Gemüt, doppelt erfreulicher Sinn, günstige Lüfte, wackerer Vater, segnende Hand, lockiges Haupt, fremde Küsten, reifste Orangen, goldene Last, goldener Ball, weichliche Feige, liebliche Arme, heitere Luft, göttliche Luft, günstige Winde, dann nochmals »schäumende Flut«, sodann himmlisches Pfand, goldene Spangen, lieblicher Saphir (nicht Zephyr!?), der länglichen Hand schönes Gebild, häusliches Weib, köstliche Leinwand, schmerzliche Freude, höllische Hunde, stärkender Honig, nächtliches Dunkel, leuchtender Blitz, tobende Welle etc.

»– das Schiff, das deinen Alexis, / Dir, o Dora, den Freund, ach! dir den Bräutigam raubt. / Auch du blickest vergebens nach mir. Noch schlagen die Herzen / Für einander, doch ach! nun aneinander nicht mehr. / Einziger Augenblick, in welchem ich lebte!« Wie herrlich fand Jean Paul solche Verskunst wirklich? Hundert Jahre später hätte man solchen Edelramsch nicht mehr aushalten mögen, solch Niveauschund, Elite-Joghurt zum Zwerghühnermelken, solch Zahnarztgattinnenlyrik auf ellenhohen Stelzen und Socken; damals aber lauschten alle Anwesenden gebannt, ehrfürchtig pochenden Busens, zutiefst beeindruckt vom Dichterwort und konnten sagen, sie seien dabeigewesen, und ein Leben lang davon zehren.

In ›Alexis und Dora‹ wählte der Dichterfürst den Ausdruck »ruhiger Busen« – unausdenkbar, wenn Musensohn und Goethepilger Jean Paul alldort gleichfalls eine Talentprobe hätte zum Besten geben können, vorlesen aus seinem ›Hesperus‹, worinnen er Adjektive verschoß wie pochender Busen, mit Blut und Liebe überhäufter Busen, von Seufzern und Gefühlen schwangerer Busen, vom Kummer verdunkelter Busen, wunder Busen, empörter Busen, verheerter Busen, zerquetschter Busen und – ausgefrorener Busen.

Busen hin oder her – man war bei Goethe. Ungeheurer Beyfall brach los – standing oder sitting ovations? Jean Paul lobte und rühmte das Vernommene dergestalt glaubwürdig über den Klee, daß der Balladendichter den Rühmenden beim Abschied relativ freundlich aufforderte, oder sogar sehr freundlich, wiederzukommen. Dessen Gestalt umschrieb Jean Paul hinterher als »markig und feurig« und schien das Gedicht tatsächlich nicht schlecht gefunden zu haben; denn auch seinem Intimus Otto berichtete er, Goethe habe ein ungedrucktes herrliches Gedicht vorgelesen.

Seinen gemischten Eindruck von dieser Erstbegegnung mit seinem Gott brachte Jean Paul auf den Punkt: »Beim Himmel, wir wollen uns doch lieben«, und schrieb nur das Nötigste drüber und vertröstete Otto aufs Mündliche: »1 000 000 etc Sachen hab' ich dir von ihm zu sagen.« Er hat sie ihm später privat nachgeliefert; keine einzige davon hat sich dann schriftlich irgendwo niedergeschlagen.

Aber ab diesem Tag nahm er sich vor, vor keinem großen Mann und höheren Menschen sich je wieder zu bücken.

Schiller ist bei jenem Mittagessen nicht anwesend gewesen.

Goethe fand das Treffen keiner Erwähnung wert. Aber drei Tage später schrieb er an Kunstrat Heinrich Meyer: »Richter aus Hof, der allzubekannte Verfasser des Hesperus, ist hier. Er ist ein sehr guter und vorzüglicher Mensch, dem eine frühere Ausbildung wäre zu gönnen gewesen; ich müßte mich sehr irren, wenn er nicht noch könnte zu den Unsrigen gerechnet werden.« Denn er könnte unser sein! Also trotz des ungereinigten Geschmacks im struppigen ›Hesperus‹! Der allzu bekannte Verfasser! Habt keine andern Götter neben mir! Die frühere Ausbildung – ein kleines Argument; denn Richter aus Hof erzeigte sich als frühreifer und umfassender belesen, also gebildeter als alle, die ihm eine frühere Ausbildung von Herzen gönnten.

Und umgekehrt: Jean Paul litt förmlich daran, daß die Großen seiner Zeit viel zu wenig lasen, nannte ausdrücklich Goethe und Schiller als Beispiele, vor allem Fichte, dem er nachsagte, daß der überhaupt nichts läse. Sogar an Freund Herder mißfiel ihm, daß er Jacobis Pantheismusbuch nicht sofort intus hatte. Eigentlich galt stets Goethe als der universell gebildete Geist – seltsam, daß ausgerechnet der Luftikus beim Universalgenie, das ihn für einen Kauz hielt, Lektüredefizite konstatierte.

Wenig später zog Wieland mal seinen jungen Freund beiseite und deutete ihm wohlwollend an, daß seine Aufmachung und Kleidung der hierzulande obligatorischen Hofhaltungs-Etikette nicht ganz entsprechen würde.

Das meistgelesene deutsche Buch – ›Werther‹ oder ›Hesperus‹?

Weil ›Hesperus‹ den legendären Bestseller ›Werther‹ toppte, sei Jean Paul zum meistgelesensten Schriftsteller Deutschlands aufgerückt; Goethe/Schiller hätten vor allem wegen dieses Konkurrenzerfolgs so säuerlich reagiert – so melden es einvernehmlich alle Jean-Paul-Biographen. Geht man aber ins Detail, finden sich weder ungenaue noch genaue Auflagezahlen. Bestsellerlisten entstanden erst Ende des neunzehnten Jahrhunderts. »Europaweit berühmt« hieß um 1796: wenige hundert verkaufte Exemplare.

Die erste Auflage des ›Werther‹, 1774, betrug höchstens 1500 Exemplare, die zweite dann 3000, zuzüglich neun Raubdrucke mit 4500 Exemplaren – macht bis 1785 circa 9000 Stück. Finanziell hatte der Autor so wenig davon wie Daniel Defoe von ›Robinson Crusoe‹. Verleger Matzdorff druckte plusminus 200 Schreibpapier-Exemplare des ›Hesperus‹ und 600 bis 800 normale (Anschaffungspreis: 5 Taler), nach anderer Schätzung 1000 bis 1500. Also konnten Goethe und Jean Paul nicht wie Lord Byron von sich sagen: »Eines Morgens wachte ich auf und war berühmt.« Gegen ›Childe Harold's Pilgrimage‹, wovon zuerst die üblichen 500 Stück gedruckt wurden, plötzlich aber in wenigen Wochen über 10 000 Stück weggingen, kamen ›Werther‹ und ›Hesperus‹ bei weitem nicht an. Jacob Grimm hielt den ›Siebenkäs‹ für mehr wert als alles von Walter Scott zusammengenommen, der in drei Jahren mehr verdiente als Goethe im ganzen Leben. Die zweite Auflage des ›Hesperus‹: 3000 Stück – immerhin mehr als ›Der Teutsche Merkur‹, der 1000 bis

2000 Stück Auflage erzielte. Neben Beckers ›Noth- und Hülfs-Büchlein‹, von dem sich 500 000 Exemplare absetzen, verzwergen wiederum sowohl ›Werther‹, ›Hesperus‹ wie ›Childe Harold‹ sowie alle anderen Klassiker zu Marginalien. ›Hesperus‹ zu Lebzeit: drei Auflagen – ›Rinaldo Rinaldini‹ von Christian August Vulpius: fünf, Adolph Freiherrn Knigges ›Umgang mit Menschen‹: acht, Victor von Scheffels ›Trompeter von Säckingen‹: 300 Auflagen – so viel zu »meistgelesenst«.

Cherub Schiller und das Mondkalb

Charlotte von Kalb in Jena machte Jean Paul weidlich gespannt auf ein Treffen mit Schiller: »Schiller kann Ihre Ankunft nun nicht erwarten. Goethe muß sehr interessant von Ihnen geschrieben haben.«

Schön wär's gewesen; Goethe schrieb aber bloß ausweichend und verdrießlich an Schiller, der den Tragelaphenautor verpaßt hatte und sich gespannt zeigte, ihn gleichfalls kennenzulernen: »Richter ist ein so kompliziertes Wesen, daß ich mir die Zeit nicht nehmen kann, Ihnen meine Meinung über ihn zu sagen; Sie müssen und werden ihn sehen, und wir werden uns gern über ihn unterhalten. Hier scheint es ihm übrigens wie seinen Schriften zu gehen: man schätzt ihn bald zu hoch, bald zu tief, und niemand weiß das wunderliche Wesen recht anzufassen.«

Dann kam's zur Erstbegegnung zwischen dem adlernasigen Leptosomen Schiller und dem vier Jahre jüngeren Jean Paul, der damals noch keine Ansätze zu Fettpolstern und Glatzenbildung zeigte. Gesprächsdetails wurden keine überliefert; Schillers Summary aus diesem

Date mit dem leibhaftig wandelnden Hesperus lautet sehr summarisch – und markant: »Ich habe ihn ziemlich gefunden, wie ich ihn erwartet hatte; fremd wie einer, der aus dem Mond gefallen ist, voll guten Willens und herzlich geneigt, die Dinge außer sich zu sehen, nur nicht mit dem Organ, womit man sieht. Doch sprach ich ihn nur einmal und kann also noch wenig von ihm sagen.« Hier, im Mondmann à la Cyrano de Bergerac oder Shakespeares Caliban, bahnt sich schon der baldige Chinese in Rom an. Jean Paul, der unbestechlichste Zerrspiegel, der quer durch die Goethezeit lief, versteckte sich hinter scheinbarer Kindlichkeit und tatsächlicher Herzlichkeit.

Postwendend erwiderte Goethe: »Es ist mir doch lieb, daß Sie Richtern gesehen haben; seine Wahrheitsliebe und sein Wunsch, etwas in sich aufzunehmen, hat mich auch für ihn eingenommen. Doch der gesellige Mensch ist eine Art von theoretischem Menschen, und wenn ich es recht bedenke, so zweifle ich, ob Richter im praktischen Sinne sich jemals uns nähern wird, ob er gleich im Theoretischen viele Anmutung zu uns zu haben scheint.«

Damit würde es alsbald noch sehr hapern, mit der Annäherung. Eigentlich hätte es besser funken können, sollen und müssen. Beinahe wär alles ganz anders gelaufen und hätte auch jetzt noch anders laufen können.

Kein Türke vor Wien – ein Quasi-Chinese im thüringischen Rom und Bethlehem

In einem Brief an Goethes Urfreund Knebel schrieb Jean Paul, man bräuchte heutzutage eher einen Tyrtäus als einen Properz, also eher einen nützlichen als einen erotischen Elegiendichter. Goethe bezog, als ihm Knebel diesen Brief weiterreichte, die Properzanspielung auf sich und seine frivolen ›Römischen Elegien‹, las es als Seitenhieb, schäumte betroffen auf und machte sich umgehend Luft. Als Gralshüter ward er tätig und ließ sich herab, seine ästhetischen Einwände gegen des wildgewordenen Romanschreibers und Andersdenkenden Kunstauffassung in ein gedichtförmiges Gleichnis oder Bild zu bringen. Obzwar Spott eigentlich nicht grad als sein Hauptfach gelten konnte, molk und zwang sich – nicht ohne Ingrimm – der designierte Dichterfürst eine Satire ab auf den eigentlich viel scharfzüngigeren Satirenschreiber, und zwar, von den Versfüßen her, vom tadellos altgriechischen Metrum à la Tyrtäus, fünf Hexameter und fünf Pentameter, macht zusammen laut Adam Riese: fünf Distichen, schon allein dadurch a priori auf jeden Fall äußerst unsterbliche Lyrik. Darinnen verläuft sich ein Hinterwäldler, der sich als Chinese verkleidet oder outet, bedeppert in eine prachtvolle Kulturmetropole, ins römische Weltreich wahrer Architektur, allwo er nun nicht sich entblödet, seinen läppischen Krempel für den einzig richtigen und gesunden Baustil zu halten: »Einen Chinesen sah ich in Rom, die gesamten Gebäude / Alter und neuerer Zeit schienen ihm lästig und schwer. / Ach! So seufzt' er, die Armen! Ich hoffe, sie sollen begreifen / Wie erst Säulchen von Holz tragen des Daches Gezelt, / Daß an Latten und Pappen und Schnitzwerk und bunter Vergoldung / Sich des gebildeten Aug's feinerer Sinn nur erfreut. / Siehe, da glaubt' ich, im Bilde, so manchen Schwärmer zu schauen, / Der sein luftig Gespinst mit der soliden Natur / Ewigem Teppich vergleicht, den echten, reinen Gesunden / Krank nennt, daß ja nur er heiße, der Kranke, gesund.«

Aussagemäßig problematisch, hierbei aber nicht gänzlich unbegabt, stellt diese herrliche Lyrik – statt holde

Kunst – ein Paradestück holprig unholder Tendenzkunst dar, wie Schiller sich's nie hätte erlauben dürfen, ohne »Gedankenlyrik!« vorgerechnet zu bekommen. Unaufgefordert reichte Goethe höchstselbst, ein Mann von siebenundvierzig Jahren, die kleine Gelegenheitsarbeit bei ebendiesem Schiller ein.

Da konnte dieser, mit dem man just den Anfang einer wunderbaren Freundschaft zelebrierte, nicht so einfach absagen. Die heilige Allianz der angehenden Dioskuren forderte Schulterschluß gegen artfremd andrängende Fremdkörper. Selbigen Tags nahm Schiller das sozusagen humorvolle Elaborat vom ›Chinesen in Rom‹ an, nicht ohne Handkuß, dies sei die rechte Abfertigung gegen solches Volk, und druckte das programmatische Schmähgedicht brühwarm ab, im (übrigens schlechtgehenden) ›Musen-Almanach für das Jahr 1797‹. Rom gegen China auszuspielen – zeitgeschichtlich eigentlich nicht en vogue. Lange Zeit war alles friedlich gewesen. Kurz bevor die sogenannte Goethezeit anhub, hatten in den französischen Gärten Pagoden, Schwungbrückchen, Wasserfallarrangements und dorische Tempel beieinandergestanden, in stiller Eintracht, ein Sowohl-als-auch, märchenhaft verträglich, Omnipax-Eiapopeia, oder ums kalt zu sagen: friedlich koexistent, total kompatibel – schön für alle Beteiligten!

Dann aber meinte Goethe polarisieren, ein strenges Entweder-Oder einbringen, ja, stänkern zu müssen. Bereits im ›Triumph der Empfindsamkeit‹, vor zwanzig Jahren, im vierten Akt, hatte er den putzigen Eklektizismus der botanisch-architektonischen Multikulti-Patchwork-Mode im chinoiseriesüchtigen Rokoko vergackeiert, mit ihren Ziereremiten, ihrem Grottenzauber, der noch hundert Jahre lang bis zum bayrischen Märchenkönig Ludwig sich zu perpetuieren vermochte: »Eine

Ein bei Johann Caspar Lavater 1777 abgebildeter Chinese

Musterkarte von allem Gesträuche, / Krumme Gänge, Wasserfälle, Teiche, / Pagoden, Höhlen, Wieschen, Felsen und Klüfte, / Eine Menge Reseda und andres Gedüfte, / Weimuthsfichten, Babylonische Weiden, Ruinen, / Einsiedler in Löchern, Schäfer im Grünen, / Moscheen und Türme mit Kabinetten, / Von Moos sehr unbequeme Betten, / Obelisken, Labyrinthe, Triumphbögen, Arkaden, / Fischerhütten, Pavillons zum Baden, / Chinesisch-gotische Grotten, Kiosken, Tings, / maurische Tempel und Monumente, / Gräber, ob wir gleich niemand begraben – / man muß es Alles zum Ganzen haben. Und Einziges ist noch zurücke, / und drauf ist jeder

Lord so stolz. / Das ist eine ungeheure Brücke / Von Holz / Und einem Bogen vom Hängewerk / Die ist unser ganzes Augenmerk.«

Holzarchitektur soll also immer von Übel sein; viel zu vergänglich für ewigkeitsschwangeren Klassizismus. Auch der Chinese in Johann Caspar Lavaters ›Physiognomischen Fragmenten, zur Beförderung der Menschenkenntnis und Menschenliebe‹ erwies sich als ungeeignet, Menschenliebe in Goethe zu mobilisieren.

Ein Frankfurter oder Wahlthüringer zog den Hardliner-Kurs durch, das Land der Chinesen mit der Seele keinesfalls lieben zu wollen.

Kauft nicht bei Chinesen! Ausländer raus!

Ein verschnarchtes Kaff, weltkartenmäßig lupenwinzig, postiert am Gesäß der Welt, nur einen Steinwurf fortgelegen vom ähnlich unbedeutenden Fichtelgebürge, bekam eine Vergrößerung geschenkt, Aufwertung zur Megametropole des Cäsar und Cicero – und umgekehrt: Der arglose Besucher ward verkleinert zum absurden Souvenir, zur Arabeske mit Migrationshintergrund. Jean Paul hatte zu changieren – oder zu deutsch: zu schillern – zwischen Oberbayer und einem versprengten Türken vor Wien. Kann der nicht gefälligst seine Porzellanschellen anderswo läuten als hiererorts, im maßgebenden Kunstreich der Mitte und Zentralgestirn, im dünkelhaft hochtrabenden Weimohr (Weimoa) in Dühringen, ganz da hinten beim Soxenland (Sachsenland).

Verbohrter Faible! Absolutsetzung! Klassizistische Monokultur – statt darwinsche Biodiversität und Selbstironie! Statt polyphone Koexistenz wie Zebra und Gnu friedsam in der Serengeti – monochromer Vereinheitlichungswahn!

Goethe verlangte mitten im römischen Karneval, daß alle, die zu den Unsrigen gezählt werden möchten, dasselbe Kostüm tragen sollen müßten, Uniform – gemeinsam sind wir stark. Kurt Georg Kiesinger ließ grüßen: »Ich sag nur Kina, Kina, Kina!« Desgleichen könnten deutschtümelnde Fanatiker dichten: »Ein Spaghettifresser in Pforzheim« (sag doch gleich Mafioso!), oder: »Eine Pinie im altdeutschen Apfelgarten«, oder: »Lorbeer, Myrthe, Goldorangen und Zitronen im deutschen Gedicht«, oder: »Eine Rose im Kartoffelbeet«. Aber Apfel, Rose und Chinaapfel (Sinaapfel – Apfelsine) kamen selber aus dem Orient. Koniferen – rein oder raus? Was sprach gegen lange Transportwege?

Goethe spielte sein Rom gegen China aus; Jean Paul, der sich auch mal scherzend Schang Pohl nannte, spielte das »kleine friedliche Athen« gegen das »würgende Riesenrom« aus.

Obelix, gallisches Urgestein, fand zur Erkenntnis: »Die spinnen, die Römer.« Der Teufel sind immer die anderen. Madame Bovary – c'est moi. Ick bin ein Berlina.

In grauer Vorzeit sahen spätmittelalterliche Steinhausbauer auf frühmittelalterliche Holzhausbauer herab, wie Mercedesbesitzer auf VW-Fahrer, so als wären korinthische Säulen etwas essentiell Höheres und Kultivierteres denn chinesische »Säulchen«. So sahen Griechen und Römer auf Barbaren und Kolonisatoren auf Gorillas runter, und Togaträger, die sich nachts mit Textilien zudeckten, polemisierten gegen Völkerschaften, die sich noch wie Herkules und Herakles in Tierfelle hüllten und nachts Laub nahmen, um sich zuzudecken.

China und Rom – und dies zu einem Zeitpunkt, als

Global-Multikulti noch unaufdröselbarer fortschritt und kulminierte als im melting pot des alttestamentarischen Babylon. Attenzione! Dschungel! Herkulesstauden – Stalins Rache! Asiatischer Knöterich! Mammutbäume! Eindringlinge in Planquadrat-Gartenanlagen. Idealismus oder Ideologie? Gräcophilie zwischen Weltoffenheit und Fremdenhaß. Taliban in Rom meets Chinesen in Rom! Nicht daß Goethe fundamentalistisch Realpolitik betrieben hätte mit der Forderung: »Ausländer raus!« Aber ein Hamburger klagte: »Der Erste, der mich Türke nannte, war ein Neger.« Pizzaverzehr – Vorsicht: Italia! Toyota – Japan alias Zipangu! Döner Kebab – Hölderlin sehnte sich nach Smyrna, das spätere Izmir. BILD kaufen am Kiosk – wie Almanach ein arabisches Wort! Microsoft – Ami go home! Made in Hongkong! Hier oder nirgends ist Amerika – wozu soll China dann gefälligst anderswo zu schnörkeln und zu vibrieren haben als hier und jetzt und everywhere!?! Hast du was gegen Österreicher? Nichts Wirksames.

Einerseits Kosmopolit wie Heinrich Böll und Lew Kopelew, wunderbar antinationalistisch, andererseits: Angst vor China. Klassik-Titan versus schlafender Riese.

Nichts gegen Eurozentrik und Scheuklappen-Ästhetik – aber: Lag – von Weimar aus gesehen – Rom so viel näher als Peking?

Das byzantinisch-orientalische Venedig – sah das neben dem entfärbten Rom nicht selber sehr nach märchenbuntem China aus?

Seit wann kann das eine Exotikum – ein quirliges Märchenchina – das andere Exotikum gefährden, die genauso quirlig bunte Antike, die später erst abblätterte, alabastern ausblich, edel abgenagt, zurechtstilisiert zur Quasi-Antike.

Andererseits: Chinesen in Peking – das wär total redundant, selbstreferenziell, lächerlich, witzlos, sinnlos, reizlos. Wo sollen denn Chinesen sonst auftauchen, wenn nicht in Rom und anderswo?

In seinem späteren Rom-Roman ›Der Titan‹ kam Jean Paul dann sogar in eigener Person tatsächlich nach Rom, wenn auch als vorgeschobener Albano: »Im gemalten, gedichteten Rom, darin mag die Muße schwelgen; aber im wahren, wo dich die Obelisken, das Coliseo, das Kapitolium, die Triumphbogen unaufhörlich ansehen und tadeln, wo die Geschichte der alten Taten den ganzen Tag wie ein unsichtbarer Sturmwind durch die Stadt fortrauschet und dich drängt und hebt, o wer kann sich unwürdig und zusehend hinlegen vor die herrliche Bewegung der Welt?«

Kurz-Exkurs: Ein Römer in Kambaluk, ein Chinese in Mulastahanapura und ein Bayer in Indien

Ein Frankfurter, Weimarer oder Deutscher tauchte auf seiner Italiänischen Reise unangemeldet in Rom auf – auch er in Arkadien! Warum soll Rom nicht einen Schluck China vertragen?

Und vice versa: Als Marco Polo nach Asien fuhr, tauchte ein Venezianer anderswo als in Italien auf, und kein Besserwisser votierte dagegen. Auf dem Weg nach Zipangu (Japan) tauchte er in Beijing auf, Peking, alias Beiping, alias: Dadu bzw. Khanbaliq bzw. Kambaluk bzw. Zhongdu, alias: Nanjing, alias: Youzhou, alias: Yan jing. Also ein Fadennudelesser tauchte im Land der Flühlingslollen auf: ein Römer in China, und entweder brachte er den Chinesen die Nudeln mit, oder er brachte sie von dort nach Europa. So oder so, alle kicherten sich

Ein Chinese in Rom

Ein Römer in China

krumm über die totale Exotik dieses unfaßbar unverbogenen, unverkrümmten, also von keiner Kultur beleckten Naturwesens, und eine Heerschar exzellenter Beamter, Präfekten, Prüfungsleiter, Exaministen, Dich-

Ein Bayer in Indien – Konrad Dreyer, im Austausch gegen Rabindranath Tagore, 6.7.1921

ter, Zugucker, Rumsteher und Kalligraphen faßte die Sensation in unsagbar hochbegabte Verse, und Namensvettern, Brüder und Doppelgänger kniffen die Sehschlitze beim Lachen und Vorlesen noch mehr zusammen.

Dann aber tauchten aus völlig abgedrehten Ländern – statt Mongolen und Italiener – Hindustaner (später nannte man sie Inder) in China auf. Hindustanische Heilslehren wurden tollkühn rübergeholt, in einer Tragekiepe von Xian Dsang, 657 ehrwürdige Sanskritrollen, freudig ins eigene Fachchinesisch transferiert von emsigen Schriftchinesen, die Nirwana mit »Wu Wei« übersetzten und Buddha mit »Fo« – Jean Paul war also der

Erste nicht, der als Chinese in Rom auftauchte und umging.

Als in den Golden Twenties Mitteleuropa sich einen guten Schluck Salonbuddhismus gönnte, da wollte das damalige Satiremagazin ›Titanic‹, der ›Simplizissimus‹, mal ergötzlich stänkern, den Spieß umdrehn und sandte auf einem Blatt, gezeichnet von Thomas Theodor Heine, den guten Kabarettisten Konrad Dreyer nach Indien, um dem Lande der Lotosblume den Gruß der Tiroler Alpen und Tirolerhüte zu entbieten. Finden Inder Chinesen exotisch? Finden Chinesen Inder exotisch? Da löste der urbayrische Sepplhosenträger in Maharadschakreisen eine unstillbare Abendlandsehnsucht aus. Mit un poco India, also a bisserle Buddhalächeln, Om mani padme hum und Tat tvam asi kann man das komische Dilemma vom Chinesen in Rom weisheitsvoll in den Griff bekommen.

Drei Chinesen in Rom

Ein einzelner Chinese ließe sich noch ignorieren und verkraften. Fliegen vermehren sich wie Karnickel, Hasen wie Chinesen und Chinesen wie Menschen. Der Mandschure in Rom war der Erste nicht und blieb nicht allein auf weiter Flur. Er machte, mit und ohne Kontrabaß, Furore und Schule. Machtworte von Goethe nachzuahmen konnte nichts schaden. Beethovens Große Fuge ward in Wien uraufgeführt, Streichquartett opus 133, fern aller Stillvergnügtheit ein rücksichtslos sperriges Gebilde, das die Luft eines völlig absurden, rätselhaften Planeten herbeizerrte, kühner und ungefälliger, als der maßvolle Goethe es je gewagt oder gekonnt oder geahnt

Friedrich Wilhelm Joseph Schelling, Ludwig Tieck und Peter Cornelius als Chinesen
Zeichnung von Alexander von Ungern-Sternberg, 1848

hätte, da schrieb ein Rezensent der ›Wiener Allgemeinen Musik-Zeitung‹ – überfordert und hilflos: »Unverständlich wie Chinesisch!«

Bei dieser wahnsinnigen Musik wären aber auch Chinesen nicht mehr mitgekommen. Die zum Chinesen gemachten Künstler, bei aller Seltenheit dieser Spezies, vermehrten sich im neunzehnten Jahrhundert auffallend.

Sie liefen ihrer Zeit nicht unbedingt voraus, aber ihr schleichend Volk hatte halt anderes zu tun, als bei abgelegenen Extravaganzen mitkommen zu wollen. Alexander von Ungern-Sternberg hat's zeichnerisch dargestellt: Auch Schellings Philosophie, Tiecks Schreibstil sowie des Faustillustrators Cornelius' Malerei konnten als abwegig, konfus, also als chinesisch empfunden werden.

Hätte man nicht auch Hamann, Lichtenberg, Hegel und fast alle anderen dringend als Chinesen entlarven müssen? Auch bei Wilhelm Raabe erschien der Chinese gern als ein wackelköpfiger.

Bei einer der ersten Faust-Aufführungen fürchteten die Zensoren und Textabmilderer, religiöse Gefühle zu verletzen, und griffen aktiv in das Trinklied von der Ratt' im Kellerloch ein, allwo sich der Doktor Luther ein Ränzel angemästet hat, und da lautete es nun im Kaiserreich von fortan: »Es war eine Ratt' im Kellernest, / Lebte nur von Fett und Käse, / Hatte sich ein Ränzlein angemäst' / Wie der gelehrt'ste Chinese.« Mit Chinesen konnt' man's ja machen.

Chinesische Argumente gegen »Gräcomania«

Die engbrüstige Albino-Ästhetik eines vorübergehenden Zeitabschnitts, der manche Kinder ihrer Zeit willfahrten und frönten, kreisend um »griechisch-römisches Alterthum« – in chinesischem Maßstab lag das nicht völlig long ago zurück. Goethes Sichtweise, andere Kunstbemühungen auf falschen Dampfern fahren zu sehen, fand er total gesund. »Jeder sei auf seine Art ein Grieche, aber er sei's« – viele hielten sich dran, von Lord Byron bis Fritz Hölderlin, ein jeglicher auf seine Manier und

Das Land der Chinesen nie mit der Seele suchend

Art. Trotz ›Penthesilea‹ und ›Amphitryon‹ fand Heinrich von Kleist weder Einlaß noch Gnade. Obwohl der ›Hesperus‹ vom Titel her beim obligatorischen Spiel mit antiken Motiven mitzutun schien, behagte ihm dann in Weimar überhaupt nicht, tote Löwen über lebendige Hunde gestellt zu sehen, und dies bereits mitten im richtigen Leben. Daß man dort so vorzeitig wie irgend möglich hochherrschaftlich auf Piedestahl und Podest residierte und zielsicher drauf zuarbeitete, baldmöglichst wetterfest, korrosionsbeständig und gebieterisch aus Marmor und Bronze herumzustehn – dieser Anblick entlockte dem Besucher keine Glücksseufzer. Freundschaft funktionierte dort nur als symbiotische Doppelstrategie. Im abgedämpften Leben – mit hauseigener, hocheffektiver Public-Relation-Abteilung – hielt Jean Paul nicht mit dezenten Ketzereien hinterm Berg, beim geselligen Betrillerungs-Austausch.

Ein schwedischer Reisender teilte ihm mit, er finde in Goethes Schriften dasjenige, was er sich unter Griechheit denke, am vollkommensten ausgeführt, da stimmte Jean Paul sehr zu: »Richtig! Goethe kann aber jetzt nichts anderes mehr sein! Maßzuhalten in allem, damit die Schönheit nicht leide – dies ist und war Griechheit. Aber darum sind sie nicht das Höchste. Ich bin gewiß, daß die Griechen manche Arbeit von Goethe mit Entzücken lesen würden, und von Shakespeare: wir sind in vielem weiter denn sie.«

Jean Paul stellte Goethe neben Homer, aber Vorsicht: das kam zweischneidig oder ironisch rüber. Goethe-Schiller-Wieland-Herder mußten – schwer schluckend – damit zurechtkommen, daß Jean Paul unverbrämt die hehren und heiligen Winckelmann-Griechen, statt als Idole und unerreichbare Formkunst-Künstler, als unerwachsene, humorlose, einseitige, untiefe Flachschürfer in Kinderschuhen betrachtete. Variantenreich gab er der Ansicht Ausdruck, die griechischen Götter seien nur flache Bilder und leere Kleider unserer Empfindungen, nicht lebendige Wesen. Eine Statue schließe durch ihre enge und scharfe Umschreibung jedes Romantische aus. Statt das abgezirkelt Euklidische und Pinienhafte lobte er sich Unendliches und Orgelhaftes. Brieflich an Herder: »Nur den reinen ungebrochnen Umriß und die Humanität und die Verhältnisse haben wir den Griechen

Was nicht zusammengeht, das soll sich meiden!
Ich hindr euch nicht, wo's euch beliebt, zu weiden.

Goethe im Empyreum, 1824

Jean Paul in der Gartenlaube, 1825

Goethe antiker Art sich nähernd, also angemessen antikisch

Jean Paul, wider Willen gräcomanisch

abzulernen, aber des dürftigen Stoffs sollte sich das reiche Jahrhundert schämen.«

Goethe konnt's nun partout nicht verknusen, daß ein Virus, vom Mond eingeschleppt, bei der dominanten Antikeverehrung der Weimarer Kunstclique nicht mitspielen mochte und die ganze Richtung despektierlich »Gräcomania« nannte – er sah seine versteinerten Ideale flapsig entweiht.

Wenn dichtende Staatsbeamte satirisch sein wollen

Es wurmte ihn weiter. Er setzte dann bald noch eins drauf. Er sprach ihn im Xenion ›Verfasser des Hesperus‹ mit dichterischem Du an: »Nicht an Reiz noch an Kraft fehlt's deinem Pinsel, das Schöne / Schön uns zu malen, du hast leider nur Fratzen gesehn.« Aber diese Minimalpolemik unterdrückte er, gab sie nicht an den Tag, legte sie säuberlich zum Nachlaß. Er fand das Poem wohl zu scharf.

Ein weiteres Xenion betitelte er: ›Richter‹ und motzte an Jean Pauls Herkunft herum: »Richter in London! Was wär er geworden! Doch Richter in Hof ist / Halb nur gebildet, ein Mann, dessen Talent euch ergötzt« – und publizierte es gleichfalls nicht. Vielleicht, weil die Pointe vorn sitzt statt hinten.

Wieland krittelte an den »zahmen Xenien«, Parnaßbewohner sollten sich nicht wie Studenten oder Affen mit den Exkrementen ihres Witzes beschmeißen.

Vorsorglich hatte Goethe nie in die ›Grönländischen Prozesse‹ oder ›Teufelspapiere‹ hineingeguckt, zu ermessen, was Satire alles mindestens können müsse.

Daß er, als Xenienausteiler, nicht gerade eine Top Hand oder Master Voice bewies, hinderte den Dichterfürsten nicht, sich doch auch mal in seinen abgesteckten Grenzen satirisch äußern zu wollen, ohne ahnen zu können, daß dies einen ungewollt komischen Effekt machen könnte, etwa so, als wenn Dichterpriester Rainer Maria Rilke oder Peter Handke eine Satire auf Hordenclown Eckhard Henscheid oder Karl Kraus zu schreiben versucht hätten. Dieser Qualitätsunterschied entging einem von beiden nicht, sonst hätte Jean Paul kaum seinem Friedrich von Oertel schreiben können, daß Goethe nur satirisches Kurzgewehr habe, er selber aber Langgewehr. Immerhin billigte er seinem Jugendidol nicht nur eine Zwille zu. Geht's auch unter Giganten nur darum, wer den Längeren hat oder den Längeren zieht?

Goethe aber, nichtsdestotrotz, ließ sich noch ein drittes, hinterhergeschleudertes Gastgeschenk einfallen, des Titels ›Jean Paul Richter‹ und haute darin wie folgt auf die Pauke: »Hieltest du deinen Reichtum nur halb so zu Rate wie jener / Seine Armut, du wärst unsrer Bewunderung wert.« (Mit »jener« war Wieland gemeint.) Dieses Distichon hielt seiner Selbstzensur stand. Er fand es wohl aussagekräftiger als die beiden vorigen und brachte es alsogleich heraus.

Und einen weiteren Einfall gab ihm die Muse ein. In der ›Allgemeinen Literatur-Zeitung‹ hatte er eine ›Hesperus‹-Rezension des Altphilologen und Erzählers Prof. Christian Friedrich Wilhelm Jacobs aus Gotha gelesen, eine verkasematuddelt sich windende Mixtur aus unüberschwänglichem Lob der reichen Phantasie und untriftigem Tadel angeblich ermüdender Einförmigkeit, Dschungelhaftigkeit und übergroßer Tränenseligkeit. Absurderweise hielt Goethe den Weimarfahrer Jean Paul weiterhin für einen Möchtegern und diesen irrelevanten Professor aus Gotha, diese Un-Entität – um nicht zu sagen: diesen Nobody – sichtlich für bedeutender als den ausstrahlenden ›Hesperus‹-Schöpfer und wandte sich dichtend an Prof. Jacobs: »Meinst du, er werde größer, wenn du die Schultern ihm leihest? / Er bleibt klein wie zuvor, du hast den Höcker davon.«

Jean Paul hingegen, trotzdem ständig wachsend, sprach zum Ausgleich hier und da recht positiv über den Xenienschleuderer, beispielsweise gegenüber dem rührigen Goethevertoner Johann Friedrich Reichardt, der nach einem Treffen mit Jean Paul beglückt an seine liebe

Frau Gemahlin schrieb: »Bei ganz herrlichen Sachen, die er über Goethes göttliches Genie und über dessen moralischen Charakter sagte, fuhr mir durch die Seele, daß er ihn wie Du und ich zusammengenommen beurteile und damit gerade am richtigsten träfe.«

Aber an anderer Stelle schrieb Jean Paul ganz anders, nämlich plötzlich an Oertel: »Meine Bayreuther Reise schloß bisher meinen Mund. – Göthens Karakter ist fürchterlich: das Genie ohne Tugend muß dahin kommen.« Harte Münze; starker Tobak. Nicht sehr anders schrieb er an Charlotte von Kalb: »Doch habe ich gegen Göthe und Schiller ebenso viel Liebe als eigentliches Mitleid mit ihren eingeäscherten Herzen.« Die Gräben waren gezogen, die Stellungen eingenommen.

Goethes absurde Initialzündung – ausgelöst von Jean Paul

Jean Paul kann nicht nur sagen, er sei dabeigewesen, sondern auch, daß er Goethe zu einer Mehrzweck-Meinung verholfen hat.

Nachdem dieser zur barschen Erkenntnis kam, daß Jean Pauls Gesamtpaket »krank« zu nennen sei, merkte er, wie leicht und praktikabel es sein kann, auch andere Zeitgenossen krank zu finden. Schiller und Heinse, deren frühen Werke, namentlich dessen ›Ardinghello‹, ihn »äußerst angewidert« hatten, nannte er »wunderliche Ausgeburten«. Bei Schiller, weil dieser einschwenkte und seinen Geschmack reinigte, vermochte Goethe umzudenken. Aber andere, die sich erdreisteten, minimal abzuweichen, waren einfach nur krank, in zunehmendem Maße. Die Krankheit, andere Leute so unbedenklich wie möglich »krank« zu nennen, griff eigendynamisch um sich. Der Dichter polemisierte nicht nur gegen religiöse Obskuranten, was noch erträglich gewesen wäre, sondern gegen Imaginanten, Absolutisten, Romantiker, philosophische Spekulanten, trockne Schwärmer, Transzendierer, Abstrahierer, forcierte Talente – alle fand er so fratzenhaft wie Inder und Chinesen. Er brandmarkte Ludwig Tiecks und Wilhelm Heinrich Wackenroders »klosterbruderisierendes, sternbaldisierendes Unwesen«, die Nazarener als »Seuche«, E. T. A. Hoffmann als »Übel«. Schiller, der sich von den ästhetischen Hetzkampagnen mitreißen ließ, zwecks Freundschaftsvertiefung mit Goethe, nannte die gemeinsam verspotteten Xenienopfer subjektivistisch, überspannt, einseitig und attestierte sogar Herder »eine pathologische Natur«, die Krankheitsstoff auswirft, feige Schlaffheit, giftigen Neid und Protektion des Mittelmäßigen – keine rühmlichen Gedankengänge, eher amusische.

Goethe: »Am widerwärtigsten sind die kricklichen Beobachter und grilligen Theoristen; ihre Versuche sind kleinlich und kompliziert, ihre Hypothesen abstrus und wunderlich.«

Protestanten zerstörten Madonnenbilder; Goethe drohte höchstselbst, auf David Caspar Friedrichs schönste Gemälde mit Pistolen zu schießen; Futuristen wie Filippo Tommaso Marinetti und Pierre Boulez forderten, Opernhäuser zu sprengen.

Zwischenbilanz Nr. 1: Geschlossene Gesellschaft mendelte Blödelbarden aus

Die Erstbegegnung der beiden Dichter übersetzt sich für goethefixierte Goethefreunde zweihundert Jahre später so hier in flapsiges Vokabular plus Asthma-Stil:

Goethe, 47, hatte seine wilden Jahre hinter sich. Dimmte sie runter, powerte sich nach oben. Administrativ, polystrategisch, außerliterarisch – effizient! Marketing-Methoden! Jenseits üblicher Koryphäen und VIPs. Maestro der Selbstinszenierung stilisierte sich zum europäischen Casus.

Klar, daß er sich übel tangiert fühlte von J. P. F. Richter, 33, der als Greenhorn reinschneite, als Selfmademan, allzu ambitioniert. Netter Typ, aber irgendwie arrogant.

Der Riß in der Quadrupel-Allianz bzw. Quasi-Phalanx (Wieland, Herder, die ihn pushten, Goethe, Schiller, die ihn verrissen) wurde durch Jean Paul, Katalysator zwischen allen Stühlen, eher vergrößert.

Man beäugte ihn streng. Man redete aneinander vorbei. Der obligatorischen Konzeptkunst paßte der Shootingstar sich nicht an. Man fühlte sich irritiert, konsterniert, provoziert. Man fand den Windbeutel und Klugschwätzer – unseriös, subversiv, flippig. Seine Scherze – degoutant und rätselhaft, seine Tiraden verzwackt und verquast. Man sah ihn als Exoten, als Mondmann, als Fremdkörper, hängengeblieben in seinen wilden Jahren.

Schnelldiagnose und Fazit: Kompatibilitätsdefizite. Nicht integrierbar. Wenig Überlappungspotential. Kein potenzieller Bündnispartner.

Der harte, sonst so kompromißlose Schiller machte Abstriche, um mit Kalkül sein Projekt durchzuziehn:

Unter Steinfiguren die einzige fühlende Brust

Freundschaft mit Goethe. Das versöhnliche Weichei Jean Paul, trotzdem unkorrumpierbar, machte keine.

BILD würde melden: »Geheimloge mobbt Luftikus.«

Kühle Schultern – kalte Dusche. Establishment ließ Fuzzi abblitzen.

Goethe verleugnete zuerst Werther, dann Jean Paul. Er warf Löschkalk drüber, aus Selbstschutz, mit Fug. Erst aspera ad astra, dann ad acta. Sie trudelten auseinander, als wären sie Kontrahenten. Animositäten produzierten Antipoden.

Unter eingeäscherten Larven war eine einzig unverspachtelt fühlende Brust kurz auf- und fortgetaucht.

(Der ausgegrenzte Sanguiniker kam später noch mehrmals wieder, durch offengelassene Hintertürchen.)

Der Eispalast änderte an seiner Diagnose »krank« nichts. Das personifizierte Albdrücken änderte nichts an seinem Stil.

Zwischenbilanz Nr. 2: Heimlicher Dichterfürst mischte Beamtenstaat auf

Im Blick goetheskeptischer Jean-Paul-Enthusiasten stellt sich die Weimarer Begegnung 1796 etwas anders dar:

Ausnahmetalent, 33, manisch, umtriebig, quirlig, wieselflink, wohltemperierter Tausendsassa, Exzentricus mit Sprechdurchfall, verkopft, verpeilt, emotionell affizierbar, als Formkünstler total workaholic, vielseitig engagiert, nicht ohne Eloquenz und Entertainer-Qualitäten wie nur noch Demosthenes, Bazon Brock oder Roger Willemsen. Eine brillierende Ulknudel – nicht ohne transzendentalen Hang gen allumarmerischer Anima mundi, plus Weltgeist.

JP als potenzierter Neowerther blieb dem besseren Goethe treuer als dieser sich selber!

Er suchte im mittleren den jungen Goethe, reiste aus einem Provinznest (Hof) in eine Provinzmetropole (Weimar), um vor den dortigen Supermännern in die Knie zu gehn – und geriet in den Dunstkreis einer Hermetik-Kulturschickeria. Schräger Debütant stieß auf Amtsinhaber, Normalos und ressentimentgeladene Meritenträger, hochrangig bis hochkarätig. Fulltime-Ekstatiker sah Alpha-Tiere auch nur mit H_2O kochen. Neben dieser schillernden Dichterseele schrumpften die Scheinriesen auf Normalmaß, edler, pigmentschwächer, humorfreier denn je, hoffentlich nicht bei Lebzeit verweste Jünglinge.

Wortmagier suchte Menschen und fand Karrieristen.

Bild würde melden: »Sonnyboy vergrätzt Würdenträger!«

Exterritorialer ging's nicht. A priori deplaziert! Unbequemer Zaungast!

Nachwuchsgenius – erst Dorn im Auge, dann Stein des Anstoßes.

Allzumenschliche Prozesse liefen ab. Gruppendynamik hieß damals eher: Kabale ohne Liebe. JP fühlte sich diskriminiert. JP wurde pathologisiert.

Kleiner Bio-Exkurs: Ein Pinguin, der von seinen Artgenossen geringfügig abzuweichen wagt, wird von der Sozietät nicht mehr mitgewärmt und muß ausgegrenzt erfrieren. Ein Pferd, das bunte Fäden in die Mähne eingebunden bekommt, wird von seiner Familie fast zu Tode gehetzt. Die Inquisition ahndete kriminelle Schandtaten weniger hart als religiöse Meinungen, die unschädlich abwichen. JP bekam von höchster Lichtglanz-Instanz unaufgeklärtes Hordendenken zu spüren: Wer abweicht oder lacht, kriegt eine aufs Dach. Kaum meldet sich ein Geist, heißt es: »Wir sind komplett!«

Seine Andersartigkeit – klein, aber oho – steigerte unwillentlich die Homogenität der Weimarer Klassizisten.

Jean Paul führte mit seinen Romanen vor, wie ein wirklicher symphonischer Prospero, Elfenkönig, Hexenmeister und Dichterfürst glühen und klingen könnte und was also aus Goethe hätte werden können. In dieser verrückten Ziehpflanze erkannte Goethe aber seine eigene narkotisierte Jugend-Lebendigkeit partout nicht wieder, bekämpfte das Zerrbild und ignorierte es.

Noch so ein Fazit: Jean Paul hätte man genauso zum größten Dichter der Deutschen pushen können. Sein Humorüberschuß stand ihm im Weg. Wer will schon einen Spielratz und Luftikus als Nationalheros in Bronze gießen!? So einer ist leider Gottes wahrlich nicht just prädestiniert als Kulturheros für das Volk der Deutschen, das nach Obrigkeit sich sehnet.

SPOTTLUST UND IRRLICHT UND HIRNKRAMPF

Idealer Ausgleichssport: Goetheüberbietung

Das mußte Goethe sich mehrmals im Leben gefallen lassen, daß Rivalen ihn einfach nur überboten. Bevor ›Hesperus‹ furioso leuchtend hochstieg und aufging, war das mehrmals vorgekommen.

Beispiel Nr. 1: Zunächst blieb unklar, wer von den Stürmern und Drängern der Genialere und Zukunftsträchtigere sei, der brennende Jüngling Göthe oder sein Seelenbruder Jakob Michael Reinhold Lenz. Der trat werbender auf und abhängiger, aber muß deshalb der andere der eindeutig Herrlichere gewesen sein? Beider Verse ähnelten einander. Kein Dritter hätte sagen können, wer das Thema bot und wer die Variante. Arg göthehafte Lenzgedichte gingen über in arg lenzförmige Göthegedichte – nahtlos! Beide Dichter wurden eins im pausenlosen »Ach!«. Goethe hatte nichts, was Lenz nicht auch hatte. Beide klopstockelten zum exakt gleichartigen Prozentsatz. Hier z. B. eine von x Nagelproben: »– in deinen Schoß Unendlicher, ach, wie will ich, wie will ich alsdann dich –« Stammt das aus Goethens ›Ganymed‹ oder aus Lenzens ›Nachtschwärmerei‹?

Umfangen ... umfassen ... dauernd genau dies und fast nichts als dies, Willkommen und Abschied, Raserei

Goethe

Lenz

und Hinuntergerissenwerden zur Erde – ist das vom einen oder vom andern? Gretchens »Hüttchen auf dem kleinen Alpenfeld«, naturgewaltig untergraben, steht bereits in Lenzens ›An den Geist‹. Der wird prometheisch angeredet: »O Geist!«, ganz wie Faustens Erdgeist, und Gott oder jemand wird gern beidseits urkräftig angerufen: »Allmächtiger!«, den selbst Tibor, der Herr des Dschungels, in Gefahrensituationen noch genauso nennt, ganz im Stil von Wanderers Sturmlied.

Hinterher hielten viele den labilen Lenz für einen Looser (only losers spell it ›looser‹) und den gemäßigten Goethe für einen Genius.

Aber der immerjunge Lenz versprühte eine gewisse Wendigkeit, Pfiffigkeit, genialische Humorqualität, die bei Jung-Göthe eher nicht so zum Vorschein kam: »Ach, sei ein großer Mann und lecke, wer dich leckt« – »Und kackt sogar mit Sittsamkeit / Ihr Heilande der Welt habt's nie erfahren« – kann sowas beim Göthe stehen?

Der leidende (masturbierende) Werther erschoß sich,

der leidende (zeugende) Hofmeister Läuffer entmannte sich – was schlägt extremer zu Buche?

»Ein überspanntes Hirn nur darf sich trauen, / Die scheußliche Meduse anzuschauen« – kostbares Credo! Aber um lang zu leben, heiter zu bleiben unter der Sonne, am Denkmal zu basteln, eine fatale Klassizismus-Infektion auszukosten, muß man sich deftigen Barock à la schöngeschminkten Mist, aufgeblähte Schmetterlingsfänger, Kunstrichter mit und ohne Bart umfassend abschminken, den Erdgeist gleich wieder heimschicken und sowohl Medusen wie ein überspanntes Hirn opfern, so schwer's demselbigen auch fallen mag. Im Lenz revoltiert präexpressionistisch ungebärdiger Urfaust gegen die Nachteile ermäßigter Wildnis, also offiziöser Klassikerwerdung von wegen ›Der Tragödie erster Theil‹, sozusagen atonal. Lenzens Goetheüberbietungen haben halt den Nachteil, nicht von Goethe zu sein. Lenz fragte laut: »Wer sähe nicht die nackte Wahrheit lieber / Als tausend schöne Lügen?« Die lächelnde Antwort lautet: Goethe, der zwischen die Sonnenklarheit oder das Flammenübermaß nackter Wahrheit einen Filter oder duftigen Schleier schob, gewebt aus Morgendunst – holdes Bescheiden, und so hätt sich ein älterer Lenz auch noch die Hörner abgestoßen und Novalis des Jünglings lockige Unschuld gegen eine väterlich ererbte Glatze eingetauscht. Später nannte man's Realitätsprinzip. Wer sich ihm nicht beugte, blieb lebenslang pubertär.

Beispiel Nr. 2: Als J. P. Fr. Richter seine ›Grönländischen Prozesse‹ anbot, 1782, erschien das ›Journal von Tiefurt privatim‹, darin – anonym – ein hymnisches Prosafragment über die Natur, das aus der üblichen Verfasserei dergestalt herausstach, daß schon bald gemunkelt wurde, der Autor könne eigentlich nur Goethe sein oder vielleicht Friedrich Hildebrand von Einsiedel. Für alle Fälle wanderte der Text in Goethes Werke ein, aus denen er hervorstach wie die Szene »Feld. Trüber Tag« aus Urfaust und Faust herauszüngelte, rangmäßig neben ›Schwager Kronos‹, ›Harzreise im Winter‹ und dem ›Märchen‹. In ›Die Natur‹ brachte der junge Goethe – oder sein Ghostwriter – seine Naturansicht auf drei Seiten brennlinsenartig auf den Punkt, aphoristisch, credoförmig, tiefsinnig, Satz für Satz ein bedeutsamer Hammer: »Sie spritzt ihre Geschöpfe aus dem Nichts hervor und sagt ihnen nicht, woher sie kommen und wohin sie gehen.« Oder daß Tausende stumpf über die Natur hinwegstiefeln – so bildkräftig, unverblümt und fulminant drückte Goethe sich sonst nie aus. Allenfalls Jean Paul schilderte »das ungeheure, fast hülflose Gefühl, womit der stille Geist gleichsam in der wilden Riesenmühle des Weltalls betäubt steht und einsam«. Des anonymen Autors Natur erschien als blindes, zwiespältiges Wesen, durchaus modern als Monstrum. Selbst der Tod wurde nicht umgangen. In schöner Schlußkurve wurde dann der Natur, der schier hinduistisch als Umwälzanlage aufgefaßten, doch noch eine Art Weisheit zugesprochen. Zutraulich, mit Kloß im Hals, beteuerte der mysteriöse Autor, daß man der Natur nah kommen könne, und zwar nur durch Liebe.

Hinterher, sechsundvierzig Jahre später – 1828 – erkannte der befragte Goethe die Handschrift eines damaligen Abschreibers. Sollte der unbekannte Georg Christoph Tobler das Opusculum auf eigene Faust abgefaßt haben? Das hörte keiner gern. Herum sprach sich's nicht. Keiner wollte Goethens Masterpiece einem Statisten abtreten. Nicht genug, daß hier eine Nullität, 25, einem approbierten Genius, 33, an die Schulter reichte – hier war Deutschlands Dichterfürst von seiner eigenen Tippse und Fußnote getoppt worden, noch dazu – peinlich – von einem Chorherrn, Pfaffen oder Laffen aus Switzerland!?!

Tobler durfte weiterhin als Schwarzfahrer, Parasit, Inclusum im Goethekanon überwintern, als Goethe mitlaufen. Jedem fiel das Stück sofort auf. Schulgenerationen zwischen Gründerzeit und 1930 nahmen das Zitat entgegen, daß die Natur jeden Toren an sich künsteln lasse und »weise und still« sei. Der frühe Nietzsche, als er zitierte, daß die Natur sich an der Illusion freue: »Wer diese in sich und anderen zerstört, den straft sie als der strengste Tyrann«, ahnte nicht, daß dieser Passus auf sein späteres Schicksal bald noch viel genauer zutreffen würde. Rilke kannte ›Die Natur‹ auswendig, hielt sie samt ›Harzreise‹ für Goethes größtes Opus, schenkte sie 1913 Sidonie Nádherny von Borutin und schwärmte noch auf dem Sterbebett davon. Sigmund Freud wurde von ›Die Natur‹ bewogen, Naturwissenschaft zu studieren. Egon Friedell u. a. zitierten draus, als wär's Goethe. Hätte das Stück so hingerissen, wenn alle anfangs gewußt hätten: bloß irgendein Tobler? Mußte jetzt nicht umgedacht werden? Brach hier die Genielehre zusammen?

Schlimm genug, daß fast jeder Goldhelm dann doch nur von Rembrandtschülern stammte! Die seligste, mozartischste Stelle im Mozartrequiem, ab Takt 9 im Lacrymosa, hat bloß Mozartschüler Franz Xaver Süßmayr verfaßt.

Wo Tobler vom »Kreislauf ihres Tanzes« sprach, sprach der Erdgeist vom »sausenden Webstuhl der Zeit«. Urfaust: »Welch Schauspiel! aber ach, ein Schauspiel nur! Wo faß ich dich, unendliche Natur! Euch Brüste, wo!« Tobler: »Sie spielt ein Schauspiel: ob sie es selbst sieht, wissen wir nicht, und doch spielt sie's für uns, die wir in der Ecke stehen.« »Sie lebt in lauter Kindern, und die Mutter, wo ist sie?« Gibt's kein Gesamtwerk von

Goethe muß und wird überboten werden. (Novalis)
Ich werde ihm den Kranz von der Stirne reißen! (Heinrich von Kleist über Goethe)
Man sollte Goethe aus der Welt schaffen. (Wilhelm Waiblinger)

Tobler? Hatte er nichts weiter mitzuteilen? Oder er schrieb immer so höchstrangig, und keiner merkte es, oder die, denen es auffiel, starben und hatten nichts notiert. Tobler bot eine winzige Quintessenz seines Denkens und Naturbetrachtens und versank ohne Zusatzkommentar in der kosmischen Nacht, der Goethe sich vorerst entzog … mittelfristig.

Lenz, Tobler, Jean Paul – mit seiner Forderung »Goethe muß und wird übertroffen werden« kam Novalis zu spät. Bevor dieser seine eigenen sechs gewaltigen Romanpläne ausführen konnte, verhinderte ordinäre Biologie einfach nur – alles.

Heinrich von Kleist plante, Goethe den Lorbeer von der Stirne zu reißen, und fast ist dies so gut wie beinahe und de facto geschehn: Weder Lustspiele à la ›Amphitryon‹ noch ›Sankt Domingo‹ hätte der Lorbeerträger je hinlegen können, selbst wenn er noch so sehr nachgerüstet hätte.

Franz Schubert: »Nur, wer die Sehnsucht kennt, weiß was ich leide« – da können sich auch weiterhin etlichste Rezipienten, aus persönlichen Gründen, sehr identifizieren, aber die unerfreulich ungenialen, auf »leide« gereimten brennenden »Eingeweide« vergällen jedem gutwilligen Goethefan die ätherische Schubertvertonung. Musikführer nennen Schubert gern »kongenial« – weit gefehlt! Eher umgekehrt: Goethe hat sich gehörig abzustrampeln, wenn er mit Schubert, der über ihm davonschwebt, auch nur ansatzweise kongenial sein möchte!

Allen Goethe-Überbietern zum Hohn, stieg Goethe als Elmsfeuer, Komet, Zentralgestirn, Sonne und sonnenhaftes Auge auf – schwer aufhaltsam.

Seitenhiebe und Retourkutschen 1797: Kunstrat Fraischdörfer versus Sumpflicht

Jean Paul ward auf Umwegen verläßlich zugetragen, Goethe hätte in Leipzig mild und unparteiisch von ihm gesprochen und sogar über den ›Hesperus‹ recht günstig geurteilt – was wollte man mehr? Nicht von jedem konnte man Moritzens, Gleims, Herders und Wielands Begeisterung erwarten. Die Würfel waren noch nicht ganz gefallen, kein Totschweigen in Sicht, keine erstikkende Toleranz und keine vage Rehabilitierung.

Goethe sah, daß es Jean Paul stets mit dem Guten ernst sei. Das nahm ihn für sich ein. Doch behauptete er, weil sich der Autor stets von einer Wissenschaft in die andere warf, Gehirnkrämpfe zu bekommen. Jean Paul, fand er, zeige sein Wissen viel zu sehr; er selber wisse ja auch ein wenig, liefere aber immer nur das Resultat – ja, und dann: immer wenn er bei der Lektüre über das Irdische in den Himmel gehoben sei, komme sofort wieder ein Spaß.

Wenn andere über Goethes kalte, zurückstoßende Erhabenheit klagten, konnte Jean Paul dies sogar noch verteidigen: »Das ist ihm nicht natürlich. Er tut es, um sich in der Höhe zu halten.«

Dann aber sickerten die jeweils eingesammelten Erfahrungen in die nächstfolgenden Texte ein, mehr oder minder überdeutlich. In seiner ›Vorrede der Geschichte zur zweiten Auflage des Quintus Fixlein‹ muß Jean Paul mit einem nicht grad unbornierten Kunstrat, Galerieninspektor und Bücherwurm namens Fraischdörfer in einer Postkutsche sitzen, dessen Belehrungen und Kunstgesinnungen nur als gelehrter Stuß verbucht werden können, und siehe, sie bilden eine Zerrform von Goethes klassizistischem Statuenfetischismus ab. Fraischdörfer warf sein Gesicht in stille edle Falten, trug hierbei Seidenweste mit leinener Rückseite und einen falschen langen Zopf, statt wie Jean Paul einen kurzen echten, eine erbauliche Variante auf das Motiv von Kurz- und Langgewehr. Da wird dekretiert, daß man keinen Humor haben dürfe, da derselbige in der Antike unbekannt gewesen sei etc.

Goethe bekam von dieser Retourkutsche, Demaskierung und Ad-absurdum-Führung nichts mit, oder falls doch, schwieg er edel, verfaßte aber im selbigen Jahr als Nachschlag im Rahmen seiner quasisatirischen, leider tatsächlich wider Willen ziemlich zahmen Xenien den niedlichen Vierzeiler: »Spinnenfuß und Krötenbauch / Und Flügelchen dem Wichtchen! / Zwar ein Tierchen gibt es nicht, / Doch gibt es ein Gedichtchen.«

Die Überschrift des Vierzeilers ›Geist, der sich erst bildet‹ – bezog sich das auf Jean Paul? Der unauslotbar uferlose ›Hesperus‹, dem Goethe bis dato nicht viel an die Seite stellen konnte, ist doch nicht bloß ein Gedichtchen gewesen!?

In weiteren Gelegenheitsversen – immer mit dem Gütesiegel Goethe – wurden Irrlichter als glänzende Galanten an den Pranger gestellt. Einer abnippelnden Sternschnuppe, die sofort im Grase querliegt, half keiner auf die Beine. »Aus dem Sumpfe kommen wir« – das schien Jean Pauls trübe Herkunft zu geißeln bzw. seinen glänzenden Debütantenstart als Strohfeuer oder Bauchlandung im Fettnapf zu interpretieren. Jean Paul entkroch tatsächlich einerseits als Irrlicht dem Sumpf rund um Hof, damals Feuchtgebiet, andererseits bestieg der Überflieger die Leiter himmlisch oder englisch von dergestalt weit oben, daß man ihn auch als Euphorion, Lord Byron, Homunculus aus- oder umdeuten könnte, wenn man bös wollte, so als könne es keinesfalls Sternschnuppen geben, deren Aufblitzen den Absturz gewaltig überstrahlt. Welch kläglich unnötiges Ätsch, das sich über die kurze Lebensdauer leuchtender Naturphänomene mokiert, so als könne jede augenhafte Zentralsonne, die am Schluß dann doch nur nach »Mehr Licht!« japst, unendlich viel heller und länger leuchten als jede Schnuppe. Dann zerfloß und zerstob der Helldunkel-Spuk aus Sommernachtstraum-Lesefrüchten innerhalb ihrer Gedichtchen, halbwegs wasserdicht und winterfest eingemacht.

Goethe schwebte vor, diese versöhnlichen Seitenhiebe in Schillers Musenalmanach zu publizieren. Redakteur Schiller riet ab.

Da – o je! – schob Goethe diese und andere arg zeitbezogene, ohnedies nicht eben höchstrangige Nebenbei-

Verslein höchstselbst ausgerechnet in seinen ›Faust‹ hinein, der Tragödie erster Theil, als übel deplazierter ›Walpurgisnachtstraum‹, und verunzierte mit solchem Gelegenheitskrempel seine Menschheitsdichtung.

Der edle Freund Jean Paul siedelt um – nach Weimar

Obwohl er alle Klassizisten, Denker und Romantiker summarisch die »ästhetischen Gaukler in Weimar und Jena und Berlin« nannte, da sie für Seelen keine Seele hätten und alles nur einer kalten Kontemplation aussetzten, statt von irgendwas wirklich ergriffen zu werden, suchte Jean Paul dann doch recht oft die Dioskuren wieder hinterher auf, 1798 in Weimar.

Einmal ließ er sich bei Schiller anmelden. Aber entweder war's zu knapp bemessen oder Schiller unpäßlich, oder dieser wollte einfach den Mondmann jetzt nicht schon wieder sehen, berief sich jedenfalls, obwohl am Ort anwesend, auf die »ungeschickte Stunde«. Große Augenblicke, statt unbemerkt – mal wieder verpaßt?

Dann gab's eine weitere persönliche Begegnung zwischen Jean Paul und Goethe. Der eine betonte gegenüber Intimus Otto, daß der andere ihn mit stärkerer Freundlichkeit als bisher begrüßte, wodurch Jean Paul freier, kühner und in sich gegründeter auftrat. Goethe fragte ihn zweierlei, nach der Art seiner Arbeiten (er schloß just den ›Titan‹ ab, aber ob er das dort an die Glocke hängen wollte?) und wie ihm Fichte gefalle. Da will Jean Paul wörtlich geantwortet haben, also wie immer verblüffend druckreif: »Es ist der größte neue Scholastiker – zum Poeten wird man geboren, aber zum Philosophen kann man sich machen, wenn man irgendeine Idee zur transzendenten fixen macht – die Neuern machen das Licht zum Gegenstand, den es doch nur zeigen soll.« Goethe wiederum soll gesagt haben, innerhalb von vier Monaten den ›Faust‹ vollenden zu wollen, und er könne stets sechs Monate seiner Arbeit voraussagen, weil er sich zu seiner solchen Stimmung durch geistliche und leibliche Diätik vorbereite. Was Jean Paul hierauf antwortete, verschweigt dieser in seiner Auskunft.

Aber genau diese Antwort hielt, wie auf Verabredung, Goethe fest, ausnahmsweise, Schiller gegenüber. Jean Paul scheint geantwortet zu haben: »Mit der Stimmung ist es doch wie mit Narrenpossen! Denn ich zum Beispiel brauche nur Kaffee zu trinken, um, so grade von heiler Haut, Sachen zu schreiben, worüber die Christenheit sich entzückt.« Dies kam sowohl bescheiden rüber wie belehrend und zielte darauf, beim Gesprächspartner ein Augurenlächeln zu erzeugen. Es gelang und hörte sich alles recht konziliant und friedlich an, so als hätt man nie sich gegenseitig mit Sumpflicht, Chinese und Fraischdörfer verglichen und traktiert.

Dann ging's noch drum, daß der von Goethe »edler Freund« genannte Jean Paul künftigen Winter in Weimar sich niederzulassen gedenke und auch schon wegen Quartiernahme auf Umwegen vorgefühlt habe, hinsichtlich eines Zimmers, im Stockwerk über einer Opernsängerin am Theater, die Goethe »Maticzek« schrieb und Jean Paul »Madischek«. Wie lang die Unterredung währte und ob noch andere Personen durch Anwesenheit glänzten, verschweigt der Buchstabe der Überlieferung schmerzlich, bei aller Neigung, alles immer gleich mitzuschneiden.

Die muntere Demoiselle fragte alsbald Goethe, wie sie Jean Paul, wenn er käme, zu empfangen habe, worauf der Befragte den unfehlbaren Ratschlag gab: »Kind, mach's wie bei mir und sei natürlich.«

So machte sie's dann und tanzte ihm also lachend, trillernd und singend entgegen, zwischendurch auch kurz redend und z. B. mitteilend, daß sie Goethe gefragt hätte, wie sie Jean Paul zu empfangen habe und was er ihr da geraten hätte. Jean Paul charakterisierte sie gegenüber Intimus Otto als eine geradebrechte Version der Philine aus ›Wilhelm Meister‹ und fügte kurz und schmerzlos an, daß sie »ohne Schönheit« sei, aber seinem Witz eine Gymnastik abverlange.

Im November, als er dort wohnte, hat's dann zwei, drei Treffen mit den Klassikern gegeben. Der eine von denen machte just seinen ›Wallenstein‹ fertig, den aber Jean Paul partout nicht loben konnte, vor allem nicht die rauhen Stimmen im Lager Wallensteins. Und über das eine Treffen in Jena – mit Sophie Mereau, Karl August Böttiger, dem Makrobiotik-Pionier Christoph Wilhelm Hufeland bei Familie Schütz – ist nichts weiter bekannt geworden, als daß Goethe und Schiller sich freundlich gegen Jean Paul betrugen, nicht mehr so frostig wie neulich, ein halbes Jahr vorher. Würde sich demnächst doch noch alles in eitel Freude und Freundschaft auflösen?

Brechreiz im Nebenzimmer, schlimmer als bei Sauerkraut

Der herzogliche Mundkoch glaubte, Sauerkraut sei eine besonders begehrte Delikatesse und tischte es immer öfter auf. Als Sauerkrautgegner Goethe dies nicht mehr durchhielt, floh er voll Verdruß die Tafel, seilte sich in ein Separee ab, wo er ein aufgeschlagenes Buch auf dem

Tisch fand, sich kurz hineinlas – da riß es ihn in eine bunte Welt, in der, falls er vorn anfing, ein rasendes Wortknäuel aus Ochsenkopf, Fichtelsumpf, Maschinengöttern, ätherischer Morgenluft, Taucherglocken, Feudalrechten, Simultantempeln, Crebillon und besudeltem Tierauge loslegte; Nachtschlacken, sterbende Sonnen und entschlafende Erdkugeln – all dies heillos überwürzt, undosiert, überdosiert – nirgendwo ein Hemmschuh oder eine Sättigungsschwelle im wahnwitzig quellenden Hefeteig aus Dünenschutt, der ohne Ballaststoffe nur aus Rosinen bestand, Rosine an Rosine, ernste Scherze aus ungesiebtem Krempel, eingefaßt in einen bis zum Sinken überladenen Kahn, Ambitionsprosa hoch sieben, über ihm pausenlos Feuerwerk ohne Erholungspausen und stille Nacht zum Ausatmen – da lagen nämlich zufällig die ›Mumien‹ von Jean Paul. Das inkommensurable Opus nervte, genau wie ›Hesperus‹, programmatisch mit durchgegangenen Pferden, notorisch restlos ungebändigter Suada, Tuttiwirkungen ohne Ende, ein Fluß ohne Ufer. Der über die Maßen Gepeinigte sprang auf, floh aufs Neue und lamentierte: »Nein, das ist zu arg! Erst Sauerkraut und dann 15 Seiten aus Jean Paul! Das halte aus, wer will!« In einer anderen Anekdote fand Goethe den allzu bekannten August von Kotzebue so unerträglich wie Sauerkraut.

Was für Passagen kann aber Goethe in flagranti erwischt haben? Werden wir's je erfahren? Es wär ihm zu gönnen, auf hoffentlich folgenden Passus gestoßen zu sein:

»Es ist unbegreiflich, daß man dem betäubten Haufen, dessen Reden artikuliertes Schnarchen ist, das dicke Augenlid nicht aufziehen kann, wenn man von ihm verlangt: sieh doch durch deine paar Lebensjahre hindurch bis ans Bett, worin du erliegst – sieh dich mit der hängenden plumpen Toten-Hand, mit dem bergigen Kranken-Gesicht, mit dem weißen Marmor-Auge, höre in deine jetzige Stunde die zankenden Phantasien der letzten Nacht herüber – diese große Nacht, die immer auf dich zuschreitet und die in jeder Stunde eine Stunde zurücklegt und dich Ephemere, du magst dich nun im Strahl der Abendsonne oder in dem der Abend-Dämmerung herumschwingen, gewiß niederschlägt. Aber die beiden Ewigkeiten türmen sich auf beiden Seiten unserer Erde in die Höhe, und wir kriechen und graben in unserem tiefen Hohlweg fort, dumm, blind, taub, käuend, zappelnd, ohne einen größern Gang zu sehen, als den wir mit Käferköpfen in unsern Kot ackern.«

Schlagabtausch 1799: Jean Pauls kecke Zudringlichkeit – und Goethes umgedrehter Spieß

Mehrere nachgeborene Klassikbeobachter gäben sicherlich einen kleinen Finger her oder ein bis zwei Lebensjahre, wenn sie per Zeitmaschine sich in jenen Januar 1799 zurückzoomen und Mäuschen spielen dürften bei den stundenlangen, ja nächtelangen kontroversen Disputationen – das eine Mal zwischen Jean Paul und Schiller bis Mitternacht, und dann einmal mit Goethe und Schiller als Gästen der Charlotte von Kalb. Champagner stieg zu Kopf, und der sofort entbundene Vulkan im Kopf ließ sich kaum noch bremsen.

Ein überlieferter Zufallsbrocken lautet so: Als es in Weimar bei Tisch mal darum ging, wie übel das Literaturkritikerwesen es treibe, sagte Jean Paul: »Rezensenten mögen über mich sagen, was sie wollen – ich antworte ihnen nicht. Es sei denn, einer behauptet, daß ich einen silbernen Löffel gestohlen hätte.« Goethe erwiderte: »Auch da muß man schweigen.«

Jean Paul im Vorgefühl, hierzulande seit längerem und in Kürze vielleicht sowieso ausgespielt zu haben, drehte etwas mehr als früher auf und wagte keckere Dinge zu sagen als drei Jahre zuvor. Goethe gegenüber schnitt er mutig ein Tabuthema an, irgendwelche vertrackte Situationen hier in Weimar – da blieb Goethe offenbar eine Replik schuldig, verstummte grummelnd, drehte bei Tisch einen Teller, eine Viertelstunde lang.

Jean Paul fürchtete, zu weit gegangen zu sein, doch seitab lobte ihn der jederzeit recht saloppe und selber gern freche Karl August Böttiger, der bestens zugehört hatte, und steckte ihm, alle hier dächten dasselbe, aber es hätte ihm noch keiner zu sagen gewagt. Auch Wieland fand's ganz recht, daß das Tabuthema mal an- oder ausgesprochen wurde, und er, Jean Paul, würde Goethe durch solche Deutlichkeit gewinnen, und sie würden sicher noch die besten Freunde.

Aber das hatte dann doch wohl eher gegenteiligen Effekt. Denn Jean Paul resümierte den Casus eher so, daß er mit Goethe jetzt näher verbunden wäre, wenn er nicht – vom Champagner verführt – so kecke Sätze gesagt hätte: »Überhaupt bin ich jetzt keck; bei Gott, was ist denn auf der Erde – zu verlieren?« Doch den genauen – oder wenigstens ungenauen – Inhalt der Reden hatte diesmal keiner mitgeschrieben und auch keine Summary geliefert, und zwischen den Zeilen läßt sich Genaueres nach so langem auch nicht mehr herauslesen – was ihr hinein nicht gelegt, ziehet ihr nimmer heraus.

Bei einem weiteren Diner, diesmal zu Schillers Ehren, konnte er punkten. Er und Herder wurden zu Goethes Einfassung gemacht, er der linke Rahmen und Herder

der rechte. In vorgerückter Stunde sagte dann Goethe, allmählich gesprächig geworden, er hätte seinen ›Werther‹ zehn Jahre nach dessen Schöpfung nicht gelesen: »Wer wird sich gern eines vorübergegangnen Affekts des Zorns, der Liebe etc. erinnern wollen?« Als dann auch Herder bekundete, vor abgeschlossenen Werken einen Ekel zu empfinden – da wär's jetzt arg redundant gewesen, wenn auch Jean Paul es nach Buchabschluß geekelt hätte. So behauptete er, daß er sich gedruckt sehr gern läse und keine bessere Lektüre kenne (so im Sinne: und wie mir's gefallen, gefall ich auch mir), aber vorher, im Vorfeld, gefalle er sich nicht, da er da das Ideal noch nicht vergessen hätte. Das kam vielleicht etwas selbstgefällig rüber. Jedenfalls schien er hier überhaupt nicht auf den Mund gefallen zu sein.

Umso verwirrender die Vorgänge beim nächsten Treffen bei der Gastgeberin Frau Caroline von Wolzogen, Schillers Schwägerin, Mitte April 1799. Hinterher am Abend trug sogar Goethe ausnahmsweise etwas in sein Tagebuch ein, und zwar genau zwei Worte: »Zudringlichkeit Richters.«

Was war geschehen? Hat er noch viel keckere Sätze rauszulassen gewagt? Überlieferung hält sich hier unangenehm zurück.

Jean Paul berichtete Intimus Otto lediglich, Goethe und Schiller seien ganz frostig gegen ihn gewesen und Goethe sei zu Schiller auch nicht freundlicher als zu allen anderen. Durch eine undichte Flüsterrunde über zwei Ecken kam dann doch noch heraus, was an jenem Abend sich hinter Richters Zudringlichkeit verborgen haben soll. Goethe gab's mündlich zum Besten, Schelling gegenüber, der es, statt es aufzuschreiben, Caroline Schlegel erzählte, die es dann ihrem Mann brieflich mitteilte, als amüsante Vorfallenheit.

Und zwar sei Jean Paul ziemlich forsch – wenn nicht dreist – auf Goethe eingedrungen, um den alten Fuchs aus seiner Höhle, hinterm Ofen hervor auf Glatteis zu locken und dessen wahre Meinungen auszuforschen über humoristisches Affentheater in Romanform als Genre, und wohl speziell über den ›Hesperus‹ und dessen anwesenden Verfasser, der sich ja auf die ganze Tradition von Yorick bis Theodor von Hippel stützen könne. Das artete dann in einen stundenlangen Schlagabtausch aus, wobei nun aber nicht Goethe grummelnd und argumentationslos seinen Teller drehte und vor der kecken Roll-over-Beredsamkeit Jean Pauls klein beigab und verstummte. Sondern er habe sich nicht in die Ecke treiben lassen wie im Schach, kein Erstickungsmatt zugelassen, sondern alle Bälle gab er zurück, bis er das Blatt wendete, vorpreschte, alsbald den Längeren zog, einen Längeren nach dem andern, also quasi vom Kurzgewehr auf Langgewehr umsattelte und den kecken Provokateur dergestalt in Argumentationsnöte brachte, daß der sich schachmatt – vermutlich roten Kopfes – in sein Quartier hat begeben müssen. Caroline resümierte: »Einen durchtriebneren Schalk gibt es auf Erden nicht wie den Goethe und dabei das frömmste Herz mit seinen Freunden.« Also gewaschen mit allen Wassern, außer mit Weihwasser. Schalk und frommes Herz waren aber sonst immer eher Jean Pauls eigentliche Domäne gewesen!? Goethe hätte also diesmal eindeutig als der Redegewandtere und Schlagfertigere das Hebelgesetz auf seiner Seite gehabt. Der tatsächliche und ausführliche Wortlaut dieser abendfüllenden, nirgends sonst bezeugten Humordebatte wäre von der Gegenseite sicher anders dargestellt worden und verlief garantiert auch anders. Man kann's auspinseln und wird es nie erfahren. Saß z. B. auch Schiller auf dieser Privatbühne und diskutierte mit?

So stellte sich 1858 Adolph von Menzel die Zusammenkunft Weimarer Klassiker von 1799 vor. Von links nach rechts: Jean Paul, Schiller, Goethe, Herder. Die Sprechblasen stammen von 2012, der Wortlaut vom 16.1.1799.

Anderthalb Jahre später, bei einer weiteren Begegnung, im Sommer 1800, ist dann aber wieder Jean Paul, wenn man diesem genauso glauben darf wie Goethe, der Redegewandtere und Schlagfertigere gewesen. Er fragte: »Wie gefällt Ihnen Jacobis Brief an Fichte?« Goethe wich neutral aus: »Er bleibt sich gleich.« Worauf dann Jean Paul brillanterweise sagte: »Gott und auch der Teufel bleiben sich gleich« – was aber wußte da Goethe zu erwidern? Jean Paul überlieferte es, indem er's Intimus Otto schrieb und damit der Nachwelt: » – darauf bleibt er aus Unbehülflichkeit und Stolz und Zorn dann – stumm. Kein Epigramm kann ihn in Bewegung stochern.« Warum so sehr unbehülflich, wenn Goethe, eine Runde vorher, bereits Jean Paul zwingen konnte, klein beizugeben und heimzugehn?

Je nachdem, welche Partei berichtet, darf immer nur der eine Fingerhakler der Schalk sein, und der andere hat den Part des unberedt Verstummenden zu übernehmen.

Ein Klein-Detail blieb von jenem Abend noch als Überbleibsel hängen im Zeitenstrom: Die drei Klassiker diskutierten kontrovers über ein Gedicht der schönen, malenden und malerischen sowie dichterischen Frau Amalia von Helvig, geb. von Imhoff, das zunächst alle belobigt hatten, dann aber bremsten Goethe und Schiller ihr Lob aus. Jean Paul mußte auch hier mit Widerspruch auffallen und lobte das Gedicht, obwohl's garantiert nur mittelprächtig leuchtete, übermäßig weiter.

Vier Turmspitzen der Literatur, nachträglich zurückversetzt ins Rokoko

Kleine Vorwegnahme am Wegesrand: Neunundfünfzig Jahre später hat Adolph von Menzel als Zeichner zurückgeschaut nach 1799 und die Klassiker, inzwischen zu uneinholbaren Heroen hochgewachsen, im Bild eingefangen, und siehe, man kann sich's so vorstellen. Atmosphärisch handelt es sich um einen Zwitterling aus Watteau-Rokoko und preußischem Tabakskollegium. Obwohl kein Menschendarsteller zeichnerisch mehr drauf hat als Menzel, sehen sowohl Herder wie Jean Paul sich nicht sehr ähnlich – und alle weniger gelungen als beim viel unbekannteren Nachempfinder Otto Knille (Seite 13). Goethe wurde wie immer am erkennbarsten getroffen, driftet aber unnötig in Richtung Mozart, obwohl man 1799 garantiert keine gepuderten Seitenlockenrollen mehr trug. Menzel ward freundlich

In der Betrachtung dieser Schillernase versank Jean Paul.

erfaßt vom Moloch der Vordatierung, oder umgekehrt: Der Moloch der Vordatierung griff nach Menzel.

Bei Schiller kann man an der idealistischen Impetus-Gestikulation ablesen, daß es Schiller sein soll, wenngleich er physiognomisch arg unterkieferbetont bis kernbeißermäßig eher in Richtung Gustav Mahler forttrudelt. Die Schmucklosigkeit des Raumes muß nicht falsch sein, doch unwahrscheinlich bleibt's, daß ausgerechnet die vier Turmspitzen der Literatur sich separat abseilen konnten – nirgendwo an den Lippen hängende Weiblichkeit, weniger prominente Zaungäste und Mitesser, nirgendwo Dienerschaft, Dekorationen, Geschirr oder Getränke, weit und breit kein Hofrat, kein Karl August Böttiger oder Karl Ludwig von Knebel. Eine Photographie, falls die damalige Technik sich nicht bloß mit Dampfschiffen begnügt hätte, wär da erheblich aufschlußreicher gewesen. Außerdem fehlt Wieland sehr.

GÖTTER SIND AUCH NUR MENSCHEN

Höhenflug und Bauchlandung im Fettnapf

Zu Urfaustzeiten hat keiner ahnen können, daß der alsbaldig niedergelassene Dichterfürst dann kaum noch ins Unendliche schreiten wollen würde. Sondern er teilte seinen Lesern mit, daß uns das Drüben wenig kümmern und man sich hier im Endlichen nach allen Seiten umsehen solle und daß er alsbald nur noch selten Unmögliches begehren und das Unerforschliche ruhig verehren würde. Lieber als Mann sich mäßigen, zwecks Erdung, Erdenrestpflege, Erfüllung der Forderung des Tages, Pragmatismus, Verwaltung, Organisation, Schreibtischarbeit, Reimzwang, Ministerialbeamtenalltag, Versifizierroutine, parkettsicher garniert mit Ideenpflege, Highpoints auf Empfängen, Soirees, Salons und Jubiläums-Vernissagen, Pantheonisierung und Kanonisierung, auf der Zielgeraden zum Olympier, mit Medaillen, Ehrenband und Ehrenlegions-Lorbeer.

Entgrenzung wär hier nicht verkaufsfördernd gewesen, wegen Verpuffungsgefahr im Weltall. Außerdem hätte sich die hohe Intuition, wenn man in Nacht und Tau bei Schuhu und Kröte auf den Gebirgen lag – verschwunden ganz der Erdensohn –, dann doch nur wieder mit kaum etwas anderem krönen lassen als mit Diebsgelüst und Rammelei.

Und keiner konnte ahnen, daß nun bald aus dem dünnen J. P. F. Richter ein dicker Jean Paul werden würde und daß aber, je dicker der Sandsack und mit Eierschmalz wohlgenährte Erdenrest aufschwoll, als der Jean Paul hienieden bald von fortan zu wandeln hatte, desto raumgreifender, gewichtabwerfender, menschenferner und höher Luftschiffer Gianozzo im Siechkobel aufsteigen würde.

Bevor Faust einem Verjüngungstrank zusprach, genehmigte Goethe sich eine Frühpensionierungsbowle.

Das Pfropfreis des Übermuts und Überschwangs brach er altklug ab. Die Erde hatte, bevor er überhaupt recht abhob, ihn wieder.

Ehe Leonardo da Vincis Traum vom Vogelflug knatternde Wirklichkeit wurde und das Utopicum aus Luftfahrt und Mondfahrt zum Flächenbombardement mutierte, hätte ihm schamanischer Seelenflug genügen müssen. Er aber wollte seinen Körper hochkriegen in die Lüfte, als Schwerkraftüberwinder, als Techniker, als Dädalus und Daniel Düsentrieb, zur Not als Ikarus.

Wie aber sahen sie eigentlich aus?
Idealisierung und Ähnlichkeit

Wer aufwärts sich hebt, über Wolken und Zeitgenossen, und mit dem Scheitel zeitweise die Sterne durchaus berührt, kommt nicht umhin, zugleich dem Wurm zu gleichen, der den Koth durchwühlt, mit Schuhen und Füßen darinnen steckenzubleiben. Um der bedeutsamen Persönlichkeit unsublimierbares Wandeln im Fleische den zurückbleibenden Erdenwürmern deutlich umrissen hinzuhalten, allen Mitstreitern und Schicksalsgenossen, Sterblichen wie Normalsterblichen, beeiferten sich Kunstkräfte, Antlitz und Gestalt Goethens, des in allem viel Gesegneten, durch lebendige Züge mit pietätvoller Hand darzustellen und den vergänglichen Spiegel der Seele, den flüchtigen Ausdruck des Geistes in der körperlichen Form, möglichst naturgetreu festzuhalten, namentlich die von Lavater sogenannte »geistlebendige Lippe«, zudem den »trefflichen, nur um ein Haar zu kleinlichen Kinnball«, den Adel und Stolz des Halses des allwürksamen Göthe, von welchselbigem zu Lebzeit rund hundertundzehn Bildnisse entstanden, davon mindestens vierundzwanzig Ölgemälde, siebzehn Schattenrisse, neun Gipsmedaillons, acht Büsten, sieben Zeichnungen, fünf Kreidezeichnungen, fünf Denkmalskizzen, vier Gedenkmünzen, drei Kupferstiche, drei Marmorbüsten, drei Intalgios, ein Pastellgemälde, ein Stahlschnitt, eine Lithographie, eine Bleistiftzeichnung – wieso eigentlich bloß eine? –, ein Camée, nicht zuletzt ein Porzellangemälde sowie eine Transparent-Silhouette.

Pro Jahr saß Goethe fünf- bis sechsmal Modell, so als hätt er im Terminkalender ungeheuer viel Zeit für dergleichen. Holde Zeitverschwendung oder strategisch sinnreicher, hundertzehnfacher Bausteinbeitrag zum Projekt vielköpfiger Selbstverherrlichung via Gesamt-Denkmal? Dank der beiden Gesichtsabgüsse bei Lebzeiten (13.10.1807 und 10.2.1816!) weiß die Wissenschaft sogar Zahlen, die man bei keinem anderen Geisteshelden weiß oder wissen will: Gesichtslänge von Haaransatz bis Kinn: 20 cm, Gesichtsbreite: 13 cm, Stirnbreite 12 cm, Nase: 5,7 cm, Mundbreite: 6,5 cm. Ein vielköpfiger Kometenschweif von Goetheporträt-Kopien, Repliken, Varianten, Versionen, nachgereiften Abgüssen, Aufwärmungen und Verballhornungen folgte nach. Von Jean Paul gibt's zehnmal weniger Bildnisse – rund siebzehn.

Doch der junge Felix Mendelssohn Bartholdy schrieb nach einem Besuch bei Goethe: »Er ist sehr freundlich, alle Bildnisse von ihm finde ich nicht ähnlich.« Selbst das schönste Goethebildnis, das Jean Paul küssen wollte, der Kupferstich von Johann Heinrich Lips (Seite 73), ward von Zeitgenossen zwar als außerordentlich gelungen gerühmt, aber als »eigentlich nicht ähnlich« eingestuft.

Zeitgenossen tippten, wenn sie unbelehrt Jean Pauls ansichtig wurden, gern auf einen Brauereimeister, Pächter oder Jäger. Johann David Falk über Goethe, 1794: »Ich hätte ihn eher für einen biederherzigen Amtmann, als für einen großen Schriftsteller gehalten.« Rechnete man den ausbaufähigen Nimbus beider Dichter wieder runter, sah man Männer wie andere mehr. Die in die Knie gehen wollten und ehrfürchtig anrückten, sahen oft nur Leute, die unmöglich die Werke Goethes und Jean Pauls geschrieben haben konnten.

Immerhin konnte die hundertköpfige Agententruppe der damaligen Verewigungsmanufaktur, darunter so namhafte Künstler wie Johann Heinrich Meyer, Franz Heinrich Müller, Karl Victor Meyer, Johann Christian Ernst Müller, Christian Daniel Rauch, Vogel von Vogelstein, Amatini, Nagel der Jüngere u. v. a. sich relativ einvernehmlich über seine physiognomische Anatomie einigen, kraft jeweils unstreitig vorhandenen großen Zeichen- und Maltalents. Wen sie meinten, blieb nie unklar. Bei Beethoven läßt sich, trotz disparater Darstellungen, halbwegs ahnen, wie er ungefähr ausgesehen haben könnte (ungefähr so wie Alois Senefelder,

1777, in Lavaters Physiognomie, fuhr jedes zweite Gesicht als Trittbrettfahrer mit, als unverkennbarer Goethekopf.

der Erfinder der Lithographie, während Bertel Thorvaldsen förmlich ein Jean Paul mit Beethovenfrisur sein könnte) und daß er sehr viel Idealisierung nötig hatte – und Carl Maria von Weber am wenigsten Idealisierung von allen. Aber kein Malerkollektiv driftet so auseinander wie die Mozart- und Jean-Paul-Porträtisten, die sich nicht mal auf die ungefähre Nasenform halbwegs verständigen konnten. Namentlich bei Stirnhöhe und eigentlich unwandelbarem Gewölbtheitsgrad der Stirn kamen etliche mehr ins Schleudern als andere und gaben sich freier Ausdeutung hin.

Der Zeitstil ähnelte ohnedies alle Gesichter darstellungstechnisch und ausdrucksmäßig einander an, so daß im Lavater oder auch im Bildband ›Das Jahrhundert Goethes in 338 Porträts berühmter Frauen und Männer‹ zahlreiche Zwillingsbrüder und Minimalvarianten Goethes auftauchen: Lorenz Westenrieder, Justus Möser, Daniel Chodowiecki, Johann Georg Jacobi, Friedrich Heinrich Jacobi, Johann Georg Edlinger, Friedrich Maximilian Klinger, Theodor von Hippel, Asmus Jakob Carstens.

Andere Geister trugen eher jean-paul-förmige Angesichter wie Johann Christoph Gottsched, Carl Heinrich Graun, Dominicus van der Smissen, Johann Jakob Breitinger, Friedrich von Hagedorn, Garlieb Merkel, Johann Heinrich Tischbein d. Ä., Salomon Geßner u. v. a. – Doppelkinn als Familienähnlichkeit.

Wie die alle sich geschmeidig adaptieren und koinzidieren! Aber alle direkten und eindeutigen Jean-Paul-Porträts – nebeneinandergebeamt – driften pfeilgerad auseinander, so als hätte Jean Paul so viele verschiedene Gesichter, daß selbst ein verifizierender Photoapparat nicht unbedingt letztschlüssige Einheitlichkeit hergestellt hätte. Die humane Idealisierungspflicht, zu deren Austreibung die Photographie zeitgleich mit der Kunstrichtung ›Realismus‹ antrat, ließ es zudem nicht zu, daß die vielfach bezeugte Vernachlässigung von Halsbinde und Überrock, des Dichters Anhänglichkeit an vernutzte Kleidung, auf den Bildern erahnbar wird.

Nur zwei bzw. acht Jahre älter hätten Goethe und Jean Paul zu werden brauchen, und schon hätte es unbe-

Ähneln die sich alle fatal oder – falls alle derselbe sein sollen: Konnten sich die Maler nicht einigen?

Niccolò Jomelli | *Jeremias Gotthelf* | *Garlieb Merkel* | *Bertel Thorvaldsen*

Maximilian I. | *Kaspar Goethe* | *G. G. Gervinus* | *Norbert Niemann* | *Ludwig Hartinger*

stechliche Daguerreotypien von ihnen geben können, gleichwie von Clara und Robert Schumann, Schelling und Schopenhauer.

Jean Paul ließ praktisch fast kein einziges seiner Porträts als ähnlich gelten. Seinem Maler Friedrich Meier sagte er: »So gleichgültig mir es ist, ob jemand das Stückchen organisierte Erde, welches man mein Gesicht nennt, nach meinem Tod außerhalb der unorganisierten, im Nachbild zu sehen bekommt, so wichtig ist mir's doch, daß man davon nicht ein Zerrbild von desorganisiertem Erdkloße vor sich auf jeder Seite aufrolle, die man von mir lieset.«

Am treffendsten fand er den Kupferstich von 1810 (Seite 85 unten rechts), wo der Dichter besonders feurig, edel und hochstirnig rauskommt, geistreich augenblitzend. Bang darf geahnt werden, daß andere Bildnisse, die da nicht mitglühen können, vielleicht im Alltag den größeren Wiedererkennungseffekt für alle, die ihn persönlich gekannt hatten, haben könnten.

Dann verschwanden die Augen im Fett der Backen

Henriette Herz hatte 1801, in ihrer molligen Jugend, Umgang mit dem rasseldürren und großäugigen Dichter und traf sechzehn Jahre später, 1817, in (extrem) abgemagertem Zustand einen (extrem) aufgeschwemmten Jean Paul wieder, mit im Fett versunkenen, also kleinen Augen, was für beide nicht ohne Schock oder Irritation und wenig Komik abging.

Beide Dichter hatten sich zwischenzeitlich, in mittleren Jahren, ohne eigentlich Pykniker zu sein, Wohlbeleibtheit (zu deutsch: Wampe) angemästet – im Gegensatz zum drahtigen Schiller, den nie Fettpölsterchen anflogen.

Charlotte von Stein: »Goethe seh ich selten, und wenn es einmal geschieht, erschrickt mich seine immer zunehmende Dickheit.«

Karl August Böttiger: »Jetzt hat er fast alles von seiner schlanken Apollofigur durch das sich überall ansetzende Fett verloren. Er extendiert sich täglich durch Embonpoint, und seine Augen sitzen im Fett der Backen.«

Karl von Stein: »Sein Gang ist überaus langsam, sein Bauch nach unten zu hervorstehend wie der einer hochschwangeren Frau, sein Kinn ganz an den Hals herangezogen, von einer Wassersuppe dicht umgeben; seine Backen dick, sein Mund in Halber-Monds-Form; seine Augen allein noch gen Himmel gerichtet; sein Hut aber noch mehr, und sein ganzer Ausdruck eine Art von selbstzufriedener Gleichgültigkeit, ohne eigentlich froh auszusehen.«

Dem Betroffenen selbst entging dies nicht, wenngleich er es nicht ganz so vollplastisch ausdrücken wollte: »was das Äußere betrifft, so sagen die Leute, ich sei nach und nach dick geworden«.

Sogar Jean Paul erlaubte sich, brieflich an Herder, eine Anspielung: »Goethe dichtete früher so; aber nun liebt er den Stoff nirgends mehr als an seinem Leibe und quälet uns mit seinen ausgetrockneten Weisen à la grec.«

Karl Bursy: »Ziemlich korpulent, rot im Gesicht, bausbackig mit starkem Unterkinn, ohne Halstuch und Weste, in einem alten, abgetragenen, grauen Flausrock, dem überall die Knöpfe fehlten, statt deren unzählige Flecken ihn zierten, und der nur kümmerlich in seinen Fetzen zusammenhielt, mit herunterrutschenden Strümpfen, die den kahlen Fuß hervorblicken ließen, stand Jean Paul vor

Goethe 68 Jahre alt
(Ferdinand Jagemann, 1817)

Jean Paul 52 Jahre alt
(Friedrich August Lehmann, 1815)

Goethe 74 Jahre alt
(Johann Joseph Schmeller, 1823)

Jean Paul 59 Jahre alt
(Vogel von Vogelstein, 1822)

mir und fragte mich mit einer seltsamen Verbeugung: ›Mit wem habe ich die Ehre zu sprechen?‹«

In summa: Goethe und Jean Paul betrieben um die Wette opulente Umrißvergrößerung auf mehreren Ebenen, ein jeglicher an seinem Ort.

Das gutgemeinte Bild, auf dem Jean Paul in der Gartenlaube dichtet (Seite 122), hat die Nachwelt verleitet, ihn mit dem Wort »breitärschig« zu besudeln – aber Leutchen! da kann doch auch nur dem Zeichner der Stift ausgerutscht sein oder das Zentimetermaß gefehlt haben! Diesen Hintern muß der größte Humorist der Deutschen nun für immer behalten. Kein Jüngstes Gericht und keine DNS-Recherche kann da Fett absaugen und Klarheit herstellen.

Desgleichen – das Miniaturbild von 1815 (Seite 162) gibt Rätsel auf: Vermochte sein Schöpfer, der Miniaturmaler Friedrich August Lehmann, nicht zu idealisieren oder wollte er nicht? Das lebende Modell selber, samt Familie, zeigte sich schockiert über das abstoßende Resultat – Stirn floh über Gebühr, Nase fleischig, Haare zerstrubbelt, Ohr viel zu eng und klein. An den Wolken im Hintergrund läßt sich die Talentschwäche des Künstlers Lehmann ablesen, kein Wunder, daß er im Zeitenlauf untergurgeln mußte, falls er vorher weiter oben schwamm, in nichts vergleichbar einem Zeichengiganten wie Carl Christian Vogel (von Vogelstein) aus Dresden, dessen vollplastisch wohlgepolstertes, eingeölt im Fett schwimmendes Jean-Paul-Kreide-Antlitz, 1822 vorgelegt (Seite 162), nicht als günstigstes und schmeichelhaftestes Konterfei gelten kann, doch muß man für immer damit rechnen, daß es sich hierbei um die sozusagen einzige Photographie handelt, unter aller wohlwollenden Jean-Paul-Malerei, einfach deshalb, weil Vogelsteins Bildniskunst in einer Gegenprobe, in Vergleichsfall Hans Christian Andersen oder Ludwig Tieck (Seite 224) oder auch 1825 Goethe höchstselbst verblüffend naturwahr und auch naturgetreu herauskommt.

Bildende Kunst lief damals dergestalt verblüffend auf die Erfindung der Photographie zu, daß diese zur Not sogar hätte wegbleiben können. Drei Stunden saß Jean Paul dem Künstler Modell, einmal kurz unterbrochen vom aufdringlich hereinplatzenden Adolf Müllner, und zur Gesichtsbelebung war dem Modell ein Mädel gegenübergesetzt worden. Schriftliche Dokumente drückten den weichenden Haaransatz viel drastischer aus, sprachen von »kahler Glatze«, während Lavater, zwecks Menschenliebe, selbst das Wort Doppelkinn bei vollschlanken Gesichtern positiv umformulierte in »gute Nahrung im Unterkinne«. Jean Paul ging mit dieser seiner Frisur recht relaxed um: »– setzte vorher die nötigsten Haare auf, um so halb und halb von Natur frisiert wenigstens nicht so scheitelkahl in die Welt zu laufen als künftig aus ihr.«

Das entsprechend realistische Goethebildnis, die lebensgroße Zeichnung Ferdinand Jagemanns von 1817 (Seite 162), gilt als sein allerähnlichsten, halt arg unideal – heut erblickt man da eher einen vollschlanken Normalmenschen und Beamten, der nicht weiter auffallen müßte – weit und breit keinerlei Jupiterstirn oder fernhintreffendes Apolloauge; damals aber rühmte man den vornehmen edlen Charakter und befand die Darstellung als geistvoll aufgefaßt. Also wenn man in späteren 3-D-Animationsverfilmungen die Dichterfürsten nochmal auferstehen lassen wollte, würde man die Vogelstein'sche und Jagemann'sche Zeichnung nehmen, gehörig einfärben und in Bewegung versetzen. Eine gesichtsanatomische Gegenprobe läßt sich wohl mit keiner Zukunftstechnologie einleiten, außer mit Zeitmaschine.

Als Tenor und Bilanz pendelte sich für Jean Paul ein: »nicht gerade schön, aber interessant«. Ludwig Tieck über ihn: »– er ist bei weitem nicht so häßlich, als man ihn beschreibt –«. Doch auch der schöne Goethe fürchtete, nicht gutaussehend genug zu sein. In Briefen an sein

Weib zeigte er sich besorgt, daß sie ihm mit schöneren Männern durchbrennen könnte. Beim Lächeln zeigte bzw. verbarg Goethe schiefe, gelbe, unregelmäßig stehende Zähne, die seine viel beklagte steife Ernsthaftigkeit im Umgang grundierten, später diversen Porzellanprothesen Platz machten, problematisch auf Zahnstummel gedrückt. Karl Bauer in seinem Buch ›Goethes Kopf und Gestalt‹, 1908: »Goethe hatte nicht die regelmäßige Schönheit eines Apollo oder anderer antiken Statuen, er hatte auch nicht die engelhafte Schönheit Shelleys oder Hölderlins, aber sein Äußeres wirkte sehr stark zu seinen Gunsten.«

Jean Pauls Lächeln aber soll sehr zauberhaft und unbeschreiblich gewesen sein.

Als später Humanismus in Richtung Nationalismus und Bestialismus vorwärtsging, hätte man Goethes, Jean Pauls und Beethovens Blatternnarben nicht mehr in lasierten Schönheitsoperationen retouschiert, sondern kostete Franz Liszts Warzen im Gesicht aus. Lichtenberg und Schopenhauer saßen nie drin in Lavaters und Jean Pauls Menschenliebe-Programm und erschraken beim Anblick häßlicher Physiognomien. Jean Paul hierzu: »Der hat das beste Äußerliche, bei dem man es vergißt.«

Überdeutlich unterlegen – schwache Minuten und Stunden

»Dichter lieben nicht zu schweigen, / Wollen sich der Menge zeigen.« ☆ »Prüft das Geschick dich, weiß es wohl warum: / Es wünschte dich enthaltsam! Folge stumm.« ☆ »Die Deutschen sind ein gut Geschlecht, / Ein jeder sagt: ›Will nur, was recht; / Recht aber soll vorzüglich heißen, / Was ich und meine Gevattern preisen; / Das übrige ist ein weitläufig Ding, / Das schätz ich lieber gleich gering.‹« ☆ »O Mädchen, Mädchen, wie lieb ich dich! / Wie blickt dein Auge! Wie liebst du mich!«

Hans Sachs ließ grüßen. Wilhelm Busch winkte aus der Zukunft rüber. Goethegedichte sind auch dann unsterblich, wenn sie über Überdurchschnittlichkeit nicht äußerst weit hinausgucken. Denn sie stammen nachweislich von keinem Geringeren als von Johann Wolfgang von Goethe. Wer an der Unsterblichkeit mancher Goetheverse aufrichtig zweifelte, hielt sich lieber an Goetheprosa, die aber auch nur selten in Bann schlug: »Zuvörderst müssen wir versichern, daß die Aufschrift dieser Bogen einen sehr vorteilhaften Eindruck auf uns gemacht hat.« ☆ »Bei verspäteter Herausgabe des gegenwärtigen Heftes kann ich mich nur im allgemeinen als Schuldner bekennen für so manches vorzügliche Werk, welches mir indessen zugute gekommen.« ☆ »Mit den Jahren steigern sich die Prüfungen.« ☆ »Man wird nie betrogen, man betrügt sich selbst.« ☆ »Man ist nur eigentlich lebendig, wenn man sich des Wohlwollens anderer freut.« ☆ »Der Umgang mit Frauen ist das Element guter Sitten.« ☆ »Gar selten tun wir uns selbst genug; desto tröstender ist es, andern genuggetan zu haben.« ☆ »Die Skizzen von Rubens in der Luxemburger Galerie sind herrlich.« ☆ »Man klagt wie überall über Kälte und Nässe.« ☆ »Alles Lebendige bildet eine Atmosphäre um sich her.« ☆ »Was aber ist deine Pflicht? Die Forderung des Tages.« ☆ »Das höchste Glück ist das, welches unsere Mängel verbessert und unsere Fehler ausgleicht.« ☆ »Die wahre Liberalität ist Anerkennung.« ☆ »Nicht allein das Angeborene, sondern auch das Erworbene ist der Mensch.« ☆ »Ferner wird diesen Sommer eine große Masse sowohl von abgestandenen als eingegangenen Briefen durchgesehen und, wie sie den Jahren nach schon verwahrt sind, geheftet. Insofern dies noch nicht geschehen ist.«

Wer dann aber wieder zur Lyrik floh, stieß auf grenzenlos erloschenen Erdgeist: »Mich freuen die vielen Guten und Tücht'gen, / Obgleich so viele dazwischenbelfen. / Die Deutschen wissen zu bericht'gen, / Aber sie verstehen nicht nachzuhelfen.«

Wer ihn bei Lebzeit zur Rede stellte, bekam zu hören: »Es kann doch nicht immer gleich alles über alle Begriffe sein.«

Deutlich bis überdeutlich unterlegen war Goethe, der nicht mal Amsel und Lerche zu unterscheiden wußte, als Ornithologe seinem Eckermann, als Maler Adalbert Stifter, Felix Mendelssohn Bartholdy, Vogel von Vogelstein und Peter Cornelius, als Gesellschaftskomödiant Molière und Oscar Wilde, als Dramatiker Schiller und Shakespeare, partiell sogar Hebbel, als Lyriker Hölderlin nicht grad haushoch überlegen, als graziler Prosaist und an Themenfülle Wieland und Jean Paul unterlegen, als Denker Schiller, Jean Paul, Schopenhauer u. v. a., als Aphoristiker Lichtenberg, Novalis, Schlegel, Nietzsche, Kraus, Hebbel, als Autobiograph Wilhelm von Kügelgen, Bogomil Goltz, Theodor Lessing und Carl Ludwig Schleich, als Tagebuchschreiber aufs neue Hebbel und fast jedem – außer Thomas Mann – überdeutlich unterlegen.

Andreas Adolf Baron von Merian berichtete über Goethe: »Er sprach von ganz gewöhnlichen Dingen auf eine ganz gewöhnliche Weise. Das tut er mit Fleiß.«

Seinem Dichterstatus vermochte der Dichter nur bei Kleinhaltung aller schwachen Minuten und Jahre halbwegs nachzukommen, sobald helle Momente ihm beisprangen. Immerhin meldete Jean Paul: »Unter den Märchen werden seines in den Horen und unter den Dramen sein Faust als romantische Himmels-Zwillinge über der Nachwelt schimmern.« Der Ästhetiker betätigte sich hier also als Ruhmredner und Kunstrichter, als Instanz, die exakt zu prognostizieren vermag, was von Kollege Goethe taugt und übrigbleibt, nämlich die Melusine und andere Nebenwerke und Werke nicht so sehr wie ›Faust‹ und ›Das Märchen‹ – also einerseits ein hochspendables Verewigungszertifikat, andererseits die maliziöse, wenngleich sicher nicht ganz unbegründete Implikation, daß in Goethes Tuttifrutti-Œuvre ein auffälliges – unnötiges oder notwendiges? – Qualitätsgefälle vor Ort sofort erblickt wurde und dauerhaft nicht zu übersehen bleibt.

In seiner ›Ästhetik‹ erwähnte Jean Paul zudem die Zeitschriftenthese, daß Goethe kein Dichter sei und den hohen Namen nicht verdiene – dieses absurde Urteil wurde dann zwar gegeißelt, aber durch die bloße Zitation blieb's denkanstoßgebend irgendwie im Raume stehn und haftete verläßlich im Hirn.

Trotzdem ist er unser. Als Entschädigung für alle Defizite und Mittelmäßigkeiten, die sogar in den ›Faust‹ hineinzuschwappen versuchten, durfte er zum Dichterfürst aufsteigen. Habe nun, ach, zwei Seelen wohnen, ach, stirb und werde, leck mich im Arsche, himmelhoch jauchzend, zum Tode betrübt; Erlkönig und Erdgeist, Mephisto, Mignon und Zauberlehrling teilen sich die schwere Aufgabe, Goethes Musenalmanachbeiträge, unreine Reime, Singspiele, Kasuallyrik und Poesiealbum-Stammbuchverslein mitzuschleppen, hinanzuwuchten in globalisierbare EU-Ewigkeit.

Formulier-Fauxpas wie Goethens »Vor allem wird Sakontala von uns genannt, in deren Bewunderung wir jahrelang versanken« blühen bei Jean Paul nach Möglichkeit nie. Auch platitüdenverdächtige Worte und schwache Minuten sind bei ihm spärlich gesät, falls sie sich mit viel Geduld dann nicht doch irgendwo bei ihm finden: »Die neue Zeit fordert neue Kräfte.« »Wenn Sie mir dieses Lebehoch bringen, weil ich ein Deutscher bin, wohl, so nehme ich es freudigst an; aber wenn Sie es dem Dichter bringen, dann sei es fern von mir, mich dessen würdig zu achten.« Romanfiguren wie der edle Albano reden hölderlinischen Edelkrampf à la: »Dann wär' es mir süß und erlaubt, mein Herz zu öffnen durch eine Wunde und zu vermischen das irdische Blut mit dem geheiligten Boden und aus der Gräber-Welt wegzueilen zu euch Ewigen und Unvergänglichen! Aber ich bin es nicht wert!« Besser als Flachmurks. Jean Paul kann sogar, wenn sich's nicht vermeiden läßt, an Rosamunde Pilcher (sie sieht gewiß recht wacker aus und stammt aus einem edlen Haus) von fern erinnern: »Die Fürstin ging weg, um einen Lorbeerzweig und blühenden Güldenlack zu brechen. Albano versank ins Sinnen –«

BUSENFEINDE IM KLEINKRIEG

Was taten Goethe, 51, und Jean Paul, 37, im Jahr 1800 f.? Stichprobe

Goethe reiste nach Leipzig, Jean Paul nach Weimar, Berlin, Dessau. Titan Goethe spann am liegengebliebenen ›Faust‹ weiter, sogar bereits am Helena-Akt von ›Faust II‹, und an seiner Zauberflötenfortsetzung, Titan Jean Paul am zweiten Buch seines ›Titan‹ – und am ›Luftschiffer Gianozzo‹. Während Goethe die Aufsätze ›Bedenken‹ und ›Flüchtige Übersicht über die Kunst in Deutschland‹ verfaßte, zudem eine Nachbemerkung zu Meyers Rezension der eingesandten Arbeiten eines Preisausschreibens, Gedichte wie ›Die guten Weiber‹ für Cottas ›Taschenbuch für Damen‹, ›Das Sonett‹ und ›Natur und Kunst‹, ferner das Festspiel ›Paläophron und Neopterpe‹, schrieb Jean Paul die Schlußfassung seines Philosophikums ›Clavis Fichtiana‹, ›Das heimliche Klaglied der jetzigen Männer‹, die zukunftsprophetische ›Wunderbare Gesellschaft in der Neujahrsnacht‹ – eine beängstigend rasante Werkentfaltung, die Goethe weiterhin mit Argwohn, Widerwille, Unwille, Abscheu betrachtete, schon allein wegen der immanenten Ausartungen des dubiosen Rivalen. Wenn er ihn nicht totschwieg, redete er nicht gut von ihm. Er blendete ihn aus. Aber ab und zu stieß ihn wieder jemand drauf; z. B. munkelte am 5.5.1800 Schiller gegenüber Goethe: »Noch habe ich vernommen, daß zwischen Friedrich Schlegel, der kürzlich hier war, und Jean Paul eine große Freundschaft sich angeknüpft, und daß auch Seckendorff mit Schlegeln sich viel eingelassen und ihn bei sich bewirtet und geehrt habe. Richter ist jetzt mit Herdern abgereist um sich von diesem kopulieren zu lassen.«

Wie immer trafen beide zahlreiche Zeitgenossen – und man weiß auch welche –, sodaß man sich fragen könnte, wann sie zum Schreiben kamen: Jean Paul z. B. mehrere Karolinen: Karoline von Feuchtersleben, Karoline Liebmann geb. Herold, Karoline Meyer, Karoline Friederike von Berg. Offenbar paßt in ein Leben doch recht viel hinein.

Goethe übersetzte des weiteren an Voltaires ›Tancred‹, redigierte Epigramme und rezipierte Werke von Graf Vittorio Alfieri, Franz von Baader und La Guilletière, Schellings ›System des transzendentalen Idealismus‹ sowie die Uraufführung von Schillers ›Maria Stuart‹. Jean Paul las und hörte derweilen Ulrich Bräker und Schleiermacher, das Requiem von Mozart, der neun Jahre zuvor starb, ferner ›Die Schöpfung‹ des siebenundsechzigjährigen Joseph Haydn (Jean Paul ging am 28.12.1800 in Weimar rein, Goethe am 1.1.1801).

Weihnachten 1801 besichtigte Jean Paul die Bildergalerie im Park Wilhelmshöhe zu Kassel und brachte durch merkwürdige Bildkommentare den Führer, Inspektor Tischbein, außer Fassung. Zeitzeuge Georg Sartorius mußte gleich einige Schnörzel von unterwegs an Goethe weitertratschen, daß nämlich Jean Paul in Leonardos heiliger Jungfrau den Charakter einer Schwäbin erkannt habe und daß der ›Mittag‹ nicht von Claude Lorrain sei, sondern untergeschoben, dagegen habe er die Landschaft auf Paulus Potters Gemälde einer pissenden Kuh für echt claude-lorrainisch erklärt. Solche Berichte konnten Goethe sicher nicht äußerst versöhnlich stimmen, sie paßten aber bestens ins Bild kecker Reden.

Die äußerst kleine Sünde des Johann Adam Koch

Dann verloren sich die Titanen aus den Augen. Im Leben, Jahrzehnt um Jahrzehnt, residierten sie auf getrenntesten Bergen, durchgehend 165 km auseinander. Aber alle Jubeljahre mußte der angefochtene Dichterfürst kurz zusammenzucken.

Ein gewisser Johann Adam Koch sandte einige seiner Gedichte an Goethe (Frage an die Wissenschaft: welche?), garantiert überhaupt nicht völlig untalentierte Lyrik, sicherlich von Herzen imhoffkompatibel. Nicht völlig ausgeschlossen, daß es sich bei Koch um ein Talent von Wert gehandelt hat, voll mit Ingredienzien zu einem Dichter – so oder so: Johann Adam Koch bat um ein gnädiges Urteil – und der Gag: Koch behauptete hierbei, Jean Paul habe sich lobend über seine Arbeiten geäußert. Hier muß Johann Wolfgang von Goethe die Lippen unfroh eingefaltet haben. Fühlte er sich bemüßigt, in der Trittspur eines mit Fug abgelehnten Autors einen noch unwichtigeren Autor namens Koch mit gnädigen Urteilen erfreuen zu wollen?

Johann Adam Koch ... der Rabe Nevermore krächzte auch dir – auch das Schöne muß sterben ... schöne Welt, wo bist du? See you later ... wenn du auch den Besten deiner Zeit nicht völlig genügtest, so ist die Spur von deinen Erdentagen nicht völlig in Äonen untergegangen! Google kennt ihn, obwohl er da erst, wie Jean Paul unter

Belmondo und Sartre, zwischen dem Gerichtsschöffen Johann Adam Koch, geb. am 2.8.1678, und dem von Hölderlin stark beeinflußten Gegenwartslyriker Ulrich Koch, der als Angestellter in Hamburg arbeitet, hervorgefuzzelt werden muß und genau wie Jean Paul aus Coburg stammt. Wenn Koch auch mit Georg Christoph Tobler – möglicherweise – nicht mithalten kann, so könnte er aber durchaus vom Range des duellierfreudigen Siegfried Schmid sein und sogar mit dem genievollen Coburger Dichter Heinrich Engelhardt, der mit weltanschaulichen Fragen rang und in dessen Lyrik Überschwang und Zweifel dicht nebeneinander liegen, verglichen werden, wenn nicht gar mit Adolf Bube, den historische Stoffe nie losließen. Koch, dessen Schwester Friederike Koch gleichfalls dichtete, hat sich auch im Genre Huldigungsgedicht geübt und war als städtischer Bauinspektor im bereits erwähnten Coburg tätig. Man weiß aber, daß über sein Leben wenig bekannt ist. Nach seinem Tod geriet er, genau wie Adolf Müllner, Adam Müller und Methusalem Müller, schnell in Vergessenheit.

Goethe stolpert über Jean Pauls stöhnende Scheinleichen

Der unliebsame, durch nichts – außer vom Tod – aufhaltsam weiterschreibende Kollege wurde zu Dichterfürsts penetrantem Begleitschatten, zum umsonst entfernten Beifahrer, zum Aufhocker, zum Revenant, zum Running Gag.

Im September 1808 fanden sich Goethe und Jean Paul schon wieder friedlich vereint, nämlich in Cottas

›Taschenbuch für Damen auf das Jahr 1809‹, zwangsbrüderlich zusammengepfercht. Goethes eingereichter Erzählbeitrag ›Die pilgernde Törin‹ (die er später in seine ›Wanderjahre‹ aufnahm) stand unweit von Jean Pauls eingereichtem Erzählbeitrag ›Traum einer Wahnsinnigen‹ (den er später ins erste Bändchen seiner ›Herbst-Blumine‹ aufnahm) – Stücke, die vom Titel her zufällig etwas miteinander zu tun zu haben schienen, natürlich ganz unverabredet, wirklich rein zufällig – weil's dem Weltgeist so gefiel.

Jean Paul las also nun in seinem Belegexemplar des großen Goethes ›Pilgernde Törin‹, eine Variation auf dessen Mignon-Motiv der fremden Landstreicherin, erneut mit höchst geheimnisvoller Herkunft, diesmal umworben von ihrem angejahrten Gastgeber und dessen Sohn, darin Passagen wie: »Sie öffnete gegen mich zwei himmlische Augen vom vollkommensten, reinsten Blau, durchsichtig und glänzend; hierauf sagte sie mit edlem Tone: sie könne es einem Ehrenmanne, wie ich zu sein scheine, nicht verdenken, wenn er ein junges Mädchen, das er allein auf der Landstraße treffe, einigermaßen verdächtig halte: ihr sei das schon öfter entgegen gewesen; aber ob sie gleich fremd sei, obgleich niemand das Recht habe, sie auszuforschen, so bitte sie doch zu glauben, daß die Absicht ihrer Reise mit der gewissenhaftesten Ehrbarkeit bestehen könne.« Ehrbarer und umständlicher ging's nicht – fast ließ bereits Adalbert Stifter voreilig grüßen. Aber die himmlischen Augen hätte Jean Paul vielleicht mit kaum einem anderen Adjektiv bedacht.

Am andern Ende der Schaukel hatte Goethe in seinem Belegexemplar eine Schlachtfeld-Phantasie zu schlukken, einen düster ausgeflippten Horrortrip, einen absoluten Albtraum, so paradox wie sinnig mit absolutem

Erlösungstraum verklammert. Solch pechschwarze Unbekömmlichkeit lief dem wohltemperierten Harmoniedichter garantiert erneut völlig gegen den Strich: »Da ging die hiesige Sonne auf und hatte eine Furienmaske, und hinter ihr kam das erste Mondsviertel als Schlangenkamm: sogleich flogen und spielten geflügelte Eintags-Menschen im Morgenstrahl und sanken, so wie Gestirne stiegen.« »Darauf kam der ordentliche große Tod auf vier kleinen bunten Schmetterlingsflügeln und sagte, er halte seine Elephantenjagd nach Welten; aber er warf Sonne nach Sonne wie Früchte ganz herab, und nur ihre Erden zerstäubten schon unterwegs.« Hier mochte Goethe, falls er bis dahin kam, ausgerufen haben: »Mich dünkt, der Chinese spricht im Fieber.« Das war noch lange nicht vorüber: »In einem Garten machten Kinder Blasmusik, und die Greise mußten darnach tanzen, und zwar in ihre Gräber hinein, bis man nur noch den darin hüpfenden Kopf wahrnahm und endlich gar nur das Verwesende, das, so gut es konnte, stäubend fortwirbelte.« Verrückter ging's nicht – fast winkte bereits Paul Scheerbart präcox herüber. Da fehlte nur noch das Sauerkraut. »Jetzt hört ich aus dem Boden herauf, der ein Gottesacker voll lebendig Begrabner war, ein verworrenes Gemurmel und Durcheinanderstöhnen von Scheinleichen, und oben auf den Bergen umher standen unzählige Zwerge und lachten laut über alles und tanzten lebhaft zusammen.«

Eine Antikriegsnovelle hätte man sich anders vorgestellt.

Ob sie wollten oder nicht – schon wieder friedlich vereint!

Und grad so ging's weiter. Im nächsten Damenkalender stolperte Jean Paul über eine artige Novelle, des Titels ›Sankt Joseph der Zweite‹, alles voll von mancherlei Gesprächen im frommen Saal von ernsthaften, wohlerhaltenen Gebäuden, aber auch Gras, Blumen, Moos und angenehmen Aussichten auf fruchtbare Abhänge, also eine weiter sich verfestigende, falb-spröd-steif-herbe Altersprosa, die immer fataler sich in Gegensatz setzte zum immergrün quirligen Jean Paul, dafür immer prophetischer auf den späten Adalbert Stifter zulief: »›Es ist billig‹, sagte der Wirt, ›daß ich Ihre Neugierde befriedige, um so mehr, als ich an Ihnen fühle, daß Sie imstande sind, auch das Wunderliche ernsthaft zu nehmen, wenn es auf einem ernsten Grunde beruht.‹« Und das tat es ganz unumstößlich!

Und vice versa: Goethe stieß in Jean Pauls ›Poetischen Kleinigkeiten‹ schon wieder auf Schlachtfeldphantasien, die fixe Idee des Gottesackers, wie immer weit offene Gräber, leere Särglein – och wie süüüß! –, und auf ein Kind: »blühend in rother Verwesung, aber mit verblichnen Rosen um das Köpfchen«. Also mußte Goethe nun glauben, daß der ungeliebte Mitstreiter sich auf ewig auf mulmig barocke Grabmystik kapriziert habe und betätigte sich – brieflich an Cotta – als Deutschlehrer: »Jean Pauls Einfall ist recht gut, aber in der Ausführung spürt man wenig Geistreiches und der gute Geschmack möchte manches dabei zu erinnern haben.«

Cotta erwähnte Goethe gegenüber dessen Gegenpol nie, nur einmal indirekt umschrieb er ihn als »einen gewissen, ungereimten, Bilder liebenden Schriftsteller«, und machte so Jean Paul zum heißen Brei, um den man herumredet.

Später bekrittelte Jean Paul Goethes Praxis der Zweitverwertung in den ›Wanderjahren‹: »So sehr ich ihn verehre, hier hat er mich wahrhaft geärgert. Wie kann er in dem Buch ohne irgendein anderes Motiv, als daß jemand etwas erzählen soll, alle die kleinen Novellen oder Märchen zusammenbringen, die einzeln im Cottaschen Kalender gestanden haben? So etwas sollte Goethe nicht tun! Er gibt damit das schlimmste Beispiel für die flüchtige Literatur unserer Tage!« Aber der sonst so konziliante Kritikaster hatte, genau wie Goethe ein routinierter Wiederverwerter, in seiner ›Herbst-Blumine‹ doch genau dieselbe Straußzusammenbindung betrieben!?!

Sichtlich stand zu diesem Zeitpunkt noch nicht fest, daß später genau dieser goethischen Textklitterung im Spätwerk die Weihe kühner moderner Formgebung erteilt werde und daß postum diese Kompilationen allesamt wasserdicht und bombenfest im Kanon installiert würden, abfahrbereit in die staubüberpuderte Ewigkeit unsterblicher Werkausgaben; nirgendwo übel umstellt von Gefahren der Verflüchtigung.

Was taten Goethe, 61, und Jean Paul, 47, im Jahr 1810? Stichprobe

Goethe lag im Endspurt seiner ›Farbenlehre‹, die zur Ostermesse erschien und die Jean Paul Cotta gegenüber lobte, als eines »der reichsten Werke, sogar unter den seinigen«, und an Jacobi: »Goethe's Farbenlehre hat mich durch seine wiederkehrende Menschwerdung sehr erquickt.« Jean Paul lag im Endspurt mit seinem Sammelbecken ›Herbst-Blumine‹ und litt immerhin dran, statt Romane aus einem Guß solch Puzzlewerk aus Zeitschriftenbeiträgen zu bauen. Goethe schrieb zudem einen Maskenzug, notierte was zur Autobiographie und zu Philipp Hackert, schuf ferner Gedichte wie sein ›Mailied‹, ›Blumengruß‹, ›Ergo bibamus‹, ›Rechenschaft‹, ›Katzenpastete‹, sein nachgelassenes Meister-Iste-Impotenzgedicht und vier Gedichte für Kaiserin Maria Ludovica von Österreich. Jean Paul verfaßte weitere poetische Kleinigkeiten: ›Schmerzlich-tröstende Erinnerungen‹, ›Der witzig und zornig gemachte Alltagsklub‹, ›Einige Ehespiegel-Scherben‹, ›Erden-Kreis-Relazion‹, über seinen ›Aufenthalt in der Nepomukskirche‹, ›Nachdämmerungen für Deutschland‹, ›Über die Briefe der Lespinasse‹, rezensierte Bücher von de la Motte Fouqué usw. Goethe pflog Kontakt mit Königen, Prinzen, Generälen, Grafen und den üblichen Verdächtigen (Zelter, Riemer, Körner), nicht zuallerletzt mit dem Chemiker Johann Wolfgang Döbereiner. Er las seinen ›Meister‹, um in dessen ›Wanderjahre‹ einzusteigen, A. W. Schlegel, Voltaire, Tacitus, Gracian, Werke über altisländische Dichtung und Kultur; J. v. Müllers ›Allgemeine Geschichten‹, L. v. Buchs ›Reise durch Norwegen und Lappland‹, Chladnis ›Akustik‹, Lacretelle und Madame de Staël, befaßte sich zudem mit Schweizer Baumspinnerei, reiste nach Karlsbad, Teplitz, Dresden, Eisenberg, Freiberg.

Animositäten auf Umwegen

Nächstes Ärgernis für Goethe: Er bekam gepetzt, von Johann Heinrich Voss dem Jüngeren, daß Joseph Görres vom Lehrstuhl herab in seinen Ästhetikvorlesungen 1807 der studierenden Jugend verkünde, Philipp Otto Runge, Ludwig Tieck und Jean Paul seien zur Zeit die einzigen Dichter Deutschlands, Goethe habe zwar in früheren Jahren einige poetische Ansätze gezeigt, ›Wilhelm Meister‹ sei aber, da er darin eine niedrige ökonomische Ansicht des Lebens entwerfe, zu verwerfen, und Schiller verdiene nicht den Namen eines Dichters. Daß ein Dichterfürst das Dichtertum abgesprochen bekam, fühlte sich – mit oder ohne Wahrheitskern – sicherlich ungut an.

Die Retourkutsche folgte auf den Fuß, im Gespräch mit Riemer: Jean Paul sei das personifizierte Alpdrücken der Zeit – und K. A. Böttiger eine Harphyie, die dem Publikum nichts auftischen könne, ohne daß er zugleich hineinscheiße. Dann gelang es Jean Paul ein zweites Mal, in Goethes Tagebuch hineinzugelangen, sogar mit einem Vierwortsatz: ›Dämmerungen von Jean Paul‹. Folglich hat er dessen politisches Opus »Dämmerungen für Deutschland«, 1809, auf den Tisch bekommen und hineingeguckt. Daß der Anfang des ersten Kapitels ›Über den Gott in der Geschichte und im Leben‹ mit einem (belanglosen) Goethezitat begann, legte auch nicht so recht den Grundstein für den Anfang einer wunderbaren Freundschaft. Und daß da sofort die Vergangenheit mit einem Meeresboden verglichen wird, der voll liegt von Gerippen, Untieren, Kanonen, modernden Kostbarkeiten und verwitternden Götterstatuen, könnte durchaus als Seitenhieb auf die limitierte Unewigkeit klassisch-antiker Unsterblichkeiten verbucht werden – wieder ein bohrender Finger im Schlamassel der Leichengrüfte.

Manche Goetheworte könnten auf Jean Paul bezogen werden oder gemünzt sein: »Wir befinden uns nicht leicht in großer Gesellschaft, ohne zu denken, der Zufall, der so viele zusammenbringt, solle uns auch unsre Freunde herbeiführen.« ☆ »Das Absurde, mit Geschmack dargestellt, erregt Widerwillen und Bewunderung.« ☆ »Es ist nichts fürchterlicher als Einbildungskraft ohne Geschmack.« ☆ »Es gibt nichts Gemeines, was, fratzenhaft ausgedrückt, nicht humoristisch aussähe.«

Manche Jean-Paul-Worte könnten auf Goethe gemünzt sein: »Die toleranten Menschen haben nicht die meiste Liebe.« ☆ »Daher kenn' ich den Kunstrat Fraischdörfer recht gut, er aber mich gar nicht.« ☆ »Alle Thierköpfe auf der Weide und an der Hoftafel sieht man gebückt.«

Im Sommer 1810 fügte Goethe seinen 1805 verfaßten Epilog zu Schillers ›Glocke‹ eine zusätzliche Strophe an, mit dem Vers: »Er glänzt uns vor, wie ein Komet entschwindend, / Unendlich Licht mit seinem Licht verbindend« – hätte das nicht eher auf Jean Paul als auf Schiller gepaßt, genau wie die Zeile: »– das dunkle Buch mit heiterm Blicke las« oder auch: »Von wannen er der Sterne Wort vernahm.«

Jean Pauls Geist schritt gewaltig fort ins Ewige des Wahren, Guten, Schönen, und hinter ihm, im wesenlosen Scheine, lag, was selbst Goethe und Schiller bändigte, das Gemeine. Denn Jean Paul war nicht unser. Grundtenor von Jean Pauls Goethekritik lautete sowohl 1796 wie immer noch 1819: »Göthe fürchtet sich vor jeder fremden Wärme, weil sein Eispalast schmelzen könnte.«

Werkentfaltung – Meilensteine – Doppelgipfel

Inzwischen hatte sich auf beiden Seiten ein Riesenwerk summiert. Anfangs sah's eher so aus, als würde der frühe Goethe sich auf ›Werther‹, ›Götz‹, Gelegenheitslyrik und ›Urfaust‹ ausruhen und jahrelang, während Jean Paul ein Himalaya inkommensurabler Gigantromane stemmte, nur Minimalia abliefern, eine nicht äußerst schwergewichtige ›Reineke-Fuchs‹-Bearbeitung, Römische Elegien, unimposanten Zweit- und Resteverwertungssammelsuria und Fingerübungen, also ›Unterhaltungen deutscher Ausgewanderten‹, wenig nach Chef d'œuvre duftende ›Xenien‹. Der eine, später als Idylliker verkannt, klotzte mit dämonischen Hauptwerken; der andere, als Repräsentantenbonus, begnügte sich, neben dem vielbeachteten ›Wilhelm Meister‹, bloß Idyllen abzulaichen, artige Hexameter über ›Hermann und Dorothea‹, nebst einigen Balladen 1797. Es war, als befolge der Dichterfürst den Ratschlag, mit dem er Friedrich Hölderlin abgespeist hatte, sich ein kleines Thema zu wählen, als Schrebergärtner Kleinformate zu düngen – auch in größeren Arbeiten neigte er zur kleinen Form. Während die deutsche Literatur fast gleichzeitig riesige Opera auswarf, Jean Pauls alles überragenden ›Titan‹, Ludwig Tiecks ›Franz Sternbald‹, Schillers ›Wallenstein‹, Friedrich Schlegels ›Lucinde‹, Wielands monumentalen Briefroman ›Aristipp‹, Novalis' ›Hymnen an die Nacht‹ kam von Goethe – als schwächle da jemand mit linker Hand – bloß ›Die natürliche Tochter‹.

Während Jean Pauls drei weitere Großklöpse niederlegte, ›Vorschule der Ästhetik‹, ›Flegeljahre‹, ›Levana‹, eine Erziehlehre, kam vom Weltmann, Minister und

Bürohengst nicht nur nichts Vergleichbares, sondern ganz wenig oder oft auch weiterhin nichts.

Als dann Goethes Meilensteine kamen, der komplettierte ›Faust‹, ›Die Wahlverwandtschaften‹ und die ›Farbenlehre‹ schien sich's umzudrehn – kam Jean Pauls ›Dr. Katzenberger‹, 1809, ein wenig unmonumental daher, nur kauzig und schnurrig und fast wie ein Diminuendo. Und während ›Dichtung und Wahrheit‹, ›Italienische Reise‹, ›Westöstlicher Divan‹ erschienen, kam von Jean Paul jahrelang kein weiterer Großroman, so als wär der Autor zum Herbstbluminen-Peanuts-Sammelsurium-Verschenker eingeschrumpelt. Beider Spätwerk ›Der Komet‹ und ›Wilhelm Meisters Wanderjahre‹ erschien ungefähr zeitgleich.

Summa summarum: Goethe verfaßte und diktierte (auf der Basis von sechzehn – unterbezahlten – Hausangestellten, Sekretären, Schreibern, Famuli, Köchen, Helfern) unzählige Gelegenheitsgedichte, schuf 2700 erhaltene Handzeichnungen, 1413 Maximen und Reflexionen, plusminus 950 Xenien, davon exakt 414 speziell literaturkritische Xenien, 103 venezianische Epigramme, über 100 Lieder (bei all diesen Zahlen immer mindestens), 86 nichtvenezianische Epigramme, 81 Inschriften, Denk- und Sendeblätter, 27 Balladen, 27 Elegien, 17 Sonette, 15 Maskenzüge, 15 Satiren, 14 gereimte Theaterreden, zwölf Übersetzungen aus dem Italienischen, Französischen, Englischen, Griechischen, sechs Singspiele, fünf frühe Dramen, x Fassungen und Bruchstücke, vier Kantaten, vier Zeitdramen, drei, vier Tragödien, drei Lustspiele, zwei, drei Kunstmärchen, zwei Romane, zwei Bearbeitungen, einen Briefroman, eine Farce, keine Komödie, mehrere morphologische Schriften, allerlei weitere Lyrik und Nachlaßlyrik. – Jean Paul verfaßte (ohne Hofstaat) drei vollendete, zwei unvollendete Romane, null Bühnenstücke, null Singspiele, null Übersetzungen, acht Rezensionen (alle für die Heidelberger Jahrbücher 1808–1814), jene Ästhetik und Erziehlehre, einige politische Schriften, einen Briefroman, über 90 selbständige Satiren und Essays für Zeitschriften, rund 23 Gedichte, – statt Terzinen, Stanzen, Sonette, Knittelverse – freie Rhythmen wie aus Goethes bester Phase, der allzu kurzen Prometheus-Ära.

Lästerzungen würden bei Jean Paul sagen: Vielschreiber, und bei Goethe: Faulenzer, obwohl sich in sechs Jahrzehnten natürlich viel ansammelte. Goethe erscheint tatsächlich, je nach Blickwinkel, als vielseitiger verzettelt, außerliterarisch vielbeschäftigt, als Dichter kleinteiliger engagiert, gelegentlich unfleißig, faul oder streßfrei, mit schleifenden Zügeln, vielleicht gar als weise; Jean Paul vergleichsweise als unweise, manisch, hypervital, dampfkesselgetrieben bzw. balzacförmig workaholic.

Gleichwohl erzielte Goethe im Leben 482 Einzelpublikationen (vor allem, weil er seine eigene Zeitschrift ›Über Kunst und Altertum‹ regelmäßig mit Quisquilien bestückte), in Buch- und Büchleinform: 140, Jean Paul nur – 168, davon 33 bzw. 45 in Buchform (von denen 24 zu Lebzeiten keine zweite Auflage erfuhren) – er selber zählte 1822 seine gedruckten Werke bis Nr. 59 – für jedes Lebensjahr eins. 1806 notierte er bereits: »Ich werde nun in kurzem so viel Bände geschrieben haben als ich Jahre an mir herumtrage.« Wissenschaft listete später 573 Einzeltexte auf.

Zugabe: Goethe verfaßte in 68 Jahren über 14700 Briefe. Jean Paul verfaßte weit über 2529 Briefe zwischen 1779 und 1804 (davon 317 verlorene) und schätzungsweise nochmal so viele bis 1825. (Erhaltene Briefe an Goethe: 21500 Stück von rund 3500 Absendern – zu viele, um sie zu publizieren; erhaltene Briefe an Jean Paul: 2200 Stück von über 325 Korrespondenten, publiziert in sechs Bänden.)

Goethe lobt alle – Jean Paul tadelt Goethe

Goethe drohte: »Ich liebe manchen, aber lobe nichts.« Dann aber lobte er insgesamt doch recht viele, nahezu alle, außer Jean Paul. Statt diesen lobte er lieber dessen schwache Vorstufe – Gottlieb Wilhelm Rabener; zudem Johann Heinrich Ramberg, Karl Wilhelm Ramler, Michael Beer, ein vorzügliches Talent, dessen Dichtung ›Paria‹ ihm gefallen hatte, ferner Andrea Palladio, Niccolò Paganini, Winckelmann, Wieland, Shakespeare u. s. v. a. Die plattdeutschen Gedichte von Dietrich Georg Babst rezensierte er allesamt recht positiv. Auch Beethoven hatte die Ehre, von Goethe »ein Talent« genannt zu werden. Den Dünnbrettbohrer Ludwig Uhland nannte Goethe sogar ein »vorzügliches Talent«!

Lichtenberg konzedierte er »Schalkhaftigkeit«. Aber weil dieser als Newtonianer Goethes Farbentheorie nicht offiziell erwähnen mochte, ward eine Retourkutsche nötig: »Lichtenbergs Wohlgefallen an Karikaturen rührt von seiner unglücklichen körperlichen Konstitution mit her, daß es ihn erfreut, etwas noch unter sich zu erblicken. Wie er sich wohl in Rom gemacht haben würde beim Anblick und Einwirkung der Kunst? Er war keine konstruktive Natur, wie Äsop und Sokrates; nur auf Entdeckung des Mangelhaften gestellt.« Vielen Dank für diese Einschätzung, wenngleich sie kein Ruhmesblatt rüberreicht. Ein Behinderter in Rom! Finden sich bei Weltweisheit und Vulgärpsychologie Überlappungspunkte?

Wenn er sich mal Lob abrang, klang das so: »Bei den vielfältigsten Studien und Lektüre entdeckte er überall das Unzulängliche und Lächerliche« – so spendabel wurde nicht jeder hergelaufene Genius bedacht, wohl aber Laurence Sterne! Lieber hätte der Laudator in die Zunge sich gebissen, als einem anderen Kandidaten ähnlich »vielfältigste Studien« zuzugestehn: »Yorick-Sterne war der schönste Geist, der je gewirkt hat; wer ihn liest, fühlt sich sogleich frei und schön; sein Humor ist unnachahmlich, und nicht jeder Humor befreit die Seele.« Das Musterbild eines wunderbaren Klappentextes, wenn da nicht so ein ungenanntes schwarzes Schaf mitliefe, dessen Humor keinerlei Seele befreit! Tausende mögen sich fragen, auf wen der Seitenhieb nur gemünzt sein könnte – vielleicht auf Wilhelm Heinse? Nein, an diesem wußte Goethe zu loben, er verstünde im persönlichen Umgang Scherze jeder Art zu erwidern und man sei in fröhlichem Beisammensein nicht mehr aus dem Lachen herausgekommen.

Heine und Nietzsche, freie Geister, sonst durchaus goethekritisch, übernahmen unbesehn von Goethe dessen Tendenz, den einen zu überschätzen und den andern unaushaltbar zu finden. Heine brachte das ergötzlich auf den Punkt, Laurence Sterne zeige sich ganz nackt, Jean Paul aber habe bloß Löcher in der Hose. Die Phalanx der Drei Heiligen Könige, Goethe, Heine, Nietzsche, konnte keinesfalls rundum irren, und so stand dann Yoricks Shandyismus weit über Jean Paul, und daß einzig Thomas de Quincey umgekehrt Laurence Sterne unter Jean Paul postierte, und dies bereits 1821, konnte da nicht dran rütteln.

In seiner ›Ästhetik‹ von 1804 behandelte Jean Paul den großen Goethe, statt zu mäkeln, mit Selbstverständlichkeit als feste Größe, in achtzig meist respektvollen Erwähnungen, ohne sich dabei selbst unter den Scheffel zu stellen. Aber in seinen privaten ›Gedankenheften‹, die er zeitlebens keinem zeigte, außer einer Nachwelt, die erst über hundert Jahre später reinsah, äußerte er sich wesentlich kritischer. Die Fülle der verstreuten Gelegenheitseintragungen verfolgten keine Linie und Tendenz, über keinen Kamm scherbar, doch siehe, obwohl er von allen verlangte, »unseren Goethe« ganz zu lesen, statt teilweise, und ihn auch mal (mündlich) den ersten Schriftsteller unserer Nation nannte, hagelte es bei jedem neuen Goethe-Opus zunehmend Einwände und Enttäuschungen.

Seine Kritikpunkte am ›Wilhelm Meister‹: daß gegen Ende neue Personen aufträten; daß Marianne sterbe; sie hätte müssen leben bleiben. Sie sterben lassen heiße, den Knoten zerhauen. Aber wieso mußte dann Lenette im Kindbett sterben? Einzig aus funktionellen Gründen, damit Siebenkäs eine bessere Partie heiraten kann – auch nicht sehr gentlemanlike. »Goethes Meister ist als Kunstwerk nicht fehlerfrei, und ich wollte, wenn es nur in meinen Plänen läge, dieses gewiß beweisen.«

Als Jean Paul im Disput mit Friedrich Schlegel verfocht, daß der ›Meister‹ gegen die Regeln des Romans sei, fragte dieser zurück: »Gibt's denn eine Theorie derselben und wo könnte ich ihrer habhaft werden – kennen Sie eine?« Da versetzte der Meisterkritiker: »Ich kenne eine. Denn ich habe eine geschrieben.«

Über die erste offizielle Zwischenfassung des ›Faust‹ notierte sich Jean Paul: »Göthe hat seinen Faust, der als Fragment kam, erst durch Motivieren zum Fragment gemacht. – Vorher gab die Phantasie das Ganze; jetzt sucht sie es.« Sogar am ›Faust‹ kritteln – mußte das sein?

1808 sandte dann Verleger Cotta auch Jean Paul den nun vollendeten ›Faust I‹. Aber Jean Paul sagte im Dankschreiben nicht äußerst viel dazu: »Wie würde zu anderer Zeit der Neoshakespeare Faust die Zeit erschüttern und durchblitzen.«

Bald hakte Friedrich Heinrich Jacobi nach und wollt gern Jean Pauls Meinung über den ›Faust‹ wissen. Die Antwort – so hieß es ein wenig ausweichend – müßte eigentlich in einem Büchlein bestehen, und vor Vollendung des Werks sei kein gerechtes Urteil möglich. Immerhin: »Die poetische Kraftfülle darin begeistert mich.« Und: »Daß ihn der Teufel nur dann holen sollte, wenn er einmal wahrhaft befriedigt und selig wäre, für diesen schweren Punkt gibt's mir keine Auflösung als die, daß er sich bekehrte und sein hungriges Herz durch den Himmel stillte – und dann käme der Teufel.«

Jean Paul an Emanuel Osmund: »Hier Shakespeare mit Dank, bei dem ich vor lauter Bewunderung kaum zum Studieren komme und gegen welchen wir neuere Dichter sämtlich – um nicht unzierlich zu sprechen – Lumpaxe sind, sogar Goethe nur in Faust etc. ausgenommen.« Das deckt sich immerhin mit Goethes eigener Einschätzung.

Ferner notierte Jean Paul: »Hamlet ist der Vater aller Werthers«, und warf Schiller und Goethe vor, keine Wahnsinnigen gezeigt zu haben; Gretchen rechnete er den Rang von Ophelia offenbar nicht zu.

Einer der Gebrüder Grimm, Wilhelm, schrieb aus Kassel an Achim von Arnim: »Am liebsten sind mir von allem die Jean Paulschen Werke und der Shakespeare geblieben, und ich nehme mir gewöhnlich, wenn ich Lust bekomme, etwas Poetisches zu lesen, dorther ein Stück. Selbst den Goethe lese ich nicht so gerne; ich glaube, weil er nicht die Unbefangenheit und Natürlichkeit jener hat und sich einem die Belehrung und Weisheit eher aufdringt.«

Sein Bruder Jacob Grimm hingegen hielt Jean Paul für den größten deutschen Autor – nach Goethe.

Vier Jahre später kam dann druckfrisch ›Dichtung und Wahrheit‹. Schon wieder hagelte es Kritik, gegenüber Intimus Otto: »Hier der so interessante Goethe. Vielleicht die rechtschaffenste Autobiographie, die es gibt. Was er aber an Herz gewinnt, gewinnt er nicht an Kopf (desto mehr aber Herder), und hundert Leser wird es wie mich trösten, daß ein so großer Dichter sich so mühsam aufblätterte. Die Schlegelische Vergötterung hat ihn also nicht benebelt.« Und anderswo: »Mein Leben kann nur ich beschreiben, weil ich das Innere gebe; das von Göthe hätte ein Nebenherläufer beobachten und also mittheilen können.« Oder: »Meine Lebensgeschichte geb' ich gewiß, falls ich sie erlebe; sie wird aber mehr eine des Innern sein wie bei Moritz, als eine des Äußeren wie bei Goethe.« Der Unterschied zwischen Augenmensch und Mystiker!?

In seiner eigenen Kindheitsbeschreibung kam Jean Paul drauf zu sprechen, daß er arm und Goethe reich geboren wurde: »Wenn in die Flammen der Jugend und vollends der heißen Kräfte zugleich noch das Öl des Reichtums gegossen wird: so wird wenig mehr als Asche vom Phönix übrigbleiben; und nur ein Goethe hatte die Kraft, sogar an der Sonne des Glücks seine Phönixflügel nicht kürzer zu versengen. Der arme historische Professor hier möchte um vieles Geld nicht in der Jugend viel Geld gehabt haben.«

Alle Enttäuschung muß Jean Paul durchaus gelegen gekommen sein; denn im Anblick seiner eigenen ungelesenen, unauslotbaren und unlesbaren Gigantwerke konnte ihm nicht ganz entgehen, daß er ständig an seiner Selbsteinschätzung etwas zu justieren hatte und dies dann doch recht bescheiden ausdrückte: »Es ist für einen

Autor gut, wenn er – z. B. ich in der Berliner Zeit – die Herabsetzung und Herabstimmung-Linie bald passiert ist; Goethe passierte sie jetzo im Alter; ich in der Kraft und stieg. Er aber kann nicht mehr steigen und steigern.«

Dann, in seinem Vorwort zu E. T. A. Hoffmanns ›Fantasiestücken in Callots Manier‹, schrieb Jean Paul: »Denn weil Goethe zuweilen seine Mitwelt für eine Nachwelt ansieht, um deren künftige Unwissenheit sich ein Unsterblicher nicht zu bekümmern braucht, so wie Horaz sich nicht ad usum Delphini mit notis variorum ans Licht stellte; so wollen ihm die übrigen Goethes (wir dürfen ihre Anzahl rühmen) darin nichts zuvor lassen, sondern tausend Dinge voraussetzen –« – hört man richtig? Jean Paul, gerühmt von Börne als »der Einzige«, mokiert sich maliziös sowohl über die Goetheschwemme wie über Goethes Einzigartigkeit, die er – ums aus Versehn mal ohne Albernheit und auf Neudeutsch zu sagen – zumindest hinterfragt.

Zwischendurch konnte Jean Paul seinen großen Bruder auch mal rückhaltlos loben, dafür, daß er weitsichtiger gewesen sei als die ganze Welt; denn er habe die Französische Revolution bereits ganz am Anfang verachtet, während alle anderen erst ihr Ende verachteten.

Vom Dichter forderte er, nicht bloß wie Goethe zu erheitern und zu erhellen, statt auch mal zu bewölken und zu verdüstern, sondern auch wie Klopstock zu erheben. Und: »Göthe wurde zwischen Dichtkunst und Malerei auseinander gehalten; ich durch Poesie und Philosophie.« Dies also hielt sie auseinander, daß Goethe, statt zu philosophieren, bloß malte, wenngleich sie in dieser Formulierung nun fast wie Dioskuren beieinander standen, trotz des alten Gerangels und Hickhacks zum Thema Kurz- und Langgewehr.

Und zur Relation Goethe und Herder, dessen kosmopolitisch-philosophischen Allüberblick er bei Goethe ohnedies nicht wiederfand, erlaubte er sich die seltsame Erwägung: »Hätte Goethe mehr von Herder – und Herder mehr von Goethe geborgt bei der Empfängnis: beide wären größer geworden.« Wunderbar zweischneidige Aussage! Herder war doch neben Wieland der Größere und Größte für Jean Paul und für die Deutschen war Goethe ohnedies jederzeit der unbestreitbar Größte – wie hätten diese Größten im Sinne Jean Pauls noch deutlich größer werden sollen-können!?

Gleichwie Jean Paul als Weltgeist von oben auf hochwachsende und kleinerbleibende Herders und Goethes runtersehen konnte, so sah Sulpiz Boisserée von noch weiter oben herab, wenn dieser an Goethe schrieb, nämlich grenzenlos herablassend über Jean Paul und August Wilhelm Schlegel: »Sie kennen beide, wozu also viel Worte. Mit aller Achtung für ihren Geist finden wir eben mehr an ihnen zu ertragen als uns zu erfreuen.« Das schaut sehr nach vorangegangener Vereinbarung aus, wie solche Leute zu betrachten seien. So wird nach dem Mund geredet.

Sittenrichter schwingt Moralkeule gegen Romancier

Am 6.11.1809 schrieb Jean Paul, der ohne jeden Verzug sofort sich auf jedes neue Opus von Goethe stürzte, an Intimus Otto: »Jetzt hat in Bayreuth niemand weniger Ruhe als ich, seit dem ich weiß, daß Goethen's Roman hier ist. Es hilft nichts, dem Spitzbuben Buchner sagen zu lassen, er soll' es mir schicken.« Erst hatte er Schwierigkeiten, an die druckfrischen ›Wahlverwandtschaften‹

heranzukommen, aber bereits am nächsten Tag hatten er und seine Frau die Novität bereits ausgelesen. Sofort schrieb er an Otto: »Dieser dramatische Roman wird der Welt, besonders der weiblichen, mehr gefallen als der epische höhere Meister. Kunst und Menschenkenntnis etc. etc. ist viel darin; nur intressiert bloß Ein Charakter, Ottilie. Seite 207 und 208 ist empörend und so fast unmöglich. Meine Caroline wollte von da aufhören zu lesen; ihr gefallen die Charaktere, deren ›matte Verdorbenheit‹ und das meiste wenig. – Wär er vollkommener: so hätt' ich vielleicht eine Rezension gewagt; so aber hätte ich nichts davon als einmal in Weimar den Anblick des aufgespreizten Gefieders an diesem Jupiters Adler.«

So empörend oder gar obszön, wie Goethe den heftigen Schlachtfeld-Traum einer Wahnsinnigen finden mußte, so empörend fand nun das moralische Ehepaar Richter die maßvoll angedeutete Romanszene, daß der abgelegte Gatte Eduard nachträglich nochmals mit seiner Exflamme Koitus übt, während Ottilien bereits ein schmucker Hauptmann vor Augen schwebt (im Sinne von »Soldaten sind schöne Leute«) – später war sowas gesamtgesellschaftlich Usus ohne Ende, Cosi fan tutte, hier beim prinzipienstrengen Jean Paul aber Skandalon. Da gab sich Clemens Brentano viel freier, als er das herrliche Adjektiv wählte: »uneheliche Begeisterung«.

Hier aber wandte Jean Paul zweierlei Meßlatte an. Hatte er es im ›Titan‹ nicht viel extremer getrieben und stellte sich jetzt trotzdem so etepetete und päpstlich! War es nicht noch zehnmal empörender und vom Vorgang her restlos unmöglich, daß Karl Roquairol sich als Beischlafdieb betätigt und die nachtblinde Braut seines Freundes Albano – Linda de Romeiro – glauben macht, daß er Albano sei!?! Wie zutiefst glaubwürdig und höchst einwandfrei schilderte hingegen Thomas Mann die abgedunkelte Hochzeitsnacht zwischen Jaakob und Rahel bzw. deren blind untergeschobener Schwester Lea!

Unbefolgtes Geheimrezept

Zwar ist es leicht, doch ist das Leichte schwer: An Goethes unverhülltes Geheimrezept, die breite Masse – oder ums mit Goethe zu sagen: den »süßen Pöbel« – mit bunten Bildern abzuspeisen und ein Fünkchen Wahrheit dazuzutun für den Blick des Wissenden, hat Jean Paul sich nie gehalten. Maliziös gesagt: Ohne idiotensicheres Versgeklingel wär die Pralinenschachtel ›Faust‹ nicht so penetrant zitabel geraten, also nicht so problemlos zu Menschheitsdichtung und Menschheitssymbol aufgestiegen.

Jean Paul ließ sich nie auf die landesübliche Augenhöhe runter, zu Herz auf Schmerz, zu Mailiedern, Knittel- und Gretchenversen; und umgekehrt: scheute sich nie, mit ungesenktem Niveau ad libitum um sich zu schmeißen und sich also unbeliebt zu machen. »Nie« stimmt nicht ganz – im ›Titan‹ hielt er ein ganz klein bißchen an sich, schweifte absichtlich ein bißchen weniger ab und kürzte seine Bandwurmsätze ein wenig. Im Witzelfaktor ließ er nie nach und schubste seine Scherze noch hinauf zur stillen Himmelspforte. Persönlich auf seine Schwerverständlichkeit angesprochen, sagte er, wenn man ihm ein Brett vors Hirn schlage, dann werde vielleicht auch er mal populär und handlich schreiben. Und er notierte: »Mir ist es eben gerade erwünscht, daß ich manchen so schwer erscheine. Das fortfliegende

Zeitalter wird mich bald deutlich und darauf zu deutlich finden und machen.«

Wenn er sich hier mal nicht geirrt haben könnte. Goethes Leichtigkeit und Jean Pauls Hürden mochten zunächst zweierlei Stiefel sein. Noch konnten beide nicht ahnen, daß eines fernen postumen Tages die Hirne immer simpler werden würden, also Goethes Leichtverständlichkeit in fast dieselbe Schwerverständlichkeit übergehen würde, die Jean Paul zelebrierte. Womöglich wird's immer schwerer, hinterherzukommen, wie ja auch die Galaxien unstoppbar immer weiter auseinanderstürzen.

WEINEN UND LACHEN UND SEXUS

Wer nie Jean Paul mit Tränen las

Maria weint – Buddha lächelt. Zwischen erstem Schrei und verklärt lächelnder Totenmaske wird die Mimik des Menschen hin und her geworfen zwischen Weinen und Lachen, Heulen und Lächeln, Humor und Schwermut, die sich ständig ein Tauziehen liefern, um Priorität, bis hinauf zum absurden Theater von Karnevalsverboten bei Golfkriegen und bis zur afrikanischen Männlichkeitskultur, die nur Frauen und Kindern das Weinen erlaubt – obwohl: Bereits Goethe votierte für unbeschränktes Weinen bei allen Geschlechtern: »Laßt mich weinen! das ist keine Schande. Weinende Männer sind gut. Weinte doch Achill um seine Briseis! Xerxes beweinte das unerschlagene Heer; über den selbstgemordeten Liebling Alexander weinte. Laßt mich weinen, Tränen beleben den Staub.«

Frohnatur Jean Paul lachte und weinte, außer wenn er Modell saß, praktisch ohn' Unterlaß. Goethe als Kontrolltyp erlaubte hinter strenger Miene beiden Regungen deutlich weniger Einlaß und Ausfluß, so als wär des Lebens ernstes Führen eher sein Part. In seinem Gesamtwerk nieselt und regnet es wenig. Bei so viel herrlichem Wetter, lauem Wind, blauem Himmel, glühenden Goldorangen, heiterem Lebensgenuß mußte kaum die unstillbare Träne hervorbrechen – weit und breit alles schön freigehalten von der Pranke des Löwen oder von erschröcklichen Medusenhäuptern, die dafür, zum Ausgleich, immer wieder heftiglich bei Jean Paul durchblitzen, sobald irgendein unbedarfter, schlummerbedürftiger Ottomar sein Haupt in Blumenwiesen bettet.

Doch oft genug quoll dann doch nochmal die Träne dessen, der ein Lied draus machte: »Trocknet nicht, Tränen der ewigen Liebe!«

Wenn Goethe weinte und ihn ein unbezwinglich Sehnen umhertrieb und ihm kein Rat blieb als grenzenlose Tränen, so floß eine reiche Saat ein wenig klischeehafter Tränen: bittere, stille, vergebliche, tausend Tränen, vergossene Tränen, nächtliche, heiße Tränen, schlimmstenfalls: unbändige Tränen. Wenn Jean Paul weinte, lieferten die Tränen sich gewaltige Dramolette, als bekämpfte Tränen, zurückgestemmte, künftige, drükkende, unsichtbare, ungehörte, weichliche, vorquellende, mitleidige, fallende und als veraltete Tränen, und dies, obwohl es damals doch fast gar nichts zu beklagen gab, weder Naturzerstörung noch Massenarbeitslosigkeit, allenfalls die übliche Crux aller Gegenwart, daß alle Seelen in ihrer Gegenwart nur Enge, Öde und wachsende Wüste antreffen.

Gemeinsamkeiten: Beider Söhne starben vor ihren Vätern: 1821 Jean Pauls einziger Sohn Max mit siebzehn, 1830 Goethes einziger Sohn August mit vierzig. Unterschiede: Jean Paul zerbrach am Tod seines Sohnes. Goethe bedauerte lediglich, daß er seinem toten Sohn jetzt keine weiteren Aufgaben und Ämter aufbürden konnte und dies nun alles allein erledigen müsse.

Jean Paul, ums im Psychojargon von 1975 zu sagen, stand zu seinen Gefühlen und ließ demgemäß bei er-

Wie kommt's, daß du so traurig bist,
Da alles froh erscheint?
Man sieht dir an den Augen an,
Gewiß, du hast geweint.

wünschten Begegnungen echte Thränen laufen oder verdrückte sie wenigstens. Daß er, wenn er seinem Publikum viel vorweinte, auf den Ansteckungsfaktor bei der Damenwelt spekulierte und dann die richtige Dosierung nicht immer traf, führte alsbald dazu, daß immer kältere Mannsbilder und immer emanzipiertere Damen immer häufiger eine peinliche Flenneritis monierten.

Fazit: Als Autor schrieb er vielfach moderner als Goethe; als Mensch erschien Goethe durch diese mannhafte und männliche Gefühlskontrolle als der modernere Typus, besser gewappnet gegen Unbill und Fährnisse kalter Industrie-Epochen.

Dichterpriester versus Hordenclown, zwischen Lachkultur und Welthumor

Warum wird Sophokles ernster genommen als Lukianos von Samosata? Weil Paul Scheerbart nicht so ernstgenommen wird wie Gerhart Hauptmann! Suhrkamp-Lyrik wird ernster genommen als Titanic-Satire.

Ernstnehmen läßt sich nur, was schreckliche Defizite aufweist. Daß Goethe zu wenig Humor hat und Jean Paul zu viel, kann man beiden verzeihen, aber durch nichts ausgleichen – und das kam so:

Auf der Kulturstufe von Eva und Adam dividierten sich Dichterpriester und Hordenclown noch nicht sehr auseinander. Orpheus wurde dann immer seltener als Kammersänger Dietrich Fischer-Dieskau wiedergeboren und immer öfter als Bergvagabund Heino.

Schamane und Trickster brauchten dreißigtausend Jahre, bis sie als Brahmane und Hierophant wiederkamen – und andererseits als Faun und Clown.

Selbst ihre Götter spalteten sich genauso auf in den seriösen apollinischen Shiva bzw. Zeus – und in den kriminellen und dionysischen Krishna bzw. Hermes, oder auch in Donar und Loki.

Äsop und Aristophanes zeigten mehr Humor als Tyrtäus und Homer. Platon und Alexander der Große standen Diogenes in der Sonne.

Auf profaner Ebene, mittelalterlich, liefen Dichterpriester und Hordenclown weiter als König und Hofnarr oder wahlweise als Erzbischof und Gaukler. Die einen mahnten und imponierten in Strafreden, per Pönitenzpredigt, auf Verkündigungsposaunen, als Orgel, Untergangspauke, Symphonieorchester, die anderen improvisierten lieber auf defekter Melodica, Sackpfeife, Kindertrompete, Zerrwanst, Maultrommel, Keybord, Triangel, Essensgong.

Elegiker, Mysteriendramatiker, Heldenepiker, Menschheitsdichter, monochrome Mönche mußten, um sich Respekt zu verschaffen, die Farbmomente des bunten Chaos rausfiltern.

Satiriker, Polemiker, Bänkelsänger saugten im Federkleid alles auf, um alles respektlos deformiert wieder auszuspeien, duftmarkenversaut, durchwalkt, umschwirrt von kollektiver Schadenfreude.

Priester asketisch verbohrter Sekten wie die Aeropagiten verboten das Lachen, oder auch böse Äbte bei Umberto Eco. Kirchenlehrer Thomas von Aquin erklärte Possenreißer und Glossenschreiber ohne Pardon zu Erzsündern. Unbewegte Gesichtszüge zuckten mit keiner Wimper, überprasselt von den Spucketröpfchen des Humors, im Kampf gegen die Prügelfugen kannibalischer Berserker-Säue aus Auerbachs ewigem Keller, zähnebleckend wiehernder Schenkel- und Schinkenklopferei mit Knüppel aus dem Sack.

In Dante Alighieri und Giovanni Boccaccio standen sich Dichterpriester-Ernst und Hordenclown-Frivolität prototypisch gegenüber. Noch weiter auseinander ruckelten sie sich im Koranschöpfer Muhammad und im Scherzbold Hodscha Nasreddin.

Fröhlich mit Füßen trat der Hordenclown die abgrundtiefe bis noch tiefere Bedeutung, die der Dichterpriester – genährt von dumpfer Sinnsuche – einer leeren, desolaten Welt abhandelte, entpreßte, zuschrieb, nicht ohne Mut zum Pathos. Jodelnde Anmut versus angemaßte, meritengarnierte, lendenlahme Würde. Und umgekehrt: ewiger Mißbrauch des Kölner Doms als Pferdestall.

In die äußerst gute katholische Stube thomasischer, vorzeitig arg cartesianisch funktionierender Theologie und Ethik wurden Tiere nicht reingelassen. In die reinliche Stube des Winckelmann- und Weimar-Klassizismus wurde Humor nicht reingelassen. Hölderlin und Schiller erweckten den Verdacht, noch humorloser zu sein als Goethe.

Der junge Goethe, als er um 1768 die Weihnachtsbescherung bei Familie Körner in Leipzig verbrachte und Windhund Joli plötzlich das aus Zucker geformte Christkind aufaß, hatte sich noch, derweilen die höheren Töchter des Hauses in Tränen zerflossen, Lachanfälle erlaubt. Im ›Wilhelm Meister‹ stand: »Unter allen Gästen soll der Humor der angenehmste Gast sein, wenn er sich einstellt.«

Ein Humor-Gen zuviel prädestinierte keinen Versifex zum Dichterfürsten: Klug delegierte Goethe seine Lachlust an die Zecher in Auerbachs Keller – und seinen sowieso nicht überbordenden Humor an eine seiner Figuren – und an Romantiker. Schier mußte er sich an Mephisto klammern, um überhaupt mal aktiv an Humor heranzukommen.

»Witz ist eine Explosion von gebundenem Geist.« Friedrich Schlegels Definition schoß an Goethe vorbei. Der sah sich belästigt von fratzenhaften Irrlichtern. Da mobilisierte er das Vollgewicht seiner Autorität und schwang eine dichterpriesterliche Anti-Humor-Keule gegen alle Autoren, die sich erdreisteten, mehr Humor zu haben als er selber: »Der Humor ist eins der Elemente des Genies, aber, sobald er vorwaltet, nur ein Surrogat desselben: er begleitet die abnehmende Kunst, zerstört, vernichtet sie zuletzt.«

Wie unspendabel! Sichtlich münzte er die Keule weniger auf Laurence Sterne als auf Jean Paul. Oder was war am humorfernen Waffenklang bei Homer so herrlich und bei Humor von Rabelais und Swift so schädlich zersetzend?

Im Spielfeld dubiösen Verlegenheitshumors, jiddischen und britischen Humors, Ventilhumors, schwarzen Humors, der sich zu Hieronymus Boschs und Wilhelm Buschs immer noch sadistischem Humor sublimierte, hätte man Wielands und Jean Pauls wundersam unsadistischen, weltumplätschernden Universalhumor nicht bekämpfen brauchen. Hätten die Götter Goethe mehr Frohnatur gegeben, als sie ihm gaben, hätte er sein Dekret überdenken müssen.

Zwischenfazit: Weltgeist, via Tauziehen zwischen Yin und Yang, sorgt dafür, daß stets das gleiche Quantum Humor die Welt durchsäuert. Shakespeare, Wieland, Lichtenberg, Jean Paul, E. T. A. Hoffmann und Georg Büchner mußten nur deshalb soviel Überdosis an Extremhumor, Dauerhumor und Megahumor loslassen, um die klassizistische Humorkritik und Humorferne in der Gesamtbilanz halbwegs auszubalancieren.

Bei Stefan George und Paul Scheerbart zeigte sich der Doppeltypus nochmals in Reinkultur. (Bei Weltenrichter Karl Kraus bleibt's Geschmacksache, ob man ihm zwecks Kompensation als Hordenclown Kurt Tucholsky gegenüberstellt oder lieber Johann Nepomuk Nestroy oder Peter Altenberg.)

Thomas Mann, ein Mischtypus, von Anspruch und Gestus her Dichterpriester, im Detail und Filigran dann doch Humorist, ward nur geduldet und gepusht, weil sein Humor sich unbizarr in manierlichen Grenzen hält.

Immerhin wird Poeten ein Humorquantum zwecks Garnierung zugestanden. Denker versuchen gar nicht erst, Humor sich abzumelken, der dann nur als Stilbruch herumstünde im verkniffen seriösen Metier.

Martin Heidegger gilt als Philosoph; Arno Holz & Arno Schmidt haben als Spielratz zu laufen.

Krishnamurti und Karlfried Graf Dürckheim gelten als große spirituelle Lehrer, Madame Blavatsky oder Timothy Leary als Scharlatane, und vice versa: Osho alias Bhagwan Shree Rajneesh dreht x-mal origineller auf als der saftlose Erweckungsrationalist Sri Aurobindo, zog aber die metaphysische Arschkarte.

Hohepriester und Clown stehn nicht ganz so weit auseinander wie Homo religiosus und Tatsachenmensch: Jesus versus Pontius Pilatus; Mao Zedong versus vierzehnter Dalai Lama. In Würdenträgern wie Papst Ratzeputz und Dalai Lama zeigt sich erneut die Gleichung: Dogmatiker und Weiser – Priester und Clown.

Dichterpriestern, Götterlieblingen und Lyrikern verhilft ihr Manko und Stigma zu süperbsten Weihen. Sie können noch so hochtrabend flachschürfen – sie landen unverspätet in Kindlers Neuem Literaturlexikon. Und umgekehrt: Hordenclowns wird ihr Genius zum Verhängnis. Sie können noch so sehr Tränen fließen und Abgründe aufklappen, Gattungsgrenzen sprengen, den eigenen Begriff transzendieren, Dichterfürsten entlarven und poetisch überflügeln – sie müssen einsitzen im Reich der Stimmungskanonen: Karlheinz Stockhausen und Dieter Bohlen machen beide Musik; Karl Kraus und Hella von Sinnen machen beide Satire.

Priester und Clown zappeln als Marionetten an den Fäden der abstrakten Kampfprinzipien Humorlosigkeit versus Humor, die zur Welt kommen als Leichenbittermiene und Lachkrampfgrimasse.

Erst Gipsfiguren, Marmorstatuen und Pappkameraden, dann Rechthaber, Machthaber, Steuerbeamte in Bügelfalten, Gerichtsvollzieher, abwaschbare Gleichschrittbataillone. Jean Paul sah sie voraus, diese »trockenen Bestien in ihren Sandwüsten«: »Ihre Herzen sind so kalt wie ihre Kniescheiben oder Hundsschnauzen. Sie haben eigentlich nur einen Herzbeutel, aber kein Herz, Gehirnhäute ohne Gehirn, Pfiffigkeit ohne Philosophie.«

Kurz nach der Goethezeit verhallte olympisches Gelächter.

Augurenlächeln erlosch.

Die Kacke dampfte unbeleuchtet weiter.

Humor wie Unhumor runter, erst auf den Hund, dann auf den Dackel.

Indische Lachtherapeuten steuerten dagegen. Der Niedergang des Humors ließ sich nicht aufhalten. Lachsalven donnerten weiter.

Breites Unterfutter aus Narrhallesengaudi, Stammtischwitzen, DDR-Witzen, Schüttel- und Knüttelreimgeklingel, quäkendes Entertainment übertönte den hochvergeistigten Loriothumor auf Angestelltenetagen, Wand an Wand – und Bauch an Bauch – mit Unter-Niveau-Lachnummern. Wenige Gegenbeispiele entragten kaum – alles irgendwelche Elche, die selber welche waren.

Wiehernde, grölende, rülpsende, brüllende Zumutung flachte und kackte ab.

Böse Clowns à la Batman-Joker lieferten atavistisches Ätschibätsch.

Jean Paul: »Nach Flögels Bemerkung nimmt das Lachen immer mehr ab, je näher die Menschen den Polen wohnen. Auf den zwei Polen könnten also zwei Kato, der ältere und der jüngere, sitzen. Aber die Skurrilität der Grönländer und Kamtschadalen entkräftet jenen Satz.«

Denkmonster Theodor W. Adorno fand Humor bedrohlich. Noch schlimmer fand er – Humorlosigkeit.

Ausweichhumor und Harmoniehumor tropften ab. Feine Ironie fand Nischen.

Neolithische Beißreflexe überlebten im bestialischen Titanic-Satiremagazin-Humor.

Vom Hau-drauf-Humor blieb bloß noch das »Hau drauf!« übrig.

»Jetzt aber Spaß beiseite!« verlangten verhärmte Bleichgesichter so oft wie möglich. Der weiße Mann, so sehr er weltweit statistisch ausstarb, bot vorerst kaum Abhilfe.

»Schluß mit lustig!« plädierte der Fernsehjournalist und Christ Peter Hahne.

»Ertragt die Clowns!« forderte FAZ-Herausgeber und Hitler-Biograph Joachim Fest.

Gegenpapst Prof. Eugen Drewermann – humorfern wie der Papst – kompensierte sein Betroffenheitspathos mit formaler Hochintelligenz und Rhetorik.

Nicht jeder brachte – dank Industrialisierung, Pasteurisierung und Bevölkerungsexplosion – ein steriles Höflichkeitslachen zustande.

Humorfreie Zonen krochen aus Kirche, Fastenpredigt und Weimar-Klassizismus hervor und breiteten sich pandemisch flächendeckend aus im Grau in Grau, im Nieselwetter von Diskursethik, Wertedebatte, Börsianismus, Sozialdemokratie, Bürokratie, Therapiezentrum.

Plenarsaal versus Zirkus – Chefetage versus Unterhaltungsshow.

E-Musik, Kunstmusik, Bildungsmusik, Symphonik, Streichquartette stecken weihevoll in schwarzen Fräkken. U-Musik, Musikantenstadl, Popmusic, Talentsuche, Superstarsuche lassen albern und infantil die Sau raus.

Die struppigen Rolling Stones konnten nicht zur Reinigung ihres Geschmackes gelangen. Aber Unterhaltungsklassiker wie die St. Pepper-Beatles vermochten sich aus dem Ei zu pellen, durchaus königshauskompatibel, gelangten also schönstens zur Reinigung ihres Geschmackes.

Aktueller Schriftsteller-Mainstream entzieht sich, dank Realitätsnähe, der Doppelschublade »Dichterpriester-Hordenclown« allzu total. Immerhin: Botho Strauß und Peter Sloterdijk produzieren nur deshalb hohen Ton, diskutable message, höchstes intellektuelles Niveau (Hordenclowns würden sagen: verrenkte Bedeutungshuberei), um doch noch bei »Dichterpriester« einzuwandern. Ernst Jandl, Peter Rühmkorf, Ror Wolf sind sich nicht zu schade, bei »Hordenclown« unterzuschlüpfen.

Peter Handke, der im Frühwerk Ansätze zum Hordenclown zeigte, baute dies schnell zurück, falls sein Humor nicht von selber wegen Nichtbenutzung von hinnen schrumpfte.

Hier die apollinisch verkopfte Frankfurter Schule, der eine Doppelbrise vom Kaliber Jean Paul oder Lichtenberg an keiner Stelle geschadet hätte. Dort die dionysisch quirlige Neue Frankfurter Schule, die das auszupendeln versuchte und der wiederum ein Schuß Philosophie nicht geschadet hätte.

Sobald man einseitig auseinandergeschleuderte Potenzen und Köpfe wie Adorno, Robert Gernhardt, Max Horkheimer und Eckhard Henscheid sinnig ineinanderblenden und holistisch verquirlen könnte, hätte man möglicherweise das volltönende Orgelregister, das sowohl Lichtenberg wie Jean Paul pausenlos innerhalb eines einzigen unverdoppelbaren Gehirns zogen, durchaus wieder partiell erreichen können.

Erhebt er sich zu allen seinen Prachten! Wer war prüder – im Chorus geiler Brüder?

Nicht ganz so 1:1 gynäkolgisch-urologisch-proktologisch-unhygienisch wie ›Feuchtgebiete‹ und ›Schoßgebete‹, aber doch relativ unverblümt, zeigen bereits frühere Autoren, und dies seit Jahrtausenden, wo bisweilen der Hammer hängt.

In archaischem Schrifttum erhoben sich offenherzige Erektionen – sein Fleisch stand auf wider ihn, so daß er das Bild des Esels bot.

Ovidius Nasos Bettgenossin plätscherte extra laut am Bidet, so als wär besonders viel abzuwaschen, um benachbarten Liebesdienerinnen nicht zuzugeben, daß ihr Lover nicht viel zu bieten hatte, außer mangelndes Stehvermögen.

Marcus Valerius Martialis goß seine Vorliebe, sich gern von zahnlosen Greisinnen einen blasen zu lassen, problemlos in Epigramme.

Maulana Rumi, der poetischste Pantheist des Planeten, schildert mitten im mittelalterlichen Islam, im Koran persischer Zunge, drei Seiten lang ganz ungescholten und straflos, wie eine Herrin sich von einem Esel penetrieren läßt und hierbei, weil sie im Gegensatz zu ihrer Magd keine abpuffernde Melone zwischen sich und den Esel eingebaut hat, an Darmzerfetzung stirbt.

Herrlich überdeutlich Christoffel von Grimmelshausen, wo aus dem Gänsestall Koitalgejuchz tönt!

Deftiger Hamlet! Ihr würdet zu stöhnen haben, ehe ihr meine Spitze abstumpftet!

Frivoler langnasiger Laurence Sterne! Neckischer Wieland!

Göthe 1775 in Hanswursts Hochzeit, worin auch ein Schnuckfötzgen auftaucht, ferkelte volle Pulle als Barockautor: »Indes was hab ich mit den Flegeln? / Sie mögen fressen, und ich will vögeln.« »Und hinterdrein komm ich bei Nacht / Und vögle sie, daß alles kracht.«

Dieser weltliterarische Stand der Dinge war bereits wunderbar zu Ehren der allzeit lüsternen Menschheit erreicht gewesen! Dann aber geschah etwas.

Göthe wie J. P. F. Richter, die in ihrem Anfang und Aufgang noch nicht sehr schüchtern erschienen, fuhren ihre barocke Freizügigkeit ziemlich runter, wie auf Verabredung. Beide redeten um manch einen heißen Brei herum, oder ums ohne Blatt vorm Mund zu sagen: verfaßten keine priapischen Oden.

Jugendfreund Johann Bernhard Hermann berichtete J. P. F. Richter brieflich, wie er als Medizinstudent seinen Finger in eine »lebende Fotze« stecken durfte und nannte Richtern einen Sauigel. Also muß dieser sich doch wohl vorher als ein solcher betätigt haben!?

Im Volksbuch von Reineke Fuchs ward einem Protagonisten auch mal ein Hoden abgebissen – aber diese Stelle wurde vom Nachdichter Goethe nicht reingelassen ins geschönte, ermäßigte Hexameter-Epos.

Im ›Urfaust‹ hatte Gretchen noch geschmachtet: »Mein Schoß, Gott, drängt sich zu ihm hin!« Da aber hatte der Zensor, der mittlere Goethe als forcierter Klassiker, mäßigend eingegriffen, Drang und Sturm runtergewaschen, in der authentischen, hochoffiziell staatstragenden Fassung dann der kostbaren pornosophischen Sekunde einen unnötig sittlichen Zipfel drübergeworfen:

»Mein Busen drängt sich zu ihm hin.« Primat des Oberkörpers!

Siebenkäs steuert mit Putzteufel Lenette auf die Hochzeit zu, aber genau im Startloch zur Brautnacht kommt der ohnedies viel heftiger, ausführlicher und inniger herbeigesehnte Jugend- und Busenfreund Leibgeber quer und gerade recht, wird weinend umarmt und abgeschmatzt, die Braut links liegengelassen, und in Sachen Hochzeitsnacht wird nur mal indirekt in irgendeinen unbändigen Schachtelsatz beiläufig die Göttin Hymen eingebaut – mehr geschah nicht. Nirgendwo kündeten später die Hirten an nächtlichen Lagerfeuern, daß Isaak in einer windigen Nacht neunmal in Rahel bzw. Lea eingegangen sei, denen es auch bisweilen nach der Weiber Weise ging.

Jean Paul aber notierte manierlich: »Jeder spricht von Hämorrhoiden und niemand von Menses, kein Mann und Weib.«

In seinen ›Teufelspapieren‹ äußerte er sich recht wakker über Spermatogenese: »Denn so wenig es diesen erniedrigt, daß er zu seinen Gesichtsempfindungen des Sehnerves bedarf: ebenso wenig beschimpft er einige seiner edelsten Empfindungen, daß sie erst durch die Sekrezion, die den Kastraten fehlt, in Blüte schlagen.«

Falls es Anstößiges anzudeuten gab, bot man nur den Anfangsbuchstaben – Jean Paul schrieb 1792: »– der gebrechliche Mensch wird es fühlen und vergeben, daß jeder das Nest, worin er sitzt und quickt und welches das einzige ist, worüber er mit Schnabel und H– hinaussticht, für den Fokus des Universums hält, für eine Frontloge und Rotunda, die sämtlichen Nester aber auf den andern Bäumen für die Wirtschaftsgebäude seines Fokalnestes.« Mit Schnabel und Hintern? Mit Schnabel und Hoden? Mephisto sagte: »Und Kopf und H–, die sind dein!« Kopf und Hintern? Kopf und Hoden?

Karl August Böttiger über Goethe, 1795: »So sehr hatten ihn seine Kämpfe auf dem Schlachtfelde der Venus vulgivaga zum Invaliden gemacht.«

Novalis an Caroline Schlegel, 1799: »Der züchtige Richter wird Feuer vom Himmel rufen. Indeß ich bin gewiß, daß er im Grunde über diesen Blick in seine eigne Fantasie erschrickt – denn er ist ausgemacht – ein geborner Voluptuoso.«

Alte Jungfrauen in den besten Mannesjahren hielten sich rein – keusch aus Angst vor der leärnischen Schlange Syphilis? Der junge Goethe scheint feuriger gelebt zu haben als der junge Jean Paul, der zwar viel schnäbelte, pausenlos erwärmbar und dauererhitzt Bussibussi pflog, doch sobald ein Dekolleté freigelegt ward, floh der glühende Galan als enthaltsamer Joseph. Neffe Robert Otto Spazier gelobte, sein berühmter Onkel sei unberührt und sauber als Mittdreißiger ins Ehebett gestiegen. Dies so eindeutig beteuert zu bekommen, schadete der Vita. Bei Goethe blieb der Nachwelt dauernd ein Kitzel wachgehalten: Hat er sich Frau von Stein hingegeben, ganz, und eine Wonne gefühlt, die ewig sein muß, oder hat er nicht? Parteien konnten, kraft irritierender Quellen, Beweise abwägen. Da aber bei Jean Paul die Sachlage eindeutig schien, wurde die Story ad acta gelegt – es sei denn, Jean Paul hätte seinen Neffen instruiert, diese falsche Fährte zu legen. Daß Christiane Vulpius »Effigänie« schrieb und damit »Iphigenie« meinte und von Dritten »Magd«, »Kreatürchen«, »Mätresse«, »Hure«, »toll gewordene Blutwurst«, *»un bel pezzo di carne«*, »seine dickere Hälfte« oder »rundes Nichts« gescholten wurde, erwies sich für Tratsch, Legende und Vita günstiger als das Faktum, daß Karoline Richter, geborene Meyer, in Abwesenheit ihres geliebten Ehegatten im ›Titan‹ las, um ihn irgendwie um sich zu haben.

Ums »Pissen« hingegen, um das viele Poeten einen Bogen machten, schreckte Jean Paul nie zurück: »Das junge Leben als eine Sonne verschlingend verdauen, und es als einen Mond kacken.« In seinen ›Grönländischen Prozessen‹ meldete er, der Druck etlicher gepreßter Winde im Unterleib würde das ganze Gebäude des Optimismus umzustürzen vermögen.

Andere Klassiker bauten sich weder Scheuklappen noch Knebel ins Gesicht, zumindest auf Blättern, die man hocherfreut in Dichternachlässen fand: Gottfried August Bürger, knapp dem Sieb der Zeit auf Abruf entschlüpft, verkündete als Dichter viel unverklemmter denn Goethe und Jean Paul, daß jeder Merkur jeder Nymphe die Büchse vollspritze, und wußte bereits lange vor Sigmund Freud, daß Jungfern und Nonnen den Finger nehmen; und von Cupido verkündete er: »Sein Schwänzchen wird ihm hart; / Er spritzt den edlen Samen, / In aller Götter Namen, / Der Mutter in den Bart.« Friedrich Schlegel reimte angenehm ungehemmt Glans (Eichel) auf Bilanz und seinen Dicken auf ficken. Des Goethefreunds Graf Stolbergs pornosophischen Verse »Der Sitz des Schreckens sei die ungeheure Votze, / Zerschrumpft und ohne Haar, verklebt mit grünem Rotze, / An der seit Jahren schon manch kalter Bauer hängt, / Mit Tripper, weißem Fluß und Schanker untermengt« eröffneten inmitten seriösester Hochklassik ein Depot augenzwinkernd provokanten Ekelfaktors, elegant changierend zwischen Andreas Gryphius' Kirchhof-Verwesungspoesie und Salvadore Dalís Exzessen und Einfällen; heutige Verwesungsthriller und hämorrhoidengeplagter Afterverkehr können daneben bloß im Sektor erfolgreicher Verflachung reüssieren. Lichtenberg verwendete wenigstens »Zeugungsröhre«.

Statt auf diesem schönen Sektor mitzumischen und

solche Meriten kühn weiterzutreiben, lobten sich die beiden Dichterfürsten ihre stubenreine Edel-Insel namens Klassik-Romantik-Biedermeier, zogen zwischen idealgeformten Gipsstatuen, tief in der Tiefkühltruhe beinhausbleichen Pantheons, ganz unnötig die Schwänzchen ein und am selben Strang, einsinnig und gleichmäßig, und das als Antipoden. Mitten im überregional weltliterarischen Gestrotze, Geruckel und Gerammel ausklingenden Barocks und verlängerbaren Mittelalters koinzidierten sie im verdrucksten Vorfeld von Puritanismus, Walhalla und sexueller Befreiung und wurden im Todesjahr des Marquis de Sade fünfundsechzig und einundfünfzig Jahre alt.

Oder hatte Jean Paul so endlos viele außersexuelle Themenschwerpunkte, daß er sich keine Zeit für Sexus nahm? Sah unter lüsterner Platonik kein Gierschlund hervor? »Man sollte Hundebordelle anlegen, zumal da der männliche Hund wie der Mensch immer Trieb fühlt.« Aha, also immer! Jean Paul fühlte also, wenn er Worte und Romane niederschrieb, nebenbei auch immer Trieb!?! »In Rücksicht der Geschlechtssünden scheint auch der offenste Mensch ein Heuchler zu sein; aber bloß weil er verbirgt, was alle verbergen, sogar das Erlaubte, und weil jeder weniger sinnlich scheinen muß, als er ist.« Auch sprach er von »Jungfrauen oder was man alles so nennt«. Goethe ließ verlauten: »Possen, Schweinereien, Zoten, / Alles das wird mir geboten, / Saust mir um den Kopf herum.« Jean Paul gab zu, ganze Foliobände voll Schlüpfrigkeiten führen ihm ständig durch den Kopf, aber standhaft bisse er sich lieber die Zunge ab, als daß davon ein Sterbenswörtchen ins Werk hinübersickere. O Ihr Götter – er hätte hyperoriginell loslegen können und schwieg sich unfreigebig aus! Jammerschade – welch knüppeldicker Verlust der Literaturgeschichte und Sexologie! Freie Geister und freizügigere Zeiten dürfen sich nun die Frisuren raufen.

»Liebchen, öffne deinen Schoß, bleibt doch einer hangen.«

Spätere, geilere, schlauere Zeiten vorehelichen Geschlechtsverkehrs, schöner Papst-Agape, wilder Ehen, seit man Völkerverständigung nicht mehr Rassenschande nennt (›Angst essen Seele auf‹), fanden den tragischen Knackpunkt jener höchsten Tragödie der Deutschen, worin ein cholerischer Stubengelehrter eine dümmliche Zugehfrau verführt und hierzu den Teufel braucht, liberalerweise überhaupt nicht mehr tragisch. Denn die Gretchentragödie hätte ja ganz simpel vermieden werden können, wenn Faust statt mit einem Verjüngungstrank mit Verhütungsmitteln experimentiert hätte. Volksmund versuchte, das sexuelle Defizit klassischer Schullektüre notdürftig zu kompensieren, um nicht zu sagen: zu stopfen – »Wer reitet so spät auf Mutters Bauch? Das ist der Vater mit seinem Schlauch«.

Diese Zeiten, in denen man viel offener über Sex und Gott reden würde, sah Jean Paul kommen – warum übernahm er dann nicht selber gleich diesen Job? Späteren Kollegen ließ er in toto, wenn sie's gemerkt hätten, ganz wenig Themen übrig. Hier aber überließ er die heikelste Materie, die er viel seelenvoller, humaner, zarter durchgenudelt hätte, ausgerechnet einer froschkalt und lieblos anrückenden Front atheistischer Testosteronbolzen und rammelfreudiger Gottesleugner, alles hochpotente, aber holistisch Inkompetente, die ihre Stiele, Ruten und Gurken durchs hochgerüstete Jahrhundert ihrer phallischen Pershing-Raketen ragen ließen, Monster, Mannsbilder, Einseitige und Keinseitige, die um riesig aufgestellte Schamteile kreisten, bei entsprechend verkleinertem Großhirn – Arthur Schopenhauer, Lud-

Den Weg zurück ins Kinderland möchte ich, nach reiflicher Überlegung, doch lieber mit Jean Paul machen als mit S. Freud. (Karl Kraus: ›Die Fackel‹, Nr. 821, September 1913)

wig Feuerbach, Karl Marx, Sigmund Freud, Henry Miller, Wilhelm Reich, Alfred Kinsey, Oswalt Kolle, Otto Mühl, Osho, die alle im Chor sangen, was Oswald von Wolkenstein vor fast siebenhundert Jahren gesungen hatte: »Min Rammler schnellt mir auf, denn din Mündlin rot hat mir mein Gier gar schier erwecket viel!« Arno Schmidt sagt's ähnlich: »Mir wuchs 1 Stiehl.« Jean Paul sagt's ganz anders: »Sein Glück blühte als eine nackte Blumenkrone auf einem entblätterten Stiel.« Exegese kann sich aber nicht sicher sein, ob er vielleicht nicht doch bloß eine Blume meinte. Nietzsche betätigte sich kurz vor Freud bereits als Freudianer, der Jesus' Auge-

Ausreißen als Kastrationswunsch enthüllte: »Es wird wohl nicht das Auge gemeint sein.« Jean Paul verkündete hingegen: »Wer meinen Hund am Schwanz angreift, faßt mich an der Nase an.«

Wer lange hineinhört und sucht, kann entdecken, daß Jean Paul subkutan kaschiert alles Mögliche, was er offiziell umgeht, indirekt ausdrückt, sogar Ejakulationen, wie ja auch später Nabokov in ›Lolita‹ sehr elegant Stimulationen, Friktionen und Spermaflecken zur Sprache bringt, ohne je solche Worte zu verwenden. In den ›Flegeljahren‹ findet sich ein zaghaftes Wortspiel mit »effleurer« und »déflorer« – gratuliere!

Kaum aber hatte Freud seine Privattendenzen universalisiert, die Welt irreparabel durchsexualisiert und diesbezügliche Thesen erhärtet, wirkte das, via Moloch der Vordatierung, auf arglose Saeculi zurück, und schon erwischte der freudianische Vulgärpsychologe Mephisto in Wald und Höhle seinen Bündnispartner, der sich in pantheistischen Naturwonnen suhlte, beim Onanieren, und Jean Pauls unschuldiges Notat »Kinder sind wie Raupen und Puppen geschlechtslos« basierte hoffentlich nicht auf Verdrängungsarbeit.

Dann öffneten sich Nachlaßarchive, unpublizierte Faust-Paralipomena, und enthüllten sich als Schweinskram. Da reimte sich plötzlich köstlicher Glanz auf glänzenden Schwanz – mußte das sein? Eine Rute entspringt rot aus den Hüften, und Jean Pauls »schalenlose Damen« bekommen zu hören: »Seid reinlich bei Tage und säuisch bei Nacht, / So habt ihrs auf Erden am weitsten gebracht.« »Drum wißt euch, ihr Weiber, / am Gold zu ergetzen / und mehr als das Gold noch / die Schwänze zu schätzen!« Trotzdem, in seinem Impotenz-Gedicht, damals unpubliziert, redete er doch noch sehr drumrum: »wiederholt bedient vom treuen

Knecht«, und nannte ihn »Meister Iste«. Weibliche Passivität beim Vollzug ward hier so ausgedrückt: »teilnehmend sie, ich immer unermüdet«. Immerhin, der Dichter erkühnte sich, sogar über Kohabitationsbewegungen zu schreiben, vom lieblich knarrenden Ton des geschaukelten Bettes, und über A-tergo-Verkehr: »Nach hinten war mir nie ein froher Genuß!« Doch Hut ab – auch Jean Paul hat dies menschheitbewegende Thema nicht gänzlich umgangen und schrieb im ›Feldprediger Schmelzle‹: »Z. B. wenn Galen bemerkt, daß Tiere mit großen Hinterbacken schüchtern sind: so brauch' ich bloß mich umzuwenden und dem Feinde nur den Rücken – und was darunter ist – zu zeigen, wenn er sehen soll, daß es mir nicht an Tapferkeit fehlt, sondern an Fleisch.«

Seltsam, gegen die Eindeutschung unbekannter Latinisten des unerreichten Vorbilds Ovidius Naso wirken Goethes antikisch drapierten Imitate in Distichengestalt, genannt ›Römische Elegien‹, arg steif, verschwiemelt, überdrechselt, mühsam. Das Weitestgehende, was Goethe im Leben je beschrieb: eine Sextechnik, die viele beleibte Mitbürger nicht mal im Traum kennen – Autofellatio, vorgeführt von der Marionette Bettina in den ›Venezianischen Epigrammen‹: »Endlich bringt sie das Züngelchen ins zierliche Vötzlein, spielt mit dem artigen Selbst; achtet der Männer nicht viel.«

Da wurde nun Jean Paul tatsächlich zum armen Teufel – o wärst auch du einmal so weit gegangen, um allen Goetheskeptikern und Jean-Paul-Bevorzugern, die nun aufjaulen, das Maul stopfen zu können! Hier ist er ratzfatz 0:1 von Goethe übertrumpft worden.

Daß sich in Jean Pauls Geheimheften auch mal ein ekelhaft nackter Fachbegriff findet – »Du bist überall voll sich zurückziehender Würde in einem Leben, wo der Mensch einen Mastdarm und einen Penis hat« – kann dem Aufschreiber nicht zugutegerechnet werden, weil dies Privat-Notat kein bißchen aphrodisierend wirkt. Auch daß er einen Kuß umschrieb als das »Zusammenplätten roter Häute«, verdirbt durchaus jeden Appetit.

STARKER TOBAK – HALBES LOB

Literaturkritiker Garlieb Merkel contra Goethe und Jean Paul

Was gäbe man drum, Merkel gewesen zu sein, Garlieb Helwig, oder in seiner Zeit gelebt zu haben? Mitten in der Goethezeit kannte er alle persönlich, nicht nur Gleim, Herder, Schiller und Jean Paul, sogar Goethe. All die unsterblichen Erstausgaben bekam er auf den Tisch, umflort von der Herrlichkeit des ersten Tages, aufgeladen von Tuchfühlung und Atemnähe, direkt vor Ort. Aber da die Dichter damals ihren gigantischen postumen Nimbus alle noch nicht umhatten, erschienen ihm die Zelebritäten als nicht sonderlich hervorragend und durch die Bank weg ungenügend. Nie wär er auf die Idee gekommen, daß ausgerechnet einer wie Goethe später das Rennen machen würde oder daß Jean Paul mal als einer der ganz Großen Geltung gewinnen könnte. Gleichwie spätere Literaturpäpste von Hause aus wenig Hemmschwelle verspürten, Dichterfürsten wie Günter Grass oder Martin Walser gelegentlich zu zerfetzen und am Kittel zu zupfen, diesseits jeder Augenhöhe, aber dafür von oben herab, so durch und durch und voll und ganz unbestechlich ging auch dieser eine der damaligen Literaturkritiker gegen Jean Paul vor.

Nicht minder versöhnlich focht Merkel gegen Goethe, wenn auch nicht ganz so heftig wie ein anderer Großkritiker, ein damaliger Ranicki des Namens Wolfgang Menzel, der Goethe Weibischkeit, Schwäche, Entartung vorwarf und ihn Schande nannte, also in summa: Merkel hatte was gegen beide, Goethe wie Jean Paul, deren Werke ihm so formlos erschienen wie damaligen Musikkritikern Symphonien von Anton Bruckner. Allenfalls Wieland und Herder erschienen ihm halbwegs akzeptabel, und auch gegen Lichtenberg äußerte er nichts Nachteiliges.

Merkel, der in seiner Zeitschrift ›Der Freimüthige‹ gern gegen andere die Wahrheit freimütig heraussagte, ging es mit dem ›Titan‹ genau wie mit Goethes ›Xenien‹, die er auf den Tisch warf, oder auch wie Goethe mit dem Koran: er wollte das Buch bei der Lektüre dauernd fortwerfen und konnte es nicht weglegen. Bei persönlichen Begegnungen irritierte und schockierte Jean Paul seinen literaturkritischen Peiniger und Urfeind gern damit, daß er ihm, statt säuerlich distanziert, stets ausnehmend unbeschwert entgegentrat, was den Merkel dann noch mehr verstimmte.

Garlieb Merkel contra Goethe: Es lassen sich auf dem Felde der Schriftstellerei zwar wichtigere Verdienste erwerben als die seinen sind: aber auch diese sind nicht verächtlich.

Garlieb Merkel contra Jean Paul: Richter besitzt ein glänzendes Genie, aber den verderbtesten Geschmack, den man je einem Schriftsteller verziehen hat; Kraft, eine poetische Welt zu schaffen, aber nicht Einsicht genug, sie zu ordnen; kränklich lebhaftes, verworrenes Kunstgefühl, und zu wenig, allzu wenig Künstlersinn.

Merkel contra Goethe: Wir besitzen von ihm etwa ein Viertelhundert gelungenere Gedichte, ein Dutzend

Dramen, von denen sich ein paar jährlich einmal ohne einzuschlafen ansehen lassen, ein nicht ganz schlechtes episches Gedicht, ein Paar Romane, die beide berühmt sind und von denen der eine auch gut ist – und ungefähr fünf bis sechs in verschiedenen Schriften zerstreute gesunde Gedanken über schöne Kunst.

MERKEL contra JEAN PAUL: Jede Wahrnehmung wird zum Gefühle; jedes Gefühl zum Bilde! Aber was für platte Vergleichungen, was für unausstehliche Witzelein mischt er überall ein!

MERKEL contra GOETHE: An drey verschiedenen Orten hörte ich sagen, es sei recht gut, daß ein so braver Dichter nicht gestorben sei, aber gewisse Leute sollten sich doch nicht, indem sie eine solche Wichtigkeit daraus machen, dem Gelächter preisgeben. Nicht jedermann sei vergafft in den alten Junggesellen, und man erinnere sich recht gut, daß Deutschland auch noch größere Dichter besitze.

JEAN PAUL contra MERKEL: Merkel läuft mit seiner kritischen Sohlwaage noch alle Wochen durch die Gassen, und Bosheit suppliert ihm Gründe wie sonst Jahre; man muß doch einmal diese leeren Männleinchen selber auf einige Minuten in die Fischwaage werfen.

MERKEL contra JEAN PAUL: Schlagen Sie ihn auf, wo Sie wollen, fast überall werden Sie auf eine höchst interessante Situation stoßen, die mit dem lächerlichsten Bombast beschrieben ist; überall auf Gemälde von dem glänzendsten Kolorit, die nichts als Arabesken sind: Engel, die auf dem Kopfe stehn, und Meerkatzen, die aus rosigen Morgenwölkchen herabgrinsen; – auf scharfsinnige, witzige, blendend-wahre Bemerkungen, die aus Abenteuerlichkeiten, wie Syrenen aus einem Sumpfe, hervortauchen, sich wieder darin versenken und uns mit sich hinabziehen.

Merkel contra Goethe: Goethe fängt an weniger angebetet zu werden.

Merkel contra Jean Paul (*nach der ersten persönlichen Begegnung*): Ich ging indes mit und – habe mich in meinem Leben nicht beim ersten Blick so unangenehm zurückgestoßen gefühlt als von diesem damaligen Lieblingsschriftsteller. Ich übergehe seine Gestalt und will nur bemerken, daß ich in seinem Wesen den Ausdruck krampfhafter Spannung und ungeheurer Ansprüche zu lesen glaubte.

Merkel contra Goethe *(nach einer persönlichen Begegnung):* Den ganzen Nachmittag war ich mit mir selbst uneins gewesen, ob das glänzendste Genie eines Dichters wohl hinreichen sollte, ihm ein solches Produkt desselben, wie die Xenien waren, verzeihen zu lassen – und hier fand ich den Hauptverfasser desselben, wie er sich mit hohem Selbstgefühl huldigen ließ. Noch dazu waren unter den Ehrfurchtsvollen manche der Verhöhnten selbst.

Merkel contra Jean Paul: Richter hat bisher nichts als Nixen, halb Fisch, halb Weib mit schönen Haaren, gemacht.

Jean Paul contra Merkel: Von jeher flogen meine Fühlfäden von diesem Plattfisch zurück.

Merkel contra Goethe: In der epischen Dichtung ist Goethe am wenigsten glücklich gewesen.

Merkel contra Jean Paul: Er kam mir vor wie ein einsames, liebessieches Kanarienweibchen, das täglich zu Neste trägt, aber kein lebensfähiges Ei zu legen vermag: das Hähnchen fehlt, das Kunsttalent.

Merkel contra Goethe: Was Wilhelm Meister betrifft: ungeachtet seiner herrlichen Charakterzeichnungen, seiner fesselnden Situationen, seiner bezaubernden Lieder, gesteh ich es, nicht zu begreifen, wie ein Dichter, der im 24sten Jahr Werthers Leiden schrieb, als reifer Künstler ein so sonderbares, plan- und im ganzen wirkungsloses Gemisch als ein Werk aufstellen konnte.

Jean Paul contra Merkel: Merkel sitzt noch auf seinem Richterstuhl, dem die Lehne fehlt, und hält seine Zunge für das Zünglein in der Themiswaage und ist mit dem stillen Beifalle zufrieden, den ihm Herr Merkel zollt.

Goethe contra Merkel: Verwandte sind sie von Natur, / Der Frischling und das Ferkel; / So ist Herr Menzel endlich nur / Ein potenzierter Merkel.

Merkel contra Jean Paul: Indem ich wieder hinausgehen wollte, begegnete ich Richter selbst, der eben erst kam. Er drang mich, ich solle mit ihm zur Gesellschaft kommen, da er mich als seinen Mitgast vorstellen wolle. Ich antwortete: »Lieber Richter! Ich schmeichle mir, wirklich zuviel Substanz zu haben, um Ihren Schatten zu spielen.« So ließ ich ihn stehen, und das waren die letzten Worte, die wir miteinander wechselten. Doch nein, ich sprach ihn noch einmal bei Sander, aber nur wenige Worte wechselten wir. Ich ging, weil er gekommen war.

Johann Daniel Sander: Das zweite Mal, am vorigen Freitage, traf er sich mit Merkel zusammen und war ebenso heiter, als Merkel verlegen. Der liebe, gute Richter ist wirklich auch nicht im mindesten böse auf Merkeln.

Merkel contra Goethe: Loder stellte mich Goethen vor. Nach ein paar gewechselten Worten zog ich mich in den Halbkreis, nach einigen Minuten aus demselben zurück und suchte Goethe weder an diesem Abend, noch während der drei folgenden Jahre, von denen ich den größten Teil in seinem Wohnort zubrachte, jemals wieder nahe zu kommen.

Goethe contra Merkel: Wollt ich leben noch hundert Jahr, / Gesund und froh, wie ich meistens war; / Merkel, Spazier und Kotzebue / Hätten auch so lange Ruh, / Müßten's kollegialisch treiben, / Täglich ein Pasquill auf mich schreiben. / Das würde nun fürs nächste Leben / Sechstunddreißigtausend fünfhundert geben –«

Merkel contra Goethe: Kennen Sie die neuen Lieder von Goethe, die Unger eben druckt? Ich habe lange nichts Faderes gelesen, als die meisten davon.

Goethe contra Merkel: Wir reiten in die Kreuz und Quer / Nach Freuden und Geschäften; / Doch immer kläfft es hinterher / Und bellt aus allen Kräften. / So will der Spitz aus unserm Stall / Uns immerfort begleiten, / und seines Bellens lauter Schall / Beweist nur, daß wir reiten.

Jean Paul contra Merkel: Merkel hab' ich zweimal eingesalzen in der Michaelismesse. Wahrscheinlich schreib' ich gar einen öffentlichen Brief an Goethe, wo ich diesem verspreche, jenen jährlich zweimal zu ärgern, es sei durch boshafte Gleichnisse oder andere Anspielungen.

Merkel contra Goethe: Die neueste Schrift des unsterblichen Greises: Dichtung und Wahrheit, gehört nach dem ersten Bande zu urteilen, nicht zu seinen Werken. Die freundliche Bekanntschaft indes, in die man hier mit seiner moralischen Eigentümlichkeit tritt, und der Zauber seines Vortrages macht sie für die Zeitgenossen in hohem Grade anziehend. Ob diese Vorzüge hinreichen werden, sie trotz der Formlosigkeit des Ganzen und der Überladung mit allzu unwichtigen Dingen lange zu erhalten? Auf jeden Fall ist es eine reizende Unterhaltung, die uns Goethe hier auf seine Kosten gibt.

Goethe und Jean Paul konnten sich auf die Tierart nicht einigen, waren aber unverabredet drauf gekommen, daß es sich bei Garlieb Helwig Merkel, obzwar Kläffer und Plattfisch in der Evolution recht weit auseinanderstehn, um ein höheres Wirbeltier handeln muß. Merkel wiederum verglich Jean Pauls ›Titan‹ einem ansehnlichen Bandwurm mit austauschbaren Körperabschnitten.

Merkel teilte aber mit Goethe, für dessen Götz, Werther, Iphigenie und Faust er durchaus Lob übrig hatte, eine wichtige Gemeinsamkeit: Beide billigten Jean Paul nicht zu, gesund zu sein. Kaum hatte Goethe Jean Paul »krank« genannt, nannte Merkel Jean Paul »kränklich«, und dessen Romanfiguren enthüllte er als »arme Patienten«, als »kläglich zerrüttet«, und verlangte, man müsse, vor allem Schoppe, Roquairol, aber auch Albano, nicht gleich ins Irrenhaus einsperren, aber sie genau bewachen.

Merkel hätte sie gut zusammenschweißen können. Sie aber waren auch nur Menschen. Nicht daß auch in ihnen ein innerer Merkel wohnte – das sei ferne von ihnen! –, dennoch ließen sie auch ihrerseits markante Urteile über diverse Kollegen fallen. Fast nirgendwo humpelte eine Gestalt vorbei, die von ihnen totgeschwiegen oder geschoren wurde.

Jean Paul pro und contra Herder: Herder besteht aus einem ½ Dutzend Genies auf einmal, denen bloß ein alles bindendes, besonnenes Ich fehlt, ohne welches keine Philosophie und Poesie sich vollendet.«

Goethe contra Ludwig Tieck: Tieck ist ein Talent von hoher Bedeutung und es kann seine außerordentlichen Verdienst niemand besser erkennen als ich selber, allein wenn man ihn über ihn selbst erheben und mir gleichstellen will, so ist man im Irrtum. Ich kann gerade

Ludwig Tieck saß in Dresden 1834 dem Künstler Carl Christian Vogel von Vogelstein Modell.

heraussagen, denn was geht es mich an, ich habe mich nicht gemacht. Es wäre ebenso, wenn ich mich mit Shakespeare vergleichen wollte, der sich auch nicht gemacht hat, und der doch ein Wesen höherer Art ist, zu dem ich hinaufblicke und das ich zu verehren habe.

GOETHE contra FRIEDRICH SCHLEGEL: Die Feuerlust aus Fr. Schlegels Laboratorium vermag den Ballon doch nicht flott zu machen und soviel Ballast mit in die Höhe zu nehmen.

JEAN PAUL contra FRIEDRICH SCHLEGEL: Gelehrsamkeit und Belesenheit fand ich nicht bei ihm; er kennt wie jetzt die meisten, nur einige Nobili's aus jeder Literatur und dann urteilt über das ganze Volk ab.

GOETHE contra FRIEDRICH SCHLEGEL: Um zu jenen Dioskuren zurückzukehren, so erstickte doch Fr. Schlegel am Wiederkäuen sittlicher und religiöser Absurditäten, die er auf seinem unbehaglichen Lebensgange gern mitgeteilt und ausgebreitet hätte; deshalb er sich in den Katholizismus flüchtete und bei seinem Untergang ein recht hübsches, aber falsch gesteigertes Talent, Adam Müller, nach sich zog.

Jean Paul contra Novalis & Friedrich Schlegel: So gab Novalis Blumenstaub, Friedr. Schlegel Feilstaub oder Fragmente oder Sentenzen, andere taten Aussprüche von Gehalt, tiefe Blicke und so fort. Man nahm sich hier mit Recht die Käsemade zum Muster, welche, da sie nicht gehen kann, dafür außerordentlich springt, und zwar dreißigmal höher, als sie lang ist.

Was taten Goethe, 71, und Jean Paul, 57, im Jahr 1820? Stichprobe

Goethe schrieb an der ›Campagne in Frankreich‹, die ›Belagerung von Mainz‹, über einen gemalten Triumphzug bei Mantegna, über entoptische Farben. Er notierte Meteorologisches, befaßte sich mit den geologisch-mineralogischen Verhältnissen Böhmens, mit Botanik und Galvanismus, bosselte an der summarischen Chronik in den Tages- und Jahresheften, verfaßte fünf Divangedichte, das Gedicht ›Parabase‹, die Novelle ›Wer ist der Verräter?‹, spann nach achtjähriger Pause an den ›Wanderjahren‹ weiter, kommentierte seine ›Orphischen Urworte‹. Er übersetzte ›Veni Creator Spiritus‹. Er reiste schon wieder nach Karlsbad. Kontakt mit G. Hermann, Elisa von der Recke, der Herzogin von Kurland, Staatsrat Schultz, Schinkel, Friedrich Tieck, Christian Rauch, Achim von Arnim, Blumenbach, den Gebrüdern Boisserée, Carl Loewe, Friedrich August

Goethe in Italien, 1787

Jean Paul in der Natur, 1809

Wolf, König Wilhelm I. von Württemberg, Dorothea Rodde, Amalie von Helvig, E. J. W. d'Alton. K. E. Schubarth u. a. Der vielseitige Großvater, der einen zweiten Enkel bekam, Wolfgang Maximilian, las quer Beet Marie de France, Calderon, Angelus Silesius, Hamann, Zacharias Werner, Ernst von Houwald, Toati Nameh, Manzoni, August Hagens ›Olfried und Liseta‹, Plutarch, Dionysios von Halikarnassos, Appian und Lukrez, übersetzt von Knebel. Jean Paul unterdessen schrieb am Roman ›Der Komet‹ und verfaßte nebenbei ›Allegorische Vorstellung‹, ›Gegen Vormittagsbesuche bei Gelehrten‹, ›Nachflor und Spätlinge des Taschenbuchs‹, ›Neujahrsbetrachtungen ohne Traum und Scherz‹ und ›Traum über das All‹. Im Druck von ihm erschien: ›Über die deutschen Doppelwörter‹, und siehe, Adolf Müllner rezensierte sowohl dieses Stück wie ausgerechnet Goethes ›Divan‹ in einer Doppelrezension des Morgenblatts.

Am 28.1.1820 sagte Jean Paul zu Graf August von Platen, Goethe sei Schillers Gegensatz, und ein Dritter müsse sie vereinigen. (Platen hielt für diese Synthese – Friedrich von Heyden.)

In seinem ›Merkblatt 1820‹ notierte Jean Paul, Goethe sei in den ›Wanderjahren‹ mehr ein Buchbinder als ein Buchmacher. Und: »Von Göthe: seine Wanderjahre sind die eines Gesellen: seine Kriegreise die eines Lehrlings – ein Kreuzzug, um sich das heilige Grab selber zu graben.« Nicht sehr nett. Daß er Goethe, der längst »Goethe« hieß, immer noch »Göthe« schrieb – kann wohl auch als Affront verbucht werden. Aber 1821 erwog Jean Paul ein spätes Wiedersehen mit Goethe. Stattdessen traf er Karl Friedrich Zelter unverabredet wieder, der sogleich an Goethe schrieb: »Nun rate: wen finde ich hier? Jean Paul Friedrich Richter, den ich nach 21 Jahren kaum wiedererkannt hätte, doch er mich. Ich war morgens bei ihm und fand ihn liebenswürdig, lebhaft und gesund.« Entweder hatte Zelter dem Zahn der Zeit besser widerstanden oder Jean Paul besaß den schärferen Blick.

Was in Goethes Antwortbrief gestanden hätte

Daß sie sich seit ihrer Begegnung nie einen einzigen Brief schrieben, könnte verwundern. An irgendetwas hätte Jean Paul doch anknüpfen können. Er hätte sogar Antwort erhalten können: »Die freundliche Teilnahme, die Sie nachher dem Gelingen meiner Arbeiten gegönnt, wie Sie manche davon durch Vorlesen erst anschaulich und eindringlich gemacht, ist mir nicht unbemerkt geblieben, so daß ein endliches Wiedersehen die frühesten wohlwollenden Gesinnungen freundlichst erneuen mußte. Wenn ich nun seither mich alles desjenigen zu erfreuen hatte, was Ihnen zum Aufbau und zur Ausbildung unsrer Literatur fortschreitend beizutragen gelungen ist, und ich manche Winke sehr gut zu verstehen glaubte, um zu so löblichen Ansichten mitzuwirken, so bleibt mir, einen reinen Dank zu entrichten, kaum mehr übrig als der Wunsch: es möge fernerhin ein so schönes eignes Verhältnis, so früh gestattet und so viele Jahre erhalten und bewährt, mich auch noch meine übrigen Lebenstage begleiten.«

Derart Hochlöbliches – und grammatikalisch hochdifferenziert Gebautes – bekam aber Jean Paul nie-nie von Goethe zu hören, der dergleichen stattdessen an Ludwig Tieck schrieb. Schrieb Jean Paul ihm neunundzwanzig Jahre lang nie, um nicht solche Antwort zu erhalten?

Hintenrum hätte er ihn dann wieder der »Philysterey, jenem Element, worin er sich mit seiner lieben Nation so innig behagt« geziehen, wie in einem Briefkonzept an Zelter.

Caroline von Wolzogen drückte dies in ihrem Buch ›Schillers Leben‹ etwas moderater aus: »Mit Jean Paul entstand kein näheres Verhältnis. Obgleich Schiller das große Talent, den hohen Geistesflug des Mannes nicht verkannte, so widerstand ihm doch die Formlosigkeit seiner Produkte.« Formlosigkeit als Scheinargument gegen formschemasprengende neue Formen hatte im ganzen neunzehnten Jahrhundert dann noch eine große Karriere vor sich, als Standardeinwand z. B. von Brahmsianern gegen Brucknersymphonien.

»Ohne die mindeste Ausartung« – endlich ein Silberstreif am Horizont?

»Diese guten Deutschen brauchen immer eine gehörige Zeit, bis sie ein vom Gewöhnlichen abweichendes Werk verdauen, sich zusammengeschoben haben« – dies klagte Goethe aufrichtig, schob sich Jean Paul nur widerwillig zusammen und zeigte gehörig zu verdauen nun wirklich sich nicht gewillt, als guter Deutscher mit langer Leitung.

Jean Paul klagte aufrichtig: »Das ist das einzige, was ich von dem großen Manne voraus habe, daß ich seine Schriften richtiger und würdiger aufzufassen verstehe als er die meinigen.«

»Was wir verstehen, das können wir nicht tadeln.« So lautet eine wunderbare Goetheweisheit. Verstand er Jean Paul und tadelte trotzdem?

Dann ging die perennierende Beziehungskiste in die nächste Runde. Aber diesmal gab's nicht die übliche Variation und Redundanz, sondern alles kam ganz anders, oder sagen wir mal: ein wenig anders.

1814 las Goethe in Cottas ›Morgenblatt für die gebildeten Stände‹ die ›Abschiedsrede über die Wichtigkeit der Erziehung‹, aus der ›Levana‹. Bei aller früheren Jean-Paul-Skepsis, Ablehnung und Krittelei und nach nun fünfzehnjähriger Fremdkörper-Ausblendung, ließ er sich Urfreund Knebel gegenüber unverhofft günstig, ja superlativisch aus: »Eine unglaubliche Reife ist daran zu bewundern. Hier erscheinen seine kühnsten Tugenden, ohne die mindeste Ausartung, große richtige Umsicht, faßlicher Gang des Vortrags, Reichtum von Gleichnissen und Anspielungen, natürlich fließend, ungesucht, treffend und gehörig und das alles in dem gemütlichsten Elemente. Ich weiß nicht Gutes genug von diesen wenigen Blättern zu sagen und erwarte die neue Levana mit Verlangen. – Wie tröstlich ist dieses, da so manches schöne Talent (wie z. B. das Wernersche) sich niemals von Schlacken reinigen wird, ja sich immer von neuem mit dem vermischt, was es abstoßen sollte.« Jean Paul hatte in Reinigungsfragen die Kurve nun also gekriegt, Zacharias Werner aber immer noch nicht.

Knebel gab das Lob an Jean Paul weiter, der dann gleich zurückschrieb, und beinahe hätte die langjährige Beinah-Freundschaft zu guter Letzt vielleicht doch noch eine erwünschte Kurve kriegen können: »Und so würd' ich auch mit meinem beinahe von mir so geliebten und verehrten Goethe ein schönes christliches Leben führen, mit diesem Abendstern des jetzo bewölkten oder ausgestorbnen Dichterhimmels. Sie haben mir durch sein Urteil über ein Levana's Bruchstück, ein großes Stück Himmel voriger alter Weimarszeit hieher geschickt. Er sei von allem, was gut und recht in mir ist, innigst gegrüßt. Ich sehne mich unglaublich nach Weimar, ob ich gleich die dortigen Gräber fürchte.« Welch Untiefen exegetischer Möglichkeiten! Daß der große Heide und der Freigeist und Atheismusträumer mitsammen ein schönes christliches Leben führen wollen würden – Selbstironie? Komischer Weltgeist?

Aber im vertrauten Umgang mit seinen Vasallen Johann Daniel Falk, Kanzler Müller und Adlatus Peter Eckermann, von denen Goethe doch wissen konnte, daß sie tendenziell alle Nebenbeiäußerungen mitschrieben, damit nichts umkommt, pflegte er dann doch wieder über den unglaublich reifen, kühnen, tugendhaften, faßlichen, umsichtigen Kollegen und Gleichnisschöpfer herzuziehen. Dessen ›Levana‹ komme ihm vor, lästerte er, wie ein Züchtling, dessen Ketten man immer klirren höre, wenn er auch noch so leise Bewegungen mache.

Plötzlich könnte man sie verwechseln

Gotthold Ephraim Lessing bekam die Wahl zwischen Gott und der Wahrheit – und wählte lieber die zweite. Goethe bekam die Wahl zwischen Majestät und Humor und verkaufte zweiteren für ein Linsengericht. Jean Paul schrieb: »Einen solchen Fürstenbund zweier seltsamer Seelen gab es nicht oft« und meinte damit aber nicht Goethe und sich, sondern in Ermangelung einer ebenbürtig seltsamen Seele mußte er zu Ersatzfiguren namens Siebenkäs und Leibgeber greifen.

Bei allen Klüften, Unüberbrückbarkeiten und Differenzen gab's jede Menge zeitbedingte oder charakterlich bedingte Überlappungsfelder, nämlich Goetheworte, bei denen man im Literaturquiz eher auf Jean Paul tippen wollen würde, dank einer gewissen Spritzigkeit und Humors, so als hätt er sich diesen doch nicht gänzlich verboten, obwohl dieser doch, wenn er vorzuwalten sich erdreistet, die Kunst zuletzt vernichtet: »Sie peitschen den Quark, ob nicht etwa Crème daraus werden wolle.« ☆ »Wo kämen denn die Perlen her, wenn der Himmel nicht weinte?« ☆ »Die Welt ist größer und kleiner, als man denkt.« ☆ »Ein Gott kann nur wieder durch einen Gott balanciert werden.« ☆ »Die Kreatur ist sehr schwach, denn sucht sie etwas, findet sie's nicht. Stark aber ist Gott; denn sucht er die Kreatur, so hat er sie gleich in seiner Hand.« ☆ »Wenn man alle Gesetze studieren sollte, so hätte man gar keine Zeit, sie zu übertreten.« ☆ »Der Mensch kann nur mit seinesgleichen leben, und auch mit denen nicht; denn er kann auf die Länge nicht leiden, daß ihm jemand gleich sei.« ☆ »Der mittelmäßigste Roman ist immer noch besser als die mittelmäßigen Leser, ja der schlechteste partizipiert etwas von der Vortrefflichkeit des ganzen Genres.«

Auch verwendete Goethe etliche Wörter, die man eher bei Jean Paul erwarten würde, die bei ihm aber nicht vorzukommen scheinen, wie Mischmasch, Schuhu oder Kribskrabs. Wirrwarr hingegen kommt bei beiden vor.

Jean-Paul-Worte, die von Goethe sein könnten, dank einer gewissen Behäbigkeit, könnten sich, ohne angenehm aufzufallen, unter ›Maximen und Reflexionen‹ laufen und lauten so: »Der Gelehrte achtet am Ende doch nur fremde Gelehrsamkeit, nicht Genie.« ☆ »Ein anfangender Autor erträgt Kritik, ein alter keine.« ☆ »Witz schadet oft der Laune und spricht sie zu sehr aus.« ☆ »Vergessen muß jeder in Einem fort, die Frage ist nur wie viel er behalten.« ☆ »Je origineller ein Autor, desto leichter wird der Leser seiner satt, des Tristrams schon bei dem 3ten Bande.«

Goethe verwendete das Wort »absurd« sehr oft und gern; Jean Paul merkwürdig selten, nämlich nur mindestens zweimal.

Über uns und mich – Wir-Gefühl und Ich-Aussagen

Elf Goetheworte, die mit »wir« anfangen: »Wir alle leben vom Vergangenen und gehen am Vergangenen zugrunde.« ☆ »Wir können nur Dinge denken, die entweder beschränkt sind, oder die sich unsere Seele beschränkt.« ☆ »Wir sind überzeugt, daß kein deutscher Autor sich selbst für classisch hält.« ☆ »Wir lernen die Menschen nicht kennen, wenn sie zu uns kommen; wir müssen zu ihnen gehen, um zu erfahren, wie es mit ihnen steht.« ☆ »Wir würden unser Wissen nicht für Stückwerk erklären, wenn wir nicht einen Begriff von einem Ganzen hätten.« ☆ »Wir müssen den Pöbel betriegen.« ☆ »Wir sind oft genötigt, das Gute fahren zu lassen, um das Bessere zu retten.« ☆ »Wir mögen die Welt kennenlernen, wie wir wollen, sie wird immer eine Tag- und Nachtseite behalten.« ☆ »Wir sind naturforschend Pantheisten, dichtend Polytheisten, sittlich Monotheisten.« ☆ »Wir leben innerhalb der abgeleiteten Erscheinungen und wissen keineswegs, wie wir zur Urfrage gelangen sollen.« ☆ »Wir blicken so gern in die Zukunft, weil wir das Ungefähre, was sich in ihr hin und her bewegt, durch stille Wünsche so gern zu unsern Gunsten heranleiten möchten.«

Elf Jean-Paul-Formulierungen, die mit »wir« anfangen: »Wir haben gelitten, wir haben gehofft, aber wir werden gewürgt.« ☆ »Wir wandeln in einem dunklen Lande.« ☆ »Wir wurden schlafend voneinander gerissen, Schoppe!« ☆ »Wir gehören für einen höhren Ort, und darum zernaget uns ein ewiges Sehnen.« ☆ »Wir haben das Joch der Systeme abgeschüttelt und die Bande des Wohlstandes mit doppelter Strenge geknüpft.« ☆ »Wir lieben nicht die gute Eigenschaft, sondern das Ich wegen derselben, es kommt zu ihr noch etwas dazu, das unerklärliche Persönliche Sein, ein Ich wie unser.« ☆ »Wir verehren das weibliche Geschlecht und tyrannisieren einzelne.« ☆ »Wir haben alle schon verdrüßliche Geschichten gelesen, die uns mit der lieblichsten Irrhöhle voll Verwicklungen bezauberten und ängstigten und uns unruhig nach einem hellen Ausgang bogenlang herumgreifen ließen, bis endlich die unerwartete Zeile ›als ich erwachte‹ uns die ganze Höhle unter den Füßen wegzog.« ☆ »Wir halten die Leichtigkeit zu sündigen für die Erlaubnis dazu.«

Goethe dreimal über sich in der dritten Person: »Zuvörderst also darf unser Dichter wohl aussprechen, daß er sich, im Sittlichen und Ästhetischen, Verständlichkeit zur ersten Pflicht gemacht –« ☆ »Professor Zaupers ›Deutsche Poetik aus Goethe‹ sowie der ›Nachtrag‹ zu derselben, Wien 1822, darf dem Dichter wohl einen angenehmen Eindruck machen; es ist ihm, als wenn er an Spiegeln vorbeiginge und sich im günstigen Lichte dargestellt erblickte.« ☆ »Musterstücke romantischer, auch märchenhafter Art, ausgewählt aus den Werken deutscher Autoren, welche sich in diesem Fache hervorgetan haben: sie enthalten kleinere und größere Erzählungen von Musäus, Tieck, Hoffmann, Jean Paul Richter und Goethe in freier anmutiger Sprache.«

Jean Paul dreimal über sich in der dritten Person: »Wahrlich, wenn Jean Paul nicht fleißig schreibt, so tuts keiner –« ☆ »Da die uferlose Thätigkeit unseres Helden sich mehr auf geistige als auf körperliche Spiele warf – die er aber alle mit unsäglicher Wollust trieb –: so erfand er auch statt neuer Sprachen neue Buchstaben.« ☆ »Wir kommen zu den Sonntagen unsers Pauls, an denen die Idylle ansehnlich zunimmt.«

Elf Goetheworte, die mit »ich« anfangen: »Ich verwünsche das Tägliche, weil es immer absurd ist.« ☆ »Ich fand, daß Eger dieselbe Polhöhe wie Frankfurt hat, und freute mich, einmal wieder nahe am 50. Grade zu Mittag zu essen.« ☆ »Ich hatte von Kindheit auf zwischen Malern gelebt, und mich gewöhnt, die Gegenstände wie sie in Bezug auf die Kunst anzusehen.« ☆ »Ich bedaure die Menschen, welche von der Vergänglichkeit der Dinge viel Wesens machen und sich in Betrachtung irdischer Nichtigkeit verlieren.« ☆ »Ich hatte die größte Achtung für seine Talente, um so mehr, als ich gar wohl bemerkte, daß er mir in der Sicherheit dessen, was er tat und leistete, durchaus überlegen war.« ☆ »Ich wüßte nichts mit der ewigen Seligkeit anzufangen, wenn sie mir nicht neue Aufgaben und Schwierigkeiten zu besiegen böte.« ☆ »Ich ergreife daher eine dargebotene Gelegenheit, um beispielsweise zu erklären, wie es eigentlich gemeint sei, und auf das ewig fortdauernde Leben des menschlichen Tuns und Handelns, unter dem Symbol der bildenden Kunst, hinzudeuten.« ☆ »Ich habe die Schriften meiner ersten Jahre ohne Vorwort in die Welt gesandt, ohne auch nur im mindesten anzudeuten, wie es damit gemeint sei; dies geschah im Glauben an die Nation, daß sie früher oder später das Vorgelegte benutzen werde.« ☆ »Ich habe Breite genug, mich in der Welt zu bewegen, und es darf mich nicht kümmern, ob sich irgendeiner da und dort in den Weg stellt, den ich einmal gegangen bin.« ☆ »Ich habe mich so lange ums Allgemeine bemüht, bis ich einsehen lernte, was vorzügliche Menschen im Besondern leisten.« ☆ »Ich habe das reine Menschliche der Existenz einer kleinen deutschen Stadt in dem epischen Tiegel von seinen Schlacken abzuscheiden gesucht, und zugleich die großen Bewegungen und Veränderungen des Welttheaters aus einem kleinen Spiegel zurück zu werfen getrachtet.«

Elf Jean-Paul-Notate, die mit »ich« anfangen: »Ich will hoffen, daß ich existiere: ich wüßte auch nicht, was Sie an mir lobten, wenn ich gar nichts hätte, nicht einmal Dasein.« ☆ »Ich bedauere nichts, was ich auf der Erde verloren, keine Jugend und keine Freude – außer dem Verlust der hohen Vorstellung, die ich von allen diesen gehabt.« ☆ »Ich mochte kaum zwölf Stunden alt sein vor meiner Geburt, als ich schon aus einem entschiedenen Nichts ein großer Kopf geworden war, und noch dazu ohne alles dumme Horsd'œuvre von Rumpf.« ☆ »Ich lief zu keinem einzigen Genie in St. Görgen.« ☆ »Ich wäre am begierigsten, die Fehler der Engel zu wissen.« ☆ »Ich kann nicht beschreiben, welcher Anstrengung des Blicks ich nötig hatte, um diesen Vishnu in seinen Menschwerdungen immer zu verfolgen und zu enthülsen.« ☆ »Ich wollte, man könnte die Menschen so zahm machen wie die Tiger.« ☆ »Ich sehe jeden Tag mehr, daß ich und die übrigen 10 000,000,099 Menschen nichts sind als Gefüllsel von Widersprüchen, von unheilbaren Nullitäten und von Vorsätzen, deren jeder seinen Gegenmuskel (musc. Antagonista) hat – « ☆ »Ich will mit geringern Schmerzen die Unsterblichkeit als die Gottheit verleugnen: dort verlier' ich nichts als eine mit Nebeln bedeckte Welt, hier verlier' ich die gegenwärtige, nämlich die Sonne derselben; das ganze geistige Universum wird durch die Hand des Atheismus zersprengt und zerschlagen in zahlenlose quecksilberne Punkte von Ichs, welche blinken, rinnen, irren zusammen- und auseinanderfliehen, ohne Einheit und Bestand.« ✰ »Ich ist – Gott ausgenommen, dieses Ur-Ich und Ur-Du zugleich – das Höchste so wie Unbegreiflichste, was die Sprache ausspricht und wir anschauen.« ✰ »Ich komme am Ende dahin, daß mir nichts gefällt als die Todten und die Kinder.«

Weltberühmtes Dreigestirn in Amerika – und es hat sich sogar herumgesprochen

Zu Zweierkonstellationen, Doppelkopfmutanten, Dioskuren und Zweiheiten gesellt sich am Dreikönigstag manchmal als Zusatzmoment ein drittes Element, zu Kastor und Pollux z. B. ihre Eierschalengenossin und Ausschlüpfschwester Leda. Zu Faust und Mephisto treten Gretchen oder Famulus Wagner. Oder man tritt gleich als Trinität, Trimurti oder Dreiheit auf, wie Kaspar, Balthasar und Melchior.

Einmal verglich Jean Paul das Trio Herder, Wieland und Goethe mit den drei biblischen Männern im Feuerofen, den drei unterirdischen Totenrichtern und den heiligen drei Königen, ohne Schiller und Klopstock als vierten oder fünften König hinzuzufügen, denen der Kosmopolitismus des Blickes gefehlt habe, doch sei diese Trias von Lessing, der wie ein Engel drüberschwebe, übertroffen worden.

Dann wieder betrachtete er Fichte, Schelling und Hegel als drei heilige Könige, mit entsprechender Dreifelderwirtschaft. (Hegel trieb jedes Philosophieren – und Jean Paul jedes Dichten – ins maßlos Absurde.) Als er ein drittes Mal wiederum Jacobi, Herder und sich selber

Jean Paul, Goethe und Beethoven als Dreigestirn

mal als Dreikönigs-Trias betrachten wollte, sah er sich als Mohr.

1817 notierte ein hoher Gast aus Schweden, Per Daniel Amadeus Atterbom, nach einem Besuch bei Jean Paul: »Als ich ihm erzählte, daß nunmehr Goethe, Schiller, Tieck und er überall in Schweden gelesen würden, rief er ganz naiv aus: ›Ich? Ich? Ich auch? Wahrlich das hätt' ich nicht geglaubt! Das freut mich sehr! Also gibt's doch wirklich Leute da oben, die meine wunderlichen Produktionen kennen und lieben.‹« Unfaßbar, aber 1820 wurde seine ausartungsfreie ›Levana‹ ins Dänische übersetzt.

Dann – sogar überm großen Teich – ließ die große Bibliothek von Boston – und dies bereits zu Lebzeiten der Klassiker – auf ihrer goldenen Deutschlandtafel drei Namen obenan stehen: Goethe, Schiller, Richter. Dieser erfuhr davon und zeigte sich aufrichtig gerührt, daß er sich in Sachen Gruppenbildung nicht mit Jacobi, Ludwig Tieck oder Fichte begnügen mußte.

HOCHKARÄTIGE AUSWEICHMANÖVER

Wie Jean Paul alle Kirchenheiligen überschwebt und untergräbt

Wenn Jean Paul als kosmischer Traumwandler seine mystische Ader samt visionärer Violinsaite aktivierte, entband er allerlei christliche Motive: Gottesacker, Lichtabgründe, Gestirne, Wolken, hinwegsinkende Leiber, himmlische Entbundenheiten und höllischsten Albdruck. Aber alles, was dogmakompatibel sein könnte, wandelte er dergestalt ab und um, daß es Erzbischöfen sowenig behagen könnte wie Dorfpfarrern.

Wenn Jeremias, Henoch oder der apokalyptische Johannes unfaßbar krause Schaugeschehnisse mitbrachten von ihren Transzendentalausflügen, dann ging postum die ganze Menschheit in die Knie. Aber wenn Aero- und Psychonauten wie Emanuel Swedenborg, William Blake, Jean Paul, Paul Scheerbart und Dr. Rudolf Steiner noch viel weitgehendere Visionen ausbauten, dann stimmte da was nicht. Dann glaubte das keiner. Dann verdichtete sich der Verdacht, daß die Visionäre das nicht schauten, sondern sich bloß ausdachten. Als wenn's ein Unterschied gewesen wäre …

Die 1338 Leute, die allein Papst Johannes Paul II. seligsprach, und die 482 Stück, die er heiligsprach, und die

300, die man zwischen 1650 und 1950 n. Chr. heiligsprach, und die 7700 Märtyrer und 6650 Heiligen im Martyrologium Romanum – für alle, falls überhaupt visionär begabt, kam nichts zu erleben und zu verkünden in Frage als bloß kirchlich erlaubte Standardschauungen, alles präzise präformiert, eine zugeneigt lächelnde Gottesmutter, eine Seitenwunde und nicht viel mehr. Anwandlungen religiöser Talente hielten sich mickrig in transzendenzfernen Grenzen. Unter dem Riesenchorus schwacher Lichter, die peinlich als höchstmögliche Heiligenfiguren herumstehn, in Ewigkeit, und denen das nicht mehr weggenommen werden kann, fanden sich fast null tatsächlich heilige Gestalten oder gar Geister. Alle zusammengerechnet, brachten plusminus weniger metaphysische Vehemenz auf als das eine Großhirn, das allein Jean Paul im Kopfe trug. Kein einziger erreichte auch nur ansatzweise von fern dessen Ingenium, die ird'sche Brust im Morgenrot des unendlichen Firmaments zu baden, kurz bevor dieses ins Einstein'sche Raumzeitkontinuum erkaltend überging – von IQ und Sprachkraft zu schweigen. Auch in diesem Fachbereich ließ er tausend Hundertschaften weit hinter und unter sich. Selbst alle Ketzer und Mystiker, die einzigen Lichtblicke in zweitausend Jahren Religionsgeschichte, kamen als einseitig Musizierende nicht ganz mit.

Eigentlich müßten sofort Selig- und Heiligsprechungsanträge gestellt werden. Nur kämen die nie und nimmermehr durch. Gleichwie sein weißer Pudel, der im Scherenschnitt unpassend schwarz rauskam, hier und da nicht mit reindurfte, so darf er selber auch postum keinesfalls in die Geistes- und Religionsgeschichte hinein, zur Strafe, daß er sich nicht an Einstellungsbedingungen, Formalien und Sakramente hielt. Andererseits: Was hätte er denn dort auch, als religiöse Zentralfigur, gesollt oder gewollt? Er hätte dort genauso uneingebunden und unsubsumierbar herumgeschwebt wie hier auf Erden, ketzerisch zwischen allen Stühlen und Fronten. Und weil er nicht in Urdu, Fellegu, Hindi, Bengalisch und neun andere indische Dialekte übersetzt wurde, im Gegensatz zum Jean-Paul-Leser Hermann Hesse, durfte er nicht hinein in den Kanon der Weltliteratur. Allenfalls aus der deutschen Literatur konnte man ihn schlecht wieder rauskriegen.

Vom katholischen Bilderschatz stieß er sich ab, um spätgotische Leuchtkraft zu erhöhen, nach allen Seiten hinwegzuschweben und übers Ziel hinauszuschießen, vorzustoßen bis in jene Außenbezirke pluraler Sonnen und Welten, wo selbst ein lallender Christus keinen allliebenden Vater mehr vorfindet. Ehe er auch auf diesem Terrain das Schwänzchen einzog und heimelig zurückfand ins C-Dur romantischer Blumenwiesen, war Jean Paul ganz punktuell und kurz vorgestoßen ins fiese kalte Vakuum des mitteleuropäischen Nihilismus, worin es das fahnenschwenkende zwanzigste Jahrhundert doch einigermaßen aushaltbar fand.

Immerhin fand der Dichter mit seiner ›Rede vom Weltgebäude herab‹ Eingang in allerlei schulische Lesebücher, Leistungskurse und Ethikdebatten, wo man seinen berühmtesten Text schnell durchhat und Referate drüber halten kann. Papstkritiker Hans Küng schrieb in seinem Buch ›Ewiges Leben?‹, worin er den Romantitel ›Siebenkäs‹ sogar relativ richtig schrieb: »Wie muß man dann aber diese Tradition von einer Himmelfahrt Jesu beurteilen? Muß man lang begründen, daß Jesus selbstverständlich keine Weltraumfahrt angetreten haben kann, wie das etwa traumhaft-visionär Jean Paul in seinem Roman ›Der Siebenkäs‹ (1796/97) beschreibt, wo Jesus durch ›die Wüsten des Himmels‹ eilt und keinen

Gott zu finden vermag (›Rede des Jesus Christus vom Weltgebäude herab, daß kein Gott sei‹)? In einer Zeit, die gewöhnt ist, mit Lichtjahren zu rechnen, wird man mit physikalischen Vorstellungen besonders vorsichtig sein.«

Nächstes Skandalon: Nicht mal ins abfließende Kondenswasser und Abwasser der Hochreligionen fand Jean Paul Eingang, im Gegensatz zu Buchtiteln wie ›Goethe und der Okkultismus‹: Nicht mal Esoterik beutete ihn aus, nicht böswillig, einfach nur aus Uninformiertheit. Wenn Grenzwissenschaften jetzt doch noch Jean Paul entdecken wollten, wär er ihnen sicher nicht hellbläulich, unparadox, griffig und flächig genug.

Immerhin fand je ein Zitat hinein in vegetarische Tendenzliteratur, von Jean Paul dieses: »Möge die Idee des Reinen, die sich bis auf den Bissen erstreckt, den ich in den Mund nehme, immer lichter in mir werden.«

Von Goethe hingegen dieses hier: »Gerechter Gott! Aus wieviel Marterstunden der Tiere lötet der Mensch eine einzige Festminute für seine Zunge zusammen!«

Nein umgekehrt: Das zweite Zitat natürlich stammt von Jean Paul.

Wie zwei Metaphilosophen alle Philosophen überschweben und untergraben

Philosophen standen oft als Überflieger über Gott, Welt und deren Bodenpersonal; Lichtenberg und Jean Paul aber durchschauten als Quertreiber die störanfällige Anmaßung aller Philosophen. Die sich weder von Klassizismus, Katholizismus, Romantik einwickeln ließen – außer Jean Paul ein wenig von Empfindsamkeit, Sturm

Sechs Weltweise, von oben nach unten: Buddha, Konfuzius, Sokrates, Kant, Lichtenberg, Jean Paul. Gemalt von Bumburo Watanabe, um 1890, und Michael Mathias Prechtl, um 1997

und Drang –, ließen sich auch nicht zum Systemdenken rüberziehen.

In ›Die Wahrheit – ein Traum‹ nahm J. P. F. Richter als Schüler bereits Hegels einander verschlingenden Denksysteme vorweg und ging der Frage nach, wieso kleinere Geister weniger irren als große. Mit neunzehn notierte er: »In jeder Lage tritt man ein wenig aus der Philosophie heraus.« Davon können normale Denker, die nichts haben außer ihr bissele allumfassende Philosophie, kein Lied singen. Sie sehen, neben dem erstaunlich unbehinderten Lichtenberg, so gehandicapt aus, mühsam, beladen, abgeblendet, eingespannt ins Streck- und Prokrustesbettzeug selbstverordneter Denkkorsette. J. P. F. Richter: »Voltaire widerlegt den Pascal und hat überall recht – nur darin nicht, daß er ihn nicht verstand.« Andererseits: »Es verlohnt sich nicht, daß man alle Bücher widerlegt.«

Jean Paul definierte jeden Philosophen als einen Schlafenden mit Brille auf der Nase.

»Wären die Menschen en masse nicht so erbärmlich, so hätten die Philosophen nicht nötig, im Gegensatz so absurd zu sein.« Quiz: Stammt das von Lichtenberg oder Jean Paul? Falsch geraten – es stammt zur Abwechslung mal von Goethe.

An Hegel, dessen ›Phänomenologie des Geistes‹ er sich kaufte, rühmte Jean Paul, der sei an Scharfsinn jetzo fast der Erste, las aber alles unter der Einschränkung, das Wahre bei jetzigen Philosophen gar nicht zu suchen. Er sog sie alle auf, stieg in alles ein, aber Herder, Jacobi, Schelling, Schlegels, in summa: alle genügten ihm nicht so recht.

Der Philosoph Jean Paul »zerdachte« Begriffe und Dinge, die Nietzsche brav schluckte und gar nicht sah, weil er sie im limitierten Themenkreis Schopenhauers nicht vorfand. Jean-Paul- und Hegellektüre überforderte ihn; lieber las er Eckermann, Stifter, Sterne und Heine, dessen tendenziöses Jean-Paul-Abziehbild er verwässerte, und ahnte nicht, daß sein eigener, peinlich verspäteter Christentumschmäh, samt ewiger Wiederkehr etc., bereits bei Jean Paul en passant vorkam, ganz unverkrampft und mit x gezogenen Orgelregistern, wo

Nietzsche bloß mit drei Fingern stocherte. Statt Katarakt und Himalaja sah er nur Tränenbrühe und Schlafrock.

Zur Strafe, daß Lichtenberg und Jean Paul, statt farbschwachen Begriffsfilz abzuliefern, sich bunt, lustig und saftig auszudrücken verstanden, hatten sie sich in die Ablagen »uneinsortierbar«, »Aphoristiker«, »Dichterdenker« zu ducken. Ihr Mangel an typischen konstitutionellen Defekten, unhellen Momenten und schwachen Minuten aller reflektierender Hirne fiel unangenehm auf. Unverzeihlich auch, daß sie sich erdreisteten, den faulen Zauber des Systemdenkens herauszustreichen. Um die witzigen Spielverderber machten dann bald alle einen Bogen, vor allem die Philosophiegeschichtler und viele spätere Ästhetiker – alle außer Friedrich Theodor Vischer –, leider auch Georg Lukács und Theodor W. Adorno. Salomo Friedlaender bzw. Mynona und Wolfgang Harich hievten Jean Paul hinauf und hinein in die Philosophiegeschichte – half's? Er kam dort nicht an, obwohl Niklas Luhmann ihn gern zitierte. Instanzen, Dozenten und Seminarleiter lasen ›Sudelbücher‹ und ›Siebenkäs‹ nur als Nachtisch und Betthupferl nach der Tagesarbeit krümelfreier Elaborate – Asche zu Asche, Staub zu Staub.

Literaturquiz am Wegesrand: Welche Flocken im Zitatgestöber stammen von Lichtenberg und welche von Jean Paul?

»Das Tier, das in einer Träne ertrinkt.« ☆ »Man sollte glauben, jedes Insekt habe seinen besonderen Gott, so künstlich ist für alle Verhältnisse desselben gesorgt.« ☆ »Der Mensch muß viel Religion haben, da der gewöhnliche theologische Unterricht sie nicht ausrottet.« ☆ »Er hat den Galgen nicht auf dem Buckel, aber in den Augen.« ☆ »Es gibt eine kritische Physiognomik, wel-

Geist dissoziiert sich in Geister und büßt darüber die Fähigkeit ein zu erkennen, daß es jene nicht gibt.
(Theodor W. Adorno: Thesen gegen den Okkultismus, 1947)

Der Geist stieg in sich und seine Nacht und sah Geister.
(Jean Paul: Vorschule der Ästhetik, 1803)

che hinter dem sokratischen Gesichte den Weisen und hinter dem äsopischen Buckel den Dichter findet und anerkennt.« ☆ »Sie sprechen für ihre Religion mit einer Hitze, als wenn sie unrecht hätten.« ☆ »Matrosen gleichen Schildkröten und Krokodilen, die nur ans Land gehen, ihre Eier abzulegen.« ☆ »Seine Bücher waren alle sehr nett; sie hatten auch sonst wenig zu tun.« ☆ »Ich ritt, und mein Pferd ging zu Fuß.« ☆ »Chineser dürfen wir noch nicht werden.« ☆ »Ich kannte in Hannover einen schönen Engländer, der sich das linke Knie füttern und polstern ließ, weil er nicht wußte, wen er heute anzubeten bekomme und wie lange.« ☆ »Die Indianer nennen das höchste Wesen Pananad oder den Unbeweglichen weil sie selbst gern faulenzen.« ☆ »Im Kind und Vieh spiegelt sich Gott.«

Wer hier mehrmals falsch tippt, hat trotzdem weitgehend richtig geraten. Denn beiderlei Notate, die in bunter Reihe abwechselten, könnten von jedem von beiden stammen. Beide hätten – Hand in Hand – Dioskuren mit maximalen Überlappungsanteilen sein können, und beide ahnten es voneinander.

Andererseits ließ Lichtenberg, als das schärfere, gegen Tränenseligkeit besser immunisierte Hirn, sich damals vom Wertherfieber überhaupt nicht anstecken, hielt den jungen Göthe für einen eingeschränkten Kopf. Wenn Werther in Wald und Höhle pantheistisch schwärmte, stand Lichtenberg kalt als Mephisto daneben und hörte unbestechlich in der heißen Jugendlyrik, vor der alle tränenselig flachlagen, auch der fünfzehnjährige J. P. F. Richter, nur »leere Empfindeley« sich an sich selber aufgeilen. Also können etliche Lichtenbergnotate nicht von Jean Paul stammen, der viel mehr Feigenblätter vor den Mund nahm und oft abwechselnd aufgebraust oder errötet wäre: »Ich danke dem lieben Gott, daß er mich zum Atheisten gemacht hat.« ☆ »Hätte die Natur nicht gewollt daß der Kopf den Forderungen des Unterleibs Gehör geben sollte, was hätte sie nötig gehabt den Kopf an einen Unterleib anzuschließen?« ☆ »Damals als die Seele noch unsterblich war.« ☆ »Er hatte im Prügeln eine Art von Geschlechtstrieb.« ☆ »Unsere Welt wird noch so fein werden, daß es so lächerlich sein wird, einen Gott zu glauben, als heutzutage Gespenster.« ☆ »Die eine Schwester ergriff den Schleier und die andere den Hosenschlitz.« ☆ »Wenn er eine Rezension verfertigt, habe ich mir sagen lassen, soll er allemal die heftigsten Erektionen haben.« ☆ »Es ist eine schöne Ehre die die Frauenzimmer haben, die einen halben Zoll vom Arsch abliegt!«

Als weit und breit plusminus einzige leuchtende Großhirne ließen Lichtenberg und Jean Paul die zwei Subkontinente Denkkraft & Humor – für überdurchschnittliche Kleingeister lebenslang unerschwinglich – in jeweils superlativischster Ausdehnung und Vehemenz walten, ohne daß diese beiden Teilfunktionen sich wechselseitig von der zerebralen Bühne drängten. In einen Geist sinnreich zusammengegossen, könnten sie zusammen den vollkommenen Menschen und Geist ergeben, der nochmal potenziert alle anderen hinter und unter sich ließe.

Zwei Symphoniker als die besseren Dioskuren

Beethoven und Jean Paul als Privatpersonen und Charaktere unterschieden sich, Choleriker der eine, Sanguiniker der andere, wenngleich Beethoven vor Ort sicher nicht als der pausenlos wutschnaubende Unhold auftrat, als der er in späteren Spielfilmen nervte. Als 1816 Karl Bursy von der Parallele Jean Paul–Beethoven schwärmte, sehnte Jean Paul sich nach Wien; doch seinem Werk zuliebe verzichtete er auf die weite Reise.

August Lewald: »Man hat schon oftmals auf die Ähnlichkeit Beethovens und Jean Pauls hingewiesen; ich habe sie beide gekannt und gefunden, daß sie selbst bis auf ihr Äußeres sich erstreckte. Beethoven war etwas kleiner, aber auf den ersten Anblick dieselbe kräftige Natur, dieselbe Nachlässigkeit in der äußeren Erscheinung, dieselbe Gutmütigkeit, dasselbe einfache, herzliche Wesen.«

Über die sehr schlecht aufgeführte Beethovensymphonie, der Jean Paul beiwohnte (die Wissenschaft weiß nicht genau, welche), äußerte er sich hochbegeistert, denn in Zeiten noch nicht inflationärer Reizüberflutung rissen auch zahme Freuden vom Hocker, und bereits bei Gaspare Spontini und Étienne Nicolas Méhul pflegte Jean Paul innerlich tief ergriffen zu werden.

»Der derbe Humor«, der knüppeldicken Beethoven-Scherzi von Konzertführern gern nachgesagt wird, könnte mit Jean Pauls komischem Welt-Humor vielleicht in etwa zur Deckung kommen.

Goethe galt außerhalb seiner Lyrik als eher unmusikalisch, wenngleich er in seiner Jugend mit Violoncello begonnen hatte; Jean Paul phantasierte auf dem Klavier stunden- und tagelang – das soll sich im Casus des spontan phantasierenden Beethoven oder auch Claude Debussy teilweise frappanter angehört haben als die fixierten Opera. Kostbares verpuffte im Äther. Tonträgertechnik kam um hundert Jahre zu spät. Zeitgenossen berichten von kühnen Griffen, mächtigen Akkorden, und nichts paßte harmonisch zusammen! Spuren von autodidaktischem Dilettantismus? Nein – Avantgarde-Vorahnungen! Goethe hätte bei solchen Pianoforte-Sessions genau wie bei Beethoven bloß banausisch kommentieren können, da falle ja das Haus ein.

Wenn er am Klavier in Feuer geriet, konnte Jean Paul schwer enden. Opus 106 für Hammerklavier blieb auch in späteren Zeiten die ausgedehnteste, inhaltsschwerste Klaviersonate aller Zeiten, länger als drei Haydnsymphonien. Daher die vielen Trugschlüsse bei den Abschiedstiraden, Katarakten und unstillbaren Satzperioden Jean Pauls, obwohl Beethoven nie den Faden losließ und nie abschweifte.

Als napoleonische Nimbusträger und Großkaliber mit Imperatorgestus stehen eher Goethe und Beethoven nebeneinander. Mit Herkulestaten zwangen die Titanen sich der Kulturmenschheit auf, mit Holzhammermethodik, mit Powerriegeln, mit männlich fordernden, testosterongeschwängerten Kopfthemen wie Neunte, ›Faust‹, ›Egmont‹, I'm your Faith-Schickalsmotiven, und in sanfter Suggestion mit lyrischen Seitenmelodien, zärtlichen Albumblättern für Elise, Gretchen, Friederike, Lotte, Lili, Adelaide und anderen unsterblichen Geliebten. Der geleckte Höfling aus Weimar und der strubbelige Rabauke aus Wien – sie durchliefen eine long and winding road, alias: Evolution aus Quantensprüngen, Phasen; Jean Paul, Robert Schumann und Johannes Brahms hingegen fanden von frühauf ihren jeweils ganz unverkennbaren Sound, den sie dann durch Jahrzehnte nie wieder losließen.

Aber hinsichtlich Formniveau, Einfälle, Gedankenfülle, Überfülle, Geistesblitzschmiede, Unendlichkeit, Seelentiefe geraten eher Jean Paul und Beethoven dioskurisch nebeneinander wie Winnetou und Old Shatterhand, und im Sektor Qualität streiten Experten sich jederzeit gern, ob erste Sahne zu 70 oder 39 oder 29 Prozent vorliege bei Goethe. Qualitätsgefälle gibt's bei Beethoven praktisch nie, ab opus 18 – Adorno zufolge –, und auch bei Jean Paul hagelt es alleroberste Sahnehäubchen zu 89 bis 94 Prozent, je nach Sichtweise, Sieb, Jury. Pausenlos erreichen auf höchstem Niveau (schreckliches Wort) Odem und Puls die fernste Seelenverästelung, ganz ohne Leim, Gips, Kitt, Murks, Stuck, Schusterflecken und Palettenschmutz, alles blühend und herrlich wie am ersten

Beethoven *Goethe*
Zeichnungen von Karl Bauer, ca. 1908

Tag, wunderlich vorm Veralten bewahrt. Unser guter Divertimento-Versifex, Bagatellenschöpfer und Variationskünstler auf Musenalmanach-Level (Goethe) hätte viel nachzurüsten, um im Bund von Beethoven und Jean Paul der Dritte sein zu können.

Beethoven baute sich exoterische Eselsbrücken zur politischen Normalmenschheit, kraft des Tongemäldes von ›Wellingtons Sieg‹, zu gläubigen Mitmenschen via ›Missa solemnis‹, zu höheren Töchtern via ›Moonlight-Sonata‹, zu Populismus und Virtuosentum via ›Appassionata‹ und Violinkonzert, zu transzendentalen Gourmets via späte Quartette, via Taubheit und Cholerik zur verfilmbaren Zukunftshypothek. Der Maestro griff also als Register-Octopus oder Shiva in jede erdenkliche Richtung, um Kraft und Stärke heraushängen zu lassen, zumal am Anfang die Tat war, und sich als Architekt auch einer tauben, hirnlos käuenden Menschheit mit

Donnerschall einzuschreiben, zwecks Weltruhmerzwingung. Jean Paul, so sehr er überinstrumentierte, übertönte mit Baulärm seine innere Musik oft nicht und schrieb in jedem Roman aufs neue seine Sechste, eine Pastoral-Symphonie nach der anderen, voller Wachtelschlag, Kuckucksrufe, Nachtigall und Wettersturm, voll eingebauter, exklusiver, schönorchestrierter Streichquartette und Adagiettos, ein rücksichtsloser Hermetiker und Esoteriker, trotz Humor. Allerdings baute er von seinem hochverschnurrten Extremhumor keine Brücken zum ruhmgewährenden Normalhumor.

Beide schmiedeten aus Mondschein Sonaten. Beide erfanden gern abrupte Wendungen und Überraschungsangriffe und – kombinierten Erhabenes und jäh Banales. Das mochte Goethe nicht und wollt er nicht können. Da hielt sich sein Humor in unnötigen Grenzen.

Die ›Eroica‹ läßt sich auch unmilitant dirigieren, jeanpaulinisch pazifistisch. Der ›Sieg von Vittoria‹ läßt sich ohne Verluste schlucken oder aus dem Gesamtwerk unauffällig rausrechnen. Jean Paul ließ keinerlei Reimgeklingel hinein in den Tempel seiner Schriften, um Genien, Engel und mitwachsende, statt schleichende Völker nicht zu unterfordern; Beethoven aber vertonte Mignonlieder und unterlegte Schillerlyrik mit Chören, Pauken und Trompeten, was weder Schiller noch Beethoven nötig gehabt hätten.

Diabelli kann dankbar sein, daß Beethoven ihn variierte. Fichte kann dankbar sein, daß Jean Paul und Novalis ihn variierten.

Jean Paul schwamm in Beethovens Abgründen (oder wie diese genannt sein möchten) – überall im kunstreichen Gelände von beider Gesamtwerk schimmern momentweise fiese Fremdkörper auf, überschrieben mit »beklemmt«, so in der Zupfbaßdurchführung in Beethovens Harfenquartett opus 74, zwischen der fahl, falb, herb naturtrüben Durchführung in Mozarts Streichquartett, Köchel 421, 1. Satz, und Gustav Mahlers Tränenreich aus Spektralfarben. Opus 111 antizipierte niegehört vorauseilenden Jazz und minimal music, Jean Paul antizipierte Atheismus, Expressionismus, Surrealismus, Dadaismus, Seelenzergliederung à la Marcel Proust, écriture automatique à la André Breton, Nonsense-Literatur, Psychedelismus, Acid Pop, Postmoderne, Gagaismus, aber beide Normalgenie-Überbieter ließen – kadenzierend – nie Haydns, Mozarts, Wielands Füllhorn-Anmut los und fanden so oft wie möglich zum dreiköpfigen Rokoko-Trampolin zurück.

Beethovens deutsch-französische Schlachtengemälde gingen bei Mahler in durchtechnisierte Materialschlachten des Ersten Weltkriegs über. Jean Paul bohrte im Riß der Schöpfung, bis Gottesäcker, Friedhöfe und Horrorvisionen aufklappten. ›Christus vom Weltgebäude herab‹ kommt bis heute viel kühner rüber als ›Christus auf dem Ölberg‹. Sein Schauder und Weltschmerz, statt hart und unversöhnt im Raume zu stehn, zuckt aus übermäßig schönfärberischem Gegengift und Kolorit kaum hervor. Sein »absoluter Ernstfall« (wie er laut Adorno bei Beethoven oft aufstößt), eben sein blasphemisch kunstsprengender Albtraum, findet zur Blumenwiese, worin der Träumer entschlummerte, problemlos und verläßlich zurück, verdächtig positiv, zum Ausgangsthema, zur Grundtonart, zur Anfangsstimmung, ganz ohne Kollateralschäden und Spätfolgen, ganz ohne den Virus der Gottlosigkeit im entleerten Weltall – genau wie Beethoven im opus 109 in E-Dur: Die letzte abgelegenste Variation im dritten Satz mobilisiert Exzesse, deren Nachhall eigentlich ins unverändert friedlich schlichte Liedthema hineinregieren müßte und es nicht tut; die Folgenlosigkeit dieses Schocks schockt sehr. Und solch eine Blumenwiese bietet dann auch Beethovens letzte Komposition, das nachkomponierte Quartett-Finale, opus 135, das nach der Großen Fuge, opus 133, die unversöhnlich in Zeit und Raum herumstieß, betont haydnhaft plänkelt und federt, als versöhnlichste Rückbindung oder Quasi-Rückkehr in versöhnlichere Vorstadien.

Die Schönfärber Goethe, Adalbert Stifter und Ludwig Richter steuerten dagegen, kniffen in dreiköpfiger Panikattacke die Augen zu, zugunsten abmalbarer Sommerlandschaft bei herrlichem Sonntagswetter.

Unterdessen schießt Luftschiffer Gianozzo meteorologisch bzw. transzendental über die üblichen Kontexte und Ausgangsthemen genauso hinweg wie Trillerketten aus opus 111 oder Diabelli-Variationen übers Œuvre fleißiger Kleinmeister oder Beethovens Frühwerk, und statt daß die Erde ihn unbeschadet und ruckfrei wiederhätte und er in einer Blumenwiese aufsetzte, stürzt er als Ikarus ins Meer, jenseits von Happy End, Kehrreim und C-Dur.

Jean Paul zerfloß digressionsfreudig bis formlos in x Unendlichkeiten – Beethoven überzog als formstrenger Ökonomiker kein Zeitmaß, verlor sich nicht in himmlischen Längen und Durchhängern, eilte straff vorwärts, mäanderte nirgendwo saumselig herum und roch am Wegesrand an kaum einem Blümchen.

Beethovens Uraufführungen ernteten bei Wiener Rezensenten wörtlich dieselben Vorwürfe wie Jean Paul: »das Unähnlichste phantastisch verbunden«, »düstere Verworrenheit«, »geringer melodischer Zusammenhang«, »Hin- und Herschweifen von einem Einfall zum andern«, »unnötiger Wirrwarr harter Dissonanzen«; man vermißte hohe Einfachheit, liebliche Melodien, das Leichte und Gefällige, wie es bei Beethoven in opus 18 noch vorgefunden werden konnte, derweil man's im verwuschelten Jean Paul auch vorher nie hat genießen können.

Wenn es nach spätem Beethoven und spätem Jean Paul einen noch viel späteren Jean Paul und Beethoven hätte geben dürfen, wär sicher noch ganz andere Luft von noch fremderen Planeten herbeigezogen und kunstgerecht rübergebracht worden.

Fazit: Vom Zweiten Weltkrieg erholte man sich in bloß zwanzig, dreißig Jahren, aber vom Dreißigjährigen Krieg hat sich Deutschland bis heute nicht erholt. Daß Jean Paul 1825 mit zweiundsechzig und Beethoven 1827 mit sechsundfünfzig Jahren starb, hat einen solchen Krater in die Landschaft gerissen, daß hundertneunzig spätere Künstler nichts auffüllen und ausgleichen konnten.

E. T. A. Hoffmann müßte ihm eigentlich ähneln

Falls die Anschlußbuchsen zwischen verhinderten Dioskuren eine bessere Annäherung verhinderten, hätten vielleicht E. T. A. Hoffmann und Jean Paul besser zueinander gepaßt.

Als er den ›Goldenen Topf‹ antestete, ward Goethe genauso schwummrig zumut wie bei ›Loge‹ & ›Hesperus‹ und fand für den Autor kein einziges gutes Wort: »Denn welcher treue, für Nationalbildung besorgte Teilnehmer hat nicht mit Trauer gesehen, daß die krankhaften Werke jenes leidenden Mannes lange Jahre in Deutschland wirksam gewesen und solche Verirrungen als bedeutend fördernde Neuigkeiten gesunden Gemütern eingeimpft worden.«

Goethes Abneigung hätte Jean Paul und Hoffmann

Kleiner Mephisto und Naturfresser mit Berganza und Ponto

einander annähern können, und dann hätt es vielleicht doch noch Dioskuren gegeben. Doch der sanfte Jean Paul äußerte sich nicht minder schonungsvoll über den erfolgreichen Kollegen: »Sonst aber ist in dem ersten wie in den folgenden Werken das Beste Nachahmung und Plünderung, besonders von Tieck und mir. Jetzt, wo der Autor seinem Ruhme gewachsen sein soll, sieht man schon, wie er ihn untergräbt.« Goethe hatte an der ›Levana‹ gelobt, daß sie ohne alle »Ausartungen« sei; jetzt tadelte Jean Paul an Hoffmann, daß er seine »Ausartungen« steigere. Daß beide etwas gegen Ausartungen hatten – hätte das nicht doch noch der Anfang einer wunderbaren Freundschaft sein können!?

Hoffmann, auch nicht eben mundfaul, schrieb in den ›Musikalischen Leiden eines Theaterdirektors‹: »Sarastro gewahrte, wie schlecht Pamina von der Mutter erzogen, wie die gute Kleine durch zu frühe übelgewählte Romanen-Lektüre (zum Beispiel ›Werthers Leiden‹, ›Hesperus‹, ›Wahlverwandtschaften‹ etc.) sowie durch übermäßiges Tanzen von Grund aus verdorben wurde.«

Gleichwohl: Jean Paul und E. T. A. Hoffmann trafen sich bloß einmal im Leben und gerieten dann auch gleich markant aneinander, im August 1810 zu Bamberg. Wenn's mit Goethe nicht hat sein sollen, dann hätten doch wenigstens die Spät- oder Metaromantiker, beide in Oberfranken ansässig, Themaüberlappungen finden können, zu beiderlei Ergötzen, über Hundehaltung, Magnetismus oder auch z. B. über Goethe. Parallelstellen im jeweiligen Œuvre hätten es funken lassen können.

Wär Daguerreotypie, statt erst ab 1838, bereits 1820 erfunden gewesen, lägen heut nicht nur idealisierte Kupferstiche separater Konterfeis vor – ein Doppelporträt wäre möglich geworden: der berühmte Hesperusverfasser, beleibt und bereits kahlhäuptig, derzeit siebenundvierzig Jahre alt, und der spillerige, schriftstellernde Gesangslehrer Hoffmann, derzeit vierunddreißig – welch Typenkontrast! Beides hektisch gestikulierende Gestalten – allerdings, wenn Jean Paul seine Beredsamkeit auspackte, verstummte Hoffmann hoffnungslos und begnügte sich, Anwesende abzuzeichnen und Lachsalven einzuwerfen, anläßlich der Tiraden und Repliken medizinischen Inhalts, die Verleger Carl Friedrich Kunz, Doktor Adalbert Friedrich Marcus und Jean Paul – blendend gelaunt – sich lieferten.

Da nahte romanhaft ein Zwischenfall: Charlotte von Kalb, von ihrem Adelssitz in Dankenfeld bei Haßfurt, die enthusiastische Titanide und Klassikerverschlingerin (Schiller, Hölderlin pp.), ließ sich per Billettüberbringer in der trinkenden Plauderrunde anmelden, platzte dazwischen mit dem Ansinnen, Jean Paul habe die ihr versprochene Bootsfahrt den Regnitzarm hinauf bis zu Inselstadt und Bug nunmehr sofort anzutreten, vorbei an rosarotem Musentempel (und präexistenter Altstadtentlastungstangente), aber das kam den romantischen Zechern nun quer. Jean Paul ließ absagen – und verlor seine Laune. Als Hoffmann nun spontan die imaginierte Damengesellschaft zeichnerisch einfing, also sehr enttäuschte Titanidengesichter zeigte beim Empfang des Boten mit der Vertröstung, und als die Karikatur bei Tisch kursierte, verlor der später sog. »größte deutsche Humorist« seinen Humor vollständig. Er erbat die Zeichnung, die Hoffmann Kunz schenkte, leihweise für sich und gab bei der Rückforderung zu, die Leihgabe vernichtet zu haben.

Nach der Mahlzeit begab sich die Gesellschaft auf den Michelsberg. Jean Paul bekam seinen Humor zurück, doch immer wenn Hoffmann gesprächsweise ihm sich zu nähern versuchte, wich er aus. Hoffmann, »auf empfindliche Weise tangiert«, karikierte die Natureuphorie des von ihm sog. »Tugendhelden«, »Sentimentalmannes« und »Naturfressers«, indem er sich an der schönsten Aussicht über die Gartenmauer lehnte und deklamierte: »O Gott welch göttliche Natur! Welch balsamische Düfte strömen mir entgegen! Hören Sie das Flöten Philomenens, das Gepiepe etwelcher anderer Vögel, das Zirpen der Heimchen!« Umgekehrt sprach Jean Paul von Hoffmann als »kleinem Mephisto«, »einseitigem Talent« und »Nervenüberreizer«.

1822, als Hoffmann verfrüht starb, stellte Kunz zeitgenössische Stimmen zu Hoffmann zusammen und bat auch Jean Paul um einige wenige Zeilen, der weder etwas schickte noch auch nur absagte.

MORGENLANDFAHRT NACH FERNOST

Divandichter und Obermufti – Goethe klopft seinem alten »Freund« gewaltig die Schulter

»So haben wir Deutsche einen Jean Paul, dessen Muse sich aus dem Orient nach dem Okzident verirrt und, um als Fremdlingin unerkannt zu bleiben, die Larve des Witzes und der Laune vorgenommen zu haben scheint, dessen Phantasie deutscher Poesie wohl als Kronjuwele, aber deutscher Kultur und Bildung nicht als Gemeingut angehört«, schrieb in seiner ›Geschichte der schönen Redekünste Persiens‹, 1818, der Orientalist Joseph von Hammer-Purgstall. Hierdurch angestubst, verfaßte ein Leser dieses Buchs, ein Jahr später, Goethe, für seine ›Noten und Abhandlungen zum Westöstlichen Divan‹, weil's ihm hineinpaßte, eine längere Passage über Jean Paul. Arg plötzlich nahm er seine Langzeitablehnung des ›Hesperus‹-Autors zurück, gönnte sich und anderen eine Kehrtwende und Ehrenrettung, reichte schier eine Versöhnungshand, unverhofft abgeklärt, souverän: »Allerdings zeugen, um von der Persönlichkeit anzufangen, die Werke des genannten Freundes von einem verständigen, umschauenden, einsichtigen, unterrichteten, ausgebildeten und dabei wohlwollenden, frommen Sinne. Ein so begabter Geist blickt, nach eigentlich orientalischer

Weise, munter und kühn in seiner Welt umher, erschafft die seltsamsten Bezüge, verknüpft das Unverträgliche, jedoch dergestalt, daß ein geheimer ethischer Faden sich mitschlinge, wodurch das Ganze zu einer gewissen Einheit geleitet wird.«

So viel gesammeltes Wohlwollen! Nur der »fromme Sinn« stört ein bisserl. Ziemt, frommt und gebührt dem format- und weltensprengenden Weltgeist ausgerechnet dieses »fromm«?!? Vielleicht klingt's nur halb so dämlich, wenn man einrechnet, daß Goethe für Lord Byron das Wort »tüchtig« passend fand. Immerhin, die Bildung, die Goethe dem tragelaphischen Nachfolger 1796 noch abgesprochen hatte, hatte der gereifte Zögling ja inzwischen nachzuholen dreiundzwanzig Jahre Zeit genug gehabt. Er durfte nun, bei fraglicher Aktenlage, den göttlichen Ruhmpreis dankbar entgegennehmen, statt gerichtet, nun doch noch letztinstanzlich gerettet zu sein, statt als leidiger Chinese jetzo als tolerierbarer, nein: als geschätzter Orientale den Ritterschlag entgegenzunehmen, beim Jüngsten Gericht überhaupt als existent aufgefallen zu sein.

»Barrierentraktat, Extrablätter, Kardinäle, Nebenrezeß, Billard, Bierkrüge, Reichsbänke, Sessionsstühle, Prinzipalkommissarius, Enthusiasmus, Zepter-Queue, Bruststücke, Eichhornbauer, Agioteur, Schmutzfink, Inkognito, Colloquia, kanonischer Billardsack, Gipsabdruck, Avancement, Hüttenjunge, Naturalisationsakte, Pfingstprogramm, Maurerisch, Manualpantomime, Amputiert, Supranumerar, Bijouteriebude, Sabbaterweg und so fort. – Wenn nun diese sämtlichen Ausdrücke einem gebildeten deutschen Leser bekannt sind oder durch das Konversationslexikon bekannt werden können, gerade wie dem Orientalen die Außenwelt durch Handels- und Wallfahrtskarawanen, so dürfen wir kühnlich einen ähnlichen Geist für berechtigt halten, dieselbe Verfahrungsart auf einer völlig verschiedenen Unterlage walten zu lassen.«

Die Wörter, die Goethe zum Beleg herausschrieb, stammen alle aus dem ›Hesperus‹ – kam also zwischen 1796 und 1816 kein weiterer Jean-Paul-Roman in seine Reichweite!?

»Wenn wir nun vor kurzem die Naturelemente, woraus die älteren und vorzüglichsten Dichter des Orients ihre Werke bildeten, angedeutet und bezeichnet, so werden wir uns deutlich erklären, indem wir sagen: daß, wenn jene in einer frischen, einfachen Region gewirkt, dieser Freund hingegen in einer ausgebildeten, überbildeten, verbildeten, vertrackten Welt leben und Kriegs- und Friedensverkehr und Verderb so unendlich verklausulierten, zersplitterten Zustand mannigfaltigst anspielen müsse, so glauben wir ihm die zugesprochene Orientalität genugsam bestätigt zu haben.« Vielleicht wär Jean Paul über zugesprochene Originalität erbauter gewesen als über Orientalität?

Hatem und Hafis und andererseits – Jean Paul und Maulana Rumi

Goethe hatte sich im Lauf der Jahre gelockert und geöffnet. Die nicht mehr so strengen Fühler streckte er in eine unerprobte Richtung aus, sehnte sich plötzlich selber, den selbstverordneten Bannkreis zu erweitern, ab 1816 seine Ostzone (Weimar) weltoffen aufzuknacken in Richtung reinen Osten, nicht gleich Fernost, aber erstmal im nahen Osten Patriarchenluft zu kosten und empfahl reimend seinen Lesern, dies auch zu tun, nannte sich plötzlich Hatem, lang bevor bzw. kurz bevor Karl May und Cassius Clay sich Kara ben Nemsi und Mohammed Ali nannten. Das anvisierte Tausendjährige Reich edlen, hilfreichen, guten Klassizismus' sah inzwischen wie eine Phase aus, kurzlebig, ein Durchgangsstadium, ephemer eingeklemmt zwischen Geniezeit, Werthermode, Sturm, Drang. Jetzt erfolgte ein Schwenk, totaler Stilwechsel, Morgenlandfahrt, orientalistischer Karneval, Ranschmeißerei, edler gesagt: Liebäugelei des großen Heiden und Antichristen mit Islam und widersinnig sogar mit dem Koran – Nietzsche hätt ihm nun ankreiden können, vorm Sichelmond niedergebrochen zu sein. Andererseits – alles halb so gravierend: Hatem fühlte ja in seiner verlängerten Stippvisite nicht so sehr parasitische, nein: erwärmend anverwandelnde Affinität zum Koran als vielmehr zu – Hafis. Der wandelte aber durch Schiras ausgerechnet als ein atypischer Korankenner, als überaus unislamischer Fremdkörper, ein pausenloser Gesetzesbrecher, sprich: Weintrinker, eine sehr diesseitszugewandte, hedonistisch taumelfreudige, dauerbeschwipste Figur mitten im asketischen, antialkoholischen, hartkörnigen Christentumderivat namens Islam.

Paradox, daß Goethe – mit Sicherheitsabstand – sich ausgerechnet mit einem noch dazu exotisch drapierten Mann wahlverwandt fühlte, mit dem ihm nichts weiter verband als Wein, Weib und Gesang. Aber den potentiellen Seelenbruder vor Ort, den Beinah-Dioskuren Jean Paul, stieß er möglichst unverwandt von sich, als wär er ein Chinese. Hafis seinerseits wiederum ähnelte am allermeisten dem weinseligen Tang-Dichter Li Po – Hafiz also ein Chinese in Schiras! Du kommst in so fragwürdiger Gestalt – was im Leben uns verdrießt, man im Bilde gern genießt.

Hatem und Hafis schwanken als Saufkumpane, Zech- und Diesseitsbrüder durch die anverwandelte Orient-

Konnte nicht durch eine andre Beschaffenheit der Seele Muhammed's, durch andre Umstände, die auf ihn wirkten, durch minderes Glück, das ihn in seinem Unternehmen begünstigte, die Entstehung dieser Religion verhindert werden? (J. P. Richter: »Über die Religionen in der Welt«, 1780)

Grenzenlose Tautologien und Wiederholungen bilden den Körper dieses heiligen Buches, das uns, so oft wir auch daran gehen, immer von neuem anwidert, dann aber anzieht, in Erstaunen setzt und am Ende Verehrung abnötigt. (Goethe im ›Divan‹ über den Koran, 1816)

Jean Paul, Novalis und Goethe als Drei Heilige Könige

Kulisse. Jean Paul und Maulana Dschelalledin Rumi stoßen sich von jeglichem Diesseits einfallsreich ab und sprudeln hierzu dauerverzückt fleißige Metaphern hervor, als bizarr schwebende, raufkatapultierte Mystiker mit Endlos-Suada, überflutet von routiniert hervorgelallten Eingebungen. Kein Wunder, daß Vorwärtsschreiter Goethe auf den Entschweber Rumi nicht so recht ansprang, aber sich immerhin Mühe gab, diesem großen Geiste es nicht zu verargen, daß er sich ins Abstruse gewendet: »Seine Werke sehen etwas bunt aus; Geschichtchen, Märchen, Parabeln, Legenden, Anekdoten, Beispiele, Probleme behandelt er, um eine geheimnisvolle Lehre eingängig zu machen, von der er selbst keine deutliche Rechenschaft zu geben weiß. Unterricht und Erhebung ist sein Zweck, im ganzen aber sucht er durch die Einheitslehre alle Sehnsucht wo nicht zu erfüllen, doch aufzulösen und anzudeuten, daß im göttlichen Wesen zuletzt alles untertauche und sich verkläre.«

Eins von Jean Pauls Gegensatzpaaren heißt Äther und Schlamm, bei Rumi archor und archir, zu deutsch: Himmel und Stall, deutlich erkennbar Vorstellung und Wille, bei Rumi exemplifiziert oder personifiziert als Esel und Engel; bei Zhuangzi: Flußgott und Meergott, postiert zwischen den Hylikern des Pneumatikers Origines oder zenbuddhistisch Unerleuchteten, also allen im Jedermannsbewußtsein Verharrenden, oder gern auch Harry Potters impotenten oder untalentierten Muggels, also all den Bedauernswerten, die nie zaubern können. (Beim Immanenz-Goethe heißt ein gedankliches Gegensatzpaar Polarität und Steigerung.)

Der Jean Paul des vorchristlichen Altertums hieß Zhuangzi, 500 v. Chr. Der Jean Paul des islamischen Mittelalters hieß Rumi, im dreizehnten Jahrhundert. Der Zhuangzi oder Rumi der Neuzeit hieß Jean Paul.

Alle drei standen als ekstatische Käuze im Schatten seriöserer, berühmterer, weil gradliniger Gestalten mit eindeutigerer Botschaft: Zhuangzi als drittes komisches Rad am Tandem der Klassiker Konfuzius und Laotse, einem flachen und einem tiefen Denker, die in edler gelber Einfalt und stiller Größe einsilbige, teils ethische, teils geheimnisvolle, hier wie da humorferne Sprüche losließen. Insofern ist Jean Paul, falls er erstmal vorkostend und vorfühlend als Zhuangzi sich inkarnierte, tatsächlich, bevor er Oberfranke wurde, Chinese gewesen, allerdings ein zuhöchst atypischer Chinese, den die normalen familiär-pragmatisch-bürokratisch-antimetaphysischen, also a priori konfuzianischen Zeitgenossen ihrerseits als artfremd, als förmlich vom Mond gefallen, empfanden. Laozi, Confuzi, Platon, Aristoteles, Ghazzali, Ibn Arabi, Dschunaid konnten und wollten nur reflektieren, denken und Stoffe sammeln und nicht so scherzen, träumen und spintisieren wie ihre wunderbar unseriösen Gegenmelodien und Gegenspieler Zhuangzi, Aristophanes, Diogenes von Sinope und Sufis wie Rumi. Falls Jean Paul nicht im Schatten von Goethe und Schiller stand, stand er im Schatten von Goethe und Kant.

Jean Pauls frühere Reinkarnationen in China und Persien

Die japanischen Maler Bumburo Watanabe und Hashimoto Gaho malten 1881 jeweils vier Weltweise auf ockerfarbenen Hintergrund, und einigten sich auf dieselben Personen – auf Buddha, Konfuzius, Sokrates und Kant. Diese Viererbande bekam aber zu wenig Tiefendimension mit auf den schweren Weg – und laboriert an fehlender Heiterkeit.

Deshalb mußten ab 2013 n. Chr. die Namen der Weltweisen anders lauten: Sie heißen nun eher Zhuangzi, Maulana Dschelalleddin Rumi und Jean Paul. Nach

Im 19. Jahrhundert fand man, daß die Vier Weltweisen Gautama Buddha, Konfuzius, Sokrates und Immanuel Kant heißen.

einem vierten Weltweisen wird noch gesucht. Er müßte die vier seltenen Gottesgaben des weltweisen Dreigestirns mitbringen: erstens: Denkkraft, zweitens: Sprachmacht, drittens: visionäre Ader, viertens: Extrem-Humor. Lichtenberg fehlt vielleicht die visionäre oder religiöse

Im 20. Jahrhundert fand man, daß die Vier Weltweisen Zhuangzi, Maulana Dschelalledin Rumi, Beethoven und Jean Paul heißen.

Ader, die keiner an ihm vermißt. Novalis wär sicher zu jung für diesen Job, und Beethoven – trotz ernormster Weltgeistanzapfung – als Privatperson vielleicht zu ungebärdig? Goethe drängt als Anwärter herbei, vollkräftig, mit rausgehängter olympischer Heiterkeit und postum ihm zuerkannter Humanität, opulenter Backlist, hyperoptimal organisierter Nimbuspflege mit Sockelabstützung, voll von Ingredienzien zu einem Weltweisen, die aber noch keinen Weltweisen machen. Falls ihm Denkkraft nicht fehlt, fehlt zum vollen Akkord durchaus religiöse Kapazität und Extrem-Humor.

Die vier Gottesgaben werden stets nur separat vergeben: Philosophen dürfen immer nur denken (frag Kant), Dichter immer nur fühlen und reden, Visionäre immer nur von Jenseitigem träumen und lallen, Humoristen immer nur blödeln; selten dürfen Mischtypen zwei der Talente kombinieren (wie Paul Scheerbart) oder drei der Talente (wie Kafka und Lichtenberg), aber fast nie dürfen Einzelpersönlichkeiten alle vier Register und Volltreffer gleichzeitig ziehen, außer Zhuangzi, Rumi und Jean Paul, die – über Jahrtausende und exotische Kulturkontexte hinweg – zu wahlverwandten Bundesbrüdern werden. Sie sind alle drei, diese drei, sowohl Mystiker und trotzdem Denker, was sich eigentlich ausschließt, und obendrein Humoristen, was sich dreifach total ausschließt und deshalb auch nie vorkommt, fast nie synthetisiert werden kann: Zhuangzi mußte tausendvierhundert Jahre auf Rumi warten. Rumi mußte achthundert Jahre auf Jean Paul warten, und alle drei durften nichts voneinander merken, und alle anderen durften nicht merken, daß dem so sei.

Zhuangzi sah alle möglichen Dinge – Wind, Schlangen, Tausendfüßler, Spucketröpfchen – außer sich, aber nicht grad mit dem Organ, womit man sieht. Alle drei dokterten an gnostisch-plotinischen Geist-Leib-Relationen; alle drei sprengten und transzendierten einfallsreich metaphernschleudernd an ihren Corpus-Korsett und Religions-Käfigen herum.

Zhuangzi zog zwar formal alle vier geforderten Register, aber weil er aus seinem ungünstig früh angesiedelten Zeitanschnitt nicht rauskam, geben die Mundorgelpeifen seiner Themenpalette leider weniger vollen okzidentalen Orgelklang her als Anwärter zweitausenddreihundert Jahre später.

Alle drei – Zhuangzi, Rumi und Jean Paul – lebten langjährig verheiratet, doch übergingen und überblendeten sie ihre Gattinnen plusminus total, fixiert eigentlich eher homosensual auf männliche Busenfreunde: Zhuangzi auf den kaltschnäuzigen Sophisten Huizi, Rumi auf den dubiösen Wanderderwisch Schamsuddin al-Tabrizi, Jean Paul auf Christian Otto, Siebenkäs auf Leibgeber, Albano auf Schoppe, Gianozzo auf Graul.

Der ›Hesperus‹ wuchs so sprachmächtig aus dem ›Werther‹ hervor, wie aus dem lapidaren Laozi der ausufernde Zhuangzi hervorwuchs.

Als Jean Paul erwartungsvoll nach Weimar kam, spürte er beim Treffen mit dem Autor des ›Werther‹ eine naturtypische Enttäuschung. Als Zhuangzi und Huizi, bei vorausfliegendem Ruf und Nimbus, sich verabredeten und trafen, fielen sie lachend auf die Erde, und der eine fragte: »Wieso ist der Riesenvogel, den ich erwartet habe, jetzt doch nur eine Wachtel?«

Fast sahen Zhuangzi, Rumi und Jean Paul als Autoren zu bizarr aus, um wirklich den Begriff der Weltweisheit zu erfüllen – hoffentlich outen sie sich eingefleischten Goethefreunden nicht als Spinner – hier einige hervorgezupfte Kostproben und erstbeste Beweise, daß diese dreiköpfigen Total-Dioskuren wesens- und geistesverwandt durch ihre drei Welten wandelten.

Jesus, im Werk von Rumi, rennt in einem Affenzahn durch die Wüste, ohne daß ein Löwe hinter ihm her wäre, doch wovor flieht er? Vor der Dummheit! Er konnte Blinde und Lahme heilen, und die Welt aus dem

Nichts erschaffen, aber er konnte nicht die Dummen klüger machen.

Jean Paul: Das Reich der Dummheit wird nach und nach eingeschränkt; wir dürfen für die Zukunft eine Sonne hoffen, die mit ihrem Licht auch in die finstern Wohnungen der schwachen Köpfe dringt.

Rumi: Sieh, wie ihre Leidenschaft und Gier auf Beischlaf und Gold wie bei den Nachkommen der Hunde andauernd wächst!

Jean Paul: Hunde sind die einzigen Mönche des Staats – aus Mangel an Nonnen.

Rumi: Wie jemand, der Pferderennen liebt, aber kein Pferd hat und nicht reiten kann; oder der Flöten liebt, aber weder Flöte noch Lippe hat.

Zhuangzi: Wenn er mich zerlegt und aus meinem linken Arm einen Hahn macht, werde ich die Nachtstunden ausrufen. Wenn er aus meinem rechten Arm eine Armbrust macht, werde ich wilde Enten erjagen. Wenn er meine Hüften in Räder und meine Seele in ein Pferd verwandelt, werd ich in meinem eigenen Wagen fahren.

Rumi: Ich starb als Stein und ward zum Kraut; starb dann als Kraut und wurde Tier. Ich starb als Tier und wurde Mensch – was soll ich also fürchten? Wann hat mich der Tod geringer gemacht? Nächstes Mal sterb ich als Mensch, um mit Engeln zu fliegen.

Jean Paul: Wir Seelen schreiten freilich ansehnlich auf der Erde fort und empor – die Austerseele erhebt sich schon zu einer Froschseele – diese steigt in einen Stockfisch – der Stockfischgeist schwingt sich in eine Gans – dann in ein Schaf – dann in einen Esel – ja in einen Affen – endlich (etwas Höhers lässet sich nicht mehr gedenken) in einen Buschhottentotten. Aber ein solcher langer peripatetischer Klimax blähet den Menschen nur so lange auf, als er nicht die folgende Betrachtung macht: wir kundschaften unter den Tieren einer Klasse, worunter es so gut als unter uns Genies, gute offne Köpfe und wahre Einfaltpinsel geben muß, nichts als letzte, höchstens Extreme.

ZHUANGZI: Unaussprechliche Unendlichkeitsgefühle stiegen in mir auf und ich verlor mich selbst.

RUMI: Wenn einer seine Kiste wechselt, sitzt er nicht im Himmel, sondern in der Kiste. Und berauscht er sich auch noch so oft am Kistenwechsel, merkt er nie, daß er die Kiste nie verläßt.

JEAN PAUL: Es muß ein Weltsystem geben, das auch dem größten Geist groß vorkommt.

ZHUANGZI: Plötzlich erwachte ich; und da lag ich: wieder »ich selbst«. Nun weiß ich nicht: war ich ein Mensch, der träumt, er sei ein Schmetterling oder bin ich jetzt ein Schmetterling, der träumt, er sei ein Mensch?

JEAN PAUL: Einer weiß nicht, welches der Traum ist, die Nacht, wo er das ist, oder der Tag, wo er jenes ist.

RUMI: Im Traum sieht er den Dämon, schöner als eine Huri, und vor Gier verspritzt er seinen Saft. Nachdem der Schaum auf unfruchtbare Erde geklatscht ist, wacht er auf und das Bild rückt von ihm weg. Da fühlt er sich schwach und sieht seinen besudelten Leib, und weint ihr nach, die erschien und verschwand. Der Vogel fliegt auf und sein Schatten eilt über die Erde wie ein Vogel.

JEAN PAUL: – sprang er, ohne an sie zu denken, so innig-vergnügt aus dem Bette in den Tag, als wär's ein Brauttag. Er wußte keinen Grund, als daß er die ganze Nacht einen immer zurückflatternden Traum gesehn, wovon er kein Bild und Wort und nichts behalten hatte als einige anonyme Seligkeit.

ZHUANGZI: Zwischen Mensch und Schmetterling ist eine Schranke.

JEAN PAUL: Wallet nur hin, ihr hübschen Schmetterlinge, und genießet die Honigwoche des kleinen Seins – ohne Hunger – ohne Durst – ein schönes Sonnenleben – ein Liebessein, – und die einzige Kammer des Herzens ist nur eine ewige Brautkammer der Liebe, – beugt die Blumen – lasset euch wehen – spielt im Glanz und entzittert nur linde wie Blüten dem Leben.

ZHUANGZI: Dort gibt es den Vogel Peng, sein Rücken ein Berg, sein Flügel wie Wolken, und fliegt gen Süden zum Ozean, den Rücken am Himmel. Ein Sumpfsperling lacht über den Peng: »Was glaubt denn der, wo er hinfliegt!«

JEAN PAUL: Sein Flug geht über alle menschlichen Köpfe hinweg, und er schwebt zu hoch, Menschen zu sehen, oder von ihnen gesehen zu werden.

GOETHE: Weiß denn der Sperling, wie dem Storch zumute sei?

JEAN PAUL: Ein Adler wollte die Nichtadler doch auch fliegen lehren, er gab also eine Anweisung zum Fliegen in etlichen Quartanten.

ZHUANGZI: Einen Finger als Metapher für die Nichtfingerheit eines als Finger bezeichneten Dings zu benutzen, ist nicht so gut, wie Nichtfingerheit als Metapher für die Nichtfingerheit eines Fingers zu benutzen.

RUMI: Es war einmal eine riesengroße Stadt, doch sie war nicht größer als eine Untertasse. Zahllose Leute lebten in ihr, doch zusammen waren es nur drei bettelnde Dummköpfe.

ZHUANGZI: Vergiß die Zeit … vergiß die Meinungen! Und erhebe dich ins Grenzenlose! Und wohne im Grenzenlosen!

JEAN PAUL: Über das Erheben kannst du dich nicht erheben.

ZHUANGZI: Schwingt er sich in die Lüfte, dann gleichen seine Flügel Wolken, die vom Himmel hängen.

Wird das Meer vom Sturm gepeitscht, geht der Vogel Peng auf seine Reise zum Südlichen Ozean.

DOKTOR FAUST: O daß kein Flügel mich vom Boden hebt!

FAMULUS WAGNER: Des Vogels Fittich werd ich nie beneiden.

GOETHE: Und immer sehnt sich fort das Herz – ich weiß nicht recht, ob himmelwärts.

JEAN PAUL: Zuletzt wollte er seinen Flug nach der Sonne wieder machen, und siehe! Seine ohnmächtigen Schwingen verhüten nur seinen Fall und bewirken nicht sein Steigen.

RUMI: Wenn dir Allah Eselsohren aufsetzt, würdest du, selbst wenn du hundert Flügel hättest, nur zum Holzstall fliegen.

JEAN PAUL: Selig flog er seinen Weg – denn er hatte Flügel am Kopf, am Herzen, an den Füßen und saß als geflügelter Merkur noch auf dem Flügelpferd –, und ohne es kaum zu merken, kam er durch die vorigen Dörfer. Gleich dem Blitze lief sein Geist nur an den Vergoldungen des Welt-Gebäudes hin.

RUMI: Fern halte sich das Hundeauge vom Kampf der Löwen! Fern halte sich der Eselsarsch von Jesus' Krippe!

JEAN PAUL: Sobald der Mensch das Wort Esel hört, so steht sein Witz auf, um sogleich etwas zu sagen.

RUMI: Man braucht die Seele eines Elefanten, der auf dem Rücken schläft, um von Indien zu träumen. Der Esel träumt überhaupt nie von Indien.

JEAN PAUL: Der indische Ozean war ein lärmender Marktplatz wie ein sinesicher Strom –

RUMI: Das Zeichen dafür, daß einer Indien gesehn hat, ist, daß er aus dem Schlaf hochschreckt und verrückt wird.

JEAN PAUL: Wie man im Meer nicht weiß, ob man von

einem Fluß getrieben wird: so fehlt im Universum ein Ziel außerhalb.

Rumi: Die Mystiker haben eine Augensalbe – such sie, damit das Auge, das einem Fluß gleicht, ein Meer wird.

Zhuangzi: Hunderte Bäche ergossen sich in den Fluß Ho, der in seinem stürmischen Lauf schwoll. Die Ufer wichen auseinander, bis ein Ochse von fern wie ein Pferd aussah.

Jean Paul: Wendet man sich um vom Ufer dieses Meerchen und wendet sich landeinwärts –

Rumi: Seit du mich verrückt gemacht hast, hab ich mich nicht mehr nach Vernunft gesehnt.

Islamischer Köterhaß – indische Hundeliebe

Goethe, als Allergiker, als angefärbter oder infiltrierter Mahometianer, fand nicht nur indische Kunst und Art a priori abstoßend fratzenhaft, so als wären Inder so eine Art Chinesen, sondern haßte außerdem Wanzen, Knoblauch, Kruzifixe und Hunde mit islamischer Entschiedenheit.

Jean Paul hingegen war im Sektor Tierliebe und übertriebener Hundeliebe religionsgeschichtlich eher als Zoroastrianer zu verorten, als Sonnenanbeter, Hindu, Inder, Foist. Eine Partyeinladung, auf die er seinen Hund nicht mitbringen durfte, schlug er aus und durfte ihn daraufhin doch mitbringen. Er notierte: »Wie will Goethe etwas gegen die Hunde haben, da 1) der große ruhig dem kleinen vergibt, und 2) der kleine kühn den größten anfällt. Ich wollte, wir wären Hunde.« Als wolle er das noch ausführlicher angehn, nahm er sich ein kleines Projekt vor: »Vertheidigung der Hunde gegen Göthe.« Im Gewimmel der Ideen kam er dann nicht dazu. Da übernahm später dann Schopenhauer diesen wichtigen Job. Goethes Distichon-Statement »Wundern kann es mich nicht, daß die Menschen die Hunde so lieben; denn ein erbärmlicher Schuft ist so der Mensch wie der Hund« setzte Schopenhauer ein Gegengutachten entgegen: »Wundern darf es mich nicht, daß die Menschen die Hunde verleumden; denn es beschämt zu oft leider den Menschen der Hund.«

Goethe – selber ein Chinese

Der Weltgeist schlug zurück. China wußte sich zu revanchieren. Als der chinophobe Goethe seinerzeit den ›Chinesen in Rom‹ verfaßt und sich also distichischem Rhythmuszwang beengt anzubequemen gehabt hatte, war er durch solche Verbiegung – rhythmusnotgedrungen – schier selber eine Art Krüppelkiefer geworden, übel eingezwängt in eine Art Kastensystem oder Prokrustesbett. Dabei hatte er nur seinen geliebten Klassizismus durchboxen wollen, eigentlich nicht die schlechteste Weltanschauung, wenn sie nicht zu Chinophobie verführt hätte – kein kluger Schachzug! Denn die Antike wohnt im großen Long ago; China hingegen gehört sowohl jede Vergangenheit wie auch jede Zukunft, und einbrechende Staudämme oder ausbrechende Weltkriege können dies nur sehr marginal aufhalten. Porzellan besiegt Gips. Goetheklassizismus, so stur er ihn auch intakt und stabil zu halten strebte, weichte auf, schlaffte ab.

Reifere Jahre folgten. Aufgelockerte Ansichten gewannen Oberhand. Eine Maxime oder Reflexion riß manch ein Stammtischniveau und jede VHS-Didaktik lichtjahrweit nach oben und lautete: »Chinesische, indische, ägyptische Altertümer sind immer nur Kuriositäten; es ist sehr wohlgetan, sich und die Welt damit bekannt zu machen.«

In unverdächtigster Goethelyrik fanden sich seltsam buddhistische Stimmungen: »Ach, ich bin des Treibens müde! Was soll all der Schmerz und Lust? Süßer Friede, komm, ach, komm an meine Brust!« Sehnte sich etwa auch der beständig Tätige und Tatvolle – momentweise – nach Nirwanaland?

1787 las Goethe Kalidasas ›Sakuntala‹. Allgemeine Morgenlandfahrerei führte Goethe & Schiller zu ›Turandot‹ & ›Gott und Bajadere‹. 1813 – während der Völkerschlacht bei Leipzig las Goethe – Marco Polo.

Laurence von Arabien, Karl May, Isabelle Eberhardt, Annemarie Schimmel liefen zeitweise lieber als Muslime und Apachen herum, Atatürk, der Schah von Persien und Cem Özdemir zum Ausgleich als Europäer, John F. Kennedy als Berliner, Hans-Rolf Rippert als Ivan Rebroff, Howard Griffin als Blackman, Günter Wallraff als Türke, Jean Paul als Chinese in Rom, und Goethe schrieb plötzlich, kurz vor Torschluß, als ein Mann von achtundsiebzig Jahren, zwölf chinesisch-deutsche Gedichte – da senkte Dämmerung sich von oben, 1827, ultimativ tolerant geworden, ja altersweise, herzlich geneigt, Weltliteratur hochzuhalten, in seinem naturseligen, quasi daoistischen Gartenhaus. Der Anverwandler formaler Motive und Gepflogenheiten chinesischer Dichter wurde also höchstselbst, ohne innere Not, zum Chinesen mitten in Rom! Was er einem andern übel vermerkt hatte, spätbarock irrlichterierende affentheuerliche Geschichts- und Stilklitterung, betrieb er nun selber. Neben solchem Sphärenhopping erscheint das Tun und Treiben des gleichmäßig weiterdichtenden Jean Paul geradezu unstilbrüchig, schier homogen, ja homophon.

Rückblickend schrieb ein Dandy in Frankreich, Jules

Barbey d'Aurevilly, 1873: »Goethe ist als Mandarin geboren und hat seiner Mandarins-Hose so viele Knöpfe hinzugefügt, daß er allen Professoren, allen Kandidaten des Instituts, die diese Hose lieben, teuer sein muß.« Es sei etwas Hinduistisches an Goethe, aber gemäßigt mit Sauerkraut, und ganz ohne den Mystizismus Indiens, gleichmütige Kontemplation, schlaffe Indifferenz, die Dinge nur photographierend, statt sie verstehen zu wollen. »Er hat nicht den leukadischen Sprung ins tiefste Innere des Buddhismus vollzogen, sondern nur die Extremitäten seines Geistes in ihn hineingetaucht.« »Der Hindu-Trottel kam in seinem deutschen Schädel noch zum germanischen Trottel dazu.«

China gab seine Welteroberung zeitweilig den Mongolen ab; Goethe gab seine Romantik an die Romantiker ab. Chinesen haben vergessen oder nie gemerkt, daß sie mal als Mongolen China erobert haben. Der chinesierte Oberbonze hatte vergessen, einst Jean Paul als Chinesen angeschwärzt zu haben. Goethes extremer Ahnenkult (Homer, Ovid, Shakespeare) hatte sowieso stets schon etwas arg Chinesisches an sich gehabt.

ERNSTE SCHERZE, TOD UND VERKLÄRUNG

Warte nur balde – November 1825

»Wenn du nun kommst zu mir, letzter Genius des Lebens: so werd' ich dich, dessen schönes Angesicht und dessen glänzende Flügel so oft an meinem Schreibetisch offen standen, hoff' ich, noch kennen – und wenn ich's nicht mehr könnte, so wäre der Irrtum nur kurz –, und ich werde sagen: nimm nur hin den leichten durchsichtigen Sommernachtstraum des Lebens, weiter ist nichts da! Wenn die letzte Wolke dann dichter um das Auge zieht: dann kommt, ihr Jugendmorgen und Juniusnächte, ich werde die jungen Rosen in euren Händen schon kennen – und ihr gestorbenen Freunde, tretet nahe herbei, denn nur noch das schlagende Herz steht zwischen mir und euch – und wenn dann, was das Geschick doch so vielen Scheidenden bescherte, ein inneres Tönen und Klingen den entrinnenden Geist begleitete, so würd' er noch über diesem holden Frühling der Ewigkeit, über dieser ersten Erde weinend schweben und wünschen: lebt wohl, ihr Morgen und ihr Abende, ihr reichen Täler und Berge, ihr Sternennächte, ihr Frühlinge und du ganze liebe Erde! Und dann hab' ich sie verloren. – O noch ruht sie so glänzend vor mir und trägt die untergehende Sonne an ihrem Herzen – der

Abend brennt hinter seinen Wolken auf den Bergen – die entfliehenden Lerchen singen dem künftigen Frühling entgegen – aus den vertrockneten Auen grünen die hohen Wintersaaten mit Frühlingssprossen auf – und ich gehöre noch der erfreuenden Erde an – o ich will in diesem Vorhof des Seins noch thun, was der Schwache vermag.

Die Sonne geht hinab – meine Reise endigt – und in wenig Minuten bin ich an einem geliebten theuren Herzen – es ist deines, unsterblicher Wieland!«

So wunderschön malte sich Jean Paul vorwegnehmend, viele Jahre vor seinem Tod, seinen bevorstehenden Tod aus, ohne sonderlich auf Todesursache und unästhetische Begleitumstände einzugehen.

Mephisto drückte das viel unversöhnlicher aus: »Wie man's für unsre Väter tat, / Vertieft ein längliches Quadrat! / Aus dem Palast ins enge Haus, / So dumm läuft es am Ende doch hinaus.«

Jean Paul notierte: »Wenn Goethe stirbt, ist mir, als wenn ein Jahrhundert unterginge.« Von der Wahrscheinlichkeit her würde Goethe ja doch wohl plusminus vierzehn Jahre vor ihm zu sterben haben?

Im letzten November, praktisch bereits auf dem Sterbelager, ließ Jean Paul (wie später Richard Otto Spazier über seines Onkels letzte Lebenswochen berichtete) sich Goethelieder vorspielen: »Vor allem ergriffen ihn die Stellen aus Schuberts herrlicher Komposition des Goethischen Erlkönigs ›Du liebes Kind, komm geh mit mir‹ und ›Sie wiegen und tanzen und singen dich ein‹; das ahnungsvolle, heimliche durch die Stimmen und die Begleitung durchtönende verheißne Glück lockte auch ihn mit magischer Gewalt zu einem verklärten schöneren Sein. Dann auch Zelters Lied des Harfners im Meister ›Wer nie sein Brot mit Tränen aß‹ und besonders die mehrstimmigen kleinen Volkslieder, wie ›Soviel Stern‹ am

Himmel stehen‹ usw.; auch wohl Goethes ›Im Felde schleich' ich still und wild‹ von Zelter.«

Von seinem Verleger Georg Andreas Reimer bekam Jean Paul die Zusage für die Drucklegung der Gesamtausgabe in sechzig Bänden (Auflage: 5000 Stück), für ein Honorar von 35 000 Talern – fünfundzwanzig Tage vor seinem Tod (zum Vergleich: Marbach zahlte dem 102jährigen Ernst Jünger 3 Mill. DM).

Am 7. November, 165 km entfernt, bei trüben Regenwolken, beging der verdiente Jubelsenior J. W. v. Goethe seinen »feierlichsten Tag«, sein fünfzigjähriges Amtsjubiläum (Dienstjubelfest), garniert mit einer vierstimmigen Kantate von Franz Carl Adelbert Eberwein auf Worte von Hofrat Dr. Riemer, mit Eberweins Gemahlin als Chorführerin, und Überreichung eines recht geistreich abgefaßten Gratulationsdiploms, Weihgeschenken, einer Jubelgabe, einer goldenen Denkmünze, zudem und obendrein zwei Doktorhüte für Goethes nächststehende Gehilfen – all dies sieben Tage vor Jean Pauls Tod.

Es nahte der 14. November 1825. Des todkranken Jean Pauls letzte überlieferte verstehbare mündlichen Worte lauteten: »Wir wollen's gehn lassen.« Er starb 11 Uhr 30 an der Brustwassersucht, im Beisein von Karoline Richter, Emanuel Osmund, Robert Spazier und Dr. Stransky, derweilen Goethe dem Staatsminister Herrn von Grolmann für die vielfach verehrliche Gabe des hessischen Privilegiums mit »allerunterthänigster dankbarer Anerkennung« dankte und ein nicht minder gespreiztes Schreiben an die Majestät des Königs von Bayern diktierte, ferner an Dr. Riemer schrieb, betreffs einer »versprochenen Gypsmaske«, mittags von Maler Förster dessen Zeichnungen vorgezeigt bekam, am frühen Abend Fräulein Adele Schopenhauer empfing und abends für sich allein Nova politica durchging. Die Trauerrede auf Jean Paul hielt der Goethehasser Ludwig Börne. Goethe gönnte diesem Tod keine Notiz.

Nach dreiunddreißig Jahren immer noch krank

1827 trug Kanzler Friedrich von Müller in sein Tagebuch ein: »Goethes harte Urteile über Richter.« Ohne Ahnung zu haben von den Ausmaßen des Gesamtwerks, pendelte der Überlebende sich auf Pauschalablehnung ein. Aber er hatte doch vor kurzem noch am »Freund« die unglaubliche Reife, den ethischen Faden, den Gleichnisreichtum, die überwundenen Ausartungen und nicht zuletzt den frommen Sinn gerühmt!?!

Und schon wieder ein Ärgernis! Im Stammbuch seines Enkels Walther von Goethe stieß dessen Großvater auf eine Eintragung von Frau von Spiegel, und das mußte ausgerechnet ein Spruch von Jean Paul sein: »Der Mensch hat eine Minute zum Lächeln, eine zum Seufzen, eine halbe nur zum Lieben, und schon stirbt er.« Das klang viel zu wenig optimistisch, wenig mutmachend, und er schrieb eine pädagogische Gegenbotschaft drunter, für die liebe nachwachsende Jugend: »Ihrer sechzig hat die Stunde, / Mehr als tausend hat der Tag, / Söhnchen, werde Dir die Kunde / Was man alles leisten mag.« Da behielt einer das letzte Wort. Kann man das Replik nennen? Nichts gegen hilfreiche Vierzeiler, aber es hat doch der Mensch, bevor er stirbt, tatsächlich bloß zwei Minuten zum Erbringen von allerlei Leistungen, eine zum Lächeln und Seufzen und leider nur eine halbe zum Lieben.

»Der Irrtum ist recht gut, solange wir jung sind; man muß ihn nur nicht mit ins Alter schleppen«, so hatte eine

Maxime oder Reflexion gelautet. Aber an der Sicht der Dinge von 1796, daß die Träger abweichender Gesinnungen als krank zu bezeichnen seien, hielt Goethe unverwandelt und unverfeinert fest. Als er 1827, fünf Jahre nach seinem ersten Herzinfarkt, immer noch – kategorischer denn je zuvor – alles Romantische als »krank« bezeichnete, was durch Wiederholung nicht wahrer wurde (sag doch gleich: entartete Kunst), da waren seit der Erstabstempelung genau dreiunddreißig Jahre ins Land gegangen. Aber weil das Paradeurteil von Goethe stammte, mußte was dran sein, ein herrlicher Denkanstoß und Prüfstein für nachgeboren engagierte Deutschleistungskursler. Thomas Mann gewann der Gleichung ›Bürger gesund, Künstler krank‹ noch ein wenig Kunstphilosophie ab, anhand von Tolstoi-Goethe und Schiller-Dostojewski; doch 1786 hat der dreiundzwanzigjährige J. P. F. Richter alles souverän vorweggenommen und eigentlich prophylaktisch vorauseilend kommentiert, ventiliert und abgehakt: Anknüpfend an Blaise Pascals Äußerung, daß der Frömmigkeit nichts vorteilhafter sei als ein kränklicher Körper, warf er im Gegensatz zum spießigen »Die Kranken, das sind immer die anderen« seinen dichtenden Zeitgenossen vor, daß sie nicht krank genug seien: »Wird aber dann mein Wunsch, über den man gestern in einer gewissen Gesellschaft die Achseln zuckte, der nämlich, daß man, wenn es mit der Vergrößerung des deutschen Parnasses ein Ernst sein soll, sich doch einmal nach Mitteln umsehen möchte, wodurch der pöbelhaften Gesundheit unserer Dichter ein guter Stoß könnte beigebracht werden, wird dieser Wunsch, sag' ich, noch unüberlegt zu seyn scheinen?«

Obwohl damals, in jenen schönen Zeiten, reihenweise zerfressene Schöße und Rosenkränze weicher Knoten noch lange nicht nebeneinanderstanken und der Acker noch nicht um jedes Bett der Krebsbaracke schwoll, da nannte Goethe die harmlosen romantischen Vorstufen späteren Expressionismus' voreilig »Lazarett-Poesie«, nur weil mal jemand nicht jubilierte und das Hiersein nicht völlig herrlich fand.

Was tat Goethe, 81, im Jahr 1830? Stichprobe

Goethe dichtete an der ›Klassischen Walpurgisnacht‹ sowie auch die Verse: »Ich trat in meine Gartentür, / Drei Fremde kamen, auch wohl vier. / Ich bat sie höflich zu mir ein, / Und sagte: sie sollten willkommen sein« – Jean Paul durfte draußen bleiben. Goethe redete mit Adlatus Eckermann über die Einheit Deutschlands, las Schelling, Walter Scott, ›Tristram Shandy‹ (statt ›Titan‹), befaßte sich mit Spiraltendenz bei Pflanzen und Schillers Christustendenz, bekam ein Dampfmaschinenmodell vorgeführt, fuhr schon wieder nach Italien, diesmal mit Eckermann, und schrieb an Karl August Varnhagen von Ense: »Unsrer werthen vieljährigen Freundin der Frau v. Kalb die besten Grüße und Versicherungen, daß ich unsrer früheren wahrhaft freundschaftlichen Verhältnisse stets eingedenk bin. Die Verwirrung, welche der gute Jean Paul in die deutschen Gemüther gebracht hat, konnte mich nie erreichen. Seine Briefe so wenig als seine Werke gelangten zu mir, und so kann man über das was darin steht, insofern es mich betrifft, ganz beruhigt seyn.« Heißt das, es gab doch verschollene Briefe von Jean Paul nach 1795 an Goethe? Der rühmt sich hier geradezu, weder ›Siebenkäs‹, ›Titan‹, ›Flegeljahre‹, ›Ästhetik‹, ›Komet‹ auch nur angetestet zu haben. Die Sorge, etwas zu verpassen, hauchte ihn nicht an. »– welche der gute Jean

Paul« – das klingt nicht gut. Maliziöser Triumph des Überlebenden über ausgereckten Gliedern?

In diesem Jahr rezensierte Christian Dietrich Grabbe den Schiller-Goethe-Briefwechsel und kam darin auf das bekannte inhumane Naturprinzip der Unterbutterung zu reden: »Klopstock, Wieland, Garve, Herder, Jean Paul, Tieck p. p., bedeuten nach diesem Briefwechsel nicht viel mehr als Spreu unter den zwei Weizenkörnern: Goethe und Schiller.«

Letzter Goethe, komisch befruchtet vom toten Jean Paul

Wenn Goethe mit zweiundsechzig von uns gegangen wäre, hätt er ›Dichtung und Wahrheit‹ nicht fertigstellen können. Dann stünde ein Passus über Gebirgsbildung in seiner Schrift ›Gestaltung großer anorganischer Massen‹ als sein letzter Beitrag zum Gesamtwerk da. Wenn zum Ausgleich Jean Paul zweiundachtzig hätte werden dürfen und dadurch auch können – keiner weiß, auch er selber nicht, was er dann noch verfaßt hätte, zumindest den ›Kometen‹ vollendet. Er hatte sich noch lang nicht ausgeschrieben. Zu reimen oder sich zu mäßigen hätte er nicht begonnen.

Im Leben starb er dadurch, daß er so sehr in seine Todgeweihtheit eintauchte, so oft und so inniglich, daß sein tatsächliches Sterben dann kaum noch viel hinzufügen konnte. Er fehlte sich dann nicht, und denen er fehlte, hatte er etlichen Proviant zurückgelassen, stapelweise Flaschenpost, ernste Scherze ohne Ende, nein – kein Ende. Die, durch die er hätte wiedergeboren werden können, ließen sich Zeit.

Als der dickste glühende Pickel auf der Nase des Weltgeistes, diese kleine zerebrale Zufallskonfiguration, die sich als Kennmarke den provisorischen Namen »Jean Paul« gab, eingestampft und zurückgeschlürft wurde in Abrahams Schoß, fehlte der gesamten Welt ein Riesenbatzen Durchgedrehtheit, und die Lücke, die er schlug, konnte sich nicht schließen. Jean Paul mußte auf Georg Büchner warten, der sogar das Beste mitzunehmen, neu durchzupusten, durchzuformatieren, aufzupeppen wußte, aber einiges vom Allerbesten aus biologischen Gründen dann nicht mehr übertreiben, langsam steigern und hochkochen konnte. Zwischen beiden bildete sich eine Durststrecke, ein missing link. Nirgendwo zog sich ein goldbuntes Seil als Lebensfackel durch die kosmische Nacht. Irgendwo wollte kumulierte Durchgeknalltheit zwischenzeitlich unterschlüpfen. Weltgeist, Weltseele und Erdgeist tanzten auf heißen Kohlen. Da gab's aber nur den späten und letzten Goethe, ein verwitwetes Fossil aus alten Zeiten, das im Begriff stand, weitere wohlformulierte Eheromane über Eduard, einen reichen Baron in den besten Mannesjahren, vom Stapel zu lassen, ausgebleichte Novellen sich abzumelken, Spätprosa, Resteverwertung, entweder es noch in die Scheuer zu fahren oder es als Nachlaßmassen ungewisser Zukunft zu überlassen, dem treulichen Nachfolger Adalbert Stifter entgegen, der aber lediglich Nachteile, Schwächen, falbe Steifheiten und tote Hosen des Goethischen Alterstils genügsam weiterzupflegen sich als imstande erwies. Aber abgesehen von dieser Unvermeidlichkeit kam es jetzt erstmal anders.

Seltsame Inhalte und Grillen hub auf einmal der Greis zu wälzen an, wie Sankt Diogenes sein Faß, so als würden ihm etwelche anderswo freigewordenen Kräfte zuströmen, um gewagte Nachtphantasien auszuspinnen. Fast schien er an die Verrücktheit seines männiglich ausgeflippten Irrlichter-Märchens anzuknüpfen. Mnemosyne ließ ihn vergessen, daß er 1808 gegen Humor gevotet hatte. Nun aber kam jener Humor, den er zwischendurch ja gelegentlich gehabt hatte, volle Pulle zu ihm zurück. Schwankende Gestalten übermannten ihn, und er setzte in sein Marstheater sogar das Fettgewicht eines betrunkenen Hanswurstes hinein, und einen Elefanten, im ersten Akt von ›Faust, der Tragödie zweiter Theil‹. Schon hub der altgediente Dichter an, kosmische Visionen auszupinseln, was eigentlich seine Domäne nie gewesen war. Es war, als hätt der Weltgeist den Greisen still geküßt, und als müßte dieser nun in die Binse diktiert bekommen, was eigentlich eher bis dato Jean Pauls Job auf Erden gewesen war – Kuriositätenknäuel auszuspenden, durchzunudeln, unersättlich auszuwringen. Einem absurden Pegasus gab er Sporen, und das ging ihm wunderlicherweise gar nicht gegen den Strich.

Ein Jahr nach Jean Pauls Tod, im Dezember 1826, diktierte Goethe einen Prosaentwurf zur Fortsetzung des Faust und begann ganz normal wie gewohnt im altbekannten verquasten Kanzleistil: »Jetzo aber darf ich nicht mehr zurückhalten und bei Herausgabe meiner sämtlichen Bestrebungen kein Geheimnis mehr vor dem Publikum verbergen, vielmehr fühle ich mich verpflichtet, alles mein Bemühen – auch fragmentarisch – nach und nach vorzulegen.« Als er dann aber inhaltlich anriß, was im zweiten Faust so alles zu stehen kommen sollte, siehe, da kam ein ganz anderer Ton und Sound in die Sache. Es hagelte krauses Zeug, stutzenmachende Formulations-Ausgeburten à la: »Das chemische Menschlein, an der Erde hinschleichend, klaubt aus dem Humus eine Menge phosphoreszierender Atome auf, deren einige blaues, andere purpurnes Feuer von sich strahlen.« Das klang untypisch. Das klang ungoethisch. Der mittlere hätte diesen spätesten Goethe unbedingt ein »forciertes Talent« gescholten, vor allem »krank«. Einst hatte der Kunstrichter, Sittenwächter, Dekret- und Verdiktschleuderer streng, hart, barsch, rigoros alle Inder, Chinesen, Hunde und Romantiker verleumdet – jetzt drehte er, je oller, je doller, selber noch zigmal fratzenhafter auf. Plötzlich wurden sogar kühne, schräge, sperrige, forcierte, überspannte, schier vom Mond gefallene Adjektive in die katalaunische Nacht getupft: »chronologische Kontroverse«, »ausgegeistete Körperlichkeiten«. Das klang merkwürdig jeanpaulinisch, obwohl Jean Paul himself es sicher noch extremer ausgedrückt hätte. Belege, daß Goethe auf seiner letzten Reise ›Katzenbergers letzte Reise‹ rezipiert oder angeblättert hätte, gibt's nicht, aber was Doktor Wagner da in seinem Labor so kompostierte, komponierte, kohobierte, lief verdächtig in Richtung ›Doktor Katzenberger‹ und Spitzweg. »Aus mehreren Klüften lecken flüchtige Flammen; Naturphilosophen, die bei dieser Gelegenheit auch nicht ausbleiben konnten, Thales und Anaxagoras, geraten über das Phänomen heftig in Streit, jener dem Wasser wie dem Feuchten alles zuschreibend, dieser überall geschmolzene, schmelzende Massen erblickend, perorieren ihre Solos zu dem übrigen Chor-Gesause –« Also webte und wirkte Jean Paul doch wohl immer noch unter uns und nötigte ein Fremdhirn und Brutgefäß, bzw. einen pensionierten Staatsbeamten, für den Rest seiner Tage nur noch ernste Scherze hervorzuträllern, ungeheuer bedeutungsschwangere Sachen, wie geschaffen für Kategorien des Albernen und des Rätselcharakters späterer ästhetischer Theorie. So schrieb er mit achtzig sein wildestes Buch. Losgelassene Zügel peitschten die Gespensterluft der Nacht. Schwerverständlichkeit zelebrierte Triumphe. Bevor Dada da war, war Dada da, und siehe, der spätere offizielle, ausdrücklich sogenannte Dadaismus mußte angekränkelt verbleichen vor diesem tollgewordenen Prädadaismus.

Da stiegen aus chthonischen Untiefen, vertonbar eigentlich nur postum mit Richard Wagners und Anton Bruckners Baßtuben, knäuelweise Arimaspen, Kabiren, Sphinxe und Phorkyaden auf. Homunculus, genau wie Jean Paul Inhaber eines historisch-astronomischen Weltkalenders, selber so ein mixtum compositum aus Materie und Geist, lumineszierend verschwägert mit Euphorion und den zappligen Gaga-Irrlichtern des Goethemärchens, schwebte zwischen seinen naturphilosophischen Mentoren Thales und Anaxagoras wie Jean Paul zwischen Wieland und Herder.

Alchemistisch gesprochen, fand hier insgesamt eine

Homunculus, Thales und Anaxagoras, gemalt von Paul Struck, Ausschnitt aus einem Faust-Triptychon im Goethe-Museum Düsseldorf

chymische Hochzeit ehemaliger Antipoden statt, basiert auf selbstverordneter oder irgendwie zustandegekommener, jedenfalls totaler Narrenfreiheit. Ökonomisch gesagt, kam es zu einer freundlichen Übernahme, wenngleich recht hintertückisch. Die gestörte Beziehung war – fifty-fifty prämortal und postmortal – in eine Art Freundschaft oder joking relationship ausgeartet. Goethe und Jean Paul, sie scheinen sich geflohen zu haben, und durften sich dann, eh man es denkt, doch noch finden, und der Gag: Beide Beteiligten merkten es so wenig wie spätere Beobachter. Da hätt doch mal einer drauf kommen können.

Weltgeist und Gebärmutti Natur rieben sich die Hände, wie sie hier im Teamwork im Verborgenen trieben und approbierte Dichterfürsten instrumentalisierten und foppten.

Nur eine Sekunde muß den gruftreifen Faustdichter eine Ahnung angeflogen haben, als er seinen Faust unaufgefordert einen »Tragelaphen« nannte, also genauso wie vor Urzeiten das Epos ›Anthenor‹ von Anton Edler oder auch den ›Hesperus‹ des verdrängten und verkannten Weimarbesuchers Jean Paul Friedrich Richter.

Kurz vorm Tod, am Schluß seiner ›Vorlesung an und für mich‹ hatte Jean Paul sich eine Selbstkorrektur gegönnt: »Und leider muß ich zu mir selber sagen: auch du hast früher gesündigt und zu oft die Gräber offen gezeigt, nicht bloß den Himmel offen.« Diesen Kelch oder Elch ließ der frühe und mittlere Goethe beispielhaft an sich vorübergehen. Doch in der Schlußszene zum ›Faust‹ stand nicht nur Fausts Grab sichtbar offen, sondern obendrein der gesamte, noch dazu katholische Himmel. Da kam ein anmerkungsbedürftiger Pater Ekstaticus herbeigewankt. Erst der jugendfrische Erdgeist in der tiefen inneren gotischen Stube, dann der senile Chorus mysticus der barockkatholischen Operettenbühne, auf Brettern, die den Himmel bedeuten, ecclessianisch ausgemalt – Männerchöre, und dranhängende Komponisten, standen bei Fuß, um den unsäglichen Mystikchor mit Riesenaufwand zu vertonen.

Nur machte das ganze Hans-Sachs-Geknüttel und Reimgeklingel dem Gesamtfaust schwer zu schaffen. Eigentlich hätte ›Faust‹ in einen titanischen Roman von Jean Paul umgeschrieben werden müssen, um auf der Verinnerlichungsschiene und Flaschenpost-Option von

Beethovens letzten Streichquartetten fortfahren zu können. Stattdessen quoll der süße Brei extravertiert, offiziös und scheinbar massentauglich in Richtung Bühnenweihfestspiel, Gesamtkunstwerk, Mysteriendrama im Dornacher Goetheanum und Kulturevent, und irgendwo gehörte er da ja auch hin. Das wär zu befürchten gewesen, wenn Beethoven doch noch den ›Faust‹ vertont hätte, daß der dann eher sich nach Missa Solemnis und Parzival angehört hätte, statt nach opus 131 zu klingen, in cis-Moll.

Dämmrung quoll hervor von unten – Goethe übte sich in üblem Leumund

Daß Goethe summa summarum nicht im mindesten mitbekam, daß er im ›Faust‹ als verlängerter Arm und Organon Jean Pauls zu fungieren, zumindest partiell dessen komischen Weltgeist in immerhin goethetypische Verse zu bringen hatte, zeigt sich nach außenhin daran, daß der überlebende Greis in seiner letzten verbalen Äußerung über Jean Paul, die einer der vielen Zuhörer mitschrieb, diesmal Adlatus Eckermann gegenüber, am 30.3.1831, wieder ganz vergessen hatte, daß er doch vor wenigen Jahren noch öffentlich Jean Pauls frommen Sinn usw. unaufgefordert anerkannt hatte. Nun aber fällte er aufs neue ein hartes, danebengehendes Urteil: »Ich nannte das Buch Wahrheit und Dichtung, weil es sich durch höhere Tendenzen aus der Region einer niederen Region erhebt. Jean Paul hat nun, aus Geist des Widerspruchs, Wahrheit aus seinem Leben geschrieben! Als ob die Wahrheit aus dem Leben eines solchen Mannes etwas anderes sein könnte, als daß der Autor ein Philister gewesen!«

Der sich jahrzehntelang methodisch jeden genialischen Andrang vom Leib gehalten und sich lieber atemnah mit tatsächlichen Philistern umgeben hatte (Bettina von Arnim nannte Zelter einen »Philister«), belegte den weit und breit einzigen Fulltime-Überbieter mit einem Schmähwort, das er seinen besten Duzfreunden nie angetan hätte.

Wenn es galt, lästige Einladungen abzuwehren, hatte Jean Paul sich bisweilen mit der Ausflucht rausgedreht, er sei ein Spießbürger und müsse als solcher um 8 Uhr abends ins Bett, obwohl er abends erst 21 Uhr 15 zu Bett ging – als hätte je ein wirklicher Spießer sich selber so genannt!

Mehr Licht und Sternenfreundschaft im Elysium

Eine weitere Gemeinsamkeit: Sowohl Jean Paul wie Goethe hofften – um sieben Jahre zeitversetzt – noch auf dem Sterbebett, daß der kommende Frühling, den beide nicht mehr erlebten, Besserung ihrer gesundheitlichen Zustände und neue Arbeitsamkeit bringen werde.

Es nahte der 22. März 1832. Des todkranken Goethe letzte überlieferte mündliche Worte in offizieller legendärer geschönter Version: »Mehr Licht!« Drübergelegte Worte: die Bitte um das Pfötchen seiner Schwiegertochter. Tatsächlich letzte Worte: die Bitte um den Nachttopf. Johann Wolfgang von Goethe starb 11 Uhr 30 nach vermutlichem Herzinfarkt mit Katarrh der oberen Luftwege im Beisein von Ottilie von Goethe, Dr. Friedrich Wilhelm Riemer, Friedrich Theodor Kräuter, Clemens Wenzeslaus Coudray, Frédéric Soret, Johann Peter Eckermann. – Die Leichenrede hielt Generalsuperintendent J. F. Röhr.

Warte nur balde – vertieft ein längliches Quadrat!

Jean Paul 1825 *Goethe 1832*

Dann trat ohne Verzug der von uns Gegangene, lorbeergekrönt, einigermaßen feuertrunken, ins kupfergestochene Linienstich-Elysium ein, und ein großes Ausatmen geschah – endlich schöne Götterfunken und Verklärung. Denn über den Sternen verhallt der Kampf, jedenfalls Hölderlin zufolge. Ob Goethe de facto dran geglaubt hatte, ans Elysium, oder bloß als Poet und Polytheist, spielte nun auch keine Rolle mehr. Sofort erkannte er Wieland, Herder, Klopstock wieder – Charlotte Buff und von Stein aber nirgendwo, weder Christiane noch Faustina, obwohl auch diese teilweise gedichtet hatten. Heinse, Lenz und Tobler zu erblicken, ließ ihn nicht zusammenzucken. Obwohl er Jean Paul dazumal auf Erden unnötig verkannt hatte – aus irgendwelchen in Lethe getauchten Gründen –, erkannte er nunmehr Jean Pauls Astralleib – oder Ätherleib!? – sofort wieder, ohne jedes elysische Stutzen und Zögern. Beide Dichterfürsten unsterblich in je eine blütenreine Toga gehüllt, totaler Partnerlook, ohne daß in Goethe ein transzendentales »Ätsch« aufglomm und ohne daß Jean Paul an seine arg erdgebundende Gräcophobia sich plötzlich zu erinnern anhub. Lediglich tiefe Gemeinsamkeiten fielen hier auf – und überhaupt keine epi- und peripheren Differenzen. Denn im Elysium wohnt keine Feindschaft, jedenfalls Herder zufolge. Auch nach Karl Ludwig von Knebel, Christian Otto und anderen Weggefährten mußte man in jenen himmlischen Pastell-Gefilden lange suchen, falls man sie vermißte. Ketzerische Gedankenfiguren Jean Pauls – » – so seh' ich nicht, wie mir dies die Nachwelt, an der vielleicht nicht viel ist, oder die nächsten sechs Jahrtausende erstatten wollen und können –« – hätten im Harmonie-Elysium sicher nur störend gewirkt, und viel zu wenig zeitlos, und hätten gar nicht erst aufkommen können. Keiner hätte sie vermißt. Stattdessen: Bruchstücke der Gattung, auf Erden schmerzreich auseinandergerissen, fanden jetzt jauchzend zueinander, in rundum freier luftiger Sternenfreundschaft, als schöne schlackenlose Seelen, kaum noch je voneinander loszumeißeln. Verschmolzen schwebten Entitäten durch- und ineinander, Wange an Wange, und nicht etwa Wange an Backe, den Blick träumerisch in immer gemeinsamere Fernen gerichtet. Theoretisch hätten dort sogar Ernest Hemingway und Marcel Proust zu Dioskuren avancieren können, wenn das klassizistische Elysium als Auslaufmodell nicht im Vormärz für immer dichtgemacht hätte. Wenn es solche Gefilde vorher je gegeben hätte, hätten die Genien ihre schönsten überirdischsten Verse einander entgegengeatmet: »Uns gaben die Götter / Auf Erden Elysium. / Wie durch heilige Täler wir / Händ in Hände wandelten / Und des Fremdlings Treu / Sich euch versiegelte, / Daß du dem liebenden, / Stille sehnenden / Die Wange reichtest / Zum himmlischen Kuß.« Aber kaum einem fielen seine eigenen abgesunkenen Verse noch ein: »Da ich ein Kind war, / Nicht wußte, wo aus noch ein, / Kehrt ich mein verirrtes Auge / Zur Sonne, als wenn drüber wär / Ein Ohr, zu hören meine Klage, / Ein Herz wie meins, / Sich des Bedrängten zu erbarmen.« »Da ich ein Knabe war, / Rettet' ein Gott mich oft / Vom Geschrei und der Rute der Menschen, / Da spielt ich sicher und gut / Mit den Blumen des Hains, / Und die Lüftchen des Himmels / Spielten mit mir.«

Drunten auf Erden wurden die Dichter unterdessen in Stein gehauen, hier oben schwebten sie über den Wolken als Obertonchöre.

URGESTEIN UND URPFLANZE – MARMORSARG UND DSCHUNGELWILDWUCHS

Sehschlitz und Facettenauge – Fachidiot und Universalgenie

Menschen sind komische Leute, z. B. Männer. Ständig betreiben sie Umrißvergrößerung, privat Erektion, Fönfrisur, Blitzkarriere, außenpolitisch Revierausdehnung, Welteroberung (Timur), Weltliteratur (Goethe), Wirtschaftswachstum (BRD), Weltformel (Stephen Hawking), innenpolitisch dann wieder Metastasen. Homo faber und Polyhistor liefen von früh auf auf derselben Laufschiene. Der eindimensionale Mensch baute Pyramiden, und Imhotep, 2700 v. Chr., Demokritos, Plinius, al-Gazzali, Song Yingxing, Albertus Magnus hatten es leicht, universalgelehrt zu sein; denn sie brauchten sich noch lang nicht schlau zu machen in puncto DNS, VWL, WTC, WC, PC, CDU, H_2O. Drei, vier Schritte durch Horizonte voller DAX, Flops, Chips und Strings, die damals noch nicht auseinanderexplodierten, und ein Universalgenie stand gebietend auf – und große Momente stießen auf ein kleines Geschlecht.

Die Bibel wurde immer dünner, neben Mahabharata, Talmud, Balzac, Proust, Zettel's Traum.

Erst rannten Pallas Athene, die Göttin des Wissens,

Wie wenig Herder lieset – so Goethe, Schiller, Fichte (der gar nichts) – sieh daraus, daß er Jaocbi über den Realismus erst las, weil ich ihn in meinen parakritischen Noten über seine Metakritik darauf verwies; und von Jacobi bat er sich dessen Spinoza erst zum Lesen aus.

(*Jean Paul an Christian Otto, 17.12.1798*)

Goethe bemerkte rechts in den Hecken hinter dem Kammergut eine Menge Vögel und fragte mich: ob es Lerchen wären? – Du Großer und Lieber, dachte ich, der Du die ganze Natur wie wenig andere durchforschet hast, in der Ornithologie scheinst Du ein Kind zu sein. Es sind Ammern und Sperlinge, erwiderte ich –

(*Johann Peter Eckermann, 1827*)

und Panorama, die Göttin des Gesamtüberblicks, um die Wette, dann Weltchroniken und Speziallexika, Populationsboom und Wissensverdoppelungen, ehe Doktor Allwissend alle Mitarbeiterstäbe, Kosmographien, Wissensbäume, Meilensteine, Loseblattsammlungen, Datenbanken, Hirninhalte, Festplatten ins Auffangbecken Google hineinkippte.

Doch je octopusartiger Omnivoren, Moloche, Erfassungsbehörden, Volks- und Erbsenzähler um sich griffen und je vermessener die letzten Hochgelahrten den explodierenden Makrokosmos auf gleichbleibende Kopfgröße komprimierten: Jede neue Breitwandwelt bot dann doch nur Schmalspurtotalität. Zwecklos, einem einzelnen Mikrokosmos oder Genius universalis Defizite vorzuwerfen, daß er, was nur die ganze Menschheit schultert, in seinem Innern selbst fokussieren will, aber hierbei Unverzichtbares ausklammert, oder Künstlern vorzurechnen, daß sie selber Fachidioten sind – konnte Shakespeare, statt sich auf Bühnenstücke (und Sonette) zu spezialisieren, nicht auch andere Genres pflegen? Konnte Leonardo da Vinci, statt sich mit der Erfindung des Impressionismus, des Spürpanzers und des U-Boots zu begnügen, nicht auch etwas Monadologie betreiben und Flötenkonzerte komponieren, wie der alte Fritz? Leibniz hatte mathematisch usw. viel drauf, schwächelte aber im Hauptfach, Philosophie, derart vorkantisch herum, daß der Weltgeist dringend nach Kompensation schrie (Voltaire).

Adalbert Stifter spezialisierte sich auf Landschaftsbeschreibung, inclusive Totalausklammerung brennender Zeitthemen; Dostojewski auf Dialog und Psyche, ohne Händchen für Wetter und Botanik; Frédéric Chopin, Erik Satie, Keith Jarrett, Lang Lang ganz aufs Pianoforte – und dies, obwohl passionierte Orgelbauer meist noch als Zweithobby Kakteenzucht betreiben! Lyrikerinnen spezialisierten sich auf Lyrik.

Kant und Mozart – totale Fachidioten, leider nicht mal Doppelbegabungen wie Günter Grass (Druckgraphik), Albert Einstein (Geige) und Umberto Eco (Blockflöte).

Schopenhauers Kapitulationsdekret, Poet und Philosoph könnten nie ein und dieselbe Person sein – obwohl sicher nur zur Hälfte wahr –, traf bei allen Dichterphilosophen dann vollrohr zu.

Daß Goethe um Bergbau, Morphologie, Osteologie, Straßenbau und Nationalökonomie kreiste und also so oft wie möglich nicht dichtete, kam seinem Dichterruhm zugute. Ohne Farbenlehre, Urpflanze und leider schon wieder Zwischenkieferknochen stünde Universal-Goethe nur noch halb so weltumspannend da. Immerhin pflegte er viele Gattungen, z. B. Übersetzungsarbeit.

Jean Paul übersetzte nichts, verfaßte bloß Prosa, viel zu viel und sonst überhaupt nichts. Kein Versepos rang er sich ab, keine Bühnenposse. Also war er einseitiger, halt leider kein Universalgenie – wie peinlich. Daß er sich nicht zum Versifex degradieren ließ, verzieh ihm keiner. (Wenn er oral über Infinitesimalrechung extemporierte, konnten die überforderten Berichterstatter hinterher nur notieren: »Ein sich dergestalt auf den Schärfen abstrakter Begriffe schwebend erhaltenes Gespräch ist zu verflüchtigt geistiger Natur, um in seinen Wendungen auch nur mit einiger Genauigkeit festgehalten werden zu können.«)

Was hat er nun davon? Er, der Einzige, darf im Europarat und außerhalb Bayerns überall nur zweite Geige streichen.

Aber Tuttigeiger können sich trösten: Von tausend Autoren schafft's sowieso nur einer, Schriftsteller zu sein.

Nicht genug, daß die Masse Mensch, die Fachidiotenschwemme in Werkhallen und Bürokomplexen, als erbärmliches Mängelwesen über diesen kongenialen Planeten kreucht, inkomplett von Jugend auf, diesseits aller höheren Mathematik, sie bringen es summa summarum bloß zu allerlei Prachtexemplaren, Megastars und Jahrhundertfiguren, die sich im Einzelfall hinten und vorne

Jean Paul 1971 in einer fränkischen Diskussionsrunde mit seinen Landsmännern und -frauen Chatarina Regina von Greiffenberg, Leonhard Frank, Ernst Penzoldt, Hans Sachs und Ulrich von Hutten, auf einem Buchumschlag

dann doch wieder als massiv gehandicapt outen, polyhistorisch lückenhaft, immerhin vielseitig unbegabt.

Klassizismus fing in der Steinzeit an

Im Urbeginn wallte und webte – unweit von Tohuwabohu – ein paracelsischer Erdgeist auf und ab und hin und wider; vom »Moloch der Vordatierung« still geküßt, zugange am sausenden Webstuhl der Zeit, gewoben von der Weltenspinne Maja, Sterngewimmel einwebend ins lebendige Kleid irgendeiner Gottheit, weltumschweifend, weltumplätschernd, euch, Brüste – wo? Und die Mutter – wo ist sie? Galaxia, Galatea, Isis multimammia,

Milchspritzer und Molkespritzer aussendend, Spiralarme von Schlangensternen, also Milchstraßen schleudernd – Geburt und Grab, Eiablage und Schädelstätte, Fluß ohne Ufer, Ozean der Märchenströme, hinduistisches Blutmeer der Kali; buddhistisches Tränenmeer des Mara, Neptunismus – nun, o Unendlichkeit, bin ich ganz dein, wenn's mich damals schon gegeben in der wilden omnipotenten einsamen Riesenmühle des Weltalls oder der Weltmaschine – voll biblisch rauschender Welträder –, die ihre Geschöpfe aus dem Nichts hervorspritzte, hinaus in blitzzerrissene Nachtlandschaft, Gaia, vulkanistisch durchgeschüttelt von Seismos, Nachtgewimmel im tellurischen Mineralreich, in katalaunische Feldern, voller Nachtgestalten, Arimaspen, Skyten, wohl auch Triceratopse, Asphaltsümpfe, Vulkanismus, Baßklarinetten, Kontrafagotte, Kosmische Symphonie, erster Satz: »Was mir die Steine erzählten«, wissenschaftlich gesagt: Geomasse.

Ab 4,5 Milliarden Jahre v. Chr. prasselten pausenlos Meteoriten auf die Erde, 700 Millionen Jahre lang, und lagen dann da, sozusagen vom Mond gefallen. Gneise, Quarze, Glimmer bildete sich sowie der 4,5 Milliarden Jahre später von Goethe behandelte »Granit« – eine desolat pflanzenlose Steinzeit, pilzlos, tierlos, hirnlos, sprachlos, geistlos, gottlos, lieblos, lustlos, als endlose Altsteinzeit. Meergreise à la Neptun, Poseidon, Proteus, in Olims Zeiten, entsandten Urpflanzen aus dem Urozean – Urpflanzen, die die kalte starre Rinde bienenfleißig überzogen, mit Schimmelüberzug, Biofilm, Dschungel, bald durchkrabbelt, durchhuscht von leidenden, todgeweiht kauenden, angebissen tötenden Geschöpfen aus Biomasse, Vater Nilus, überwimmelt von Däumlingen auf den Schultern von Titanen und postum weiterwachsenden Scheinriesen. Hekatomben von Kal-

Goethe, zeitlebens heillos fixiert auf übergroße antike Steinfiguren, fand es erstrebenswert und angemessen, selber zu so einem Prachtexemplar heranzuwachsen, zur Not aus Gips, Hauptsache zuungunsten ebenso sterblicher Kleinformate, die gefälligst lebenslang Zwerge zu bleiben hatten.

pas und Äonen später, genauer: 4,5 Milliarden Jahre später metamorphisierte, ermäßigte und verschönte sich der ewig singende Dschungel zu romantischer Waldeinsamkeit. Ernstblickende Fährmänner setzten mit ernstem Blick zapplige Scherzbolde – und Irrlichter – über Euphrat, Oxus und Paliputra und über andere vielarmig geschwollene Ströme.

Affen stiegen von den Bäumen und fällten Bäume. Kurz nach der Steinzeit – eigentlich Holzzeit, denn auf einen Faustkeil kamen zehntausend Holzkeile, Holzstühle, Holzhäuser, Holzlöffel, Zahnstocher, Holztrompeten – verließen die Troglodyten ihre Steinhöhlen, wohnten in Pfahlbauten und Fachwerkhäusern mit Hundehütten, ehe die tatsächliche Steinzeit begann: weltweit Mauerbau, Städtebau, Straßenbau, Tempelbau,

Erster idealantikischer Entwurf von Christian Daniel Rauch für das spätere Bronzedenkmal in Weimar

Kolosseumsbau, altorientalisch, antik, mittelalterlich, Dombau aus haltbarer Geomasse, zusammengeklopft von fragilen Geschöpfen aus Biomasse, drumrum Kahlschlag und Steinbrüche. Wüste wuchs. Antike Gigantbauten, Weltwunder und Mietskasernen schossen hoch, jede Menge Hochkultur und Klassik.

Regenwürmer fraßen sich kotend durchs Erdreich, durchwühlten den Staub, begruben des Wanderers Schritt und legten auf diese Manier die Reste der zu 99,9 Prozent ausgelöschten Antike unter eine Humusschicht, unter der dann 0,1 Prozent der Antike dann doch wieder hervorsah. Ohne pausenlose Regenwurmaktivität keine Archäologie, und dann vor allem auch kein Weimar-Klassizismus, der dann jede Romantik unweigerlich als Unkraut empfand, penetrant exotisch, grellbunt, starkriechend, krank.

Klassik wollte einen Schmetterling in Stein hauen, oder einen Bundesadler.

Im Kühlfach deutschen Geistes: Endstation Unsterblichkeit

Plötzlich ein Scheinfrühling – auf der alten Brücke von Bamberg leckten Leute hochsommerlich Tiramisu-Eis. Nachhinkende Weihnachtskrippen tauschten sich gegen Osternester ab. Dann aber schlug sofort wieder Nordpolarluft durch. Nirgendwo ein pummeliger Treibhauseffekt. Alle Räder froren ein. Zwischen anorganischen Mitbürgern – Container, Kugelpfosten und Stolperschwellen – versteinerte selbst Gott zum Objekt aus Geomasse, in der Bamberger Barockkirche auf dem Michelsberg.

Raus aus Sauwetter, Tauwetter und Steinwüste – nur wohin? Von Bamberg aus in den Süden! Wer noch nie die Walhalla besichtigte: vom Hauptbahnhof Regensburg geht's 10 km raus aus der Stadt. Wer sich den Weg bahnt durch Vorstadt-Baumärkte, Abschleppdienste, Sportwaffen-Shops, Bestattungsinstitute, Carports und Plakatwände: »Superstars live erleben« (Hansi Hinterseer), läßt dann bald die letzte katholische Kirche hinter sich und steigt auf verschneitem Fußweg – Kruzifixe überholend – hinauf zu Deutschlands glanzvoll herzwärmender Vergangenheit, ruhmreicher Ehrenhalle, vorgewarnt von Walhallaverwaltung: »Keine Winterdienstbetreuung! Astbruchgefahr! Haftung des Freistaates Bayern bei einem Unfall ausgeschlossen!«

Säulengänge rücken in den Blick, ehrfurchtgebietend, Kolossal-Pathos und Heroismus förmlich im ewigen Eis deutschen Geistes. Zweiundfünfzig Säulen, jede neun Meter hoch. Spiegelglatter Marmor zwingt den Walhallatourist in Sommersohlen ohne Winterreifen auf allen Vieren zum altteutschen und Großdeutschen Heiligtum zu kriechen. Nirgendwo in dieser Jahreszeit Busse mit Amis und knipsenden Japanern.

Einsam öffnet sich ein Eingangsportal aus deutschen Eichen, jeder Türflügel zweiundvierzig Zentner schwer – gigantomanisch. Eine Hausfrau mit Strickzeug, verwaist, das einzige atmende Wesen weit und breit zwischen Gipsbüsten, nimmt 4 Euro entgegen. Schulklassen hätten, wenn sie gekommen wären, freien Eintritt gehabt. Angeblich kommen im Sommer dreihundert Besucher pro Tag. Bereits 1842 hat Deutschland hunderteinundneunzig dazumalige Superstars gesucht und gefunden.

Eine Kühle der Angst presset die Brust. Unter Larven die einzige fühlende – ein betongrauer Albtraum?

Hoffnungstulpe zwischen Tauwetter und Tauwetter

Walhalla im ewigen Eis – steinharte Unsterblichkeit

Nein, ganz anders – welch Kulturoase! Statt knallbuntes Massenspektakel – seriöse Strenge. Statt Beton – Granit! Statt Tiefgaragen – Familiengruft. Statt Jugendwahn – Ahnenkult.

Literaturfreunde suchen hier E. T. A. Hoffmann und Novalis vergebens. Romantik erschien im Bismarckzeitalter offenbar unseriös. Stattdessen bestücken Lokalmatadore, Universitätsgründer, Kriegsgewinnler, Feldherren das lapidare Elysium, Massenmörder wie Wallenstein, Generalfeldmarschall Moltke, Gerhard von Scharnhorst, oder auch Justus von Liebig, der glorreiche Vater des Kunstdüngers. Goethe landete zwischen Doktor Luther und dem preußischen General Gneisenau, Johannes Brahms zwischen Konrad Adenauer und Carl Friedrich Gauß. Bei Klopstock stand drunter: »Der heilige Saenger«, bei Joseph Haydn: »Doctor der Tonkunst«. »Schelling, Weltweiser« stand zwischen »Radetzky, oesterreichischer Feldmarschall« und »Beethoven, Tondichter«. Jean Paul wurde erst hundert Jahre später nachgefügt und landete deshalb neben »Richard Strauss«. Gustav Mahler aber fehlte sehr.

»Franz Snyders, Maler« stand unvergessen dort herum. Auch irgendein vergessener Bischof zu Worms fehlte nicht. Die Schnittmenge der Sammelbecken Walhalla und ›Narratorium‹ betrug bloß zwei Köpfe: Turnvater Jahn und Anton Bruckner.

Albert Einstein wirkte lächerlich deplaziert, eine Witzfigur aus weißem Schaumstoff. Im zwanzigsten Jahrhundert fand man keine begabten Bildhauer mehr. Schopenhauer und Nietzsche fehlten.

So wetteifert die Walhalla mit Eiffelturm, Freiheitsstatue, Pyramiden und anderen Weltwundern um eiskalte basaltharte Ewigkeitswerte.

J. W. v. Goethe in der Walhalla neben Martin Luther

Jean Paul in der Walhalla neben Richard Strauss

Nirgendwo ein tröstlicher Farbtupfer – raus hier – zurück nach Bamberg! Wann aber kommt Tauwetter in Sicht? Wann erwachen die Tempelgötzen, Helden und Recken der Walhalla und andere anorganische Mitbürger – Absperrpfosten, Betonschweine und Hydranten –

zu neuem, unprofanem Leben? Wann zieht endlich mal wieder Frühling ein in die versteinerten Herzen der farblosen Gegenwart?

Wo Weimar-Klassizismus dann bald landete

Goethe über antike Bildwerke: »Es sind Werke, an denen sich die Welt Jahrtausende freuen und bilden kann, ohne den Wert des Künstlers durch Gedanken zu erschöpfen. Viele bedeutende Büsten versetzen mich in die alten herrlichen Zeiten. Nur fühle ich leider, wie weit ich in diesen Kenntnissen zurück bin, doch es wird vorwärts gehen, wenigstens weiß ich den Weg.«

Adorno über Klassizismus: »Wer Goethe nicht unter die Gipsplastiken geraten lassen möchte, die in seinem eigenen Weimarer Haus herumstehn, darf der Frage nicht ausweichen, warum seine Dichtung mit Grund schön genannt wird, trotz der prohibitiven Schwierigkeiten, welche der Riesenschatten der geschichtlichen Autorität seines Werkes einer Antwort bereitet.«

Jean Paul über Klassizismus: »Wenn der Grieche unter lauter Statuen großer Männer wohnte und dadurch auch einer wurde: so würde der Wiener, wenn er die größten Köpfe immer vor Augen und auf dem Teller hätte, in Enthusiasmus geraten und wetteifern, um sich und sein Gesicht auch auf Pfeffer- und andern Kuchen, Pasteten und Krapfen zu schwingen.«

Die Steinzeit hörte dann nie mehr auf, vor allem nicht als Betonzeit.

Goethe als Geologe kreiste um Urgestein, zwischen dessen Lücken dann eine Urpflanze aufsprießen mochte, um die Goethe als Naturphilosoph kreisen konnte.

Nun, o Unendlichkeit, sind wir ganz dein,
wenn auch ein wenig gräcisiert.

Der spätere eindimensionale Mensch würde nicht zögern, die fehlende Aversion des Steinsammlers Goethe gegen Marmor, Stuck und Gips; sein abnormes Interesse an Granit und Knochenkunde, gepaart mit Menschen- und Hundehaß, kurz: seinen perversen Klassizismus, unterm Stichwort »nekrophil« zu subsumieren.

Klassizismus reinkarnierte im zwanzigsten Jahrhundert als Bauhaus, Stummfilm, Schwarzweißfilm, KZ- und Planquadrat-Architektur, Germania, Preußischer Kulturbesitz, Egon Eiermanns Kaufhausfassaden, Horten, C & A, Hertie, sozialer Plattenbau, Wohnblocks, Einbauküchen, Schleiflackmöbel, Wachstuchdecken, Normfestigkeit.

Statt Marmor – Zement und Stahlfaserbeton.

Statt Pantheon, Tartarus, Orkus und Katakomben – U-Bahn und Tiefgarage.

Statt Walhallaverwaltung – Tiefkühltruhe, Einrichtungshaus, Wasserwaagenarchitektur.

Statt Olympos und Parnassos – Sky Scraper, Sendemast, WTC.

Solang der Mut zum Pathos im Busen zu schwellen sich zutraute, blieb Klassizismus – auf jeder seiner aufgedonnerten Schwundstufen – immer schön bei Fuß.

Statt Glyptothek und Säulengänge – Floristik-Kübel-Stilistik und anorganische Mitbürger.

Die drei klassizistisch glattwandigen Tempel der Zauberoper ›Die Zauberflöte‹, 1.) der Tempel der Weisheit, 2.) der Tempel der Liebe und 3.) der Tempel der Natur, mutierten hundert Jahre später zu drei glattwandigen Flachdach-Betonschuppen: 1.) MINI-MARKT, 2.) AUTOWÄSCHE und 3.) AUTOSERVICE.

Statt dorische und korinthische Säulen – Zapfsäulen und Hydranten.

Hohepriester Sarastro sank ab zum Tankwart.

Im Jahr 1913 schuf Hermann Hahn aus München diese Monumentalstatue von Johann Wolfgang von Goethe, die heute im Lincoln-Park von Chicago steht.

Klassizismus muß oft nachweißen, damit Romantik nicht durchkommt.

Goethe lieferte – um knapp hundert Jahre verfrüht – eine Vorahnung von Frau Saubermanns Designrichtung abwaschbarer Küchenweißung, ungleich länger haltbar, Water-closet-Ästhetik, Schleiflack- und Eternitverschalung, hier wie da Neutralgrau und Isabellenweiß.

Wenn Goethe hätte ahnen können, daß er unausweichlich auf preußischen Kulturbesitz statuarisch zusteuerte, hätte er seine Liebe zum Altertum vielleicht gedrosselt!?

Zuspätromantik – blaue Blümchen in wachsender Betonwüste

Bereits als Tier produzierte der Mensch Romantik.

Wölfe zogen sich aus rauher Arbeitswelt auf verträumte Kopfkissen zurück, zur Not als Dackel und Mops.

Versuchsratten kletterten über die Grenzmarken ihrer Labyrinthe hinaus – da lag hinter der nächsten Wegbiegung Glück, also Romantik.

Eiszeitmenschen träumten von den heißen Jahren ihrer Warmzeit-Jugend. Wenn Wüsten oder Gletscher wuchsen, brachen Neandertaler und Menschen in die Südferien auf, zogen durch Eisbrüche, noch lang nicht gemalt von David Caspar Friedrich, Knüppel in der Faust, dann mit Knotenstock und Wanderstab. Wüstensöhne sehnten sich in grünere, goldene Jagdgründe, Paradiese, hängende Gärten und Mutterschöße, liefen sich Blasen auf Völkerwanderungen und Morgenlandfahrten.

Je lauter die Großbaustelle der Spätgotik lärmte, desto glühender sehnten sich einige Sensibelchen zurück zur Natur, zurück in die Waldeinsamkeit der Frühgotik.

Im Rokoko zirpten und dampften Cembali und Dampfmaschinen um die Wette, Joseph Haydn und James Watt, Briefcultur und Techniktüfteley – PS hieß sowohl Pferdestärke wie postscriptum.

Je knatternder die Motoren des technischen Fortschritts aufheulten, desto dringlicher wollten etliche Sensibelchen – statistisch unerheblich – schon wieder zurück zur Natur, aber bitte nicht zu Fuß, sondern mit Postkutsche, Gondolfiere, Dampfschiff, Zeppelin und Zeitmaschine. Pflanzen haben weniger Grund, sich zurück zur Natur zu sehnen, als Asphaltpflanzen.

Unstillbare Sehnsucht wollte gepflegt werden, zurück in rundum unerfreuliche, positiv umgedeutete, nutzlos verklärte Vergangenheiten: Weimar-Klassizisten suchten das Land der Griechen mit der Seele und nahmen dafür Pigmentschwäche in Kauf. Romantiker sehnten sich nach Mittelalter und nahmen dafür sogar Katholizismus in Kauf.

Frühromantiker, ehe sie als schwindsüchtige Treibhauspflanzen präcox von uns gingen, forderten »progressive Universalpoesie« und kamen zu spät – die wurde in China längst praktiziert, tausend Jahre vorher – jeder Beamte hatte jede Akte kalligraphisch und poetisch durchzuformen.

Bürohengste (à la Eichendorff) sehnten sich, Aktenstaub abzuschütteln, betätigten sich in ihrer knappen Freizeit als Teilzeitromantiker, die man dann »Spätromaniker« nannte.

Goethes Romantik-Allergie fußte auf einem falsch gepolten Autoimmunsystem.

Realisten hatten für den faulen Zauber, den Klassik-Romantik verzapfte, weder Nerv noch Antenne. Romantiker betätigten sich als Realisten, die gern unrealistisch wären. Zuspätromantik, Spätromantik und Frühromantik kamen alle unpünktlich und hatten nicht auf die Uhr geguckt, bei der Pflege ihres naturtrüben Unendlichkeitsfimmels.

Bergwerkskommissar Goethe, der über sechzig Gruben, Pochwerke, Erzhütten besuchte, und Salinen-Assessor Novalis legten den Verdacht nahe: Vermutlich gab's gar keine Romantik, sondern sowieso bloß Technik.

Vorindustrielle Zeiten, falls es solche jemals gab, freuten sich über den nachträglichen Zugang hauchzarter Irrlichter und wunderlieblicher Elfentänze im Mondlicht.

Franz Sternbald sehnte sich zurück zu Albrecht Dürer, der aber von romantisch verwinkeltem Nürnberg nichts wissen wollt und als Idealstadt ein Reißbrett-Planquadrat à la Auschwitz aufzeichnete.

Heinrich Heine klagte als Ökologe, der Gasbeleuchtungsgestank verderbe das Mondlied der Nachtigall, und reimte Tartarus auf Omnibus.

Diese Dampffahrten rütteln die Welt, die eigentlich nur noch aus Bahnhöfen besteht, unermüdlich durcheinander wie ein Kaleidoskop, wo die vorüberjagenden Landschaften, ehe man noch irgendeine Physiognomie gefaßt, immer neue Gesichter schneiden, der fliegende Salon immer andere Sozietäten bildet, bevor man noch die alten recht überwunden. (Joseph von Eichendorff, 1856)

Wie schön und richtig und beseligend, daß sich damals die reine Gemälde-Poesie der Romantik noch nicht in die Quere kommen konnte mit der entblößenden Realistik des photographischen Zeitalters!

So wenig jetzt die Dampfmaschinen zu dämpfen sind – (Goethe) Ausgestorben trauert das Gefilde; keine Schönheit zeigt sich meinem Blick. (Friedrich Schiller) Und in frostiger Nacht zanken Orkane sich nur. (Friedrich Hölderlin)

Goethe starb zwei Jahre vor Eröffnung der ersten Eisenbahnlinie Fürth-Nürnberg. Einerseits: Romantiker vergällten den Deutschen die Vorfreude auf Wirtschaftswunder und VW. Andererseits: Eichendorff, Schopenhauer und William Turner fuhren Eisenbahn!

Einsam stand ein Märchenzwerg in wildromantischer Landschaft, goldbraun lasiert von Carl Spitzweg, und sah ins tiefe tiefe Tal, durch das damalige Dampfmaschinen und Lokomotiven schnauften.

Zuspätromantik versuchte weiterzuträumen, erst in Biedermeier-Ohrensesseln und ewig singenden Wäldern, dann in exquisit totgesagte Parks und Weißdornhecken in Pastell, gemalt und vertont von verschmusten Industriesofties à la Alfred Sisley, Marcel Proust, Claude Debussy, Antoni Gaudí, David Hamilton, Donovan Leitch, Bee Gees, Leonard Cohen, Stehgeiger André Rieu.

1883 patentierte Gottlieb Daimler seinen schnellaufenden Viertakt-Benzin-Motor, 1895 beschwor Gustav Mahler in seinen Symphonien Eichendorffs Posthornromantik. 1905 wurden die Pflichtfächer Kalligraphie und Lyrik in China ersatzlos abgeschafft.

Wüste wuchs; Wachsblumenindustrie florierte; Schnüffelnasen drängten heran; und wer als Zuspätromantiker erwachte, hatte verpennt.

Elektrizität flammte auf – Nebeneffekt: Kerzenlicht leuchtete ab sofort noch dreimal heimeliger als früher. Backsteinbahnhöfe und Betonblocks stiegen auf – Nebeneffekt: Fachwerkhäuser sahen ab sofort zehnmal schöner aus als 1798.

Wiederverzauberung haperte und taperte so für sich hin.

O holde Kunst – in wieviel neutralgrauen Stunden

Der gefallene Erzengel der Kunst stürzte aufwendig aus dem Firmament. Die genauer hinguckten, was unten so ankam, sahen Amoretten durcheinanderpurzeln, traubenweise dickschenklige Putten und Pausbacken, mit Podexkugeln – es regnete straffrei Kinderpornographie ohne Ende. Lieber zentnerweise Kitsch als überhaupt keine Kunst!

Sofort schlug der Moloch der Vordatierung zu. Feenstaubglitzernde Madonnenbildchen schlugen auf Raffaello Santi zurück. Rückwirkend sahen auf einmal auch der Freiherr von Eichendorff, Philipp Otto Runge und Novalis irgendwie kitschig aus, vor allem Isidorus Orientalis. Schäferspiele datierten den Kitsch, der erst 1870 so genannt wurde, auf Bucolica von Theokritos zurück. Am

Kunst fällt als Angelus vom Himmel –
Kitsch purzelt als Amorettenklüngel runter.

Anfang war das Goldene Zeitalter, also Kitsch. Herzrührende Heiligenlegenden und Rührstücke, Schutzheilige, rehefütternde Einsiedler – alle drifteten aufwendig verdrehten Auges in Richtung süße Entlastung. Gevatter Tod schwang die schöne Sense als Eintrittskarte für endlose Verklärung, Schnuckzeug fürs Herz. Kunst und Kitsch – sie scheinen sich zu fliehen, doch umarmen solche Geschwister sich immer öfter, hinterher und vorher. Irgendwer legte einen dicken Finger, der so rötlich war wie eine Rose, in die Seitenwunde der Kunst.

Das könnte ja nun ein Vorzug des Klassizismus sein, daß er kleinerer Kitschgefahr in die alabasternen Arme liefe, doch siehe: ›Fidelio‹, falls er als Oper begann, mündete volle Kanne in Operette. Opernpersiflage oder Kaum-noch-Operette ging, bei übergehenden Augen, in Schmonzette und Schmachtfetzen über – schön wie die blaue Sommernacht bist du, mein süßes Weib, und ich liebe deinen weißen Leib!

Aber gleichwie pfundweise Romantik in den Romantikgegner Goethe einfloß, so konnte Jean Paul sich nicht dagegen verwahren, daß der Genius saeculi hekatombenweise Iphigenien-Klassizismus in sein Œuvre einschleuste, osmotisch durch eine semipermeable Membran: »Da füllte ein heiliger Glanz den Tempel und brannte auf dem Porphyr des Bodens, und Albano sah betroffen und entzückt umher und sagte mit leiser Stimme: ›Wie ist jetzt alles so verklärt an dieser heiligen Stelle! Raffaels Geist geht in der Mittagsstunde aus seinem Grabe, und alles, was sein Widerschein berührt, erglänzt göttlich!‹ Die Fürstin sah ihn zärtlich an, und er legte leicht seine Hand auf ihre und sagte wie überwältigt: ›Sophokles!‹« Oder sollte das Klassizismuspersiflage sein?

Goethes Musenalmanachbeiträge, Singspiele und Festumzüge, die er aus Versehn, nein: absichtlich sogar in Faust II parademarschförmig einmarschieren ließ, trällerten und tremolierten scherzando und buffonesk dem Fernziel Kitsch gefühlvoll entgegen, und siehe, er war nahe herbeigekommen. Denn das Naturell der Frauen ist so nah mit Kunst verwandt! Die heroische Menschheitstragödie ›Faust‹ lief in offene Portale hermetisch wagnerischer Bühnenweihfestspiele oder Dornacher Mysteriendramen hinein.

Franzl Schuberts ›Ave Maria‹ mutierte zu Charles Gounods ›Ave Maria‹. Schuberts ›O holde Kunst‹ suchte sich entsprechend aufdrehende Baritone.

Das könnte ja nun ein Vorzug Jean Pauls sein, daß er weniger ungeschützt der Kitschgefahr in die ausgebreiteten Arme liefe, doch siehe: Er stand Goethe geschmacklich hierin überhaupt nicht nach, überbot ihn

Leider fand Goethe öfter die geschickteren Nachbesserer.

auch hier an zukunftsweisendem Edeltrödel, edelmütigen Augenaufschlägen und Tränenfluß bei absolut allerkleinstem Anlaß und Nichtanlaß – rosa angestrahlte

Lieber Kitsch als gar keine Kunst!

Wölkchen auf dem unendlichen Firmament, wo im vertonbaren ›Egmont‹ die Allegorie der Freiheit, von einer Klarheit umflossen, auf einer Wolke ruht und die Züge vom Klärchen hat, in himmlischem Gewande, derweilen im Jean Paul folgendes sich tut: »Wölkchen, aus der Erde aufziehend, schwebten um die glühende Ewigkeit, und jedes hob einen auf ihm stehenden singenden Menschen hinauf zu dieser Lichtinsel, die sich gegen die Erde spaltete, bloß mit einer unabsehlichen Reihe von weißen Bäumen, aus Licht und Schnee gegossen und statt Blüten Purpurblumen treibend –« Traumkitsch versuchte bereits zielsicher auf Jugendstil und Fidus zuzulaufen.

Immerhin, etwas im Jean Paul arbeitete dem Damoklesfeudel des Kitschverdachtes nicht entgegen. Prophylaktisch baute er in fast jedes makellose Antlitz eine Brechung ein, mal eine Warze, mal eine Blatternnarbe. Wo Goethe »leichte Wölkchen« sagte, sagte Jean Paul »bleiche Wölkchen«. Aber im Ganzen verpuffte Schillers Kategorie des Sentimentalischen im überfließend herbeidudelnden Zeitalter des sentimental Greinenden, Flennenden und heiß Gefühligen, bevor dies alles im zwanzigsten Jahrhundert zur kalten Dusche analysierbarer emotions absank. Da kamen Vormärz, Junges Deutschland, Realismus, Naturalismus grade recht, Hand in Hand mit industrieller Werktätigkeit, rauher Arbeitswelt, Ernst des Lebens und Feierabend, abgelöst später von Software, Hardcore, Stauwarnungen, Mülltrennung, Abwrackprämien.

Mittelalter lag nun als ein einziges Rothenburg ob der Tauber oder Bamberg im Märchenbrunnen raunenden Imperfekts, unerreichbar, wundersam jenseits von IKEA-Katalog, Kernstrom, Antennenwald, Behinderten-WC.

In Cinderella-Luftschlössern aus DisneyWorld erkannten sich die Brüder Grimm kaum wieder.

Solang Gefühlsduselei mitzog, like a Candle in the Wind, blieb Romantik – auf jeder ihrer Schwundstufen – immer schön bei Fuß.

Im Kostümfilm überlebte eine Weichzeichner- und

Brauntonromantik, wie sie selbst 1774 so schönbeleuchtet vor Ort denn doch leider nie vorkam.

Strangers in the Night fühlten sich immer dringlicher mit Novalis wesensverwandt. Bergvagabund Heinos romantische Blume hingegen hieß: »Blau, blau, blau ist der Enzian!«

Nachdem die blaue Blume verwelkte, verwandelte man weiß und rosablühende Hortensien mit Aluminiumsulfat in blaue Blumen. Die botanische Bestimmung der blauen Blume als Kornblume, Vergißmeinnicht, Lupine, Iris, Glockenblume hätte ihr geschadet.

Musik könnte romantisch als höchste Kunstgattung rangieren, wenn Lady Gaga nicht 1,2 Milliarden Tonträger verkauft hätte. Der ›Titan‹ Jean Pauls und Gustav Mahlers klingt und glimmt im Pop-Titan Dieter Bohlen überhaupt nicht mehr nach.

Je abgebrühter alle Steuerprüfer, Aktionäre, Etagenchefs agierten, desto heimeliger knisterte daheim der Natursteinkamin, bei runtergedrehter Zentralheizung und Spotlights.

Am 24. Dezember spürten selbst Hornochsen romantic feelings aufkommen. Irgendein Dr. Kunz legte Adamo auf: ›Es geht eine Träne auf Reisen‹, gern auch Klassik-CDs: Vivaldi für Gestreßte, Barcarola, Larghetto, Violinromanze, ›Music for Quiet Moments und romantische Stunden‹, ›Träumerei‹ von Schubert bis ›Moonlight Sonata‹, Entspannung von Bach bis Grieg, kombinierbar mit Glühwein und einem guten Buch, zum Beispiel des Titels: ›Romantik. Eine deutsche Affaire‹, von Rüdiger Safranski.

Zahnarztgattinnenlyrik erigierte sehr, Erbauungskalender mit besinnlich weichgespülten Wohlfühlaphorismen.

Romantik reinkarnierte in Neogotik, Patina-Stil, Rit-

terspiele, Gassengewirr, Stadtmauer, Geisterbahn, Candle Light Dinner, Nostalgiewelle, Wohlfühlprogramme, Wochenmarkt.

Jetzt aber ja nicht aufschluchzen, null Kerzlein anzünden, null zerrissene Persönlichkeiten und Abgründe rausfahren, sonst kommt doch nur wieder Kitsch raus, statt Romantik. Weiterblättern … Tagesordnung … Pflicht des Tages …

NACHWELTGERANGEL

Bewundert viel und viel gescholten – Bauchpinsler und Lästerzungen über zwei Dichterfürsten

JOHANNA SCHOPENHAUER über GOETHE: Welch ein Wesen ist dieser Goethe! Wie groß und wie gut!

LUDWIG BÖRNE über GOETHE: Seit ich lesen kann, habe ich Goethe gehaßt. Seit ich denken kann, weiß ich warum.

HIERONYMUS LORM über JEAN PAUL: Der Verfasser von ›Ehestand, Tod und Hochzeit‹ hat zwar den Begriff des Feuilleton noch nicht gekannt, war aber unstreitig nichts weiter als der größte Feuilletonist, der bis jetzt gelebt hat.

HEINRICH HEINE über JEAN PAUL: Er hat in seinen Romanen echt poetische Gestalten zur Welt gebracht, aber alle diese Geburten schleppen eine närrisch lange Nabelschnur mit sich herum und verwickeln und würgen sich damit. Statt Gedanken gibt er uns eigentlich sein Denken selbst, wir sehen die materielle Tätigkeit seines Gehirns; er gibt uns, sozusagen, mehr Gehirn als Gedanken.

JULES BARBEY D' AUREVILLY über GOETHE: Goethe hielt sich für universell. Er ahmte Voltaire nach. Nur hatte er von diesem Teufel Voltaire weder die Quirligkeit noch die Gewandtheit noch den Überfluß noch die Leichtigkeit noch die »Anmut des Affen, der das Licht verbreitet«, noch die intellektuelle Aura, die Voltaire auszeichnet, sie war dem großen und trockenen Pedanten Goethe nicht gegeben.

Hermann Hettner über Jean Paul: Zu dem freien und harmonisch schönen Menschheitsideal Goethes und Schillers vermag er nicht vorzudringen; hinter diesen Größten steht er weit zurück sowohl an Begabung wie an sittlicher Energie schonungsloser Selbsterziehung.

Paul Möbius über Jean Paul: Zum Dichter fehlte Jean Paul jene plastische formende Schöpferkraft, die uns nötigt, über der Dichtung des Dichters zu vergessen, in deren Gebilden wir selbständige Wesen voll wirklicher Lebensfähigkeit und Lebenskraft erblicken, nicht aber bloß die immer wiederkehrenden Spiegelbilder von dem eigenen Leben des Dichters, ob sie auch den Schmuck kaleidoskopischer Mannigfaltigkeit an sich tragen.

Carl Einstein über Goethe: Diese Art degenerierten und leblosen Hellenismus, der aus Gips und Alexandrinern sich nährte, war ein Ausweichen vor den Problemen eines untergehenden Christentums und Flucht vor dessen Todesdialektik. (Die Romantiker machten daraus ein ekstatisches Widerspiel und Hegel Dialektik.) Goethe dagegen nahm zu einem zu nichts verpflichtenden Eklektizismus Zuflucht, einem Eklektizismus, der bereits historisch bequem geworden war. Mit Hilfe des überkommenen Repertoires erlernter Allegorien baut er sich einen metaphorischen Gymnasiasten-Olymp.

Alfred Döblin über Goethe: Goethe hat in Deutschland die feuilletonistische Degeneration des Romans eingeleitet.

Wolf Schneider über Goethe: Wer weiß, ob Goethe heute in einer Reihe mit Dante und Shakespeare stünde, hätten sich nicht einzelne zeitgenössische Literaturpäpste aufgerufen gefühlt, eben den Autor der »Iphigenie« zum wahren, zum ganz großen Goethe zu stilisieren, und hätte Goethe nicht seinerseits mit Umsicht und großer Pose und einer eigenen Zeitschrift für seinen Ruhm geworben.

Hartmut Geerken über Goethe: Ach ja, der hauspatron des weltbekannten instituts: dass wegen seines geburtstags in deutschland ein solch unangemessener zirkus veranstaltet wird, ist eine schande & postume beleidigung vieler autoren seiner zeit, die ihm weit überlegen waren: hölderlin, jean paul, börne, seume etc. göte: ein miserabler lyriker, ein dutzend gedichte, die man lesen kann, der rest: trivial pathetisches gelabere. der werther? ein jämmerlich infantiles groschenheft. der faust? prall von deutschem seelenschmalz der unangenehmsten art. Die wahlverwandtschaften? unlesbar für intelligentes publikum. Die reisebeschreibungen? Kaum jemand ist so kaltherzig & stumpf nach arkadien gereist. Die wissenschaftlichen werke? wenigstens interessant & lesbar. seine meteorologischen beobachtungen poetischer als seine gesamte lyrik. – göte? Ein karrierist, ein selbstdarsteller, ein macho, ein deutsches reiterstandbild. Er ging über leichen, wenn es galt, sein monument zu fundieren. Ein mieser charakter, kurz: ein politiker (minister!), der auch vor der zustimmung zu einem todesurteil nicht zurückschreckte.

Eckard Sinzig über Goethe: Wollte immer nur in der Haute Volée verkehren, wo's nach Kohle, Macht / und gepuderter Hofdamen-Muschi roch. / Wenn ich an die Schlacht von Valmy denke, / wo dieses Untier zwischen Bergen von rausgequollenem Brägen / und dampfendem Gedärm seine blöden, neckischen Verslein schrieb und so am Rande noch ein paar »wissenschaftliche Fakten« für seine verblasene Farbenlehre zusammentrug, überkommt mich das Kotzen. / Ich denke, der Typ war ein Monster, ein Charakterschwein / der makabersten Sorte. Irgendwie erinnert er mich an mich. / Nur in einem Punkt sind wir anders: Ich liebe Frischluft, Brisen, Sturm. Bekannt aber ist nun mal, daß dieser miefige Stubenhocker namens Johann-Wolfgang, daß dieses warm vor sich hin pupende Wölfchen nichts mehr haßte als Wind. / Alle Fenster mußten immer dicht verschlossen sein, damit / Wölfchen besser dichten, denken und pupen konnte.

Unaufhaltsamer Ruhm – sinkende Nachfrage

In der deutschen Gelehrtenrepublik gehe es, laut Goethe 1808, so bunt zu wie beim Verfall des Römischen Reiches, wo zeitweise dreißig Kaiser zugleich regierten, jedes Marketendergesicht könne Imperator werden, Wieland und Schiller seien bereits ihres Throns verlustig gegangen, desgleichen Tieck und die Schlegels, wer weiß, wie lang es noch dauern würde, bis man auch ihm den Imperatorenmantel von den Schultern nehmen würde; er werde es mit Geduld ertragen.

Ein Literaturprofessor, der nach Jahrzehnten in Sesenheim recherchierte, traf Friederike Brion als Oma, die ihm sagte: »Ja, ich habe ihn gekannt, aber eines Tages war er fort, und kein Mensch hat je wieder etwas von ihm gehört.«

Wörtlich dieselbe Auskunft bekamen Germanisten, die postum in Lübeck nach Spuren des jungen Thomas Mann fahndeten.

Nicht nur Goethe übernachtete überall – dieses Haus in Weimar, wo Jean Paul über der Kammersängerin Demoiselle Madischek wohnte, steht heutzutage nicht mehr da.

Rezeptionsgeschichte knabberte so an Jean Paul herum. Die ihn noch freiwillig gelesen hatten – Beethoven, Schumann, Stifter, Baudelaire, Mahler –, starben von hinnen. Gottfried Keller, der sich an seinem Jugendidol Jean Paul berauscht hatte, verriet ihn in gereiftem Alter an eine bessere Partie, an Goethe.

Kantleser Schiller wurde bedauert und berühmt, weil er nie die Schweiz und das Meer sah; Jean Paul sah beide gleichfalls nie und las auch viel Kant, aber das sprach sich einfach nicht herum. Daß Jean Paul nie nach Italien fuhr, ward Goethe zugutegerechnet. Anton Raphael Mengs oder Friedrich Overbeck u. v. m. fuhren nach Italien; Vogel von Vogelstein blieb sogar sieben Jahre dortzulande – postum alles in die Luft und für die Katz; denn sie alle hießen partout nicht Goethe.

Adalbert Stifter verlor drei herrlichste, leuchtendste, ergriffenste Seiten beim ersten Anblick des Meers, Goethe nur eine pauschale, eine sozusagen refraktäre Allerweltszeile: »Das Meer ist doch ein großer Anblick!« Jean Paul hatte sich zu begnügen, in seinem immerhin nachgedruckten Werk zu wohnen, zwischenzeitlich hauptsächlich in munteren Blüthenlesen zu überleben, als Flaschenpost für künftige Marsmännchen und Rückwärtsgucker.

Die höheren Pianofortetöchter, die ihn 1796 zum Erfolgsautor gekürt hatten, blieben ihm weder zu Lebzeit noch im zwanzigsten Jahrhundert treu. Bubiköpfe und Lady-Di-Frisurhelme warfen alte Zöpfe ab.

Dann kamen die Wiederentdecker, Enthusiasten, namhafte Autoren, Schmalhänse von Stefan George bis Hermann Hesse, die ihrem Idol strukturell nicht äußerst ähnelten, ihn trotzdem herrlich fanden und wenigstens für ihn trommelten.

Wieviel leichter hatte es da der Goetheomnibus auf dem Weg in immer herrlichere Ewigkeit hinein, und immer vollbesetzter! Ob er's gewollt hat oder nicht (und er hat's gewollt): Sein Schleichweg namens »ins Gebüsch verliert sich sein Pfad« (›Harzreise im Winter‹) verbreiterte sich zur hundertspurigen Autobahn.

Nebenfiguren halfen den Omnibus anschieben. Maler, Kleinmeister, Talente, Dichter und allein zweitausend Tonsetzer, einer kongenialer denn der andere, gaben ihr Bestes, und es konnte sich sehen lassen. Sie schufen Chorwerke, Faustszenen, Faustkantaten, Faustoratorien, sinfonische Dichtungen, Faustscherenschnitte, Bildzyklen, Lithographien, Triptychen, Fresken, Faustparodien.

Größte Namen verewigten sich auf Gegenseitigkeit: Charles Gounod, Franz Liszt, Tschaikowski, Eugen Delacroix zogen Goethe so hinan wie er sie.

Mäßige oder nette Goethegedichte bekamen erst als Lieder höhere Bedeutung, Tiefgang, Pepp und Drive und Sinn und Glanz: Goethe-Adlatus J. Friedrich Reichardt schuf hundertsechsundvierzig Goethelieder, Hofkomponist Carl Friedrich Zelter zweiundneunzig, Franz Schubert siebzig, Carl Loewe sechzig, Hugo Wolf achtundfünfzig, Robert Schumann vierundvierzig Goethelieder. ›An den Mond‹ wurde fünfundfünfzigmal vertont, Goethes nicht äußerst geniales Mailied sechsundsiebzigmal, ›Kennst du das Land‹ zweiundachtzigmal. Zwischen 1816 und 1875 entstanden vierundsiebzig Erlkönigvertonungen!

Jean Paul wurde von keinem veropert, mangels leichtverdaulich mitpfeifbarer Sonderangebote, Dauerbrenner, Ohrwürmer, Schmankerl und Betthupferl.

Mozart dachte in puncto Nachruhm nicht weit (»Diese Sonate wird man noch in zwanzig Jahren spielen!«); Jean Paul ließ seine schriftstellerische Spinnmaschine sausen »für dieses und die künftigen Jahrhunderte«; hinsichtlich kommender Jahrtausende hingegen machte er sich wenig Illusionen.

Goethe-Bronze in Chicago

Jean-Paul-Bronze in Bayreuth

Goethe und Jean Paul wurden von Zeitströmungen vereinnahmt, die sie abgelehnt hatten: Kaum war der große Heide und Pan tot, stand das niedergetretene christliche Gras wieder auf, und ohne Schamröte blühten Reimverse auf wie: »Mit Fürsten steigst du auf, erhabner Dichterfürst, / Wenn die Posaun' einst tönt und Gruft und Erde birst« – da feierten barocke Urstände Auferstehung mitten im neunzehnten Jahrhundert.

Jean Pauls Verehrer hatten nicht gemerkt, daß er sich jahrzehntelang gegen die lästige Dauermode des Antikisierens ausgesprochen hatte, und legten ihm postum genauso die Toga aus Bronze um wie den Klassizisten, die das ausdrücklich angestrebt hatten. Das erste ganzfigurige Jean-Paul-Standbild ward 1841 geschaffen von demselben Ludwig Schwanthaler, der auch das erste ganzfigurige Goethe-Standbild schuf, dieses erst 1844.

Nun konnte Goethe, vom Sockel aus, endlich dafür

sorgen, daß alle Zufallsfiguren, die sich in der Goethezeit um ihn herum tummelten und die sonst keiner mehr nennen könnte, wie Sulpiz Boisserée, mit ihm hinaufgerissen wurden ins Fahrwasser und Fußnotenverzeichnis der Ewigkeit.

Andererseits half ihm seine Berühmtheit oft genauso wenig wie Jean Pauls Unberühmtheit. Als 1790 seine ›Gesammelten Schriften‹ herauskamen, in acht Bänden, fanden sich bloß dreihundertachtundfünfzig Subskribenten; Verleger Göschen fuhr einen Verlust von 1700 Talern ein. Als er unverdrossen zu Lebzeit seinen Briefwechsel mit Schiller an den Tag gab, 1816, wurden vorsichtshalber bloß achthundert Stück gedruckt, davon vierhundert verkauft, die Hälfte makuliert.

Klassiker vollbrachten also das Kunststück, als Randfiguren mit Kleinstauflagen viel berühmter zu werden als Erfolgsautoren wie Hesse, Wassermann, Hauptmann, Mann oder Kehlmann.

Ständig entstanden, während die Erstausgaben des ›Divan‹ und der ›Wahlverwandtschaften‹ 1910 noch lieferbar waren, weitere kolossale Goethemonumente, in München, Berlin, Karlsbad, Wien, Leipzig, Darmstadt, Straßburg, Rom und Chicago. Unsterblichkeit wuchs, bei rückläufiger Nachfrage, steil an.

Das Luftschiff der Klassiker, bombastisch aufgeblasen, halb Dampfwalze, halb Selbstläufer in wachsenden Kulturwüsten, halb Überflieger, bedurfte kaum noch seines literarischen Œuvres und dessen ewiger (gähnenmachender) Werte.

Jean Paul gereichte im Nachhinein zum Nachteil, daß er äußerlich weniger erlebt hatte, sich wenig verzettelte, weniger durch Abwechslung, Ortswechsel, Abenteuer und Allotria auffiel. Vor lauter Innerlichkeit, Fleiß und Disziplin brannte er sich nicht gerade irgendwem ins

Gedächtnis ein, fuhr also weniger Erfolg ein – erhöhte nur das zeitfressende Pensum seiner Leser.

Goethepreisträger Reich-Ranickis dünnblütiger VHS- und DDR-Literaturkanon (Kleist, Mann, Grass, Böll, Frisch, Kirsch, Braun, Hein, Hahn) bewältigte Jean Paul nur via Ausklammerung – nach dem Prinzip: Chinesen, raus aus Weimar! Pu Sung Ling, einer der zwölf chinesischen Goethes, schrieb vierhundertfünfundvierzig, Theodor Storm siebenundfünzig Novellen. Goethe schrieb eine Novelle.

Goethe und Jean Paul schrieben zusammen sieben Romane – Stephen King schrieb 40, Karl May 83, Honoré de Balzac 96, Heinz G. Konsalik 155, Edgar Wallace 173 Romane, Hedwig Courths-Mahler 183 Romane, Lope de Vega 500 Fronleichnamspiele.

Zweierlei Meßlatte

Hätte Jean Paul das verniedlichende ›Vorschule‹ vor seiner Ästhehtik weggelassen, könnten spätere Ästhetiker nicht so leicht einen Bogen drumrum machen. Hätte Goethe eine oder diese umfangreiche Ästhetik verfaßt, wär's als Pflichtlektüre, als Muß und weithinleuchtender Meilenstein festgetackert worden; und vice versa: Hätte Jean Paul sich mit farbigen Schatten befaßt und dieses abseitige Hobby zu seinem chef d'œuvre erklärt, so würden alle mildtätig lächelnd die Schultern zucken und befinden, Jean Paul hätte hiermit seinen Sonderlingstatus absurd zementiert und putzig perpetuiert. Gegen Newton anzutreten wär dann noch viel hirnrissiger und typischer gewesen, als daß Goethe dessen sich erkühnte. Das wiederholte sich dann nochmal, als Salomo Fried-

Den Turm, worin Goethe den Zwischenkieferknochen entdeckte, ließ man aus Pietät stehn, in Jena / Thüringen.

laender alias Mynona mit Kant gegen Einstein antrat. Falls Goethes Farbenlehre von Jean Paul gewesen wäre, hätten weder Hegel noch Schopenhauer diese Lehre bejaht; kein Werner Heisenberg hätte sich noch hundert Jahre später bemüßigt gefühlt, die Farbenlehre wieder mit Newton abzugleichen. Franz Schubert hätte Goethes Suleikalied, worin der Insekten frohes Völkchen sich selig auf Wölkchen reimt, kaum vertont, wenn er hätt wissen können, daß die Lyrik bloß von Marianne von Willemer stammte.

Endlich weltberühmt – falls es sich inzwischen herumsprach

Dann erfolgte ein Berühmtheitsschub. Ab 1951 überzog das Goethe-Institut (Jahresbudget: 335 Mill. Euro), kraft moderner Verkehrsverhältnisse, die Welt mit Goethe und nochmal Goethe.

Es hagelte Niederlassungen in 13 BRD-Städten, 150 Institute, 11 Verbindungsbüros in 92 Ländern – Toulouse, Prag, Istanbul, Berlin, allwo man ihn als Jöte kannte. Man versorgte die Welt mit Goethe, fast so erfolgreich flächendeckend wie Rom und Siemens die Welt mit Jesus und Elektrogeräten.

Dschingis Khan und Timur Lenk konnten postum ihr Reich nicht halten; der Urknall sank sofort in sich selbst zurück. Goethes Welteroberung, Kulturkolonialismus und Globalismus hingegen legte postum erst richtig los.

Goethes »Wereldbeschouwing en Levenswijsheid«, wie seine Lebensweisheit und Weltanschauung auf Holländisch heißt, griff weit über mehrere Landesgrenzen hinaus. ›Iphigenie auf Tauris‹ heißt in Izmir alias Smyrna, also auf Türkisch: ›Ifizeni Taurisde‹. Bald strahlte er als europäisches Ereignis ziemlich majestätisch sogar aus bis Kigali, Kuala Lumpur und Daressalam, nicht zuletzt bis Ouagadougou und Luanda.

China kennt Goethe und Dante als Ge De (sprich: Gö Dö) und Dan Ding, hinter dem mit Abstand berühmtesten Deutschen, aufrichtig verehrt von 700 Millionen Chinesen: Mordkommissionsinspektor Stephan Derrick.

Japan kennt Gö Dö & Dan Ding als Ko-ti & Tan-ti und legt sich flach vor Hei-ni & Faranzuro Kafuka (Heine & Franz Kafka) – gleich nach den Bitoruzu (Beatles).

Auch wenn seine Weltberühmtheit ihm verwehrte, in Goa, Java, Jaunde oder Peru ein flächendeckend Ereignis zu werden – wer heut aktiv nach Goethe strebt und hierfür 10 000 km zurücklegt, kommt massenweise aus Japan. An Hirschgraben und Frauenplan steigen pausenlos siebzig knipsfreudige Ko-ti-Enthusiasten pro Reisebus aus und dünnen nur bei Earthquakes in Kobe und Kyoto kurz aus, um dann ein paar Lücken für Koreaner zu lassen.

›Dichtung und Wahrheit‹ (›Poesia e Verità‹ auf Italienisch) heißt auf Japanisch: ›Shi to Shinjitsu‹, und ›Hermann und Dorothea‹ – ›Huruman to Dorotea‹, fast schon wie der indische Affengott Hanuman. Vertar und Miniyon heißen in Deutschland Werther und Mignon, und nebenbei Kleist auf Japanisch – Kuraisuto.

Ko-ti ward in über sechzig Sprachen übersetzt, also in doppelt so viele wie Goetheschillerbiograph Rüdiger Safranski und in drei bis viermal so viele wie Jean Paul.

Der arabische Großraum kennt Gö Dö als – Gudda! (Reimt sich seltsam auf Buddha?!)

Jöte, Ko-ti, Gö Dö und Gudda quollen aufgesplittet und schwer aufhaltsam als Pandemie und süßer Brei um den Globus. Ohne sein Zutun schwappte, unterm Dateinamen Goethe, sein Gesamtnimbus ins Unbeschreibliche, bis es praktisch nirgendwo mehr neben vollen Parkplätzen ein Haus gab, in welchem Goethe nicht übernachtet hatte. Man hätte das auch mit anderen so weit treiben können (z. B. mit Jean Paul). Auch andere Leut kommen viel rum und übernachten irgendwo.

Im Gedrängel der ›100 größten Deutschen‹ kommt nirgendwo in den hinteren Reihen das Gesicht Jean Pauls in Sicht. Im internationalen Verdrängungswettbewerb schnitt er nicht gut ab. Immerhin ließ er sich nicht ganz abservieren. Zusammen mit allen anderen Vergleichsfischen hangelt er sich von Todestag zu Geburtstag. Immerhin – apropos ›Poesia e Verità‹: Jean Paul reiste zwar nie nach Italien, kam punktuell dann aber doch mal dort an, denn von Gian Paolo erschien: ›La Levana o scienza dell' educazione‹. Setteformaggi heißt rückübersetzt ins Deutsche Siebenkäs und Acchiappavacche – Kuhschnappel!

Auch sein ›Dream upon the universe‹ kam in The London-Magazin gut raus, sein Stück ›Die Vernichtung‹ als – Annihilation. ›Die Rede des toten Christus‹ erschien als ›The Atheist's dream‹ oder auch mal als ›The vision of a goodless world‹. Thomas de Quincey übersetzte das dritte Kapitel der ›Flegeljahre‹ ins Englische und verfaßte einen Brief über den Writer des Buchs ›Dog's Post Day‹.

Subkutan bröckchenweise kam er, wie Goethe (bin schon da) im Orient und in Fernost an. 1959 erschien das Bändchen ›Worte an die Jugend‹ im Sansyusaya Verlag Tokyo, erläutert von Nobotoshi Ayoma. Embin Aoyama

Lieblingshobby Ahnenkult – Gö Dö schaffts ohne China keine 150 Jahre mehr …

dichtete huldigend, abgedruckt in ›Hesperus‹, 1963: »Heil Dir, Du Fackelträger des Geistes / Beim Niederschauen auf den 200. Geburtstag, / blüh in Traum und Musik Dein zeitloses Wort. / Durch die gottlose Zeit führt Dein Adlerflug. / Wir sehen Dich wieder. Glänze weiter, glänze weiter!«

Weltberühmtheit wurde zum Synonym von Japan-Kompatibilität.

Goethes Welteroberung unterdessen umgriff nicht nur die Zukunft, die in unkaputtbar ausdauernder Erinnerungsarbeit auch künftighin auf ihn zurückkommen und sich von ihm um alle Finger wickeln lassen möchte, sondern versenkte sich auch nach hinten und unten in die Zeiten vor ihm. Bereits 1610 tauchten in Barockkirchen in Bamberg und anderswo vollgültige Goetheköpfe auf. Bei den typisch unverkennbaren Goetheköpfen der Goethezeit handelt es sich wohl

Goethe im Bamberger Barock, im Michelsbergkloster 1610

Goethe präexistent als römischer Militärheros

Goethedoublette aus Lavater

Schiller präexistent in religiösen Zusammenhängen

Schillerdoublette aus Lavater

doch nur um verlängerte Ausblühungen. Die klassizistische Toga ward einfach nur einem Barockantlitz übergeworfen.

Villa Wahnfried und Rollwenzelei – Platzhirsche in Bayreuth

Die DDR monumentalisierte das Wohnhaus am Frauenplan, powerte es auf, sanierte es unbeschaulich tot, öffnete es den tonnenweise Anreisenden aus aller Welt, erst Sowjetbürgern, dann Japanern. Das Wahnfriedmausoleum, walhallartig monumental, selbstherrlich, authentisch, atmet neunzehntes Jahrhundert pur bis zum letzten Plüschsofa, eingebettet in Blumenrabatten und herrschaftlichen Wandelpark mit Piedestahl-Büsten. Hineingeschleppte Schülermassen stolpern bei Parsifal-Sphärenmusik über Metalleitern und Kabelsalat von Staubsaugern.

Aber in Jean Pauls Haus (»Hier lebte und starb Jean Paul«) ist bloß eine Apotheke drin und oben Mietparteien, und keiner kann rein.

Eintritt in den Originalschauplatz der opulenten Villa Wahnfried: 4 Euro, Sommerzuschlag 50 Cent. Prachtausgaben, Partituren, Bühnenbild-Docus, Sängerkarrieren, Nachfolgequerelen, satirische Kunstkarten, Reliquienhandel biegen die Verkaufstische durch.

Eintritt ins sarkophagartig unterkühlte Jean-Paul-Museum: 1 Euro 60 – o ungerechte Welt! Da liegen nur Fixlein- und Wutz-Reclamhefte herum, ärmliche Biographien – schwache Leistung!

Goethes Diktierklause wird im Originalzustand gehalten, samt aller Holzschubladen; sein Gartenhaus blieb wunderbar unverbaut. Jean Pauls Rollwenzelei hat ihre idyllische Abgelegenheit nur hundertundfünfzig Jahre beibehalten können, ehe Stadtlärm sie einholte, Asphalt, mehrspurige Schnell- und Bundesstraßen, Ampelanlage, Zebrastreifen, Bürgersteig, Bushaltestelle, und das kann die Rollwenzelei nie wieder abstreifen, außer durch Zivilisations-Clash. Null Gartenstreifen oder alter Baumbestand ließ eventuellen Idyllenflair des Locus amoenus zu. Für die Restaurierung der Rollwenzelei, die wieder blau gestrichen wurde, kamen Gelder zusammen. Obwohl nur alle drei Tage zwei einsame Wanderer vorbeischaun, wurde 2010 Originalsubstanz durchbrochen, um den behördlich vorgeschriebenen Fluchtweg zu schaffen. Der letzte Hauch und Nachhall verschwundener Idyllik ward ultimativ exorziert mit einer fürchterlichen, extrem unromantischen, unnötigen, kostspieligen Sicherheitsfeuertreppe (25 000 Euro) aus freischwebend grobmaschigem, fußabtrittartigem Gittergestänge, eiffelturmmäßig verlöteten, vernieteten, sicher ingenieursmäßig, statisch höchst intelligent durchkonstruierten Stahlbauelementen, Schwermetallträgern, Preßblechgefügeteilen – oder wie sowas heißen mag: Normgitterroste? Maßgitterroste? Schweißpreßroste? – insgesamt durch und durch ekelhaft seelenlose, ausgenüchterte, stanzgitterdrahtgewebeartige Strukturelemente, garantiert ungeheuer rostfrei und korrosionsbeständig, ein Musterbild von Zweckrationalität und rutschhemmender Edelstahl-Punktschweiß-Desolatesse. »Hier dichtete Jean Paul« – nein, hier nicht. Oben dann ganz schlicht und ärmlich, keinerlei Orgelregister, nichts als stille Kammer, herzrührendes Gegenstück und Kontrastprogramm zu Richard Wagners Prunksucht und Affinität zu neureich vergoldeten Klodeckeln.

Einzig die Chaiselongue, auf der Wagner in Cosimas Armen starb, klein, unrestauriert, abgeschabt, schier jeanpaulinisch herzrührend, und vice versa und Yin und Yang: Jean Paul näherte sich wagnerfömigem Schwer-

Villa Wahnfried in Bayreuth *Jean-Paul-Museum in Bayreuth*

gewicht in seiner majestätisch bismarckkompatiblen, hochoffiziösen Bronzefigur am Jean-Paul-Platz.

Beide Bayreuther schrieben mammutöse Musikdramen und Gigantromane, die neben Goethe und Beethoven recht unschlank wirkten, drei Nummern zu groß. Das Schöne an ›Flying Dutchman‹ und ›Rheingold‹: daß sie nicht so lang sind wie die ›Nibelungen‹. Jean Paul bei Zweitausendeins ging gut weg, aber im ›Hesperus‹ und ›Titan‹ beißt und fräst sich kaum ein Fan unüberfüttert vorwärts.

Wagner wuchs, indem er an König Ludwig, Cosima, Franz Liszt und Friedrich Nietzsche andockte, über sich hinaus. Jean Paul konnte noch so sehr mit Goethe, Schiller, Herder, Wieland, Hegel und E. T. A. Hoffmann konferieren, es nutzte ihm postum nicht viel.

Was verbindet Goethe und Richard Wagner? Beide übertönen unstatthaft den einzigen Jean Paul.

Wagner & Goethe, obwohl sie Bach-Wieland-Haydn-Mozart an gedrängter Einfallsfülle auf kurzen Strecken oft nicht überboten, wurden zu Superstars aufbereitet; Jean Paul, der allerlei Klassik-Romantik (plus Philosophie) problemlos sprengte und überrundete, ward – trotz Alibidenkmal – klein- und kurzgehalten.

Wagners Antisemitismus verhalf ihm unverdient zur Debattenbelebung. Winifred Wagner schleppte selbst den Reichsführer in die Rollwenzelei, wo er sich brav ins Gästebuch eintrug, unweit von Anton Bruckner und Dr. Rudolf Steiner.

Fatal für einen von beiden, daß die großen Söhne der Kleinstadt Wunsiedel Rudolf Heß und Jean Paul heißen – der Erdgeist schwitzte beide aus. Neonazis, die sich – unweit des gleichfalls übel frequentierten Konnersreuth – in Wunsiedel ums Grab des Stellvertreters Hitlers scharten, verabredeten sich heimlich, wie polizeiliche Abhörtechnik mitbekam, am »Schien-Pohl-Platz«, intoniert wie Jeans (eine bekannte Niethosengattung). Auf daß Wunsiedel ein schwächerer Magnet für Pilgerströme und dreitausendachthundertköpfige Aufmärsche werde, hat man das Heß-Grab am 20.7.2011 aufgelöst und umgepflügt.

Das Goethe-Institut in Lomé in Togo wurde 2005 beschossen, gestürmt, angesteckt, verwüstet.

Kann sein schleichend Volk das Stehaufmännchen überholen?

Wenn's ihm wenigstens hinterherhinken könnte! »Er aber steht geduldig an der Pforte des zwanzigsten Jahrhunderts und wartet lächelnd, daß sein schleichend Volk ihm nachkomme.« (Ludwig Börne) – Und ließ jetzt schon die Pforte des einundzwanzigsten hinter sich und wartet – auf wen oder was? Auf begrenzte Gestalten, in deren Nischel er kurz nochmal auferstehen könnte?

Goethe appelliert, zwischen Vordringlichkeiten und Sachzwängen, an den Menschen: »Edel sei der Mensch, hilfreich und gut« und hielt sich selber nicht immer dran. Jean Paul fordert: »Habt nur Genie, und ihr werdet euch wundern, wie weit ihr's treibt!« Wir versuchen's ja und geben unser Bestes, aber unsere Teilfunktionen wollen nicht zusammenschießen zum vollen Akkord, nicht mal zur halben Miete!

Nichts gegen Neoprimitivismus. Aber »Fasse dich kurz« sehnt sich nicht nach Bandwurmsätzen und nicht nach den gordischen Knoten der Hyperdifferenziertheit. Opus 131 in cis-Moll sehnt sich nicht nach Humbahumba-täterä.

Edel sei, der Mensch, hilfreich und gut!

Quadratisch *praktisch* *gut*

Orpheus dreht sich um und sieht Euridyke zurückfallen. Jean Paul dreht sich um und sieht johlende, zappelnde, käuende, kotackernde, horizontfüllende Urenkelmassen, aus denen sich keinerlei schleichend Volk herauskristallisiert. Nur ab und zu arbeitet sich, bei jeder ephemer hinwegtröpfelnden Gedenkaktivität und Tafelaufstellung im Verkehrslärm, ein Pressesprecher hervor und zitiert jubelnd Ludwig Börne, nun sei dem voraus-

»Nicht allen hat er gelebt.« (Ludwig Börne über Jean Paul, 1825) Anders gesagt: Von Meister Eckhart, Jeanne d'Arc und Mozart besitzen wir leider kein authentisches Bildnis.

gestürmten bayrischen Dichter sein schleichend Volk endlich nachgekommen – Pustekuchen. Schön wär's. Da kommt wenig. Da kommt überhaupt nichts. Da schleicht und humpelt und dümpelt fast nichts, so verschrumpft wie überzählig – vorüber, ihr Schafe, vorüber. Wir sind das Volk und ich bin der Volker. Lesezeichen im Tagebuch einer Schnecke wandern nicht weiter. Die mobilen Gehirne sind viel zu hektisch gehetzt, um noch schleichen zu können. Man blieb umfassend zurück. Man ist anderswo engagiert. Man hat anderes auf dem Schirm.

Jean Paul hat sich hold zu bescheiden. Unaktueller Weltgeist darf Däumchen drehn im Immergrün seiner Mottenkiste. Lange halkyonische Blicke mag er schweifen lassen über Himalayagipfelketten und Äonen. Zwischenzeitlich könnten ihn Wiedergutmachungs- und Wiederbelebungsversuche zum 250. Geburtstag am

23.3.2013, siehe www.jean-paul-2013.de, zum Durchhalten motivieren; denn siehe, es war sehr gut gemeint. Schulfrei für ganz Bayern! Der Jean-Paul-Wanderweg ist 200 km lang, bestückt mit 150 ausgehängten Aphorismen; da hat Goethe mit seinem 18 km langen Goethe-Wanderweg rund um Ilmenau/Thüringen mal wieder den Kürzeren gezogen. Allerdings – kleiner Rückschlag inmitten von Theateraufbereitung, Schüler- und Komponistenwettbewerben, Symposien, Bayreuther Stadtschreiberposten: Wegen zugesagter, aber dann gestrichener Gelder konnte die anvisierte Litfaßsäulen-Aktion nur mit kleiner Takelage realisiert werden; statt sechs Litfaßsäulen in Berlin, von denen Jean-Paul-Plakate geprangt hätten, mußten sich sämtliche Berliner nur eine einzige Litfaßsäule teilen. Ein ARTE-Themenabend kam nicht zustande, weil Jean Paul mal wieder nicht Goethe oder Sartre hieß.

Doch auch in schöneren Epochen sah es oft kritisch aus: Wenn es dazumal bereits WM, Formel 1, RTL, DSS, Talkshows, Musikantenstadl, Wettkochen, Tatort und Dschungel-Camp gegeben hätte, wären Goethe & Konsorten noch weniger gelesen worden, nämlich gar nicht. Es hätten sich nicht mal die vierhundert Leutchen gefunden, die damals in Büchern versanken, auf den letzten Drücker die Ruhe vor dem bunten lauten medialen Sturm nutzend.

Ohne Rentnerberg spränge ihnen überhaupt niemand mehr bei. Studentenkonzerte bleiben leerer als Autobahnkirchen. Trau keinem unter siebzig – einzig Sitzmumien gewähren Bach, Mozart, Mahler in Mitteleuropa noch ein Weilchen Gnadenbrot und sitting ovations.

Klassiker mutierten zu Hochkulturknüppeln. Der Nimbus ihrer edlen wahren guten Absichten wuchs – zwischen Gründerjahren und Wirtschaftswundern –

JOHANN WOLFGANG VON GOETHE

28. VIII. 1749 — 22. III. 1832

Er ist am 28. August mit dem Glockenschlag zwölf geboren worden, alle Genien standen um seine Wiege, Fortuna selbst ebnete die äußeren Wege seines Lebens, doch in seiner Brust klaffte schmerzhafter, bewußter als bei irgendeinem anderen Sterblichen der Zwiespalt alles Menschlichen. – Der junge Goethe trotzte der überkommenen Ordnung, der Trennung von Göttlichem und Irdischem, gleich dem Prometheus: „Hier sitze ich, forme Menschen – nach meinem Bilde, ein Geschlecht, das mir gleich sei: zu leiden, zu weinen, zu genießen und zu freuen sich – und dein nicht zu achten, wie ich!" Der alte Weise von Weimar aber, der Kammerpräsident und Freund des Herzogs, schrieb viele Jahre später im „Torquato Tasso": „Der Mensch ist nicht geboren, frei zu sein, und für den Edlen gibts kein höher Glück, als einem Fürsten, den er liebt, zu dienen." Er war ein Gegner der Französischen Revolution, die Romantiker lehnte er ab, er verkannte Schubert, Kleist und Hölderlin, wandte sich von Beethoven ab und schrieb im „Faust": „Das ist der Weisheit letzter Schluß: nur der verdient sich Freiheit wie das Leben, der täglich sie erobern muß!" Goethe ist Faust selber: der immer Strebende, der Suchende, schmerzvoll Liebende, der Irrende, sich Wandelnde, aber immer bluthaft Lebende, der sich aus Schuld und Sünde lösende große Mensch. Als Dichter bereits zu Lebzeiten unsterblich in seinen Liedern, Romanen, Dramen und der Menschheitstragödie „Faust", von aller Welt ausgezeichnet, lebt sein Andenken auch als Forscher auf dem Gebiet der Knochenlehre, der Pflanzenphysiologie, Mineralogie, Geologie, der Farbenlehre fort. – Er war der Gipfelpunkt des alten Europas und des abendländischen Menschen. Seine Gedanken und sein Werk gehören nicht einer Nation oder einem Kontinent, sondern wie er es wollte: der ganzen Welt.

21. III. 1763 — 14. XI. 1825

JEAN PAUL

Gleichzeitig mit den Großen der deutschen Klassik und Romantik lebend, stand Jean Paul Friedrich Richter außerhalb beider Strömungen, als einer der glänzendsten, originellsten und fruchtbarsten Geister jener Zeit. Er schöpfte als Dichter aus den tiefsten Quellen deutschen Gemütes und Humors und verband weltweites, überlegenes Denken mit echter Religiosität. Für ihn führte die Kunst nicht ein in sich abgeschlossenes Eigendasein neben dem eigentlichen Leben, er sah in ihr vielmehr die Erhöhung des gesamten Menschenwesens, den Ausdruck vertiefter Lebenskraft, die auch das Leid bejaht und überwindet, und den fortwährenden Erweis des Unsterblichen. Jean Paul lebte und litt mit seiner Zeit, die er mit weitschauenden politischen Schriften wie „Friedenspredigt für Deutschland" und „Dämmerungen für Deutschland" aufrüttelte. Wir verdanken ihm die schönste, überzeitlich gültige und am wenigsten schulmeisterliche deutsche Erziehungslehre, die „Levana". Und wenn auch die Lektüre seiner Erzählungen – etwa des gewaltigen Bildungsromans „Titan", der liebenswürdigen „Flegeljahre", des feinsatirischen „Siebenkäs" oder der heiteren Charakterstudie „Schulmeisterlein Wuz", „Des Feldpredigers Schmelzle Reise nach Flätz", „Dr. Katzenbergers Badereise" u. a. – durch Abschweifungen, witzige Schnörkel und Anspielungen auf damalige Zeitverhältnisse etwas erschwert wird, so wird das durch den farbigen Zauber der Darstellung und Phantasie, die einzigartige Sprachgewalt und die Fülle der Lebensweisheit reichlich aufgewogen. Zwischen Wunsiedel im Vogtland und Bayreuth spann sich das Leben dieses Dichters, über den Ludwig Börne in seinem berühmten Nachruf sagte: „Er aber steht geduldig an der Pforte des 20. Jahrhunderts und wartet lächelnd, bis sein schleichendes Volk ihm nachkomme."

Aus: Große Männer der Weltgeschichte. Tausend Biographien in Wort und Bild, Verlag Sebastian Lux, undatiert, ca. 1965 steil an mit steigendem Lebensstandard, besserer Infrastruktur und Bruttosozialprodukt. Daß es Jean Paul weiträumig erspart blieb, als Pflichtlektüre zu nerven, half keinem weiter. Germanistikstudenten lesen nur noch prüfungsrelevanten Stoff, allenfalls Faust I als Reclamheftchen.

Wenn schon seine Zeitgenossen nicht so recht mitkamen und sein schleichend Volk ohnedies nie – konnten denn wenigstens die zweihundert folgenden Jahre eine erkleckliche Anzahl von Dichterphilosophen, Visionären und Humoristen ausbrüten und bereitstellen, um ihm das Wasser zu reichen und die Schnürsenkel zu küssen? Er kann doch nicht immer nur alle Nachgeborenen und Nobelpreisträger in die Pfanne hauen!? Er muß doch mal jemanden zulassen können. Alles andere wäre inhuman. Dann wär er selber so eine Art Monstranz und Goethestandbild, der mit autoritativem Schlagschatten kein Kräutlein um sich herum mehr hochkommen läßt.

Wie Jean Paul zentnerweise Scheinriesen kleinmacht

Ausschließlich wohlwollende Rügen verteilte der sanfte Jean Paul: »Nicht einmal meinen Feinden mag ich weher tun als es literarisch notwendig ist.« Fast nie pflegte er als Mensch und Mann zu seinem ererbten Jähzorn zu greifen und falls doch, kündigte er es vorher an: »Bisher saß ich noch gelassen da und hatte den Krokodilsrachen offen für alle Mücken und alles was darin stach und sog; wenn sie mich aber zu arg stacheln, so schnapp' ich zu.«

Aber als Autor richtete er ungeheuer viel Unheil an. Neben seinen lichtdurchflossenen Naturlandschaften und Gefühlsüberschwängen sahen Normalromantiker geradezu unromantisch aus. Neben seinen gedankenblitzsprühenden, poesietriefenden, wissensqualmüberladenen Riesengebirgen sahen die Werke von Normalautoren, à la ›Dichter und ihre Gesellen‹, geradezu unpoetisch, ungebildet, unbedarft, wenn nicht minderbemittelt und – erholsam aus. Neben dem Orchestralkoloß seines ›Titan‹ verblichen Goethes ›Meisters Lehrjahre‹ zu Magerquark, Linolschnitt, Trockenkost, Flötensolo. Neben ›Auswahl aus des Teufels Papieren‹ verniedlicht sich Mephisto momentweise fast zu Kasperletheater.

Schlicht indem er sprachpotenter und denkwütiger als alle Mitstreiter aufdrehte, biß die abnorme Denkbeule, dieser somnambul im Dusel und Fieberwahn faselnde Wirrkopf, Schrägdenker und Hitzkopf, mitten in der Weltumarmung, eine Riesendunkelziffer bemühter Menschenkinder weg und haute wider Willen die Schnecken, die er aus ihnen machte, in die Pfanne. Allen Möchtegern-Rivalen erschwerte er deren Kongenialität unermeßlich, schon allein aus Liebe zur gern sogenannten Unendlichkeit.

Das tat er allen an, seinen Zeitgenossen genauso wie rückwirkend dann seinen satirischen Vorbildern im Schreibfach, an denen er sich zuerst noch demütig hochgezogen hatte – er ließ alle, die er zu Vorgängern stempelte, alt aussehn und ungewürzt erscheinen: Christian Ludwig Liscow, Gottlieb Wilhelm Rabener, Theodor von Hippel. (Denselben Frust hat Beethoven der Mannheimer Schule beschert, samt Michael und Joseph Haydn.)

Vorauseilend griff er sogar in jede Zukunft. Von jedem, der nach ihm kam, verlangte er mit Unschuldsmiene, daß sein eigener unverschämter Intelligenzquotient nicht

Er lief seiner Zeit nicht voraus – sie ist nur nicht mitgekommen.

unterschritten werden möge, aber hielt sich wer dran? Ums selber ein bisserle dusselhaft, unintelligent, schematisch zu sagen: Jean Paul hat Maßstäbe gesetzt. Dann aber wurden, dies bereits bei Heinrich Heine, die Sätze immer kürzer, die Inhalte immer dünner, Totalitäten immer schmalspuriger – und sie schämten sich nicht. Autoren gingen nahtlos in ihre Zielgruppen über, die selber Lyrik machten. 81 Prozent aller US-Bürger, also 200 Mill. Personen, würden gern ein Buch schreiben. 6 Millionen Amerikaner sitzen auf Schubladenmanuskripten.

Als Autor mutierte Jean Paul zum einsamen Monstrum, das die wilde Riesenmühle des Weltalls modernerweise »allgewaltige, blinde Maschine« nannte – womit er Richard Dawkins ›Blind Watchmaker‹ vorwegnahm, also einen Affront losließ gegen das intelligente Design heutiger US-Kreationisten, hundertundfünfzig Jahre vor deren Entstehung! Voll auf der Höhe – und drüber hinaus.

Jean Paul und Adalbert Stifter, als sie sich als Luftfahrtbeschreiber betätigten, stellten luftig berauschende Weiträumigkeit sprachlich her, ohne empirisch geflogen zu sein und fliegen zu müssen oder zu können – und toppten Kultautoren des Jetlag-Jahrhunderts wie Thomas Pynchon, der 2008 in ›Against the Day‹ recht hölzern Flugschüler einer historischen Ballonfahrt beschrieb, die wie heutige Pauschaltouristen ohne Sinn für selige Fernblicke um Picknickutensilien, Thermodynamik, Windmessungen, Instrumentenkonsolen, Schlechtwettermäntel kreisen, wodurch sie sprachlich überhaupt nicht abheben.

Aber zum Ausgleich wird im Haifischbecken der Weltliteratur auch Jean Paul pausenlos kleingemacht. Neben normalen Schriftstellern kann er im Direktkontrast wie ein Alien erscheinen, abgehoben, irreparabel verkopft, verquast, verplaudert, wohl auch meschugge und plemplem. Internistische Anamnese: Neben Goethe kann Jean Paul ödematös – neben Jean Paul kann Goethe anämisch wirken.

Ziemlich fies auch dies, am verzeihlichen Straftatbestand groben Unfugs grenzend, daß er durch seine raffgierig umfassende Themenpalette allen kongenialen Zukunftskollegen und Nachgebürtchen schon fast alles, was sie hätten hinzufügen können, eigentlich bereits vorweg- und fortgenommen hat. Ihre einzige Gegenwehr dagegen: ja nicht Jean Paul lesen, sich lieber an Goethe messen, statt den versöhnlichen Spielverderber über sich kommen zu lassen.

»Das Mächtigste im Dichter, welches seinen Werken die gute und die böse Seele einbläset, ist gerade das Unbewußte.« Mit solchen Formulierungen nahm er eigentlich Schopenhauer und Eduard von Hartmann deren Meriten vorweg, mit denen sich dann hauptsächlich Sigmund Freud schmücken ließ.

Die Blaue Blume des Novalis, also dessen aufblühendes, aufsteigendes Synonym und Symbol der ganzen Frühromantik und deutschen Romantik, aus der Jean Paul dann germanistisch ausgegliedert wurde, entnahm Novalis nachweislich Jean Pauls ›Unsichtbarer Loge‹! Und siehe, es spricht sich nicht herum.

Paul Celans ›Sprachgitter‹, Ernst Blochs ›Vorschein‹, Adornos ›Klangfiguren‹ und »falsches Bewußtsein«, Romantitel wie ›Schwarze Spiegel‹ von Arno Schmidt & Utta Danella – das alles steht bereits ganz nebenbei bei Jean Paul. Ingmar Bergmans zeigerlose Uhr aus ›Wilde Erdbeeren‹ findet sich in ›Des todten Shakespear's Klage unter todten Zuhörern in der Kirche, daß kein Got sei‹.

Gern wurde moniert, Jean Paul habe nicht so volkstümliche Figuren und Charaktere geschaffen wie Goethe, keinen leidenden Werther, weder Gretchen noch Klärchen, weder Mignon noch Mephisto – nur stimmt's nicht ganz: Das Trio Siebenkäs-Lenette-Schoppe agiert und funktioniert ähnlich wie das Trio Faust-Gretchen-Mephisto. Goethes Tasso kann als Figur von brisanter Modernität nicht mit Hamlet mithalten; Roquairol aber nimmt, als weitergedachter Hamlet und William Lovell, bereits Dostojewskische Seelenlagen vorweg und gleicht also – dem Dämon Stawrogin. Othello hatte weniger Anlaß auszurufen als Jean Paul: »I'm not, what I am!« Schoppe antizipiert die Dissoziationsschlamassel, Identitätsverluste, Depersonalisationserlebnisse, Multiphrenie-Albträume des zwanzigsten Jahrhunderts – also muß sein Erdichter ähnliche Anwandlungen gehabt haben: »Man sieht das am besten auf Reisen, wenn man seine

Beine anschauet und sie schreiten sieht und hört und dann fragt: wer marschiert doch da unten so mit?« Auch Søren Kierkegaards Glaubensskrupel, August Strindbergs Exzesse, spätere literarische Erfindungen à la monologue interieur, fehlen bei ihm nicht.

Hätte Gott anders gewürfelt – Chemo-Keule und Hochkultur

Pharmaziereklame rühmt sich gern, heute würden unsere Klassiker nicht mehr vorzeitig an Schwindsucht sterben müssen. Alle könnten heut zweiundachtzig Jahre alt werden. Schiller und Kafka hatten mit sechsundvierzig und zweiundvierzig an Tuberkulose, Frédéric Chopin mit neununddreißig an Mukoviszidose bzw. TB, Christian Dietrich Grabbe mit fünfunddreißig an Rückenmarkschwindsucht, Novalis und Maurice de Guérin mit neunundzwanzig an Mukoviszidose bzw. TB, Wilhelm Heinrich Wackenroder und Wilhelm Hauff mit fünfundzwanzig an TB und Georg Büchner mit dreiundzwanzig an Typhus zu sterben.

Himmelschreiendes Unding: daß vergleichsweise Leni Riefenstahl und Ernst Jünger zusammen über zweihundert Jahre alt werden durften! Franz Schuberts einunddreißig Jahre (Typhus abdominalis) plus Jean Pauls zweiundsechzig Jahre ergeben zusammen genau die Lebensjahre des dreiundneunzigjährigen Rudolf Heß.

Wenn Menschen Blasphemien loslassen, schadet das keinem; Gottes gröbste Blasphemie schadete Mozart, den er mit sechsunddreißig ersatzlos dahinraffte! Sollte man wünschen, daß Antibiotika hundert Jahre früher entwickelt worden wären?

Dann würden zur Zeit – statt exakt 7 057 050 492 Erdbewohner (bei Redaktionsschluß am 12.12.2012!) – 9,9 Milliarden diese Weltkugel bekriechen. Also viel mehr Welthunger würde herrschen, dafür würden aber ganz andere Kulturträger ganz andere Kulturträger absägen und verehren.

Die Opus-Registratoren Ludwig von Köchel, Otto Erich Deutsch und Anthony van Hoboken durften siebenundsiebzig, vierundachtzig und sechsundneunzig Jahre alt werden.

Hätte Albert Einstein diese und andere Zahlen verglichen, hätte er umdenken und behaupten müssen: »Gott würfelt sehr!« Gott tut nichts so sehr wie würfeln.

Bei minimal abweichendem Gewürfel wär vielleicht Mozart zweiundachtzig Jahre alt geworden. Da hätte er sein Rokoko hinter sich gelassen, auf Beethovens späte Streichquartette kompositorisch reagiert, wär Romantiker geworden wie Kollege Nepomuk Hummel, hätte mehrere Stilepochen umgriffen, den Dur-Moll-Radius zügig ausgeschritten und ausgeschöpft, Brahms, Schumann und Hector Berlioz antizipiert und sich dadurch genötigt gesehen, vorzeitig Impressionist und Neutöner zu werden, in summa: Mozart hätte Atonalität, Dodekaphonie, minimal music um dreißig Jahre vorverlegt, also jede Kulturgeschichte rapid abgekürzt!

Ebenso hätten gravierende Kontinentaldriften und Plattentektonik jede deutsche Literaturgeschichte umgeknetet. Hätte man die vielen frühverstorbenen Romantiker bereits, statt mit Aderlaß, mit Isoniazid, Rifampicin, Ethambutol, Pyrazinamid behandeln können, wär's dafür jemand anderem sehr an den Kragen gegangen, aber das hätt er aushalten müssen: Goethe. Vielleicht wär ihm Wilhelm Müller (32, keuchhustengenerierter Infarkt), wenn er bei anderem Würfelfall die Chance zu ausgereiftem Lebenswerk bekommen hätte, nicht grundlegend gefährlich geworden, so wenig wie Ludwig Tieck. Der wurde alt, aber es nutzte ihm nicht viel. Aber – wenn die Kaliber Reinhold Lenz, Wackenroder, Wilhelm Waiblinger, Wilhelm Hauff, Wilhelm Heinse, E. T. A. Hoffmann, Schiller, Jean Paul, Johann Gottfried Seume, Heine allesamt mit heutiger Lebenserwartung wie Goethe zweiundachtzig geworden wären, und wenn Hölderlin nicht verstummt wär, hätte Goethe sich ranhalten müssen, um nicht abgehängt zu werden! Goethe residierte als Dichterfürst weniger von Gottes Gnaden als dank einer pharmakologischen Forschung, die ihre antivirale und bakterizide Blütezeit nicht mit steriler Klassik und unhygienischer Romantik pünktlich parallelzuschalten vermochte. Goethe als Nutznießer zeitbedingt schlechter medizinischer Versorgung, als Kuckuck im Nest der chemisch unoptimalen Fehlbehandlung seines aderlaßverbohrten Zeitalters!

Was Goethe und Schiller fehlte, um zu zweit ein weitergedachter Shakespeare zu werden, hätten Heinrich v. Kleist und Georg Büchner garantiert eingefahren. Wär Goethe im Alter von Büchner gestorben, hätt's nicht mal Werther gegeben. 1850 hätten Novalis, inzwischen 78, und Büchner, 37, seltsamere Anti-Dioskuren sein können als damals Goethe und Schiller. Entweder wär Novalis Dauerromantiker geblieben, oder er wär eingeschwenkt auf Prä-Expressionismus auf dem Trampolin irrwitziger Quasirealistik à la Büchner.

Hingegen: Wenn Raffaello Santi einundachtzig geworden wäre, statt siebenunddreißig (Infektionskrankheit), wär der Impressionismus überhaupt nicht nach vorn gerückt. Doch hing die Kunstgeschichte gleichfalls arg sekundär an der Evolution der Naturwissenschaften. Die Photographie wurde im Teamwork von Physik (Kameragehäuse) und Chemie (Silberjodit beim Bilderentwickeln) genau zu jenem Zeitpunkt entwickelt, als die Malerei bzw. das Auge selber fotografisch zu werden anhub. Schier alle Bleistift- und Silberstiftzeichnungen romantischer Italienfahrer sind bereits um 1790 voll photographischer Effekte. Das Genre Schnappschuß kam bei Adolph von Menzel und in Stahlstichen und Holzschnitten um 1870 früher vor als innerhalb der zunächst arg stocksteifen Photographie. Wär sie nie erfunden worden, wären Malkunst und Radiertechnik voll in die Bresche gesprungen, verfeinert und perfektioniert bis hin zu porenechten, vollplastischen Bildern von photographischer Verläßlichkeit, also Objektivität. Kandinsky, Picasso, Paul Klee hätten grob und plump dagestanden im ausbleibenden Expressionismus; keiner hätt ihre talentfreien Genietaten goutieren mögen; biedere Naturtalente hätten ihnen die Show gestohlen, Vorläufer der Dokumentarfilmer. Modern Art, Kunstmessen, documenta etc. verwandelte potenzielle Kunstfreunde in Kunstbanausen. Wär aber Photographie hundert Jahre eher aufgekommen, hätte sie mit Präcox-Realismus alle Idealisten, Humanisten, Dichterfürsten, Klassiker in ihrer Naturwahrheit gezeigt und somit den weltentrückten Kunstnimbus der Goethezeit auf natürlichem Weg kleingehalten.

In summa: Kein Goethe ohne Verspätungen in den Sektoren Infektionskrankheitenbekämpfung und technologischer Entwicklung bildgebender Verfahren.

Andererseits: Wäre die Schlacht mit Hermann dem Etrusker anders ausgegangen, wär Mozart vielleicht nie geboren worden.

Goethefans contra Jean-Paul-Enthusiasten und vice versa

Goethefreunde sind prinzipiell zweiundsiebzig Jahre alt, und falls noch als Studienrätin im Lehramt tätig, sagen sie gern einzelne Faustzitate auf, nicht ohne glänzende Augen, können es aber kaum fassen, daß ihre Schüler lieber ›Harry Potter‹ lesen, als wenn der Unterschied zwischen Besenstiel und Zaubermantel unüberbrückbar wäre. Wenn jemand andere Dichter unterschätzt findet, fühlen sich Goethefreunde oft persönlich angegriffen.

Goethe veranlaßte nicht nur professionelle Nullen, Regalmeter staubtrockner Ragouts aus andrer Schmaus auszuschwitzen und anzulesen; er hielt auch seltsame Menschenklassen auf Trab: vaterkomplexgesteuerte Apologeten, deutschleistungskursgeschädigte Ikonoklasten, Querdenker, Goethehasser, was dann so illustre Aufhorchtitel gebar wie ›Goethe und der Mahayana-Buddhismus‹, ›Die Kritiker Goethes‹, ›Goethe und seine Opfer‹.

Er ruht sich unterdessen auf »Habe nun, ach« und »Zwei Seelen wohnen, ach, in meiner Brust« langfristig aus, und auf »Die Sonne tönt in alter Weise« in Ewigkeit. Tausend Vergleichsstellen tummeln sich bei Jean Paul – wo aber stecken sie?

Was ist der Unterschied zwischen einem Pädophilen und einem Pädagogen? Der Pädophile liebt die Kinder wirklich. So geht's vielen Jean-Paul-Verehrern. Sie lieben ihn wirklich, kommen aber nicht recht heran an ihn, aus irgendwelchen Gründen. Sie möchten so fühlen und sein wie er und kriegen's nie hin. Selbst kenntnisreichste Jean-Paul-Berauschte finden die Tropenblumen und

Kleinodien, auf die sie minütlich stoßen, im weiterquellenden Non-stop-Dickicht nie wieder. Sie kommen betört wieder hervor aus dem Dschungel und Ozean und wissen nicht, wie ihnen geschah, und können nur besinnungslos murmeln: »Da war ungeheuer was los, fragt mich nur nicht, was?« Wer was findet, kann sich's nicht einprägen (kann's nicht vergessen, nicht behalten), und wer sich's merken kann, vergißt's nach kurzem, und wer's nicht vergessen will, muß immer wieder von vorn anfangen und im Labyrinth Orientierungspfosten und Ariadnefäden ausspüren. Der harte Kern der Enthusiasten, sobald sie geduldig huldigend ›Flegeljahre‹ lesen, geraten genauso ins Schleudern wie die Majorität derer, die am ›Komet‹ dauerhaft scheitern. Jean Paul kann alles, sogar seine Fans nerven und sie dann noch veranlassen, ihn zu verteidigen. Rührend verteidigen sie ihn, der ihnen auf den Wecker, den Keks und den Geist geht. Spinner halten ihren Oberspinner heilig.

Wenige Klassikfans schätzen beide Dichter; viele unbedingt nur einen davon.

Jean Paul sucht Rüdiger Safranski

Ihn zu imitieren fällt fast genauso schwer wie er zu sein. Er selber hatte keinerlei Probleme, praktisch pausenlos Jean Paul zu sein. Er hat der Menschheit bis jetzt zweihundert Jahre Zeit gelassen – aber die Seppel haben's bis jetzt immer noch nicht so recht hinbekommen. So viele Entdecker, Anwärter, Experten, Freunde, Einfühler – irgendeiner muß es doch mal schaffen! Einer würde ja genügen. Hiermit sei's prophezeit: Er wird erst einen Tag nach seiner Wiederkunft eintreffen!

Vorschlag zur Güte: Könnte nicht mal Peter Härtling, statt sich kongenial in Hölderlin, Schubert, Schumann, Hoffmann einzufühlen, sich Jean Paul zuwenden? Die nötige positive Grundhaltung hätte er in petto. Da würde die Kongenialität nicht lang auf sich warten lassen. Auf daß ›Lotte in Weimar‹ endlich mal ein ebenbürtiges Seitenstück erhält!

Neben Friedhöfen voller Toter, die nie erfahren werden, daß es mal einen Jean Paul gab, vermehren sich Akademiker, die kein positives Vorurteil mitbringen. Germanisten verkünden entweder ohne Schamröte, Jean Pauls Werk habe sich ganz in seiner Zeit erschöpft: »Wenn wir sie aber ohne ausführliche Kommentare, Worterläuterungen und Literaturverweise nicht mehr verstehen, sollten wir uns mit Respekt, aber ohne Bedauern und ohne schlechtes Gewissen von ihnen verabschieden.« (Werner Fuld) Also tschüs, see you later.

Oder sie haben vor, sich nach ihrer Pension endlich mal mit Proust, Musil und Jean Paul zu beschäftigen.

Einen aber gibt's oder gab's, der liebt ihn wirklich und hat auch das Zeug dazu. Er steht zwar im Verdacht, kein Romancier zu sein, sondern nur Rezipient und Germanistikdozent, aber er zeigt, daß Literaturvermittlung und ein gewisser Humor sich nicht in jedem Fall ausschließen müssen. Keiner fühlt sich Jean Paul so wunderbar und grenzenlos nah, wesens- und seelenverwandt wie Rolf Vollmann, wohl gar geistesverwandt, und warum soll er sich da grenzenlos irren und täuschen? Da man im innersten Busen ganz unbedingt jede Menge Menschenliebe fühlen soll, hätte Jean Paul auch diesen Spätgeborenen nicht so schnöde draußen vor der Tür stehngelassen wie Adolf Müllner, der rechtzeitig herandrängte, nicht zu verwechseln mit Methusalem Müller!, sondern hätt ihn geliebt und mit ihm über Literatur geredet – falls er ihn hätte zu Wort kommen lassen. Zwar bekam Jean Paul aus Zeitgründen keine Chance, sich explizit über speziell Rolf Vollmann vorauseilend zu äußern, doch spürt doch wohl jeder ganz unvermeidlich, daß beim folgenden Zitat Jean Paul bereits versucht hat, an ihn (und andere) zu denken:

»Ach, ich schaue über die beschatteten Blumengründe hin und sage mir, daß hier sechstausend Jahre mit ihren schönen hohen Menschen vorübergegangen sind, die keiner von uns an seinen Busen drücken konnte – daß noch viele Jahrtausende über diese Stätte gehen und darüber himmlische, vielleicht betrübte Menschen führen werden, die uns nie begegnen, sondern höchstens unseren Urnen und die wir so gern lieben würden – und daß bloß ein Paar arme Jahrzehnte uns einige fliehende Gestalten vorführen, die ihr Auge auf uns wenden und in denen das verschwisterte Herz für uns ist, nach dem wir uns sehnen.«

Apropos Müllner: Buddha sprach nie schlecht über andere Gurus – außer über Goschala Mankaliputta. Franziskus von Assisi sah liebreich alle Wesen und Tiere als Brüder – außer ausdrücklich das Schwein. Jean Paul sprach nie schlecht über Kollegen und Menschen – außer über Amandus Gottfried Adolf Müllner.

Wer als Einfühler einem Turbo-Titan Seelenverwandtschaft aufhalst, als Kongenialitätsräuber von face to face, gebiert dann wie Rolf Vollmann sowas hier: »Die halbe Welt fährt überall hin, bloß ich und Jean Paul müssen zu Hause bleiben und uns alles ausdenken.« Ranschmeißer, die ihn nachahmen, gleichen ihm auch hinterher dann noch lange nicht. Aber wer selber jemand ist, gleicht ihm auch nicht. Schon deshalb kann keiner ihm ähneln.

»Wir waren nie besser als damals«, sagt uns der auch eng mit Peter Sloterdijk befreundete Rüdiger Safranksi im

Interview über die deutschen Klassiker, und wir stimmen da ohne Einspruch zu – sofort fällt uns ein: Könnte nicht mal er eine achthundertzwanzigseitige Monografie über Jean Paul hervorwuchten, im C. Hanser Verlag? Kafka-Biograph Rainer Stach, Stefan-George-Biograph Thomas Karlauf oder Döblin-Biograph Wilfried F. Schoeller wären auch sehr gut, doch viel effektiver könnte Jean Paul durch Safranski zu einer gewissen Ewigkeit verholfen werden. Denn der wurde in zweiunddreißig Sprachen übersetzt! Endlich würde Jean Paul dann mal angemessen weltberühmt, genau wie vorher Schiller, Hoffmann, Heidegger, durch Safranskis Export!

Aber wird Safranski dieser unsagbar inkommensurablen Mega-Entität wie Jean Paul gewachsen sein? Schiller war unser, da fällt's leicht, einem von uns gerecht zu werden, selbst als Gnom auf den Schultern weiterwachsender Scheinriesen, stehend auf dem Luginsland abgesunken weiterschreitender Epochen und Achsenzeiten. Nicht, daß man dann über Jean Paul erfährt, ihn hätte die Frage beschäftigt, wo die Poesie ihren legitimen Ort in der Gesellschaft habe – wenn das E. T. A. Hoffmann wüßte! Der »durch einen liberalen Realismus geerdet« blieb! Oder wenn's dann hieße, Jean Paul habe genau wie die Romantiker in »den Abgrund zwischen Sehnsucht und Erfüllung« geguckt – macht's ruhig knallgelb, ihr Dussel, mit Textmarker »Stabilo Boss«, doch Vorsicht, sowas weht, statt von Schlegel & Hegel, eher vom Märchendeuter Prof. Eugen Drewermann her! »Hölderlin mußte es am eigenen Leib erfahren, daß der Mythos eine Gemeinschaft braucht« – glaubt's ja nicht! Glaubt alles, Leute, nur das nicht! Nie und nimmer – nicht daß Jean Paul dann den 68ern hinterherhinkt, indem auch er, genau wie der anti-institutionell tätige Schleiermacher, bereits »ein kritisches Bewußtsein« sein eigen nennen kann.

Schock im Elysium: Kann's Johann Gottfried Herder postum im tiefsten Busen schmeicheln, als »Abenteurer des Geistes« die Schulter geklopft zu bekommen? Wie wird Hölderlin Sätze über ihn verkraften: »Das mag ihm gelungen sein. Aber er wollte mehr. Er wollte etwas ganz Einfaches, etwas, das man sehr gut nachvollziehen kann.« Wie wird's Archivarius Lindhorst, der bei E. T. A. Hoffmann abends als Geier auffliegt, verknusen, daß er dies in Safranskis Referat als »Adler« tut – ornithologisch nicht völlig verzeihlich sowas! Andererseits, wenn Goethe höchstselbst nicht mal Lerche und Amsel botanisch unterscheiden konnte …

Sobald Ratzinger und Hans Küng Kant einspeicheln und vorkauen, bleibt Kant nie Kant. Tieck und Wackenroder, vorwärtsübersetzt in Schwunddeutsch und Sozio-Polit-Eso-Jargon, verholzten übel entzaubert zu entkernt sanierten Fachwerkhäusern, außen pro forma Butzenscheiben, innen sanitäre Anlagen, plus fensterloser Audimax à la daß der von Marx faszinierte Heine sich »zum Schaffen anregen« ließ, daß die ›Prinzessin Brambilla‹ als ein bezauberndes Märchen zu gelten hat, daß Novalis für das ihm zugesprochene »autosuggestives Genie« sich bedanken darf, daß Eichendorff wirklich ein frommer Mensch war.

Man wird dann doch nur wieder erfahren, daß die Referenzgröße Jean Paul eigentlich Richter hieß, und herausfinden, daß sein integrativer Charakter zwischen konträren literarischen und philosophischen Positionen vermitteln und er in Weimar Kontakte zu führenden Intellektuellen knüpfen konnte, und daß die Ästhetisierung des Todes im *Schulmeisterlein Wutz* der Angstabwehr des Verfassers gedient habe und daß seine *Vorschule der Ästhetik* eine Standortbestimmung seiner eigenen Dichtung liefere und daß im Christus-Albtraum, daß kein Gott sei, der Verfasser sich einer Schocktherapie ausgesetzt hätte, um sich zu immunisieren gegen Werteverfall, Sinnverlust, religiöse Obdachlosigkeit, was alles sehr bedrohlich würde, wenn es den Gott, den es nicht gibt, tatsächlich nicht gäbe. Und im Endeffekt wird dann Jean Paul eine »Lust am Fabulieren« verspürt haben, wenn nicht gar Kreativität, obwohl diese sich seit 1974 längst in angstfreie Töpferkurse auf Ibiza zurückzog. Auch Zhuangzi (alias: Chuang-tzu) hat bereits 500 v. Chr. »leidenschaftlich um geistige Freiheit gekämpft«, Hans Küng zufolge.

Stefan George zählte Dozenten, die gern Nietzsche zitieren, zum »getier das ihn mit lob befleckt«.

Der Schreiber, der im Novalis die Schlüssel aller Kreaturen, nämlich Zahlen und Figuren, um den dürren Hals trug, oder Dr. Serenus Zeitblom, der trockne Schleicher, der im ›Goldenen Topf‹ als Konrektor Paulmann und Registrator Heerbrandt für Bodenhaftung sorgte (als hätt der Erdgeist ausgerechnet den Famulus Wagner still geküßt), hielt sich sprachlich auf Thomas Manns Höhe, wenn er das ihm nicht Kompatible – trotz Adapter – sympathetisch umkreiste. Doch Novalisexegeten blieben taub für Hölderlinappelle: »Laßt immerhin, ihr Ärzte, laßt mich leben – und macht mich nicht den Knechten untertan!« »Begrabt sie nur, ihr Toten, eure Toten!«

Romantik fühlt sich irrsinnig zum Mittelalter hingezogen, Germanistik fühlt sich irrtümlich zu Romantik hingezogen, romantischer gesagt: Stoppelfelder staubgrauer Theorie kreisen kompetent um blaßblaue Scheinblüten.

Romantikaffinität leidet nie an ihrer defekten Romantikantenne.

Asphaltpflanzen und Mehlwürmer schwangen sich auf zum König über den Gott in uns.

Nie mitreisen in der prächtigen Sommernacht, nie den Hut schwenken im Morgenstrahl, sondern halt nochmal Eichendorff 1788 geboren sein lassen – wann sonst?

Nicht jeder Beutelmull kann als Nachtigall flöten.

Ach ja, seufz, schluchz, würg – die Rückkehr des Mittelalters macht Fortschritte, und die Wiederverzauberung der Welt läßt auf sich warten.

Trotzdem – Jean Paul sucht und braucht Rüdiger Safranski! Bitte melden Sie sich! Könnte sich dieser nicht erbarmen, jenen von irgendeiner Seite her zu besteigen, falls er nicht abrutscht? Ohne Marcel Reich-Ranicki hätte nie jemand erfahren, daß es Anna Seghers, Friedrich Sieburg, Wolfgang Koeppen, Gabriele Wohmann und Ulla Hahn gegeben haben soll! Ohne Safranski hätte die Welt nie erfahren, daß es irgendwo auf diesem flimmernden Winkelstern eine Affaire namens »Deutsche Romantik« gab. Auch wenn's in Sulawesi und Honolulu immer noch keiner weiß – die Welt braucht Rüdiger Safranski. Novalis & Company müssen zeitlebens dankbar sein für solch PR und Promotion, dafür, daß ein Noah als vorerst letzte Instanz und Rampe sich zu ihm herabgebeugt hat und daß er in der Arche des Safranski, der sich als Blutegel am Novalis a tergo festsaugte, mitfahren darf. Fahrgemeinschaft oder Putzsymbionten? Safranski putzt Novalis, bis dieser sich zur Kenntlichkeit mausert.

Endlich könnt auch das Schulmeisterlein Wutz seinem trostlosen Reclamheftchen-Exil entrissen werden, kaum runtergezogen, kaum eingedampft, dafür aber endlich a bisserl verständlicher und vor allem aktueller.

Solange die Welt noch Ahnenkult nötig hat, braucht's Vermittlung, Didaktik, Lehrkörper, Weiterempfehlung und Einbläuung. Sobald die ganze Welt China heißen wird, wird das alte China im zukünftigen China durchbrechen wollen, und das Recht auf Ahnenkult und die Pflicht zum Ahnenkult wird obligatorisch werden, und dann will man aus dem Dünenschutt der Jahrtausende Ahnen ausgraben, ziemlich viele Ahnen, soundsoviele Ahnen, und die heißen dann auf jeden Fall – zwischen Flühlingslolle und Flühlingslolle – Gö Dö und Schang Pohl.

IN TAUSEND FORMEN MAGST DU DICH VERSTECKEN

Wo und wer ist Goethe heute?

Goethe zu sein wird nur Einem zugestanden. Seit Goethe zu 94 Prozent aus akkumuliertem Nimbus besteht, kriegt es keiner mehr hin, auch nur annähernd ein solch sonnenhaftes Auge aufzuschlagen. Hundert herrliche Gegenwartsautoren machen zusammen noch keinen Goethe.

Auch der Messias, authentisch wiedergekehrt, könnte heute bloß so unrettbar empirisch, suspekt und unaufmöbelbar ausschaun, also grad so enttäuschend, wie Jesus damals vor Ort in natura 1:1 tatsächlich ausgesehn haben muß.

Selten unterließ es ein großer Geist, sich am ungestört weiterwachsenden Goethe zu messen. Nur halfen all diesen Nachkömmlingen ihre schönsten Verse nicht, aus ihrer Total-Überschattung herauszuschauen.

Goethe-Evidenz, daß Erdentage nicht in Äonen untergehn können (wenn der wüßte!), hat darwinistisch überlebt in Darwins Survival of the fittest und hierbei Paradiesvogelfedern gelassen. Goethe überlebt als ein erheblich anderer, als der er angetreten, nach Gesetzen, nach denen er nicht antrat. Kopierfehler schlichen sich

Entlassend meiner Wolke
Tragewerk, die mich sanft
An klaren Tagen über Land und
Meer geführt.
Sie löst sich langsam, nicht
zerstiebend, von mir ab.
Nach Osten strebt die Masse mit
geballtem Zug.

Ich bin geschieden von der
Welt – die unendliche Wetter-
wolke überdeckt die Schweiz und
alles – unter dem schwarzen
Leichentuch regnet es laut unten
auf der Erde – es blitzt lange
nicht und zögert fürchterlich. –
Sterne quellen oben heraus …

ein und stören die Identitätsfindungen. Er mutierte zum lebend sich entwickelnden Expansionssystem, ideales Paradebeispiel jeder Invasionsbiologie. Naturfreund Goethe erwies sich als so wandelbar wie Grippe- und Ebolavirus, langfristig unbekämpfbar, ekelhaft immun gegen Antikörper und Killerzellen. Goethe, wenn er heut wiederkäme, würde nicht mehr an seine damalige Zwischenfassung erinnern wollen. Hinter der Maske seiner Abwesenheit pflegt er seine penetrante Omnipräsenz.

Die amöboid potenzielle Unsterblichkeit, mit der seine Dichtkunst auftrumpft, schlug sich zudem auf seine äußere Erscheinung: Je weniger sich für Verfilmungen je ein wirklich plausibler Gandhi, Goethe oder Hitler findet, desto öfter werden auf Jahresversammlungen Evangelischer Akademien oder Volkshochschulen stets wieder ganz unverkennbare Goetheköpfe gesichtet, oder auch im Foyer Internationaler Festspielkonzerte – exakt seine Jupiterstirn! Der weiße Haarkranz! Mimikry! Attrappenbildung! Darwin! Zuzüglich verblüffende Jaspershäupter! Doch Attention! Wer solche Repräsentanten anspricht, kann auf artikuliertes Schnarchen stoßen! Auch weichen Details regelmäßig dann doch vom Urbild ab, das immerhin noch unverdorben durchschimmert wie in Erlkönigparodien: »Erreicht den Hof mit Müh und Not, / Der Knabe lebt, das Pferd ist tot.« »Warte nur, bald / mach ich dich kalt.«

Immerhin tauchten im zwanzigsten Jahrhundert auch Goetheköpfe auf, die sich – im Gegensatz zum Milliarden-Pleitier Dr. Jürgen Schneider – mit Künstlertum überlappten: Komponisten wie Rolf Liebermann, Harald Genzmer und Wolfgang Rihm (der bereits mit fünfzig wie der siebzigjährige Goethe auszusehen wagte) oder der Weltklasse-Pianist Wilhelm Kempff, alles physiognomische Epigonen, obwohl auch Goethe sich's nicht ausgesucht hat. Abraham a Sancta Clara (der laut Martin Heidegger wie Goethe aussah) macht natürlich Goethe nicht vorauswirkend zum Imitator. Charles Darwin nannte sowas »Variantenbreite«; Goethe nannte dergleichen »Okkupation«.

Goetheköpfe gibt's also wie Sand im Schuh. Doch auch inhaltliche Ableger kamen gleichfalls des öfteren vom Band: In vielen Ländern und Subkontinenten schossen Repräsentanten auf, Schößlinge, Filialen, Erben, Enkel: der amerikanische Goethe mit Bart – Walt Whitman! Der norwegische Goethe – Henrik Ibsen, dessen Faust ›Peer Gynt‹ hieß! Der indische Goethe – Rabindranath Tagore! Im neunzehnten Jahrhundert trieb Paul Heyse, ehe er in die Mottenkiste kam, jahrzehntelang sein Wesen als Neogoethe. Der österreichi-

Welcher dieser Zeitgenossen heißen nicht Goethe?

Mit von der Partie sind: Theodor von Hippel, August von Kotzebue, Friedrich Rochlitz, Maximilian Klinger, Wolfgang Amadeus Mozart u.v.a.

Wie weit reicht Goethes Omnipräsenz?

In tausend Formen magst du dich verstecken, doch, Wolfgang Goethe, gleich erkenn' ich dich! Z. B. in Egon Friedell, E. M. Cioran, Ulrich Sonnemann, Paul Hoffmann, Gerhart Hauptmann, Rolf Hoppe, Abraham a Santa Clara, Jürgen Schneider, Wolfgang Rihm, Wilhelm Kempff, Herr Schmidt, Martin Hellberg, Herbert Knaup, Alexander Fehling, Herbert Malecki

sche Goethe – Hugo von Hofmannsthal, der ganz jung am spätesten Goethe anknüpfte, doch die physiognomische Distanz nicht überbrücken konnte.

Problem: Alle neuen Goethes schufen stapelweise unsterbliche Bibliothekskadaver, genau wie Goethe, lavierten aber keine Handzeichnungen, entdeckten keine Zwischenkieferknochen, strichen kein Cello, standen also einseitig da neben dem Allroundgenie.

Fazit: Die Nachwelt hat sich geeinigt, daß keiner Mozart und Dante an die Schultern reicht, außer immer wieder Goethe und nochmal Goethe. Instinktgesichertes Hitdenken läßt nichts anderes zu. Erst die Rangordnung im Sozialverband, dann alles andere – alles Spätfolgen des Monotheismus, daß du keine Götter haben sollst neben mir. Jachwe verdrängte Baal und Beelzebub; Allah verdrängte Hubal; Goethe verdrängte Jean Paul.

Wie Goethe simultan in Hauptmann und Mann zu inkarnieren versuchte

Goethe hatte nach knapp hundert Jahren Laufzeit die Nase gründlich voll, als Gipsfigur herumzustehn. Er hätte sich gern mal wieder in lebendiges Frischfleisch hineingegeben, zu allseitiger Belebung. Optisch kam er sich selber am nächsten in Gerhart Hauptmann. Die Jünglinge divergierten noch einigermaßen, um im Altershaupt dann doch frappant zu koinzidieren, bis in den umlohbaren Haarkranz hinein, rund um die herrlich aufgewölbte Jupiterstirn! Dieses frappant in Fleische wandelnde Aushängeschild: »Achtung, schon wieder Goethe!« funktionierte auch – von Arbeitsethos und Werkentfaltung her – sehr goetheanisch, wenngleich er diesmal sich das Spintisieren in Sachen Urpflanze sparte und mit Newton sich nicht anlegen wollte, aber vielseitig alle literarischen Gattungen pflog, als Bühnendichter, Romanschreiber, Eposverfasser, Autobiograph etc. Bis ins Einzelnste spielte Goethes Geist auf sich selber an, benutzte hierzu die kaum abweichende physische Hülle, um sogar eine Mignon-Novelle auszuführen und eine kongeniale Fortsetzung des Goethemärchens zu wagen.

Nur bewegte sich da dauernd auf der Überholspur ein Zusatz- oder Zweitgoethe, der störenderweise keinerlei Lyrik oder Dramen schrieb, also noch weniger allumfassend werkelte und wirkte und statt Hauptmann nur bruchstückhaft »Mann« hieß, aber gleichfalls pausenlos Lorbeer einfuhr und Bruchstücke einer möglichst großen Konfession hinlegte, allzu überdeutlich sogar seine Nobelpreiskürung mit Goethes Adligsprechung parallelschaltete und pointiert im gleichen Lebensjahr, nämlich im fünfzigsten, in welchem Goethe sich eine Kutsche leistete, ein Automobil sich zulegte. Das Manko, rein optisch geradezu ungoethisch auszusehn, balancierte er durch andere, geistigere Analogien aus. Mann saugte sich dergestalt mit Goethe voll, daß er dann wieder jede Menge Goethe ausschwitzte und ihm in ›Lotte in Weimar‹ ein Denkmal setzte bzw. am insgesamten Goethedenkmal denkwürdig andockte. Hauptmann und Mann machten sich nicht gleich zu typischen Dioskuren wie Max und Moritz, aber doch sehr zum hochtrabenden Doppelgespann in ihrem Ehrgeiz, faustartige Menschheitsdichtungen vorzulegen, à la ›Joseph und seine Brüder‹, jeweils der wahre aktuelle Goethe zu sein.

Aber neben den gutaussehenden, schönen Männern Goethe und Hauptmann, welchersterer noch von Photographie günstig unbelästigt blieb (weil er nicht neunzig

Leben meine Werke noch im Volke?

HEUTE

Goethe, der Gartenzwerg

Geschätzte 14 Millionen Gartenzwerge bevölkern die deutschen Haus- und Schrebergärten in allen Variationen: als liegende Wichtl mit Pfeife im Mund, als fleißige Gnome mit Hosenträgern hinter dem Schubkarren oder sogar als Dichterfürst Goethe (dpa-Foto). Eine Außenstelle des schwäbischen Volkskundemuseums gibt jetzt einen Überblick über die große Vielfalt dieser Gestalten.

> Aus aller Welt

wurde), sah Mann neben Tagore optisch benachteiligt aus, so nach Gandhi oder Mindernickel, schmächtig, schwächlich, spillerig verdorrt, arg empirisch, so ganz ohne Jupiterstirn und Hinterkopf, dafür mit mäandrierender Stirnader, nicht sehr genialisch, auch frisurtechnisch arg diesseits von Künstlermähne, in summa: unendlich goethefern – verdächtig goethefern. Schier machte sich Mann bei seiner forcierten Goetheähnlichkeit lächerlich.

Humor hätt ihn eigentlich näher bei Jean Paul postiert, der ihm aber gar zu bizarr loslegte. Repräsentation und Goethewerdung dünkte ihm vordringlicher als der Teilaspekt Humor. Wer wie Alfred Döblin oder Theodor Lessing den Kollegen Thomas Mann als Bügelfaltenpoet sieht, mag nachvollziehen, daß neben Jean Pauls hochverkauzten Dauer-Überdosen die gemäßigte Serenität, Konzilianz und Wohnzimmerironie Manns leicht unsubversiv wirken kann, verschwiemelt oder bißschwach. Andererseits verlaufen Manns Romandialoge deutlich lebenswahrer und natürlicher. Serenus Zeitblom wirkt unkonstruierter und echter als Kunstrat Fraischdörfer, und Adrian Leverkühns adornoförmiger Teufel lebendiger als Jean Pauls Ledermensch.

Schlußbilanz: Goethe fand dann erst durch Hauptmann und Mann wieder so richtig zu sich selbst, und umgekehrt: Hauptmann und Mann wurden von Goethe instrumentalisiert, förmlich benutzt. Alle Beteiligten im dreifach merkwürd'gen Geisterschritt profitierten davon sehr: die perfekte Public-Relation-Dreifachstrategie.

Hiermit sei's prophezeit: Jean Paul wird wiederkommen – in irgendwem

Menschheitserleuchter wie Buddha kommen nur alle zweitausend Jahre vorbei; Jean Paul schneit aber doch wohl öfter herein, in diversen, hoffentlich verbesserten Auflagen. Im ›Titan‹ steht: »Die Geister der Heiligen, der Helden, der Künstler gehen dem lebendigen Menschen nach und fragen zornig: was bist du?« Immer wenn einer stilistisch von Metaphern strotzt, wie Aulus Persius Flaccus (34–62 n. Chr.), handelt es sich wohl um eine frühere Inkarnation Jean Pauls.

Jean Paul und Goethe konnten immerhin behaupten, es geschafft zu haben, Jean Paul und Goethe zu sein.

Einige blicken auf beide hinunter, oder auf einen von ihnen. Viele wären gern wie Jean Paul – manche wären gern er, aber packen sie's? Daß ihn so schnell keiner einholt, hätt er nicht gedacht. Er, der antike Größen nur als Vorstufen zu modernen Geistern betrachtete, sah sich selbst nur als Vorstufe auf einer Verlängerungslinie zu immer noch herrlicheren Riesengeistern hinauf, die immer noch mehr Rahm abschöpfen würden und deren Ruhm ihn überstrahlen würden – wo aber sind sie geblieben? Ach so – es kam ja so einiges.

Viele legten dicke Werke nieder. Es kamen Realisten und Naturalisten, deren Protagonisten nun endlich mal nicht mehr hochgestochene, blumige Aphorismen von sich gaben, sondern reden durften wie im richtigen Leben.

Es kam Fjodor M. Dostojewski, der sich zum passiven Durchgangsbahnhof machte für all das Gequassel um ihn herum, von Generalswitwen und klatschsüchtigen Rubelzählern, alles durch eine Sonnenbrille gesehen, die Grüntöne und Farbenfreude rausfilterte, also hinter der die leuchtende Landschaftsmalerei der Klassik-Romantik wesenlos fortgewischt ward – vor lauter Seelenausdeutung – bis zur Seelenblindheit.

Dann drangen lauter echte Männer in die Literaturgeschichte ein, Machos, Schürzenjäger, Großwildjäger, die Pottwale und Schwertfische jagten, und sämtliche Klassiker taten sich ab sofort immer schwerer, mit oder ohne Dauereuphorie, halbwegs wiedererkennbar zu reinkarnieren (worüber Hans Wollschläger und Ulrich Holbein auf einer Landpartie bei Bamberg sich bestens einigten).

Ähnlichkeitswettbewerb – wie Jean Paul in allerlei Vergleichsfiguren zu überwintern versuchte

Dann kam der stutzflügelschlagende Vergeblichkeitsmystiker Franz Kafka, stand frustriert vor dem Gesetz und rief verzweifelt: »Mehr Licht!« Ein Schimmer davon brach bescheiden aus dem Höhleneingang. Er aber hatte Schiß, näßte sich ein und traute sich am muskulösen Rausschmeißer nicht vorbei. Was hätte der kosmische Überflieger und Sphäronaut Jean Paul davon gehabt, in so einem zu reinkarnieren und sich also zurückzuschrauben ins ohnmächtige Startloch!?! Den Erdgeist, den Kafka gar nicht erst beschwor, gab's dadurch auch gar nicht. Soviel Nichteinweihung ging auf keine Kuhhaut. Er schlief ein und hörte das herrliche Schlagen gelber Fäuste an seiner Tür, war nun selber ein Chinese in Prag und sehnte sich nach dem Flüsterwortlaut der Kaiserlichen Botschaft. Sie blieb ersatzlos aus, als heiße sie jetzt bereits Godot. Er wollte zu Gott, laut Max Brod. Er wollte ins Schloß und landete im Kaff, als Hungerkünstler im Käfig, als Käfer im Prokrustesbett, statt endlich sich mal ein Herz zu fassen, sich Mut anzutrinken, die ird'sche Brust im Morgenrot zu baden, sich ein Opiumpfeifchen zu gönnen und beherzt auf einen plötzlichen Spaziergang zu gehn. So weit ließ er's nie kommen. Seinen einzigen Flugversuch überließ er einem imaginären Kübelreiter. Immerhin, in seiner short story ›Ein Brudermord‹ schwebte der beruflich Eingebundene freihändig über Prag. Später kamen Japaner, liebten ihren Faranzuro Kafuka und dessen zenbuddhistisches »Niwa-Zume«, das »Stehngelassenwerden im Vorhof«. Das metaphysische Talent kam dem spirituellen Bedürfnis nicht hinterher. Aber die Hinwärtsbewegung fühlte sich gut an und enthielt sicher eine schmerzlichere Substanz als Jean Pauls ausgedachte Scheinwelten. Dieser hätte die pigmentschwachen Kellerwelten von Dostojewski, Kafuka und S. Beckett hilfreich kolorieren können. Dann wär er nur Seelsorger geworden, statt Neueinkleider. Hätte er seinem antikischen Synonym für Flugsimulator, aus dem Hause PEGASUS, welchselbiger alsbald nur noch von Wilhelm Busch, Walt Disney und Fantasy traktiert wurde, die Sporen geben sollen, um auf Knopfdruck durchzustarten, Kafukas Türhüter beiseiteblasen – zwei Flügelschläge – und hinter ihm Äonen?! Vor ihm der ewige Omphalos und Okeanos – und hinter ihm der Waschbottich! Und bevor die Träne ihm gequollen und die Erde ihn wiedergehabt hätte, wär er ins Schloß vorgedrungen und hätte sogar seinen Pudel mit nach innen nehmen dürfen und dem Kaiser von China mal ein bisserle Weltweisheit usw. mitgebracht und verklickert, bis diesem die Ohren gesummt hätten.

Dann kam der paddel- und surffreudige Danziger Multiversumdurchquerer Paul Scheerbart, geboren 1863 – aber hätte sich Jean Paul, geboren 1763, in dessen Hirn wesentlich heimischer gefühlt? (Oder in dem von Fritz von Herzmanovsky-Orlando?) Immerhin, Scheerbart rollte Jean Pauls gelegentliche Kosmosreisen zum Normalzustand aus, zu einer Regenbogenwelt, die den dunklen Grund, auf den vielleicht auch sie gezogen wurde, aus den Augen verliert – ein Gianozzo, der kaum noch am Erdenrest klebt und nach unten guckt, pro Lichtjahr drei Kubikmeter Tiefenplastik einbüßt und dessen Ölmalerei sich in die farbigen Schattenlosigkeiten anthroposophischer Aquarelliererei auflöst. Doch Jean Paul, falls er Scheerbart wär, flöge sich selber davon. Indem er 1900 viel mehr Sandsäcke abwarf als 1800, unterbrach er seine Weltallflüge nicht mehr durch Aufwachen, sodaß ihm durch verpuffte Bodenhaftung, stratosphärische Luftverdünnung, Windverwischung, Luftschloßvergeistigung alle möglichen Worte, Themen und Zwischentöne flöten gingen. Quiz: »Endlich dufteten in der Luft zwei Leiber in eine dünne Abendwolke auseinander und das fallende Gewölk entblößte zwei Geister: Beata und Amandus –« – stammt das von dem einen oder dem anderen?

Dann kam der hochfahrende schwäbelnde Elitekünstler Stefan George. Echt toll, daß mal ein Dichterpriester eine Antenne mitbrachte für die Hirngespinste eines kosmischen Hanswurstes! 1907 gönnte er sich auf eigene Rechnung eine sog. »entrueckung«, und 1910 edierte er eine Jean-Paul-Auswahl – als wiedergeborener Dante, der Rabelais goutiert! Bei Jean Paul brauchte er, der beim Entrücken Startprobleme hatte, eigentlich nur nachzugucken, wie man beim Aufstieg zu anderen Planeten ohne Anlauf den Leib an sich herabfließen läßt und jeder Transzendenz, samt aller hinwegtropfender Sonnen, mit dem Gesäß vollrohr ins Gesicht springt. Bei Scheerbart hätt er nur nachlesen brauchen, wie blauer Narrenwein eine zusätzliche Schleudermaschine nicht immer unnötig macht, und wie man nur eine Fußzehe bewegen muß, um einen neuen Schub zu kriegen, falls das Hinaufschweben mal nachläßt. George hingegen blätterte seinen psychedelischen Aufstieg sehr mühsam an, dies nicht zuletzt dank dem Gott der Reimnot, der ihn auf »wolke« »weiß wie molke« zu reimen nötigte. Ihm ward's nicht im Schlafe gegeben wie den kosmischen Purzelbaum-Clowns. Nur ein »frommer schauder« wehte ihn an. Sein lichter geliebter Schatten – »der rufer seiner qualen« –, wer immer dies auch sein mochte – erlosch nun, und zack! löste er sich, laut Selbstaussage, »in tönen, kreisend, webend« wie der leibhaftige Erdgeist, dem »grossen atem wunschlos« hingegeben, in Sichtweite allerdings in den Staub geworfene Beterinnen. Die ließen – vermutlich gemalt von Ferdinand Hodler – inbrünstige Schreie hören, über »schluchten ungeheuer«, die eher aus Dantes Inferno herwehten als von J. Pauls und P. Scheerbarts luziden Mentalkapriolen. Gern hätt Jean Paul sein Humorgen weitergereicht, aber mangels Rezeptoren konnte die Jugendstil-Pathetik nicht aufgemischt werden, sodaß also Jean Paul schon wieder nicht zu sich selber kam, immer nur zwischen Notquartier und Durchgangsbahnhof. Hauptsache, die Majorität war unterdessen, statt mitzufliegen, verläßlich untengeblieben und staunte Bauklötzer, wenn der Schamane oder Moses mit Corona ums Haupt von oben zurückkam und Gesetzestafeln, Reiseberichte oder Lyrik mitbrachte.

Jean Pauls Wunsch, alle seine Romane und Briefe in einen einzigen Roman zusammenfließen zu lassen, erfüllte er sich dann in Honoré de Balzac und spätestens Robert Musil.

Dann donnerte die überdosierende Jahrhundertfigur James Joyce herbei, in welchem Jean Paul sein Faible für dschungelhafte Großform austoben konnte, voll eingeschleustes Lexikonwissen, endlose Sprachnuancenproduktion, ohne IQ-Abstriche – nur, würde er nicht an Joycens kaltschnäuzigem Metaphysikdefizit leiden, an fehlenden Tränendrüsen, an der ganzen industriegeschädigten Gesamterkältung und sich nach einem Minimum an Seelenregungen und Seelenvolumen zu sehnen anfangen, wie es eher beim hypersensitiven Kleinteilgreifer Marcel Proust zu finden wäre, weshalb er doch wohl eher in Proust reinkarnieren wollen müßte, um dann allerdings auch die ganzen verästelten Marotten, Spleens, Verbohrtheiten, sensitiven Fiesheiten mitnehmen und auf seinen kahlen unschuldigen Scheitel häufen zu müssen – hier wie da, weder bei Joyce noch bei Proust, gemütliche Fettpölsterchen und die ganze Gemütstiefe des achtzehnten Jahrhunderts. Er würde sich dauernd Lorgnette und Operngucker vom Auge reißen wollen, um nicht mehr jedes irrelevante Kinkerlitzchen so übergenau atomistisch studieren und zerfizzeln zu müssen, auch wohl ein Denkdefizit konstatieren, beengende Eingepferchtheit in gewisse, wenn auch in sich relativ unendliche Milieukontinua.

Dann nahte die wildwüchsige Naturgewalt Alfred Döblin – hier wie da Breitwandperspektive, epische Ausuferung, abwesende Schaffenskrisen, leichtes schnelles Balzactempo ohne Energieverluste, ohne Notbremse, hier wie da Dauerrausch, universumdurchwühlender Impetus und Wahn, Naturmystik, Sinn für Asiatica, kuriositätenlüstern, strotzend, rücksichtslos, uneinholbar herauszüngelnd aus hundert Kollegen, handschriftlich mit dauerinspiriert gepeitschten Schriftzügen, und – beide lebenslang im Schlagschatten untergebuttert und überglänzt von den leichter verfilmbaren, weniger elastischen, weniger facettenreichen, viel konventionelleren Kollegen Goethe und Thomas Mann. Knieweiche in Sachen Katholizismus wär allerdings für Jean Paul nie in die Tüte gekommen.

Dann trieb's der kompakte Wortmetz Arno Schmidt ähnlich hochkarätig, superintelligent, vehement, ex- und intensiv wie einzig er – oder etwa nicht? Im Schmidt gleicht Jean Paul endlich auch mal seine einzige Schwäche aus, die Darstellung sexueller Aktivitäten, und kommt umso öfter drauf zu reden, daß sein Schaum ihr auf den Bauch klatscht, was er aber so herzlos und froschkalt notiert, daß er auch nur wieder die halbe Miete einfährt. Also immer, wenn Jean Paul sich mal wiedergebiert, hat er irgendwas Unverzichtbares nicht mitgenommen, derart, daß man sich dann fragt: wann er endlich mal den vollen Akkord anschlägt und sich potenziert, oder wenigstens in etwa komplett rüberbeamt. Immerhin: Schmidts Plädoyer »Weniger Goethe!« bzw. »Mehr Wieland!« deckt sich total mit Pauls Lektüreerfahrung. Aber bei freier Hirnwahl hätt Paul dann doch lieber in den Gemütern früherer Jahrhunderte Asylanträge gestellt und sich eingewählt.

Dann tauchte der verquere Quastenflosser Albert

Vigoleis Thelen auf, 1953 in Bebenhausen bei Tübingen, unvorgewarnt, auf der Herbsttagung der Gruppe 47. Keiner kannte ihn. Jeder merkte: kein ernstzunehmender Rivale. Hans Werner Richter mußte erst mal den Namen vom Zettel zusammenstochern. Zwischen Newcomern, Zeitgeist-Protokollanten, Büchnerpreis-Anwärtern, renommierten Kritikern, die alle seine Kinder hätten sein können, präsentierte sich der angejahrte Debütant, optisch wenig attraktiv, nicht grad dialektfrei. Er bot eine Kostprobe aus einem dicken Opus. Da riß es die unpoetischen Autoren in eine bunte Welt nicht grad akuter Kamellen, altertümelig ausformuliert, plauderselig angestaubt – meilenfern vom Puls der Zeit, nicht eben SPD-kompatibel. Ein blühender Barockroman fiel als Tragelaph vom Mond, mitten zwischen gesellschaftskritisch und politisch engagierte Einheitskluft, diese Schwundstufe unedler Einfalt, so als wolle Weimar 1796 sich nochmal neu wiedergebären, mit abgewandelten Gesichtern. Bandwurmsätze kippten einen überlebten Riesenwortschatz aus: Gestirn, freilich, fürwahr, mit Fug, Andacht, Seelenburg, Tagwerdung, vermochte, Leidwesen, Menschenscheu, ersprießlich, lausefrech, hochzeitliche Bettgelüste, Maulschelle. Sprachmacht hoch zwei, Wortdrechselei. Urväter-Hausrat schlug zu. Das quoll, schwoll und sang. Jeder belächelte das olle Eisen instinktiv. Krähwinkel ließ grüßen. Bedenkenlose Nachgeburt! Vorexpressionistische Erzähltradition. Das blühte allzu hemmschwellenlos. Weitschweifigkeit löste Allergie aus. Zeitraubende Differenziersucht! Zeitbezüge halfen nichts! Nur Fossilien würden am Revenant sich erlaben können. Gedeihliche Geistreicheleien, Sitzfleisch-Spaziergänge! Lahmarschigkeiten! Netter-Onkel-Narzißmus! Trottelig, altbacken, hanebüchen, ungestreßt. Der Hinterwäldler, Schöngeist, Weltgeist ward abgefackelt:

»Emigrantendeutsch«. Nach Dachau und Beckett ein sonniges Gemüt sich bewahrt zu haben – so illegitim und irrelevant wie unausrottbar! Der Dichter saß sofort im peinlichsten aller Fettnäpfe. Der letzte, leibhaft aufgekreuzte Mohikaner fiel unten durch. – Nach der Lesung klopften ihm bloß drei Personen begönnernd die Schulter: Alfred Andersch, Ingeborg Bachmann, Joachim Kaiser, sei es aus Mitleid oder ahnend, daß neben dieser einköpfigen Minderheit in Knechtsgestalt – immun gegen töricht wechselnde Moden, stehengeblieben im Zeitfluß, tatsächlich aus dem Mond gefallen – die komplette Gruppe 47 wie eine Streamline-Insider-Clique enger Schnösel, Nachwuchsstümper und Mitläufer aussah, umtriebig, karrieresüchtig, zielgerichtet, arm, phantasiearm, umso lebenstüchtiger. Das Repertoire der nüchternen Fasse-dich-kurz-Autoren flachte und sank ab zu Popmusik, zu drei, vier Griffen auf Billig-Gitarren, beschämt vom verspäteten Individuum nach abgeschafftem Individualismus. Ein Dorn im defekten Auge liquidierten Subjekts, ein Sonderling und Serenissimus auf einsamstem Posten, Einzeltäter contra Gruppengeist, unter Schulterschluß-Robotern und Polit-Zombies der einzige fühlende Geist, und dies ganz ungeniert, unambitioniert, seelenruhig. Ein Altbau – vom Bombenhagel verschont, übermalt abblätternd, nostalgisch angeweht, intakt – zwischen Mietblocks! Ein Urgroß-Wurzelholz-Sekretär zwischen Schleiflackmöbeln in kalter PVC-Ära! Ein Altwelt-Mammut zwischen Zwergelefanten. Hammerhai, Sägefisch oder Stachelrochen Vigoleis zwischen Heringen! Welch Weltparabel: inkompatible Entitäten im Crashtest! Seine geringfügige Andersartigkeit steigerte unwillentlich die Homogenität der Gruppe 47. Vorzeit und Jetztzeit verliefen sich in der Nutzholzplantage! Bannerträger industriell fortgefegter Gemütswelt,

Spätgeburt, Kauz und Quasimodo, tragische Figur, eher Romanheld als Romancier.

Dann behauptete der anmaßliche Romancier Martin Walser, im Dialog mit Günter Grass am 14.6.2007 in DIE ZEIT: »Der hat nicht umsonst gelebt, ich war seine Auferstehung.« Wörtlich. Gratulation. Das wird Jean Paul freuen zu hören. Der verfaßte viermal weniger Romane als Walser! Neunzehn Stück! Als er sein ›Einhorn‹ schrieb, damals noch wortreich, wär er fast in Richtung Schlinggewächs Jean Paul gedriftet, mit Drive und Drall. Reich-Ranicki motzte, er schreibe zu uferlos. Viel zu kompliziert für Ranickis kleinstes Großhirn. Dieser beging eine Ursünde am Walser, der nun glaubte, sich vereinfachen zu müssen. Schrieb ab dem ›Fliehenden Pferd‹ nur noch Vierwortsätze. Statt wie Th. Mann und Hermann Broch 78-Wort-Sätze. Impetus, genialische Attitüde und Anmutung – alles runtergerieben. Futsch. Schwanz eingeklemmt. Asthma-Stilpflege bei Fleiß, der nicht nachließ. Luft raus. Pneuma & Pleroma sowieso. Nur noch »ein Talent von Wert«. Obwohl der Romancier nun Ranicki entgegenkam, meckerte der weiter. Beide konnten nicht anders. Andere konnten auch nicht anders. Fast alle konnten nicht anders. Übles Omen. Schlimmer Finger. Verhextes Zeitalter. Trotzdem: Das Gesamtwerk zeigt Wortmacht. Sticht wohltuend ab von flacheren Kollegen. Und kompensiert gleichfalls Jean Pauls vielbedauerte Prüderie mit sowas hier: »Schön, wenn man beim Ficken zu zweit ist.« Aber andere Notate Walsers prädestinieren ihn eher zur Wahlverwandtschaft mit Eispalast Goethe: »Auf meiner Haut gedeiht keine Wärme. Selbst die Sonne weckt in mir nur Eis.« Nietzsche: »Glut wird alles, was ich fasse, Asche alles, was ich lasse, Flamme bin ich sicherlich.« Walser: »Ich bin die Asche einer Glut, die ich nicht war.« Staccato-Stil wär kein Hinderungsgrund, J. Pauls Auferstehung zu sein. Subjektlose Satzstummel auch nicht. Möglicherweise ist er's tatsächlich. Keiner könnt ihn hindern. Wenn schon, denn schon. Fleißig waren beide. Fleißig sind viele. J. Pauls Ranicki hieß Garlieb Merkel. Walsers Karoline heißt Käte. Walsers Ulrike von Levetzow hieß Ulrike von Egloff-Colombier. Seine Goethe-Affinität brach sich Bahn im Roman ›Ein liebender Mann‹. Zitate draus: »Goethe staunte.« »Goethe beobachtete Ulrike.« »Ich weiß, sagte Goethe.« »Goethe nickte bekümmert.« »Als er aufwachte, hatte er sein Teil in der Hand, und das war steif.« Aber Walser kann noch viele Romane nachschieben: Grass & Goethe bleiben berühmter als J. Paul & M. Walser. Handke wär dann Hölderlin. Dann wär'n alle wieder schön beisammen. Ob das was bringt?

Dann nannte der wortmächtige Hordenclown Eckhard Henscheid J. Paul »den Sprachmächtigsten des Planeten« und meinte es hoffentlich auch so. Sicher wär auch er gern dessen Auferstehung, geht aber doch viel bescheidener ans Thema ran. Als man ihn mit ihm verglich, sagte er: »Das freut einen schon, das hat und hört ein Autor gerne, das tut ihm wohl, das stellt ganz ungeheuer zufrieden – nur: leider stimmt's hier nicht ganz. Der Vergleich mit Goethe wohl, doch, ich sehe mich da in der direkten Kausalkette Goethe-Gerhart Hauptmann-George-Thomas Mann – allein, im Fall Jean Paul, obschon es hier ja vor allem um poetische Grenzgängerei zwischen Franken und der Oberpfalz gehen soll – im Fall Jean Paul stimmt's leider nicht – ganz größenwahnsinnig, auch wenn Ihnen bisher der Verdacht gekommen sein sollte, bin ich ja doch noch nicht. Mit anderen Worten: Mit Goethe darf sich seit zweihundert Jahren jedes hergelaufene Kongenie vergleichen – mit Jean Paul überhaupt niemand; der ist vielleicht als einziger Großdichter vollkommen unvergleichlich und unerreichlich; neben Vladimir Nabokov wohl auch der Unnachahmlichste aller Autoren – so sehr man als Schriftsteller durchaus von dem Oberfrankener lernen kann und soll.«

Dann wurde der demütige Papadorno Ulrich Holbein feuilletonistisch verdächtigt, als Autor an JP zu erinnern, zumal, wenn's sonst keiner hinbekommt – irgendwer sollte doch mal das ausgebliebene Gesamtpaket schultern. Doch dafür fehlten ihm Grundlagen. Seine Bescheidenheit ließ unzüchtige Vergleiche nicht zu, trotz schmeichelhafter Indizien. Egal, wie man sich je fühlte, Jean Paul hat's immer irgendwo beschrieben. So geht's vielen, die ihm nie ähneln. Ähnlichkeiten basieren ungut auf Gleichschaltung. Wer möchte den Streß sich antun? Wer wirklich was von Jean Paul hätte, wär selber wer und bräucht überhaupt nicht was von Jean Paul zu haben. Außerdem ist Holbein schon vergeben. Er fühlt sich eher Hugo von Hofmannsthal wahlverwandt, und als Traumnulpe gern auch – zwischendurch – Novalis, obwohl er vermutlich nicht mal Feridun Zaimoglu an die Schnürsenkel reicht. Viele verdächtigen ihn, daß seine Goethekenntnisse Lücken zeigen. Zumindest kann man ihn ständig dabei erwischen, daß er lieber ›Joseph und seine Brüder‹ liest, statt den ›Titan‹. Natürlich ähnelt er Boris Becker, Ernest Hemingway und Ewald Rumpf noch viel weniger, aber rückt er dadurch unserem Jean Paul auch nur 2 mm näher? Holbeins innerer Roquairol vergällt ihm den Wunsch, sich dessen Autor an den Busen zu schmeißen. Seine Unähnlichkeit steht ihm kilometerweit an der Stirn geschrieben, obwohl er nie wie ein Steuerberater, Brauereimeister oder Longlistautor ausschaut. Erst wenn er siebentausend Künstler unter sich kreuchen sähe. Immerhin stammt von ihm nachweislich der existenzielle Stoßseufzer: »O könnten

Wo oder wer sind Goethe, Schiller, Jean Paul und Albrecht Dürer heutzutage?

mir doch wenigstens mal ein paar Pseudo-Genies über den Weg hinken!« Außerdem läuft Herr Holbein eher als Catweazle, Gandalf, Calvin, Schinderhannes herum (Schüler in Leipzig rufen »Jesus!«, ein Türke in Bebra rief »Osama!« hinter ihm her), als Albrecht Dürer oder der humorlose Schweizer Asket Niklaus von Flüe, also als ein naturtrüber Schüttelmix aus Witzfigur, Barett-Humanist von 1590, Schmuddeldandy, triefäugigem Melancholiker, C. G. Jungs schizoid-neurasthenisch-marastisch-intuitivem Denktypus und leider nicht Fürst Myschkin, sondern eher Dostojewskis bleichem Verbrecher Rasputin und Scholschenizyn. Wenn er Jean Paul ähneln wollen würde, könnt er wenigstens wie Prof. Peter Sloterdijk aussehen. Nicht mal das bekam er hin. Unter seinem Ziegenbart zeichnet sich kein Doppelkinn ab. Zur Schillernase hat's andererseits auch nicht gereicht.

Außerdem blieb er seit längerem, wenn nicht vieles täuscht, in einer Art Essigfabrik stecken und scheint mit zwanzig weder einen ›Urfaust‹ noch einen ›Hesperus‹ oder Bolero verfaßt zu haben, und keine Lolita. Wenn schon Jean Paul in so vielen impotenten Notlösungen absteigen mußte, was könnte er diesmal für Gründe haben, schon wieder nur mit kleinem Picknickkorb zu reisen!?

Müßte Jean Paul nicht endlich mal, statt immer nur allen anderen, auch mal zur Abwechslung sich selbst über den Kopf wachsen!?! Also seinen unsterblichen Geist und den von Goethe einfach mal so richtig zusammenlegen – warum sollte dies nicht möglich sein? Die jeweiligen Vorzüge der Geistesriesen aneinander hochkochen, Sprachmacht und Denkkraft, nicht zuletzt Gigantwortschatz ineinanderblenden, um ihn mit den literaturhistorischen Meriten realistischer Menschendarstellung zu synthetisieren, natürlich nur, falls sowas ginge. Diesen fusionierten Genpool dann hinreichend nachrüsten und anreichern – nur wohin reichend? – mit dem Themenzuwachs seit 1832 f. – mit Büchners Schnoddrigkeit, Kafkas Beklemmungsfuror, William Gaddis' Dialogtechnik, Adornos IQ, Woody Allens Drehbuchwitz, Tim Burtons Einfallsfülle, dann aber unbedingt auch drei Eßlöffel Landschaftsmystik – und dieses potenzierbare Spitzenleistungsamalgam wär doch dann mal ein Grundstock – auch wenn man sich übers Erheben nicht erheben kann. Weltgeist, Weltseele, Mutti Natur, allerlei letzte Dinge und Instanzen – wenn's sie gäbe! – würden uns sicher beispringen, und schon könnte eine neue Blütezeit hervorspringen aus dem Haupte der Minerva und dem aufplatzenden Oberschenkel des Zeus!

Nicht nur würd unsereins einen kleinen Zeh dafür geben, 1796 in Weimar authentisch dabei gewesen zu sein, auch ich in Weimar, noch so ein Chinese, und sei es bloß als Karl Ludwig von Knebel, sondern Holbein, und ich würde sogar, wenn's drauf ankäme, unser gemeinsames oder auch auseinandergeschleudertes Großhirn zur Verfügung stellen, Kleinhirn inclusive, den zerebralen Krempel freischalten, samt Anhangsgebilde, für eine Kreuzung und Synthesis aus Jean Pauls und vor allem Beethovens Hirn – drunter gehen wir nicht! Dann bekommen die Chinesen und vorher die Deutschen endlich jene niegehörte, alles sprengende Klangwelt, die Bach und Mozart heutzutage hörbar machen würden, bzw. die mal dringend überaus objektiv und weltallfüllend ertönen müßte, ohne an einzelne Kinder ihrer Zeit kläglich gebunden sein zu müssen! Und endlich jenen Briefroman lesen zu können, den Arno Schmidt und Jean Paul immer schreiben wollten, und jene Seelenwanderung durch sämtlichste Zeiten und Subkontinente, die Jean Paul ganz nebenbei kurz andachte und die keiner je hinbekommt, auch nicht Raoul Schrott, weil womöglich auch dieser Homerforscher blind und käuend durch seinen kotigen Hohlweg vorwärtskreuchen muß, ohne daß Jean Paul in ihm gastiert und sich hervorbuddelt und aus ihm spricht. Die nächsten 4,5 Milliarden Jahre wollen ausgeleuchtet werden, und ich fürchte: durch mich – dies aber nur, falls nichts dazwischenkommt. Und dann steht ja noch jener Philosophenroman ›O ich Hirnbulle‹ in der Warteschleife, den weder Adorno noch Lichtenberg je schrieben – wenn hingegen ich mal Zeit hätte, könnt ich's ja mustergültig abfackeln und vorher andenken, ausbrüten und recht bald mit Preßwehen aus mir hervorgebären, nur müßt ich mich hierzu anderthalb mal intelligenter stellen, als ich höchstenfalls sein kann, und das ginge sicherlich über Menschenmaß, und dann kann's halt passieren, daß ich zugeben muß, mich z. Z. an irgendwelche Naturgesetze halten zu müssen, da ich aus irgendwelchen Gründen als eine Naturausstülpung unterwegs bin, für die Menschen das Wort »Mensch« anwenden. Sobald ich dann auch mit Drive und Anmut meinen gepfefferten, frei hingeträllerten Liebesroman ›Traumpaar ohne Notbremse‹ und das Großprojekt ›Freunde, Leute und Figuren‹, zuzüglich das Gesamtkunstwerk und Medienpaket meines Tuttifrutti-Omniversum-Projekts, und andere Gigantgeschenke, der Menschheit unverbindlich rübergereicht hätte, natürlich in toto total gratis, würden Ulrich Holbein und ich, wenn er sich dann doch mal – zeitweise – herablassen könnte, mit meiner Wenigkeit verläßlich zusammenzuarbeiten, tatsächlich in jene Zirkel und Ränge eintreten können, Wange an Wange, und hinauffliegen à la Paul Scheerbart, dorthin, wo es im Sinne Klopstocks schimmert und wir beide – oder abwechselnd einer von uns – 365 äußerst transzendentale, trotzdem extrem vollmundige Nobelpreise bekommen würden, und dies pro Minute! Selbst die Preise für Chemie, z. B. für die Weltformel, die ich aus äußerlichen Gründen immer noch nicht Stephen Hawking zuraunen konnte! Und dann hageln die pausenlosen Oscarnominierungen, Bambis, Ritterschläge, Nobelpreise immer schneller, alle elf Nanosekunden! und alle diese Seligsprechungen, Ehrenbürgerschaften und Anstecknadeln würd ich sofort an alle meine Lieben liebevoll weiterreichen, vor allem an meine Antipoden und Unterbieter, damit die auch mal ein bißchen was vom Leben haben, und dann tät mich keiner mehr mit Max Goldt und Botho Strauß vergleichen und endlich-endlich – weit, hoch, herrlich – dürft ich zum Augenblicke sagen: »Sag dem Orgasmus, ich komm gleich!« »Erst übertreiben, dann langsam steigern!« »Bitte nicht weiterklettern, denn der Berg ist hier zu Ende!«

Zwei Zukunftspropheten sahen alles voraus

Bald kommt Zukunft und keiner weiß welche, aber Einzelne haben immer schon mal punktuell vorgekostet und sich dann als Propheten postum feiern lassen. Problem hierbei nur: Alle echten Propheten waren falsche. Je schwärzer die Unkenrufe, desto höher die Trefferquote. Je höher die Zahl der Zufallstreffer auch windigsten Orakel-Outputs, desto imposanter die Prophetie, dank verlängerter Zeiträume und bewegter Assoziationsfreude. Obwohl biblische Haßprediger fast so oft danebentappten wie die Zeugen Jehovas und Mayakalender durften sie seriöse Urbilder des Prophetenstatus bleiben. Leonardo da Vinci – welch Casus, daß ein Know-how-Konstrukteur selber seine eigenen

So wenig die Dampfmaschinen jetzt zu dämpfen sind – besorgter Blick in die Zukunft, ab 1787

Spätfolgen prognostizierte – Technikauswuchs und Globalkahlschlag. Thomas Robert Malthus und Jules Verne sahen Bevölkerungsexplosion und Mondbetretung voraus und bekamen halt recht.

Beide, Jean Paul und Goethe, stießen als Warner, Mahner, Zukunftsvisionäre und also Propheten in menschheitsrelevante Dimensionen vor, wurden aber in die Historie der offiziell beglaubigten Propheten nicht hineingelassen, obwohl ihre Prognosen im Detail viel öfter zutrafen als diejenigen der unumstößlichen Propheten-Urbilder Kassandra und Nostradamus.

Eigentlich sprach Jean Paul den engen armen Erdenwürmern die Fähigkeit zu prognostizieren ab: »Konnte der Mensch aus der Anschauung von drei Weltteilen nicht einmal den vierten weissagend konstruieren, so kann er – noch weniger als mit den Kombinationen der Körper – mit den vielfachern der Geister eine Zukunft auswittern. Denn der Mensch ist eng und arm; seine Sterndeuterei der Zukunft – ein bloßes entweder Potenzieren oder Depotenzieren der Gegenwart – sieht bloß ein Mondsviertel am Himmel, das mit ihm ab- oder zunimmt, keine Sonne. Jeder hält sein Leben für die Neujahrsnacht der Zeit und mithin, wie der Abergläubige, seine – aus Erinnerungen zusammengehefteten – Träume darin für Prophezeiungen aufs ganze Jahr. Daher trifft stets – nicht etwa das prophezeite Gut und Böse, oder das Gegenteil davon, sondern – etwas Anderes ein, das die Weissagungen und ihre Gegenstände, wie ein Meer die Ströme, aufnimmt und auflöset in den Wogen-Kreis.« Damit prognostizierte er fast schon den Anmarsch der Futurologen, Science-fiction-Autoren und Trendforscher und widerlegte beinahe sich selber, der sich von diesen seinen Zeilen nicht hindern ließ, als Prophet loszulegen.

Im ›Siebenkäs‹ redet er unverkennbar von Treibhauseffekt, schnellen Brütern und Klimawandel: »Jetzo, da mehr Wälder verkohlen als nachwachsen, ist das einzige Mittel dagegen, daß man das Klima selber einheize und in einen großen Brut-, Darr- und Feldofen umsetze, um die Stubenöfen zu ersparen.«

Auf Haushaltsgeräte, die es alle noch nicht gab, Geschirrspüler, Kühlschränke, Mikrowellen, Dreifachsteckdosen, Toaster, scheint sich seine Erkenntnis zu beziehen: »– wie wenig alle Erleichterungen des Luxus das Dasein erleichtern.«

»Staaten und Diamanten werden jetzt, wenn sie Flekken haben, in kleine zerschnitten.« Da meint er doch wohl DDR und BRD, Korea, Vietnam u. a.!?!

Beim Übergang von 1799 zu 1800 hieß es: »Edler Freund! Wo öffnet sich dem Frieden, / Wo der Freiheit sich ein Zufluchtsort? / Das Jahrhundert ist im Sturm geschieden, / Und das neue öffnet sich mit Mord.« Weil immer irgendwo gemordet wird, war's doch keine Prophetie. »Zwo gewalt'ge Nationen ringen / Um der Welt alleinigen Besitz, / Aller Länder Freiheit zu verschlingen, / Schwingen sie den Dreizack und den Blitz.« Diese Schillerverse hingegen weisen eindeutig auf den Vierundvierzigjährigen Kalten Krieg 1945 und 1989 voraus, wenngleich man damals noch, statt Pershing, Dreizack sagen mußte. Desgleichen hat Goethe mit seinem Passus von den Völkern, die weit hinten in der Türkei aufeinanderschlagen, nicht unbedingt spezielle Kurdenprobleme, Balkan- und Palästinenserkonflikte, Golf- und Irakkriege unverbindlich prognostiziert, denn irgendwer kämpft dort jederzeit.

Zu Silvester 1800 prophezeite Jean Paul das Ende der amerikanischen Sklaverei (das sich noch achtundfünfzig Jahre Zeit ließ), zudem das Ende des Kolonialismus, der Frauenunterdrückung (»Denn seitdem die Weiber männlich und die Männer weibisch werden –«), was ja alles punktgenau eintraf, bzw. als 1-Euro-Jobs, Globalisierung und Emanzipationsfalle weiterwurstelt. Jean Paul sah ein »herzen- und ehebrechendes Säkulum«, eine entgötterte, entzauberte, entseelte Welt, voll »trokkener Bestien im Wüstensand« heraufziehen – welche Nihilisten, Bestialisten, Futuristen, Sachbuchautoren, Praktiker meinte er hier? Benedikt Grünlich? Diederich Heßling? Marx? Freud? Den homo faber, der aktuelle Betonwüsten bestückt, refraktär und indolent, Zombies und Dummys, alias: Seelenkrüppel, Wachsfiguren.

Goethe faßte die »Bemalung und Punktierung der Körper« – also Make-up, Piercing, Tattoos – als eine Rückkehr zur Tierheit auf. Das jugendbewegte, studentische »Trau keinem über dreißig!« von plusminus 1973 steht bereits in Faust II: »Hat einer dreißig Jahr vorüber, / So ist er schon so gut wie tot. / Am besten wär's, euch zeitig totzuschlagen.«

Hundertundsechzehn Jahre vor Oswald Spengler sah Jean Paul das Ende des sich selbst vergötternden Säkulums voraus, das den Sinn für Ewiges verloren haben würde, also das mechanisch-wissenschaftliche in Gestalt von Atheismus, Politik, Physik, Industrie, Pragmatismus, Reduktionismus, BWL, ADAC und Fotorealismus, und gab diesem Zeitabschnitt, also dem neunzehnten bis einundzwanzigsten Jahrhundert, als fehlbarer Prophet nur wenige Jahrzehnte, mit der herrlichen Begründung, mehrere vertrüge das unsterbliche Herz nicht. (Am christlichen Unsterblichkeitshumbug hat Jean Paul dann doch, statt ihn konsequent zu zerdenken, wunschvoll und sehnsüchtig weitergedoktert.) Aber statt daß dann bessere Zeiten, ewigere Werte zurückgekommen wären – spätgotische oder zuspätromantische Leuchtkräfte und Blüthenträume –, kamen als lumpiger Ausgleich Ästhetizismus, Symbolismus, Snobismus, Präraffaelismus herbeigeplätschert, Epochen namens Fin de Siècle, Jugendstil, Belle Époque, Neoromantik, voller Irrationalismus, Obskurantismus, Okkultismus und hellblau flachschürfender Theosophie, Anthroposophie und Esowelle, was wiederum Goethe so hier umschrieb: »Das Menschenbedürfnis, durch Weltschicksale aufgeregt, überspringt rückwärts die verständige Leitung, vermischt Priester-, Volks- und Urglauben, klammert sich bald da, bald dort an Überlieferungen, versenkt sich in Geheimnisse, setzt Märchen an die Stelle der Poesie und erhebt sie zu Glaubensartikeln. Anstatt verständig zu belehren und ruhig einzuwirken, streut man willkürlich Samen und Unkraut zugleich nach allen Seiten; kein Mittelpunkt, auf den hingeschaut werde, ist mehr gegeben, jeder Einzelne tritt als Lehrer und Führer hervor und gibt seine vollkommene Torheit für ein vollendetes Ganzes.«

Einzig in einem Punkt haben Jean Paul und Schopenhauer aus Zeitgründen bis jetzt noch nicht Recht bekommen: Beide sahen unerschrocken die zeitliche Begrenzung des Christentums voraus, dessen Coda dann auch Nietzsche nicht vorverlegen konnte.

Auch die Demokratisierung der Literatur sah Jean Paul voraus, also ›Kindlers Neues Literaturlexikon‹, worin äthiopische, etruskische, kongolesische und indonesische Heimatromane als Weltliteratur mitlaufen: »Himmel! wenn dann der ganze Globus schreibt, der Nord- und der Südpol Autor ist und jede Insel Autorin, wenn Rußland die Werke selber verfertigt, die es eben daher früher nicht eingelassen, und die Molucken mit den Gewürzen aus Habsucht die Makulatur dazu liefern und die Kamtschadalen alle die Blasphemien, Zweideutigkeiten und Höhnereien, die sie vorher mündlich verrauchen ließen, besser in Romane auffangen – « etc.

Extrem besorgt blickten beide Denker in die Zeit nach ihnen. In seiner Polemik gegen Raucher und Säufer erzeigte Goethe sich als besonders treffsicher: »Wenn es so fort gehen sollte, wie es den Anschein hat, so wird man nach zwei oder drei Menschenaltern schon sehen, was diese Bierbäuche und Schmauchlümmel aus Deutschland gemacht haben.«

Trotz lebhafter Anteilnahme am Suezkanalbau sah er skeptisch und resignativ (illusionsfrei wie alsbald Schopenhauer) in den späteren Verlauf des technikverliebten neunzehnten Jahrhunderts: »So wenig jetzt die Dampfmaschinen zu dämpfen sind, so wenig ist dies auch im Sittlichen möglich; die Lebhaftigkeit des Handels, das Durchrauschen des Papiergelds, das Anschwellen der Schulden, um Schulden zu bezahlen, das alles sind die ungeheuren Elemente, auf die gegenwärtig ein junger Mann gesetzt ist.« »Eisenbahnen, Schnellposten, Dampfschiffe und alle möglichen Faszilitäten der Kommunikation sind es, worauf die gebildete Welt ausgeht, sich zu überbieten, sich zu überbilden und dadurch in der Mittelmäßigkeit zu verharren.«

Desgleichen Jean Paul über Flughafenausbau, Rushhours, Asylanten, Anrufbeantworter, Massentourismus: »Von den Luftschiffen an bis zu den Dampfschiffen und Schnellposten beweiset es sich, daß Europa jetzo unterwegs ist und eine Völkerwanderung der andern begegnet.«

»Das überhandnehmende Maschinenwesen quält und ängstigt mich, es wälzt sich heran wie ein Gewitter, langsam, langsam; aber es hat seine Richtung genommen, es wird kommen und treffen.« Dies sagt in den ›Wanderjahren‹ die Figur Lenardo, so, als stünde er bereits zwischen Werkhallen und Fabrikschloten.

Jesus wuchs die Fischevermehrung noch lang nicht über den Kopf. Aber den Zauberlehrling, dem die Eigendynamik des Besens über jeden Hydrakopf wächst, bezog man erstmal auf die eigendynamische Französische Revolution. Dann aber kam durch die industrielle Revolution, die in Sauseschritten vorwärtstuckerte und aufwärtsknatterte, noch ein ganz anderer Schub in die Sache; entfesselte Riesen schossen weltweit hoch, bis hinauf zu unstoppbarer Serienfabrikation durch Bevölkerungsexplosion. Menschen würden durch die Maschine gemacht »zu einem Nichtssein voll Alleskönnen« – hier sprachen vorauseilend quer durch Jean Paul (›Menschen sind Maschinen der Engel‹) bereits Zeitdiagnostiker wie Karl Jaspers, Günther Anders, Erich Fromm, Konrad Lorenz, Marshall McLuhan. Jean Paul erwartete die Amerikanisierung Europas – war die 1800 wirklich schon absehbar? – und sah ganz nebenbei den elektrischen Stuhl, hundert Jahre vor dessen Erfindung. Kapitalistische Ausbeutung beschrieb er im ›Luftschiffer Gianozzo‹ mit einem Arbeitshaus, worin Millionen freudlos für den Staat »raspeln«.

Wenn Mephisto in seinen Wanderjahren kristallisiertes Menschenvolk sah, hat er wohl Industrieroboter und Plastik-Latex-Sexpuppen gesichtet.

Vor Wielands Grab behauptete Goethe, er denke in Jahrtausenden und sehe es bereits von Barbarei geschändet. Jean Paul dachte tatsächlich in Jahrtausenden und sah um nichts freudiger in die Zukunft, trotz konzilianter Weltauffassung und sonniger Konstitution. Goethe sah bloß einzelne Literaturkollegen wie Achim und Bettina von Arnim als »Tollhäusler«; Jean Paul sah das eher als Volkseuche: »Glauben Sie mir, lieber Emanuel, unser

Säkulum macht Tollhäusler.« Er dankte Gott, daß sie nicht später geboren worden, und gleichen Sinnes ließ Goethe verlauten: »Was ist das für eine Zeit, wo man die Begrabenen beneiden muß?«

Die ›Levana‹ des erklärten Antibarbars, einem Gesamtprogramm zur Barbareiprophylaxe, stand praktisch bereits als eine ›Erziehung nach Auschwitz‹ im Startloch, mit schönster herzrührender Gebärde, daß die Enkel es besser ausfechten können würden. Doch genau dies geschah nicht. Sondern Milliarden Enkel und Urenkel, als Wimmelmasse zwischen den eigendynamisch technisierten Monsterwellen des neunzehnten Jahrhunderts usw., mußten, durften und wollten es toller, schlimmer und entarteter treiben als alle Jahrtausende vorher, und Jean Paul hat's geahnt: »Die Menschheit geht jetzt durch ein rotes Blutmeer – vielleicht mehr als ein Jahrhundert lang.«

Er nannte »Flotten von Luftschiffen« und »eine glühende fliegende Bombe« – Alliierten-Geschwader? Mittelstreckenraketen? Daß die Atombombe bereits im Mahabharata eindeutig vorkommt, verfaßt zwischen 500 v. Chr. und 500 n. Chr., also 1445 bzw. 2445 Jahre vor Hiroshima bzw. 1511 Jahre vor Fukushima, mag auf Allmachtsgefühl basiert haben; bei Jean Paul wird's Zukunftswarnung. Frappant – er sah bis ins Detail moderne, pc-gesteuerte Blitzkriegsführung voraus à la Pearl Harbor, Kubakrise, Falklandkonflikt, Kuwait: »Es muß zuletzt statt dreißigjährige, dreißigstündige Kriege geben.« Atomare Apokalypseszenarien umschrieb er bisweilen ein wenig zu altertümlich mit niederzuckendem Richtschwert. Aber: »Und wer bürgt unter den unermeßlichen Erfindungen der Chemie und Physik, daß nicht endlich eine ›Mordmaschine‹ erfunden werde, welche wie eine Mine mit einem Schuß eine

Schlacht liefert und schließt.« Meinte er Auschwitz oder Hiroshima? »Da blickte ich hinein in die entsetzliche Welt, aber ich sank bewußtlos nieder; was ich sah, war zu gräßlich für den Menschenanblick und hatte keinen Raum in einem Menschengedächtnis.«

Kassandra – ade! Nostradamus – see you later!

Er sah sogar im Äonenablauf – und das würden herkömmliche Propheten nie mit sich machen lassen – seine persönliche, arg limitierte Reichweite und Tragweite voraus und wandte sich an seinen letzten Leser.

»Dörfer und Städte ziehen als lange Aschenwolke pfeilschnell durch die Lüfte. Nichts regte sich, und die ganze Erde war von einer Stadt zur anderen mit stiller Asche hoch beschneiet.« Eindeutig – radioaktiver Winter! Nukleares Nirwana!

»Da hörte ich einen Seufzer, alles war verschwunden.«

Schöne Langzeitperspektiven, bis 2749 n. Chr.

Nicht alles muß verschwinden. Goethe & Company kann nicht total verloren gehen. Alles Frühere wird, wenn's nach Hegel ginge, aufgehoben in Späterem. Also muß alles Gefährdete auch in heutiger und späterer Substanz präsent bleiben, unverlierbar, allerlei Geist über den Wassern schweben, und hoffentlich nicht nur unverbindlich als Entelechie und Staubwolke. Denn – es kann die Spur von unsren Erdentagen nicht in Äonen untergehn. Genauer: unsere Spur verkrümelt sich durchaus, Goethes Spur nicht im mindesten … vorerst.

Es sei denn, es würde aus kosmischen Gründen der Tag kommen, an dem keiner mehr diverse Untergangspropheten wird runterladen können: »Eines Tages wird der letzte Takt Mozart verklungen sein.« Einerseits: Soweit ist es noch wunderbar lange nicht. Andererseits: Nicht allen hat er gelebt.

Ein riesiges Happy End möchte an dieser Stelle unbedingt anvisiert sein – herzerhebend! geistdurchflutet! O ihr Dichterfürsten, die ihr im Leben euch verkanntet und als Schiffe auf konträren Ozeanen auseinanderdriftetet, euer potenzielles Dioskurentum verpaßtet und vermasseltet und nun in mühsamen Elysiumsdisputen und reiner Sternenfreundschaft euch chimärisch begnügen müßt – könntet ihr nicht schnell doch noch, solang es euch noch als Nachwehen zu geben scheint, eine gewisse postume Verdichtung hinkriegen?!?

Statt daß ihr euch so unnütz verzettelt und verstreut in den unkoordiniert zersplitteten, endlos verdünnten Kräften renommierter Ausnahmetalente, die zwar einerseits hochdynamisch und beneidenswert innovativ in singulären Verbundprojekten, PowerPoint-Präsentationen, Paintings, Multimedia die Menschheit weiterbringen, umrauscht von standing ovations – es sei denn, stattdessen wär's nur herrlich wimmelnder Leerlauf, der da unstoppbar so für sich hinklimpert, kritzelt, knipst, spachtelt, filmt und textet, und alle miteinander kriegen nicht mal ein gescheites Nabokovimitat gebacken – doch halt! Bitte keinen Geifer und Kulturpessimismus! Sondern ein fulminantes Happy End, wenn wir bitten dürfen!

Schöne Welt, wo bist du? Kehre wieder, holdes Blüthenalter der Natur – fragt sich nur, um wieviel Uhr? Unterdessen stehen unsere Klassiker däumchendrehend als Gipsfiguren zwischen Hochgaragen und Weltbanken herum und kommen der Aufgabe nach, sich von Todestag zu 250. Zombie-Geburtstag zu hangeln, steril, bedrohlich und mausetot. Dabei sollen sie mal – alte Mären beschwören es inniglich – erstaunlich lebendig gewesen sein. Wenn sie sich nicht nur in prophetischen Andeutungen erschöpft hätten, sondern sich reell geäußert zu brennenden Zeitfragen wie Massenarbeitslosigkeit, Milliardenlöchern, Welthunger, Terrorismus, Rettungsroutine, könnten sie auch viel relevanter heut mitmischen und mitreden. Iphigenie in Jeans zu stecken hat noch keinen Klassiker wieder wachgeküßt. Die Müllberge und Blutbäder der Neuzeit mit Kostümfilmen zu konterkarieren zerrt untergegangene Abendländer auch nicht wieder rauf und hinan. Nun aber – Schwarzseherei und Defaitismus, trollt euch! Tauscht die schwarze Brille mit einer rosaroten – und schon rollen weitere Jubiläen heran.

Am 22.3.2082 wird man Goethes 250. Todestag feiern wollen! Also exakt einen Tag nach Jean Pauls 319. Geburtstag – Kinder, wie die Zeit vergeht! Aber wer wird 3749 n. Chr. Goethes 2000. Geburtstag noch mitfeiern wollen? Denn: Kein Wesen kann zu Nichts zerfallen, das Ew'ge regt sich fort in allen. Man muß halt drauf achten, daß Goethe & Company nicht absinkt als ferngerückte Parzifals oder Titurels von der Vogelweide, zurück ins Althochdeutsche und sich dann gegenüber Millionen simsender, twitternder, porntubender iPhone-Fuzzis als undechiffrierbar erweist.

Falls 2748 n. Chr. der Endsieg zwischen den Steinkolossen China und Rom zuungunsten Europas ausgegangen sein wird – wollen wir hoffen, daß Dante, Goethe und Kafka sich in ihren japanischen Stuntmen Tan-ti, Ko-Ti und Ka-Fu-Ka wiedererkennen werden!

»Gestaltung, Umgestaltung, des ewigen Sinnes ewige Unterhaltung!«

Es kann also gar nicht viel passieren. Garantiert werden chinesische Islamisten und arabische Technikfetischisten Alibi-Ghettos übriglassen für die Pflege kultureller Restbestände, oder? Selbst wenn künftige Gottesstaaten Mozarutas Musik als unislamisch empfinden könnten, oder falls man das langnasige Kulturerbe mal dreihundert Jahre lang vergessen sollte – hinterher wird die Wiedersehensfreude mit ausgestorbenen Sprachen und Deutschen umso größer sein! Hoffnung, komm über uns! Happy End – mach's mir!

Sobald USA und EU schwächeln werden und der weiße Mann ausstirbt, und die Deutschen von uns gehen, wird der Deutsche Geist bestens überleben – in Fernost. Mozaruta und Bet-Ho-Ben machen es ohne China keine hundertfuffzig Jahre mehr (Baha & Mala heißen zur Zeit noch Bach und Mahler). Amadeusu Mozaruta – ein Wiener in Nagasaki! Tong Zhicheng baut mit 4500 Mitarbeitern 77000 Klaviere, China in toto 300000 pro Jahr. 30000 Klavierlehrer sorgen in Japan dafür, daß in jedem zweiten Haushalt in Japan das Albumblatt ›Für Elise‹ aufs Piano gelegt werden. Lang Lang verführte 14 bis 50 Mill. Chinesen Möchtegern-Lang-Langs zu werden. Meistergeigen baut China für 8 Euro das Stück, weiterverkauft in Europa für 3000 Euro. In Shanghai residieren Instrumentenbauer so dicht gestreut wie Metzger. Japanische Sopranistinnen singen Goethelieder akzentfreier als britische. Autoindustrie im Westen würde ohne Asien jetzt schon implodieren, Mozartindustrie samt gleichnamiger Kugel dann auch irgendwann.

Anders gesagt: im Sinne der herrlichen Bibelstelle »Wenn ich erhöhet werde von der Erde, alle Dinge will ich nach mir ziehn« werden Baha & Mozaruta den großen schönen Job erhalten, Gö Dö und Faranzuro Kafuka nach sich zu ziehen ins gelbe Fahrwasser chinesischer Unsterblichkeit. Und Gö Dö wiederum wird die schöne schwere Aufgabe übernehmen müssen, Schang

Es kann die Spur von meinen Erdentagen nicht in Äonen untergehn.

Pohl als Nebenfigur mitzuschleppen und durchzufüttern bis zum letzten Leser, Fossil und Mohikaner.

Außerdem: Falls es das Ew'ge irgendwann unterlassen würde, sich reell in allen fortzuregen, könnte man in Bälde Gö Dö in Nano-Chipgestalt nach Alpha Zentauri rüberbeamen.

Sobald Atombombenherstellung zu kompliziert sein wird, kann Allah doch noch die Weltherrschaft übernehmen, so lange, bis die restlichen Weltreligionen wieder in jahrzehntausendelangen Hokuspokus und Schamanismus zurückfinden werden. Dann wird man sich streiten können und wollen, ob Ko-ti und Gö Dö Menschen oder Götter waren. Hiermit sei prophezeit: Vermutlich waren sie Halbgötter.

Ulrich Holbein, geboren 1953 in Erfurt, lebt im nordhessischen Knüllgebirge. Bekannt wurde er u. a. durch seine Kolumnen und Artikel in der ›ZEIT‹, der ›Frankfurter Allgemeinen Zeitung‹ und der ›Süddeutschen Zeitung‹. Er ist Autor von mehr als 1000 Publikationen, davon 26 in Buchform. Er erhielt zahlreiche Auszeichnungen, zuletzt den Kasseler Literaturpreis für grotesken Humor. Im Haffmans Verlag erschien 2008 sein Buch ›Weltverschönerung‹ und im Elfenbein Verlag 2010 ›Bitte umblättern! Einhundertelf Appetithäppchen‹.

HAFFMANS & TOLKEMITT

Das laufende Programm

Sophie Andresky. **Schrille Nacht**
Eine heiße Weihnachtskreuzfahrt von Kiel nach Oslo. Mit Huhn.

Will Bingley & Anthony Hope-Smith. **Gonzo**
Die grafische Biografie von Hunter S. Thompson.
Mit einem Vorwort von Alan Rinzler.

Graham Chapman. **Autobiografie eines Lügners**
Deutsch von Harry Rowohlt.

Quintus Tullius Cicero. **Wie man eine Wahl gewinnt**
Der antike Ratgeber für Politiker.

Trevor Cole. **Die pragmatische Jean**
Deutsch von Sky Nonhoff.

Sophie Dawson u.a. **Cool Camping Europa**
80 sensationelle Plätze zum Zelten
mit zahlreichen Fotos, Tabellen und Karten.

Suelette Dreyfus & Julian Assange. **Underground**
Die Geschichte der frühen Hacker-Elite.

James Frey. **Das Letzte Testament der Heiligen Schrift**
Deutsch von Alexa Hennig von Lange, Clemens J. Setz, Tina Uebel, Zoë Jenny,
Katja Scholtz, Kristof Magnusson, Charles Lewinsky, Gerd Haffmans,
Steffen Jacobs, Klaus Modick, Juli Zeh, Sven Böttcher & Harry Rowohlt.

Fred Grimm. **»Wir wollen eine andere Welt!«**
Jugend in Deutschland 1900–2010.

Ulrich Holbein. **Ein Chinese in Rom**
Jean Paul und Goethe: Ein untendenziöses Doppelporträt.

Boris Johnson. **72 Jungfrauen**
Deutsch von Juliane Zaubitzer.

Jonathan Knight u.a. **Cool Camping Cookbook**
Mit 55 Rezepten, 7 Saucen und vielen Tipps rund um die Feuerstelle.

Hardcover PLUS

Buch und E-Book sind jetzt Freunde!

Der Kauf dieses Buches berechtigt Sie zum einmaligen Download des Textes als E-Book. Damit Sie lesen können, wie und wo Sie wollen.

Dies ist Ihr Code für den Download des E-Books:

UHCRWDM3AHT

Gehen Sie auf www.hardcover-plus.de und geben Sie den Code dort ein.

Bitte beachten Sie, dass die Weitergabe des E-Books an Dritte nicht gestattet ist.